ro
ro
ro

ro
ro
ro

Ralf Langroth

Ein Präsident verschwindet

THRILLER

Rowohlt Taschenbuch Verlag

Originalausgabe
Veröffentlicht im Rowohlt Taschenbuch Verlag, Hamburg, März 2022

Covergestaltung Hafen Werbeagentur, Hamburg
Coverabbildung ullstein bild
Karte © Peter Palm, Berlin
Innengestaltung Daniel Sauthoff
Satz Plantin bei Pinkuin Satz und Datentechnik, Berlin
Druck und Bindung CPI books GmbH, Leck, Germany
ISBN 978-3-499-00477-3

Die Rowohlt Verlage haben sich zu einer nachhaltigen Buchproduktion verpflichtet. Gemeinsam mit unseren Partnern und Lieferanten setzen wir uns für eine klimaneutrale Buchproduktion ein, die den Erwerb von Klimazertifikaten zur Kompensation des CO_2-Ausstoßes einschließt.
www.klimaneutralerverlag.de

MIX
Papier aus verantwortungsvollen Quellen
FSC® C083411
FSC
www.fsc.org

// PROLOG //

Donnerstag, 29. Juli 1954

Neun Tage nach Otto Johns Verschwinden

Philipp Gerber kauerte zwischen den brüchigen Mauern der Ruine und beobachtete. Die Häuser auf der anderen Straßenseite hatten den Krieg einigermaßen glimpflich überstanden, und der leichte, warme Sommerregen, der seit Stunden auf Berlin niederging, beeindruckte den Strom der Passanten nicht im Geringsten. Vor einem der Grenzkinos, in denen die Ost-Berliner verbilligten Eintritt erhielten, hatte sich eine kleine Schlange gebildet, um einen schnell heruntergekurbelten Western oder einen alten Gruselstreifen mit Boris Karloff zu sehen. Das Wäschegeschäft daneben hatte bereits geschlossen. Es grenzte an das Haus, dem Gerbers Interesse galt. Ein schmales Gebäude, dessen Fensterfront so stark mit Werbung für einen Eierlikör bemalt war, dass er dahinter nur Schemen wahrnehmen konnte. Über dem Eingang stand in verschnörkelter Schrift «Strammer Otto». Ein hübscher und recht offensichtlicher Name für eine Schwulenkneipe, fand Gerber.

Angespannt hockte er auf seinem Posten, schon seit Stunden, und fragte sich immer wieder, ob es Zeitverschwendung war. WoWo sollte hier öfters mit dem Inhaber, einem Jo Ansbach, abgehangen haben, auch und gerade in den Tagen vor

Otto Johns Verschwinden. Was Wolfgang Wohlgemuth, der seine Finger nicht von den Frauen lassen konnte, ausgerechnet in eine Schwulenbar zog, blieb sein Geheimnis. Vielleicht war es einfach die Koketterie mit einem halbseidenen Milieu, das Spiel mit dem Feuer.

Die Gesprächsfetzen der Flaneure vermischten sich mit dem Lärm von Automotoren und sporadischem Gehupe, und von fern erklang Hufgetrappel. Bestimmt die berittene Patrouille der US-Militärpolizei.

Nach den langen Tagen und Nächten der Suche fühlte Gerber sich erschöpft und musste gegen die aufsteigende Müdigkeit ankämpfen, obwohl der Sommerhimmel über Berlin noch hell war. Er rieb mit dem Handrücken über seine Augen – und da sah er sie plötzlich: Ihr kurzer Sommermantel stand offen, der hellrote Rock darunter endete knapp unter den Knien. Blondes Haar lugte unter einem blauen Kopftuch hervor. Auf der linken Wange, zum Teil verdeckt, die unverwechselbare Narbe. Sein Herz schlug bei ihrem Anblick schneller. Zielstrebig steuerte sie den Eingang der Kneipe an, und er drückte sich tiefer in den Schatten der Ruine.

Er musste sich dazu zwingen, schrie doch alles in ihm danach, zu ihr zu laufen. Er wollte sie festhalten und fragen, welches Spiel sie spielte. Aber würde sie ihm antworten? Noch vor wenigen Tagen hätte er sich diese Frage nicht gestellt. Sie war die Frau, die er liebte, und er hatte ihr bedingungslos vertraut. Jetzt war alles anders, und mit widerstreitenden Gefühlen beobachtete er, wie sie im Strammen Otto verschwand. Er konnte sich lebhaft vorstellen, welche Aufmerksamkeit sie in dem Schwulentreff erregte.

Während Gerber noch darüber nachdachte, was er tun sollte,

trat sie schon wieder auf den Gehweg. Unerwartet schnell. Sie wirkte aufgeregt, sah sich kurz nach allen Seiten um, wandte sich nach links und drängte sich durch die Wartenden vor dem Kino. Gerber eilte auf die andere Straßenseite, um ihr zu folgen, aber eine plötzlich aus dem Strammen Otto herausquellende Menschentraube hielt ihn auf. Die Männer waren aufgebracht und riefen laut durcheinander.

«Wo ist sie hin?», brüllte einer von ihnen, mit einem maßgeschneiderten Anzug sehr edel gekleidet und dabei gebaut wie ein Holzfäller.

«Wer?», fragte Gerber. «Wen meinen Sie?»

«Na, wen wohl? Die Mörderin», stieß der Stiernackige im Maßanzug fast atemlos hervor. «Die Frau mit dem Kopftuch. Sie ist gerade rausgerannt.»

«Mörderin?», wiederholte Gerber ungläubig, fast automatisch. «Wieso? Wer ist ermordet worden?»

«Jo, der Boss vom Strammen Max», sagte ein anderer, der neben dem Holzfäller wie ein Hänfling wirkte, und deutete hinter sich auf die Kneipe. «Gerade eben!»

Eva?

Gerber erschien die Anschuldigung unglaublich. Aber er hatte in seinen vielen Jahren als amerikanischer CIC-Agent und jetzt als Hauptkommissar des Bundeskriminalamtes gelernt, auch in aufregenden Situationen rational zu handeln. Er zückte seine Dienstmarke. «Polizei. Zeigen Sie mir den Toten!»

Die aufgeregten Männer zerrten ihn fast in die schummrige Kneipe, in einen Dunst aus Alkohol, Zigarettenrauch und Eau de Toilette, durchschnitten von Edith Piafs markanter Stimme: *C'est la valse d'amour.* Sie führten ihn an einen abgelegenen Ecktisch, halb versteckt hinter der Bar. Zwei Stühle waren unbesetzt. Auf dem dritten saß ein Mann im gestreiften Anzug, vornübergebeugt, der Kopf seitlich auf der Tischplatte abgelegt. Er wirkte wie ein Betrunkener, der seinen Rausch ausschlief.

Gerber fasste ihn vorsichtig an den Schultern und richtete ihn ein Stück auf, bis er das Blut sah. Ein roter Fleck auf der linken Seite des auffallend grünen Hemdes, direkt über dem Herzen. Die Augen in dem länglichen Gesicht des Mannes blickten starr. Mit einem geübten Griff an die Halsschlagader stellte Gerber fest: kein Puls. Langsam ließ er den Kopf des Toten wieder auf die Tischplatte sinken. Hermann Josef Ansbach, wie er ihn von einem Polizeifoto kannte.

Der Mann mit der Holzfällerstatur drängte sich neben Gerber und zeigte auf den Stuhl zur Linken des Wirts. «Sie hat hier gesessen, dicht neben Jo, die Frau mit dem Kopftuch. Und jetzt ist er tot.»

Gerber hatte genug gesehen, er musste hier raus. Er fühlte sich wie in einem Albtraum gefangen, die stickige Atmosphäre erschwerte ihm das Atmen. Nur zurück an die frische Luft, solange er noch klar denken konnte!

«Wo wollen Sie denn hin?», blaffte der andere, als Gerber sich einen Weg zum Ausgang bahnte.

«Die Frau verfolgen», erwiderte er knapp.

Die war natürlich längst über alle Berge. Ein Teil von ihm war froh darüber. Es war nicht der Kommissar in ihm. Es war der Privatmann Philipp Gerber, der Mann, der die flüchtige Frau über alles liebte. Und der sich weigerte, das Offensichtliche zu glauben.

Eva Herden war eine eiskalte Mörderin?

// KAPITEL 1 //

Sechs Tage zuvor. Freitag, 23. Juli 1954

Drei Tage nach Otto Johns Verschwinden

Für die Jahreszeit war das Wetter geradezu beschissen, aber es passte zu Gerbers Stimmung. Als er vor die Pension trat, in der er seit einem Jahr wohnte, schlug ihm aus dem nachtdunklen Bonner Himmel ein kräftiger Schauer entgegen. Er klappte den Kragen seines Trenchcoats hoch, drückte sich in den Schatten des Hauses und zündete sich mit dem alten Zippo aus seiner GI-Zeit eine Camel an. Fast war er dankbar für den nächtlichen Anruf, auch wenn er keine Ahnung hatte, was sein Vorgesetzter von ihm wollte. «Ich hole Sie in zwanzig Minuten vor Ihrer Pension ab, Gerber. Zu niemandem ein Wort.» Das war es gewesen, und jetzt stand er hier und starrte auf eine menschenleere Straße. Zu niemandem ein Wort – zu wem auch?

Gerber hatte schon im Bett gelegen und sich, wie in den Nächten zuvor, unruhig hin und her gewälzt. Seine Gedanken kreisten um Eva, natürlich, und der Anruf von Kriminaloberrat Arild Wesler hatte Hoffnung in ihm aufkeimen lassen. Gab es eine neue Spur? War Eva wieder aufgetaucht? Je länger er wartete und hastig an der Camel zog, desto größer wurde seine Hoffnung.

Motorengeräusch kam näher, Scheinwerfer blendeten ihn, und neben ihm hielt Weslers Borgward Hansa mit dem abgeschrägten Heck. Gerber schnippte seine Zigarettenkippe in den feuchten Rinnstein und nahm neben Wesler Platz. Eilig wendete der Leiter der Ermittlungsgruppe den Wagen und drückte das Gaspedal durch.

«Gut, dass Sie es so schnell einrichten konnten», sagte Wesler nur und widmete seine ganze Aufmerksamkeit dem eher spärlichen Verkehr, der zu dieser späten Stunde auf den Straßen der Bundeshauptstadt herrschte.

Gerber war genervt. Er hatte eine Erklärung für diesen Ausflug erwartet. Gab es Neuigkeiten über Eva? Irgendjemand musste etwas wissen, verdammt! Aber der Mann am Steuer war so schweigsam wie eine Sphinx. Also riss Gerber sich zusammen und übte sich in Geduld, während die Lichter der Stadt an ihm vorbeihuschten. Seit einer Woche war Eva wie vom Erdboden verschluckt.

Sie überquerten die Rheinbrücke, und in Gerbers Erinnerung flammte wie ein Blitzlicht jene wahnwitzige Nacht auf, als Weslers Amtsvorgänger hier den Freitod gewählt hatte. Auch Dr. Krey hatte einen Borgward gefahren, als er das Brückengeländer durchbrochen hatte und mit seinem Fahrzeug im Rhein versunken war. Für die Öffentlichkeit war es ein tragischer Unfall gewesen, aber Gerber kannte die Wahrheit. Er selbst hatte Krey zu der Tat aufgefordert.

Die kleine Stadt Beuel am anderen Rheinufer ließen sie schnell hinter sich, und Wesler lenkte den Borgward nach Süden. Links sah Gerber die Silhouetten bewaldeter Höhen, die sich gegen den Nachthimmel abzeichneten, rechts erahnte er den nahen Rhein. Irgendwo dort musste der Fähranleger sein, doch die Autofähre hatte ihren heutigen Betrieb längst eingestellt. Unter normalen Umständen benutzten seine Kollegen vom Kommando Adenauer sie, um den Bundeskanzler von Rhöndorf über den Rhein zu begleiten. Aber der Kanzler war gestern zu einem längeren Urlaub in den Schwarzwald aufgebrochen, die Affäre John schien ihn nicht weiter zu belasten.

Seltsamerweise war ebenjenes beschauliche Rhöndorf das Ziel ihrer Fahrt, und der Borgward hielt vor dem Haus am Hang, in dem der Bundeskanzler residierte. Ein paar weitere Fahrzeuge parkten in der Nähe, darunter ein dunkler Mercedes 300. Gerber konnte das Kennzeichen nicht erkennen, aber es musste sich um Adenauers Limousine handeln. Warum war sie nicht im Schwarzwald?

Verwundert begleitete er seinen Vorgesetzten die lange, schummrig beleuchtete Treppe hinauf. Oben standen inmitten von Rosenbüschen, die ihre Pracht in der Finsternis verbargen, ein paar Kollegen von der Sicherungsgruppe Bonn und rauchten, darunter der fast kahlköpfige Fritz Blaschke. Männer vom Kommando Adenauer, die eigentlich mit dem Kanzler im Schwarzwald sein sollten. Seine Leibwächter. Gerbers Kollegen grüßten knapp.

Adenauers Haushälterin war auch kein Ausbund an Fröhlichkeit. Sie nahm den beiden Besuchern die Mäntel ab und brummte: «Sie werden erwartet.»

Damit führte sie Wesler und Gerber ins Wohnzimmer, in dem drei Männer saßen und Kaffee tranken. Einer war der Bundeskanzler. Von den beiden anderen kannte Gerber nur den älteren, einen steif am Tisch sitzenden Mann jenseits der fünfzig mit stark zurückweichendem Haar und einem verkniffenen, fast sauertöpfischen Gesichtsausdruck. Ihn hätte Gerber auch nicht in Bonn vermutet, sondern in Bayern.

Reinhard Gehlen, ehemaliger Generalmajor der Wehrmacht, leitete eine nach ihm benannte Geheimorganisation, die ihren Sitz in Pullach bei München hatte. Die von den Amerikanern aufgebaute Organisation Gehlen setzte im Wesentlichen die Arbeit fort, die im Zweiten Weltkrieg von der Abteilung Fremde Heere Ost geleistet worden war – die Auslandsaufklärung im Osten. Gehlen hatte die Abteilung FHO vom April 1942 an geleitet und nach Kriegsende viele seiner Unterlagen und Mitarbeiter an die Amerikaner weitergereicht. Passend für einen Geheimdienstchef wirkte seine Miene undurchdringlich wie eine Maske.

Adenauer ließ beim Eintreten der beiden Neuankömmlinge ein geschäftsmäßiges Lächeln aufblitzen und wies auf die beiden leeren Sessel.

«Kriminaloberrat Wesler und Hauptkommissar Jerber, jut, dass Se da sind. Setzen Se sich und nehmen Se sich einen Kaffee. Zu so später Stunde das Mindeste, was ich für Se tun kann.» Als habe er Gerbers Gedanken gelesen, fuhr er fort: «Se wundern sich wohl, dass ich nicht beim Matratzenhorchdienst in meinem jemütlichen Hotelbett im Schwarzwald bin, nicht wahr? Das wäre ich sehr jern, und sobald hier alles besprochen ist, werde ich zurückfahren. Meine nächtliche Anwesenheit hier fällt unter die strengste Jeheimhaltung, aber die Lage erfordert es nun einmal.»

Gehlen nickte ihm zu. «Sie können sich auf unser aller Verschwiegenheit verlassen, Herr Bundeskanzler.»

Wesler pflichtete ihm bei und blickte Gerber an, aber der rührte sich nicht und blieb stumm. Noch war er einigermaßen verwirrt und entschlossen, sich mit Einlassungen jedweder Art zurückzuhalten. Dem drängenden Impuls, sich eine Zigarette anzustecken, widerstand er nach einem kurzen Blick auf Adenauer. Der Alte mochte die «Qualmerei», wie er es nannte, gar nicht.

«Der Anlass dieses Treffens ist, wie Se sich wohl denken können, die unerfreuliche Jeschichte mit dem Herrn John», sagte Adenauer mit einem Blick in die Runde. «Wenn der Leiter unseres Verfassungsschutzes plötzlich in Ost-Berlin auftaucht, das ist schon eine Katastrophe. Aber genau das darf es nicht sein, jedenfalls nicht nach außen hin. Je mehr wir die Sache herunterspielen, desto wenijer Kapital können die Sowjets und Ulbrichts Vasallen daraus schlagen. Wir müssen still und leise arbeiten, dürfen kein jroßes Jewese darum machen. Von daher jibt sich auch der Schröder janz jelassen und besucht zurzeit die Bayreuther Festspiele.»

Adenauer sprach von Gerhard Schröder, einem verhältnismäßig jungen CDU-Politiker, der Robert Lehr als Bundesinnenminister nachgefolgt war. Gerber dachte kurz an seine Zusammentreffen mit Lehr, konzentrierte sich aber schnell wieder auf die Gegenwart. Adenauer hatte zwar seine eigene Anwesenheit erklärt, aber was Gerber hier sollte, war ihm noch vollkommen unklar.

«Herr Jerber», wandte der Bundeskanzler sich jetzt an ihn, «Se sind doch befreundet mit einer Journalistin von diesem roten Hetzblatt.» Adenauer fokussierte ihn aus schmalen Augen.

«Wenn Sie von Eva Herden sprechen, Herr Bundeskanzler, ja, sie schreibt für den *Brennpunkt Bonn.*»

Der Kanzler hatte den Themenwechsel zu Eva und ihrem

Magazin überraschend schnell vollzogen. Er wartete, bis die Haushälterin allen frischen Kaffee eingegossen und den Raum wieder verlassen hatte, dann nahm er Gerber erneut ins Visier. «Wann haben Se die junge Frau zuletzt jesehen?»

«Mit Verlaub, ich weiß nicht, worauf Sie hinauswollen, Herr Bundeskanzler.»

Der Kanzler hatte seinen Dolch mitten in Gerbers Wunde gestoßen, und seine lahme Antwort würde den Alten kaum zufriedenstellen.

Aber es war Reinhard Gehlen, der das Wort ergriff: «Keine Ausflüchte, Gerber. Antworten Sie dem Herrn Bundeskanzler gefälligst!»

Gerber hatte Gehlen noch nie ausstehen können, und einmal mehr bestätigte sich seine Abneigung. Seit geraumer Zeit war es das Ziel des ehemaligen Wehrmachtsgenerals, Adenauers wichtigster Einflüsterer zu werden. Er wollte, dass seine Organisation unabhängig von den Amerikanern wurde, und sie in einen Dienst umwandeln, der direkt der Bundesregierung unterstand. Was keine selbstlose Tat war, sondern Gehlens Versuch, ganz der Herr im eigenen Haus zu werden. Gerber, der früher zum amerikanischen Militärgeheimdienst CIC gehört und im Krieg auf amerikanischer Seite gekämpft hatte, fragte sich, ob es das war, wofür er seine Haut riskiert hatte: dass Gestalten wie Gehlen nach oben gespült wurden.

«Kriminalhauptkommissar Gerber untersteht meinem Befehl, nicht Ihrem, Herr Gehlen», sagte Kriminaloberrat Wesler und sprach dabei mit ruhiger, fast leiser Stimme, was seine Worte umso eindringlicher wirken ließ.

Adenauer hob beschwichtigend die Hände. «Meine Herren, bitte keinen Streit. Wir sollten alle an einem Strang ziehen und versuchen, eine Lösung für das Problem John zu finden.»

Gerber konnte sich zwar nicht vorstellen, was Eva mit dem Verschwinden oder gar Überlaufen Otto Johns zu tun haben könnte, aber er beschloss, Adenauers Frage zu beantworten. «Leider ist Fräulein Herden seit einer Woche unauffindbar. Auch in der Redaktion des *Brennpunkt Bonn* weiß man nichts über ihren Verbleib. Oder man gibt zumindest vor, nichts zu wissen.»

«Dann sollten Se sich mal die Fotos ansehen, die Herr Jehlen mir vorjelegt hat.»

Der Kanzler schob ein paar Fotografien über den Tisch. Auf allen Aufnahmen war ohne Zweifel Eva zu sehen. Auf dem ersten Bild stieg sie in ein Taxi, auf dem zweiten überquerte sie eine Straße, auf dem dritten stand sie vor dem Eingang einer U-Bahn-Station.

«Alles Aufnahmen vom 21., dem Tag nach Johns Verschwinden», erläuterte Gehlen. «Wie Sie an den Straßenschildern erkennen können, stammen sie aus Ost-Berlin.»

«Und?», fragte Gerber. «Es ist nicht verboten, sich in Ost-Berlin aufzuhalten. Fräulein Herden schreibt viel über den Ost-West-Konflikt. Vielleicht betreibt sie dort Recherchen.»

«Von denen sie Ihnen nichts erzählt hat? Und ihrem Chefredakteur auch nicht?»

«Es ist nicht Fräulein Herdens Art, ihre Geschichten an die große Glocke zu hängen, solange sie die Hintergründe nicht sauber recherchiert hat.»

Warum verteidigte er Eva so vehement? Weil er sie liebte natürlich, und weil der überhebliche Gehlen sie auf eine versteckte Art angriff. Dabei war er selbst von ihr enttäuscht, weil sie verschwunden war, ohne eine Nachricht zu hinterlassen. Jeden Zentimeter ihrer Wohnung hatte er nach einem Hinweis abgesucht, ohne Ergebnis.

Um den Mund des Mannes, der neben Gehlen saß und bislang geschwiegen hatte, zuckte ein spöttisches Lächeln. «Wenn Fräulein Herden auf Recherchereise in Ost-Berlin ist, kann man nur den Hut vor ihr ziehen. Sie scheint näher am aktuellen Geschehen dran zu sein als alle anderen.»

Der hochgewachsene Enddreißiger schob ein weiteres Foto in die Tischmitte. Darauf war Eva an der Seite eines Mannes mit streng gescheiteltem Haar zu sehen. Sie begrüßten sich im Eingangsbereich einer Villa mit Handschlag. Beide lächelten, und sie schienen sich lebhaft zu unterhalten. Der Mann war Otto John.

«Die Aufnahme stammt von gestern», fügte der Unbekannte hinzu. «Sie zeigt den abgängigen Verfassungsschutzpräsidenten John und Fräulein Herden vor dem Haus Nummer 67 in der Treskowallee, Berlin-Karlshorst. Das ist sowjetisches Sperrgebiet, und in dem Haus bringt der Iwan Personen unter, an deren Sicherheit ihm besonders gelegen ist. Nach meinem Dafürhalten hat Fräulein Herden mit ihrer journalistischen Erfahrung unserem Herrn John bei der Vorbereitung seiner Rede beratend zur Seite gestanden.»

Er spielte auf die Ansprache Johns an, die der ostdeutsche Rundfunk vor wenigen Stunden gesendet hatte. Darin hatte er sich «an alle Deutschen» gewandt mit dem Aufruf «zum Einsatz für die Wiedervereinigung». Verbunden hatte John das mit einer heftigen Kritik an Adenauers Deutschland-Politik, die in eine Sackgasse geraten sei. Der oberste Verfassungsschützer der Bundesrepublik war seinen eigenen Worten zufolge freiwillig in den Osten gegangen. Oder zum Feind übergelaufen – wie man es weniger freundlich ausdrücken konnte.

Gerber riss seinen Blick von der Aufnahme los und sah den Mann an. «Sie reden so, als wären Sie dabei gewesen. Ist das Foto überhaupt echt?»

«Das kann ich Ihnen versichern. Einer meiner zuverlässigsten Agenten hat es geschossen.»

«Wer sind Sie eigentlich?», fragte Gerber angriffslustig. Die Richtung, die das Gespräch nahm, gefiel ihm immer weniger.

Gehlen übernahm die Antwort. «Herr Zaunert leitet bei uns die Sektion Berlin. Er ist einer meiner besten Männer, schon seit Kriegstagen.»

Zweifellos hätte der Ex-General das über jeden seiner Leute gesagt, aber das war kein Argument gegen Zaunert. Immerhin wusste Gerber jetzt, wo Eva sich aufhielt. Er beschloss, das Beste daraus zu machen.

«Haben Sie Kontakt zu Fräulein Herden aufgenommen?», fragte er Zaunert.

Nach einem kurzen Blickwechsel mit Gehlen antwortete Zaunert: «Das gehörte bislang nicht zu meinen Aufgaben. Mein Auftrag lautete Beobachten und Dokumentieren.»

«Und was haben Sie beobachtet?»

«Ihre Pension in West-Berlin hat Fräulein Herden zuletzt am Abend des 20. Juli aufgesucht, ein oder zwei Stunden vor Johns Verschwinden. Spät am selben Abend hat sie sich ein Hotel im Ostsektor genommen, hat dort aber am folgenden Abend wieder ausgecheckt und ist seitdem nicht auffindbar. Die Fotos stammen vom 21.»

Ein vernehmliches Räuspern des Bundeskanzlers zog die

Aufmerksamkeit auf sich, und Adenauer richtete seinen Blick auf Gehlen.

«Jute Arbeit, Herr Jehlen», sagte er zur sichtlichen Zufriedenheit des Gelobten. «Haben Se eine Theorie, welche Rolle das Fräulein Herden in dieser Affäre spielt?»

«Vielleicht war sie ein Lockvogel für John. Zumindest ist sie offenbar eine wichtige Kontaktperson. Ihre Veröffentlichungen liegen auf einer Linie mit den politischen Äußerungen in der Rundfunkansprache. Wie Zaunert schon sagte, vermutlich haben sie und John die Ansprache gemeinsam ausgearbeitet. Einen gewissen Einfluss der Sowjets dürfen wir dabei voraussetzen.»

«Vielleicht sogar einen recht bedeutenden Einfluss», fügte Wesler hinzu. «John könnte unter Druck gesetzt worden sein. Vielleicht handelte er sogar unter Zwang. Die Möglichkeit, dass er sich unfreiwillig in Ost-Berlin aufhält, sollten wir ernsthaft in Erwägung ziehen.»

«Wenn Sie damit eine gewaltsame Verschleppung Johns andeuten wollen», sagte Gehlen, «passt das nicht damit zusammen, wie ungezwungen er sich auf diesem Foto gibt.»

«Wir wissen nicht, womit er bedroht oder erpresst wird», erwiderte Wesler.

«*Möglicherweise* bedroht oder erpresst», präzisierte der Ex-General.

Gerber wollte dem sich entspinnenden Hickhack ein Ende setzen und fragte in die Runde: «Wann soll ich nach Berlin gehen und in welcher Eigenschaft?»

Ein dünnes Lächeln huschte über Adenauers Gesicht. «Bravo, Herr Jerber, Se haben es auf den Punkt jebracht. Eine direkte Kontaktaufnahme mit dem Herrn John dürfte schwierig werden und vielleicht auch jefährlich. Ihre persönliche Verbindung zu Fräulein Herden könnte daher sehr wertvoll für uns sein.»

«Also werde ich offiziell nur ihretwegen dort sein.»

«Selbstverständlich», schaltete sich Gehlen ein. «Und wenn Sie auffliegen, werden wir jedwede Kenntnis von Ihrer Aktion leugnen. Sie sind dann nichts weiter als ein verzweifelter Mann, der seine weggelaufene Geliebte sucht. Das Beste an der Geschichte ist, dass sie auch noch stimmt.»

«So gut es geht, werden wir natürlich unsere schützenden Hände über Sie halten, Herr Hauptkommissar», versprach Wesler. «Schließlich bin ich auch noch da und werde die Ermittlungen in der Affäre John koordinieren.»

Ein tiefer Seufzer kündigte Gehlens Protest an. «Das halte ich für keine gute Idee. Viele Köche verderben den Brei. Meine Organisation sollte in dieser Sache das Heft fest in der Hand halten.»

«Herr John ist der Präsident des Bundesamtes für Verfassungsschutz», sagte der Kriminaloberrat. «Seine Behörde verfügt über kein Exekutivorgan, das ist Aufgabe des BKA. Um präzise zu sein: Als Leiter der Ermittlungsabteilung in der Sicherungsgruppe ist es meine Aufgabe, sein Überlaufen nach Ost-Berlin zu untersuchen.»

Mit geballten Fäusten stieß Gehlen hervor: «Und meine Aufgabe ist es, subversive Übergriffe der Sowjets auf Westdeutschland abzuwehren.»

«Jenau deswejen sollen Se ja auch zusammenarbeiten», sagte der Bundeskanzler. «Jemeinsam mit der Leitung der West-Berliner Polizei werden Se die Aufklärung im Fall John koordinieren. Ich verlasse mich darauf. Und *Sie* beide» – er sah Gerber und Zaunert an – «werden sich in Ost-Berlin einträchtig auf die Spur von Fräulein Herden setzen und nicht zanken wie die Kesselflicker.»

Adenauer blickte in den Unterlagenstapel vor sich. Das Zeichen für alle Anwesenden, dass die Unterredung beendet war. Aber als Gerber sich ebenfalls erheben wollte, hob der Kanzler die Hand.

«Herr Jerber, Se bleiben bitte noch einen Moment.»

Gehlen warf Gerber einen skeptischen Blick zu, bevor er mit Zaunert das Zimmer verließ. Wesler hatte das mitbekommen und konnte sich ein Grinsen nicht verkneifen.

«Ich warte unten auf Sie», sagte er halblaut zu Gerber.

Adenauer kümmerte sich nicht länger um seine Unterlagen, sondern trank in Ruhe seinen Kaffee aus. Mit einem Seufzer wanderte sein Blick an die Zimmerdecke.

«Wissen Se, was da oben ist?»

«Das Obergeschoss», lautete Gerbers Antwort, auch wenn sie ihm reichlich banal vorkam.

«Janz recht, Herr Jerber. Da oben ist mein Schlafzimmer, und da drin steht mein Bett. Ich hätte nicht übel Lust, hinaufzujehen und mich hinzulejen.» Er seufzte erneut. «Leider wird da nichts draus. Ich muss zurück in den Schwarzwald, als wäre ich nie hier jewesen. Einen juten Teil der Nacht werde ich auf der Autobahn verbringen.»

«Ich beneide Sie wirklich nicht, Herr Bundeskanzler.»

«Ich Sie auch nicht, Herr Gerber.» Adenauer hatte seinen rheinischen Singsang wie auf Knopfdruck abgeschaltet und sah ihn durchdringend an. «Sie sind in das Mädel richtiggehend verliebt, nicht wahr?»

«Ja», antwortete Gerber mit plötzlich rauer Stimme. «Aber

Sie können gewiss sein, dass mich das nicht in der Erfüllung meiner Pflichten beeinträchtigt.»

«Das weiß ich. Sie können mir glauben, ich hätte Sie gern aus dem Spiel gelassen. Aber gerade wegen Ihrer Verbindung zu Fräulein Herden sind Sie der Beste für diese Aufgabe. Und ich weiß, dass ich Ihnen voll und ganz vertrauen kann. Sie haben mir schon einmal aus der Patsche geholfen, damals mit dieser Akte.»

Gerber blickte seinem Gegenüber in die Augen. «Ich habe keine Ahnung, wovon Sie sprechen, Herr Bundeskanzler.»

«Sehen Se, jenau das meine ich.» Adenauer zwinkerte ihm zu und war wieder in seine rheinische Mundart verfallen. Rasch erhob er sich mit einer Energie, die seinem hohen Alter und auch der späten Stunde Hohn sprach, und streckte seine Hand aus. «Herr Jerber, ich wünsche Ihnen viel Glück!»

--

Gerber ging die Freitreppe zur Straße hinunter, vergeblich bemüht, die in seinem Kopf herumschwirrenden Gedanken zu ordnen. Sie kreisten um zwei Menschen, die ein Jahr zuvor in sein Leben getreten waren: Eva Herden und Konrad Adenauer. Nicht mitgezählt das kurze, aber folgenschwere Zusammentreffen mit Adenauer im Frühjahr 45, damals, als Gerbers Freund Jim Anderson noch gelebt hatte.

Eva und der Bundeskanzler. Er musste trotz der ernsten Lage schmunzeln. Zwei Menschen, die vielleicht unterschiedlicher nicht sein konnten. Die junge Frau, die mit heißem Herzen und vielen klugen Artikeln im *Brennpunkt Bonn* dem Kommunismus huldigte, und der erfahrene, gewiefte Politiker, dem nichts so viel zu bedeuten schien wie die Bekämpfung der roten Gefahr. Die Wege der beiden schienen sich immer wieder zu kreuzen, was an Gerber liegen mochte.

Er wusste nun, wo Eva sich aufhielt, aber er konnte darüber keine Freude empfinden. Der erst verschwundene und jetzt überraschend wieder aufgetauchte Otto John. Ost-Berlin. Und Eva offenkundig mittendrin. An seine Theorie, die er eben der kleinen Versammlung aufgetischt hatte, konnte er selbst nicht glauben. Dahinter steckte mehr als eine Rechercheresise, sonst wäre sie nicht so sang- und klanglos abgetaucht. Ohne ihm ein Wort zu sagen.

Immerhin, er hatte jetzt eine Spur. Was ihm daran gar nicht gefiel, war die Verstrickung der Organisation Gehlen in die Angelegenheit. Auf Gehlens Leute angewiesen zu sein, sie womöglich auf Schritt und Tritt am Hacken zu haben, war wie ein Klotz am Bein. In seinen Augen war Gehlen ein hemmungsloser Opportunist, zu allem bereit, um seinen Einfluss zu stärken. Mit dieser Einstellung war er unter den Nazis aufgestiegen, dann unter den Amerikanern, und jetzt, wo die junge Bundesrepublik Schritt für Schritt ihre Unabhängigkeit von den Siegermächten anstrebte, wollte er sich bei Adenauer unentbehrlich machen. Das Dumme an der Situation war, dass Gehlens Leute tatsächlich Evas Spur entdeckt hatten. Das hatte auch etwas Beängstigendes. Gerber wurde das Gefühl nicht los, dass er Eva vor Gehlen beschützen musste.

Als Gerber am Fuß der Treppe ankam, sah er die Rücklichter von Gehlens und Zaunerts Limousine in der Nacht verschwinden.

«Ich habe mich mit Zaunert für morgen Nachmittag zur Einsatzbesprechung verabredet», sagte Wesler, der neben seinem

Borgward stand. «Sie werden auch dabei sein. In West-Berlin. Wir fliegen ab Frankfurt. Ich hole Sie morgen früh ab.»

«Ich bin alles andere als glücklich über die Zusammenarbeit mit der Org», sagte Gerber.

«Geht mir genauso», sagte Wesler missmutig. «Aber wir müssen für jede Unterstützung dankbar sein, und momentan hat die Organisation Gehlen nun mal die Nase vorn. Zumal eine Zusammenarbeit dem ausdrücklichen Wunsch des Kanzlers entspricht. Apropos, hat er noch etwas Wichtiges gesagt?»

«Nur ein paar persönliche Worte.»

Der Kriminaloberrat stieß ein trockenes Lachen aus. «Gehlen hat geguckt wie drei Tage Regenwetter, als wir hinausgingen. Um ein Haar wäre er grün vor Neid geworden.»

«Das gönne ich ihm von Herzen.»

«Nehmen Sie seine Aversion nicht auf die leichte Schulter, Gerber. Er ist ein mächtiger Mann. Übrigens, insgeheim kann er John nicht ausstehen.»

«Kein Wunder, John war im Widerstand gegen Hitler und Gehlen einer von Hitlers Generälen. Man munkelt sogar, Gehlen habe Johns Bruder Hans verhört, als die Nazis diesen nach dem Stauffenberg-Attentat inhaftiert hatten. John ist allein deshalb einer der schärfsten Widersacher Gehlens, mag er sich nach außen hin auch anders geben. Sollte mich nicht wundern, wenn Gehlen heimlich einen Freudentanz aufgeführt hat, als er von Johns Auftauchen in Ost-Berlin erfuhr. Es sei denn ...»

«Was denn, Gerber?»

«Das möchte ich jetzt lieber nicht aussprechen, der Gedanke ist zu ungeheuerlich.»

«Anspielungen darauf, dass Gehlen bei der Affäre John seine Finger im Spiel haben könnte, würde ich tunlichst unterlassen.» Während er den Wagen zurück in Richtung Beuel lenkte, warf Wesler seinem Beifahrer einen kurzen Seitenblick zu und lächelte grimmig. «So verlockend solch eine Hypothese auch sein mag.»

// KAPITEL 2 //

Samstag, 24. Juli 1954

Vier Tage nach Otto Johns Verschwinden

Die Hände in den Manteltaschen, stand Philipp Gerber unschlüssig am Straßenrand und blickte Weslers Borgward nach. Der Kriminaloberrat hatte ihn vor seiner Pension abgesetzt. Mitternacht war längst vorüber, und im Hinblick auf den bevorstehenden Flug nach Berlin hätte er versuchen sollen, möglichst viel zu schlafen. Aber genau da lag das Problem. Er sah sich in seinem Bett liegen und sich wieder unruhig hin und her wälzen, so wie vor dem Anruf seines Vorgesetzten. Ab morgen würde er in ein Team mit Wesler, Zaunert und anderen eingebunden sein. Aber diese Nacht gehörte noch ihm allein, und er beschloss, sie zu nutzen. Er ging nicht zurück in seine Pension, sondern steuerte den schwarzen Opel Kapitän an, der auf der anderen Straßenseite fast mit der Dunkelheit verschmolz. Anfangs hatte er den Wagen nur gemietet, inzwischen gehörte er ihm.

Der Nieselregen setzte erneut ein, als er in südliche Richtung fuhr. Zwar hatte der Aufstieg zur Bundeshauptstadt dem bis dahin beschaulichen Bonn einen gewaltigen Hunger nach Neubauten beschert, aber Teile des ländlich wirkenden Stadtteils Kessenich waren aufgrund des sumpfigen Bodens davon bisher verschont geblieben. Er bezweifelte, dass es noch lange so bleiben würde, die Nähe zum Regierungsviertel war einfach zu verlockend.

Im letzten Augenblick trat er auf die Bremse, hätte fast den schmalen Weg verpasst, der rechts vor ihm abbog. Vorsichtig lenkte er den Opel über die ruckelige Fahrbahn auf den Venusberg zu und starrte durch die Schlieren, die die Scheibenwischer hinterließen.

Hier leuchtete keine einzige Straßenlaterne. Ein paar alte Eichen am Wegesrand reckten ihre mächtigen Äste in den düsteren Himmel, wo dichte Wolken aufgezogen waren, wie um den letzten Rest Licht, den Mond und Sterne verbreiteten, zu verbergen.

Er fuhr noch langsamer. Hinter der nächsten Biegung lag das Fachwerkhaus, das einmal zu einem kleinen Gehöft gehört hatte. Gerber war am Ziel.

--

Berthold Neuenhahn drehte sich im Bett um und tastete fahrig nach dem Wecker. Er fand ihn nach einigem Suchen, aber es war einfach zu dunkel, um etwas zu erkennen. Widerwillig schaltete er die Nachttischlampe ein. Noch nicht mal ein Uhr. Mit einem Seufzer stellte er den Wecker zurück und schaltete das Licht wieder aus. Aber es half nichts, er war jetzt wach.

Warum schlief er in letzter Zeit so schlecht? Hatte es etwas mit Eva zu tun? Sie war seine beste Journalistin, und sie war auch einmal seine Geliebte gewesen. Aber das war einige Zeit her, bevor dieser Mann vom BKA aufgetaucht war. Neuenhahn hätte Evas Vater sein können, und vielleicht war er für solche Geschichten einfach zu alt.

Seitdem er Otto Johns Rundfunkansprache gehört hatte, dachte er fast unentwegt an Eva.

Er hörte Motorengeräusche, ganz in der Nähe. Gähnend richtete er sich etwas auf, aber da erstarb das Brummen auch schon. Stattdessen nahm er ein anderes Geräusch wahr, das sein langsam auf Touren kommender Verstand als das Zuschlagen von Autotüren identifizierte. Besuch, um diese Uhrzeit?

Er wälzte sich aus dem Bett und ging barfuß über den dunklen Korridor im Obergeschoss bis zu dem kleinen Fenster. Er drückte sein Gesicht gegen die Scheibe und spähte nach draußen. Es regnete leicht, und die Nacht war finster. Am Wegesrand vor seinem Haus parkte, direkt hinter seinem Opel Olympia Rekord, ein Auto, das er beim besten Willen nicht erkennen konnte.

Eine dunkle Gestalt stand vor seiner Haustür. Ein Mann, aber er konnte das Gesicht nicht sehen. Das Geräusch des schweren Türklopfers hallte durch das Haus, wirkte durch die Stille der Nacht hundertfach verstärkt.

Die alte Treppe mit den hohen Stufen knarrte laut unter seinem beträchtlichen Gewicht, als Neuenhahn nach unten ging. Der Besucher betätigte den Klopfer wieder und wieder, als wolle er das Haus zum Einsturz bringen.

«Ja, was ist denn?», rief Neuenhahn.

«Dr. Neuenhahn?», tönte es dumpf zurück.

Die Stimme kam ihm bekannt vor, aber er konnte sie nicht einordnen.

«Wer ist da?»

«Heinz Labisch.»

«Was wollen Sie um diese Zeit?», fragte Neuenhahn.

«Erst einmal reinkommen, wenn's recht ist. Ich stehe hier nämlich im Regen.»

«Ja, einen Augenblick.»

Hastig drehte Neuenhahn den großen Schlüssel herum und zog mit einem Ruck die schwere Tür auf. Jetzt erkannte er umrisshaft Labischs grobes Gesicht unter dem tief in die Stirn gezogenen Hut. Dagegen war er selbst mit seinen nackten Füßen und in dem gestreiften Pyjama, der über dem Bauch ordentlich spannte, höchst informell gekleidet.

Seine Gedanken brachen jäh ab, als der Besucher vortrat und seine Faust mitten in seinem Gesicht explodieren ließ. Er taumelte zurück. Haltsuchend stieß er die alte Bauernvase von dem Tischchen neben der Tür, und sein schwerer Körper ging zu Boden. Er hatte noch nicht richtig begriffen, was vor sich ging, da hatte Labisch bereits nachgesetzt und holte zu einem heftigen Tritt gegen seinen Kopf aus.

Neuenhahn handelte rein instinktiv. Ein Reflex aus längst vergangenen Zeiten, in denen er viel besser in Form gewesen war. Noch im Liegen packte er mit beiden Händen den auf ihn zuschnellenden Fuß des Angreifers und drehte ihn herum. Labisch verlor das Gleichgewicht und fiel mit einem Laut, der halb Fluch und halb unterdrückter Schrei war, auf den kleinen Tisch, der unter ihm zu Bruch ging.

Jetzt musste er schneller sein als der andere! Neuenhahn rappelte sich auf und griff eines der Tischbeine, die am Boden lagen. Das musste reichen.

Er holte zum Schlag aus, als eine scharfe Stimme rief: «Keine weitere Bewegung, Dicker, oder es knallt!»

Ungläubig blickte er zu der offenen Tür. Da stand ein ihm unbekannter Mann, ähnlich muskulös gebaut wie Labisch, in der Rechten eine Pistole. Auf die kurze Entfernung würde der andere ihn gewiss nicht verfehlen.

Ächzend rappelte sich Labisch auf und zog ebenfalls eine Pistole. «Mensch, Walter, du hast dir aber Zeit gelassen!»

Walter lachte auf. «Wer hat denn eben rumgetönt: ‹Mit dem alten Fettsack werd ich allein fertig?› Der hätte dich glatt zu Brei geschlagen, Heinz.»

«Was soll das alles?», fragte Neuenhahn atemlos. «Was habe ich euch getan?»

«Es ist nichts Persönliches», sagte Labisch kalt. «Du weißt einfach zu viel. Wir knipsen dich aus und fertig!»

Neuenhahn stand keine zwei Schritte vor ihm und fühlte sich wie gelähmt, während seine Gedanken sich überschlugen.

«Das ist doch dumm», krächzte er, und die Stimme wollte ihm kaum gehorchen. «Lebendig bin ich viel nützlicher für euch mit meinen Verbindungen.»

«Das sehen die Leute oben offenbar anders. Der Doktor hat seine Schuldigkeit getan, der Doktor kann gehen.»

«Arbeit», sagte Walter.

«Wie?», kam es irritiert von Labisch.

«Bei Schiller steht Arbeit, nicht Schuldigkeit.»

«Scheiß drauf», knurrte Labisch und drückte ab.

Neuenhahn hörte den Knall und spürte den Einschlag in der Brust. Gleichzeitig wankte Labisch nach vorn, fiel gegen ihn und riss ihn mit sich zu Boden. Neuenhahn stieß einen erstickten Schrei aus, der in einem Gurgeln verendete. Der neue Schmerz war noch viel schlimmer als der von eben, als

Labisch ihm die Faust ins Gesicht gerammt hatte, und eine Welle der Übelkeit übermannte ihn.

--

Als Gerber um die Kurve bog, war er irritiert. Gleich zwei Fahrzeuge parkten vor dem kleinen Fachwerkhaus, das Dr. Herbert Neuenhahn, Chefredakteur des *Brennpunkt Bonn*, zu seinem Refugium erkoren hatte. Der eine Wagen schien Neuenhahns neuer Opel zu sein. Vermutlich, genauso wie das Haus, mit Geld bezahlt, das aus Ost-Berlin oder direkt aus Moskau geflossen war. Rein persönlich hatte Gerber nichts gegen Neuenhahn, aber der starke Verdacht, dass er, wie auch sein ganzes Blatt, von den Kommunisten finanziert wurde, stand unleugbar im Raum.

Gerber hielt an, sodass man seinen Wagen vom Haus aus nicht sehen konnte, dann schaltete er die Scheinwerfer und den Motor aus. Das andere Fahrzeug schien ein Peugeot zu sein, genau konnte er es nicht erkennen. Nächtlicher Besuch bei Dr. Neuenhahn? Vielleicht eine neue Geliebte, die Eva in seinem Bett abgelöst hatte?

Er bemerkte die offene Haustür, und in ihm schrillten die Alarmglocken. Binnen Sekunden war er ausgestiegen und hatte die belgische FN Browning aus dem Schulterholster gezogen. Um unnötigen Lärm zu vermeiden, ließ er die Autotür offen. Er hastete, die Waffe in der Rechten, in geduckter Haltung über die Straße und auf das Haus zu, hielt sich dabei aber so, dass man ihn durch die offene Tür nicht sehen konnte.

Er hörte Stimmen und erspähte zwei Männer, die er nur

von schräg hinten sah, und Berthold Neuenhahn im Pyjama, der geradewegs in die Mündung einer Pistole blickte.

«Scheiß drauf», sagte der Mann, der vor dem Chefredakteur stand.

Gerber schoss instinktiv. Zwei Schüsse fielen fast zeitgleich, und zwei Männer gingen, ineinander verkeilt, ebenfalls fast gleichzeitig zu Boden: Neuenhahn und der Mann vor ihm.

Der dritte Mann, der nahe der Tür stand, wirbelte augenblicklich herum, eine Pistole in der Hand.

In diesem Augenblick brach der sichelförmige Mond durch die Wolken und sandte ein fahles Licht auf ihn. Harte, wettergegerbte Züge, die Augen unter buschigen Brauen. Man sah ihm an, dass er ans Töten gewöhnt war. Nach einer kurzen Irritation hatte er seinen Plan offenbar geändert: Er stürzte zu einer Hintertür, entriegelte sie mit einem schnellen Griff und verschwand in der Nacht.

Gerber eilte ins Haus und hob die Waffe des Mannes auf, der reglos auf Neuenhahn lag. Es war ein tschechisches Fabrikat aus dem Krieg, eine Mars. Er ließ sie in der Manteltasche verschwinden und zog den Toten vorsichtig von Neuenhahn herunter.

Der korpulente Mann im Pyjama ließ ein gequältes Röcheln hören, aber immerhin war er am Leben. Die Kugel hatte ihn im rechten Brustbereich getroffen.

«Bleiben Sie einfach liegen, und pressen Sie die Hände auf die Wunde», sagte Gerber zu ihm. «Ich rufe Hilfe.»

«Gerber», keuchte der Verwundete. «Was … tun Sie hier? Sie haben … mein Leben … gerettet.»

«Später!»

Gerber sprang auf, hetzte durch den großen Raum und warf

beide Türen zu, die er zusätzlich abschloss. Erst jetzt fühlte er sich einigermaßen sicher vor dem Entflohenen, der irgendwo da draußen auf der Lauer liegen mochte.

Er schaltete nur eine kleine Lampe auf einem Beistelltisch an, die einen schwachen Schein verbreitete.

Neben einem Bücherbord stand ein Telefon. Sein erster Anruf galt dem Universitätsklinikum auf dem nahen Venusberg. Anschließend rief er die Bonner Polizei an und schließlich Kriminaloberrat Wesler.

«Gerber?», knurrte er verschlafen in den Hörer. «Sie sollten längst im Bett liegen.»

«Das sagen Sie mal den beiden Kerlen, die gerade versucht haben, Dr. Neuenhahn umzubringen.»

«Was? Den Chef von Eva Herden?»

«Ich kam gerade noch rechtzeitig, aber er ist schwer verwundet.»

Nachdem Gerber seinem Vorgesetzten Bericht erstattet hatte, kümmerte er sich wieder um den Verletzten. Dem Mann stand der Schweiß in dicken Perlen auf der Stirn, zugleich zitterte er am ganzen Körper. Gerber holte ihm eine Wolldecke und bettete den Kopf auf ein kleines Kissen.

«Kannten Sie die Männer?»

«Heinz … Labisch. Der … hat auf mich geschossen.»

«Und der andere?»

«Walter.» Der Verwundete hustete. «So hat … Labisch ihn genannt.»

«Wer ist – oder war – dieser Heinz Labisch?»

«Freier Journalist. Offiziell. Habe Beiträge von ihm … veröffentlicht. Ich … glaube aber nicht, dass er … sie selbst geschrieben hat.»

«Und inoffiziell?»

Neuenhahn zögerte. Sein Atem ging schwer und stoßweise. Immer mehr Blut drang aus der Wunde. Jedes Wort bereitete ihm Schmerzen, und widerwillig beschloss Gerber, ihn in Ruhe zu lassen.

Warum hatten die Männer es auf ihn abgesehen? Und bedeutete es, Evas Leben war auch in Gefahr?

// KAPITEL 3 //

Wesler telefonierte zum x-ten Mal mit dem Krankenhaus, und Gerber rieb seine müden Augen. Über Bonn ging allmählich die Sonne auf und sandte ihre Strahlen auch durch die Fenster von Weslers Büro in der Joachimstraße 15. Das hatte auf Gerber ebenso wenig eine belebende Wirkung wie die fünfte oder sechste Tasse des starken Kaffees. Er hätte genauso gut Wasser trinken können.

So lang die Nacht auch gewesen war, sie war weitgehend ergebnislos verlaufen. Immerhin war der Krankenwagen rasch gekommen und hatte Berthold Neuenhahn lebendig auf den Venusberg gebracht. Wesler hatte ständigen Polizeischutz für ihn angeordnet. Die Kugel saß tief in seiner Brust, und die Ärzte mussten all ihre Kunst aufwenden, um sie ohne weitere Schäden zu entfernen.

Die Suche nach dem mysteriösen Walter war ergebnislos verlaufen. Die Suchhunde hatten seine Spur im Wald verloren. Der Moment, als das Mondlicht auf das Gesicht des Mannes gefallen war, stand Gerber noch deutlich vor Augen, und er hatte mithilfe eines Zeichners der Bonner Kriminalpolizei ein Phantombild anfertigen lassen. Der Peugeot, mit dem die beiden Attentäter nach Kessenich gekommen waren, war von der Polizei sichergestellt worden. Die Überprüfung des Kennzeichens hatte ergeben, dass er auf Heinz Labisch zugelassen war.

Gerbers BKA-Kollegen Sattler und Müller durchsuchten Labischs Wohnung in der Bornheimer Straße. Die Adresse hatten sie in Neuenhahns Unterlagen gefunden. Die Kollegen Liepelt und Senft nahmen sich Neuenhahns Haus vor, um nach weiteren Hinweisen zu suchen, besonders im Hinblick auf Eva Herden und Otto John.

Den für heute geplanten Flug nach Berlin hatte Wesler verschoben, ohne der Org bislang mitzuteilen, dass es mit dem nachmittäglichen Treffen nichts werden würde. Oder wie der Kriminaloberrat es ausgedrückt hatte: «Wir sind zwar gezwungen, mit Gehlens Spürhunden zusammenzuarbeiten, wohl oder übel, aber wir müssen sie nicht über jeden unserer Schritte unterrichten. Je länger ihnen verborgen bleibt, was sich in Kessenich ereignet hat, desto länger haben wir freie Hand.»

Wesler hatte sein Telefonat beendet, lehnte sich auf seinem Schreibtischstuhl zurück, strich seine verrutschte Krawatte glatt und unterdrückte ein Gähnen. «Noch einen Kaffee?»

Gerber winkte ab. «Lieber nicht. Ich habe das Gefühl, er fließt schon durch meine Adern. Gibt es Neuigkeiten aus dem Krankenhaus?»

«Die Ärzte hoffen, er kommt durch.»

«Sie *hoffen* es?»

«Er hat jede Menge Blut verloren, ist sehr geschwächt und schläft jetzt. Die nächsten Stunden werden entscheiden, ob er es schafft oder nicht.»

«Was bedeutet, dass wir Neuenhahn vorerst nicht vernehmen können.»

«Korrekt», sagte Wesler in demselben säuerlichen Ton wie Gerber.

«Vielleicht hätten wir doch nach Berlin fliegen sollen.» Gerber seufzte. «Ich komme mir hier nutzlos vor. Hätte ich nur letzte Nacht mehr aus Neuenhahn herausbekommen!»

Wesler machte eine beschwichtigende Handbewegung. «Sie haben alles richtig gemacht. Ohne Sie hätte Neuenhahn die Geschichte gar nicht überlebt.»

Gerber dachte an den Chefredakteur des *Brennpunkt Bonn*, der ideologisch auf der entgegengesetzten Seite stand. Während in Weslers Büro Porträts von Bundeskanzler Adenauer und Innenminister Schröder hingen, hatte er in Neuenhahns Redaktionsbüro eine Großaufnahme von Georgi Malenkow gesehen, der nach Stalins Tod im März letzten Jahres Erster Sekretär des Zentralkomitees der KPdSU, der Kommunistischen Partei der Sowjetunion, und Vorsitzender des Ministerrats der UdSSR geworden war. Allerdings war Malenkows Stern schon wieder am Sinken, und Nikita Chruschtschow, der ihn bereits als Ersten Sekretär des Zentralkomitees abgelöst hatte, galt längst als der kommende Mann. Ob Neuenhahn inzwischen auch Chruschtschow an der Wand hängen hatte? So wie bei der Sicherungsgruppe nach der letzten Bundestagswahl die Bilder von Robert Lehr durch die des neuen Innenministers ersetzt worden waren.

Die Erinnerung an den Wahlkampf vor einem Jahr ließ Gerber an die Affäre denken, die ihn überhaupt zur Sicherungsgruppe gebracht und in deren Verlauf er Eva kennengelernt hatte. Trotz gegensätzlicher politischer Überzeugungen hatte er nicht nur gut mit Eva, sondern auch mit Neuenhahn zusammengearbeitet. Er hatte den Eindruck gewonnen, dass auf Neuenhahns Wort Verlass war. Aber war der Mann tatsächlich so sehr von den Ideen des Kommunismus durchdrungen, oder lebte er einfach ganz gut von dem Geld, mit dem die

Roten sein Blatt finanzierten? Das Bauernhaus in Kessenich, gar nicht weit entfernt von der Redaktion des *Brennpunkt Bonn* in der Markusstraße, konnte nicht ganz billig gewesen sein.

Neuenhahn hatte sich schon in jungen Jahren für den Kommunismus begeistert und war von den Nazis ins Konzentrationslager gesteckt worden. Was, fand Gerber, kein Hindernis war, sondern eher ein Grund, gut und gern zu leben. Nach dem Krieg hatte er sich in der Sowjetzone niedergelassen und als Journalist für mehrere linientreue Blätter gearbeitet. 1951 war er überraschend im Westen aufgetaucht und war zum Chefredakteur des frisch gegründeten *Brennpunkt Bonn* aufgestiegen.

Gerber klopfte zwei Zigaretten aus seiner Camel-Packung und reichte Wesler eine. «Herausgeber des *Brennpunkt Bonn* ist nominell eine gewisse Gesellschaft für Ost-West-Verständigung. Aber wer steckt dahinter?»

«Wenn man diverse Transfergesellschaften und angeblich gemeinnützige Vereine einmal außen vor lässt, dann natürlich die Moskauer Lubjanka.» Wesler sprach von der Zentrale des sowjetischen Auslandsgeheimdienstes, der seit einigen Monaten den Namen KGB trug, was abgekürzt so viel hieß wie Komitee für Staatssicherheit. «Aber das wissen Sie doch so gut wie ich, Gerber. Oder bereitet es Ihnen Sorgen, dass Ihre Freundin vom sowjetischen Geheimdienst bezahlt wird?»

«Wollen Sie andeuten, Eva sei eine KGB-Agentin?»

«Andeuten will ich gar nichts, aber die Möglichkeit besteht.»

«Sie meinen, ein direkter Draht zum KGB in den eigenen Reihen» – er tippte gegen seine Brust – «kann unter Umständen nützlich sein?»

«Ein direkter Draht kann immer nützlich sein, gerade in

dieser vertrackten Angelegenheit. Aber warum fragen Sie das überhaupt? Uns allen ist klar, dass der *Brennpunkt Bonn* aus Ostgeldern gespeist wird. Ein finanzieller Gewinn lässt sich mit dem Blatt nicht erzielen, nur ein ideologischer.»

«Ich versuche, mir einen Reim auf den Mordanschlag zu machen. Wer hat ein Motiv, Neuenhahn umzubringen? Der Osten oder der Westen?»

«Wollen Sie jetzt versuchen, den Anschlag der Org unterzuschieben?»

«Wir sollten alles in Betracht ziehen», antwortete Gerber ausweichend. «Derzeit wissen wir nur, dass Neuenhahn diesen Heinz Labisch kannte. Gut genug offenbar, um ihn mitten in der Nacht ins Haus zu lassen. Neuenhahn sagte mir, Labisch sei ein freier Journalist, von dem er hin und wieder Beiträge veröffentlicht habe. Er meinte aber auch, Labisch habe sie nicht selbst geschrieben. Wer war Labisch in Wahrheit? Ein Agent der Sowjets?»

«Glauben Sie, Labisch hat ihn mit Propagandamaterial versorgt?»

«Möglich. Vielleicht floss der Informationsstrom auch in die andere Richtung.»

Wesler legte den Kopf in den Nacken und ließ einen Rauchkringel zur Decke schweben. «Das ergibt noch kein Mordmotiv.»

«Es sei denn, Neuenhahn hat doch mehr getan als Informationen zu verschieben.»

«Da denke ich wieder an Eva Herden und Otto John.»

«Ich leider auch», gestand Gerber.

«Kann es sein, dass Fräulein Herden irgendwie erpresst wird?» Wesler drückte die Camel im Aschenbecher aus und musterte sein Gegenüber aufmerksam. «War da nicht diese Sache mit ihrer Pervitin-Abhängigkeit?»

«Sie ist von dem Zeug vollkommen runter.»

«Sicher?»

«Absolut», antwortete Gerber, obwohl er seine Hand dafür nicht ins Feuer gelegt hätte. Er hatte das Gefühl, es Eva schuldig zu sein. Als sie sich kennengelernt hatten, war sie ohne diese verfluchte Nazidroge kaum ausgekommen. Er hatte ihr dabei geholfen, von dem Methamphetamin wegzukommen, aber Eva war für ihn noch immer eine Frau voller Geheimnisse. Vielleicht übte sie gerade deshalb eine so starke Anziehungskraft auf ihn aus.

Auch seine Camel landete im Aschenbecher, und ein Gähnen wollte ihn fast zerreißen.

«Fahren Sie mal in Ihre Pension», schlug Wesler vor. «Eine Dusche, eine Rasur und vor allem ein ordentliches Frühstück werden Ihnen guttun.»

--

Zwei Stunden später fühlte sich Gerber zwar nicht wie ein neuer Mensch, aber ausreichend gestärkt. Eine ausgiebige Dusche, abwechselnd heiß und kalt, eine gründliche Rasur, Rührei mit Schinken und danach ein Brötchen mit Honig, das alles hatte ihm gutgetan. Und auch die frische Kleidung. Erst in der Pension hatte er bemerkt, dass sein Anzug und sein Mantel mit Blut besudelt waren. Mit Neuenhahns Blut, vielleicht auch mit dem von Labisch. Ob die Wäscherei, zu der seine Wirtin die Kleidung zu bringen pflegte, die Flecken herausbekam? Die unerschütterliche Frau Stenitzer, an derlei Dinge gewöhnt, seit

Gerber bei ihr wohnte, hatte die verschmutzten Sachen mit äußerem Gleichmut und einem leichten Grinsen entgegengenommen.

Das Radio im Frühstücksraum widmete sich ausführlich dem Verschwinden Otto Johns. Seine öffentliche Ansprache am Vortag hatte die Berichterstattung kräftig angeheizt. Eine ebenfalls am Vortag veröffentlichte Erklärung der Bundesregierung, dass der Präsident des Bundesamtes für Verfassungsschutz allem Anschein nach entführt worden sei, wurde in Anbetracht von Johns Rede im Ost-Berliner Rundfunk in Zweifel gezogen. «Darf ein Entführter im Radio sprechen?», brachte es ein Reporter auf den Punkt.

Eine Erklärung der West-Berliner Polizei, wonach man an John in den Tagen vor seinem Verschwinden Anzeichen für «eine schwere seelische Depression» bemerkt haben wollte, wurde seit der Rundfunkrede in einem neuen Licht betrachtet. War er nicht Herr seiner Sinne gewesen, als er die Ansprache gehalten hatte?

Irgendwann hörte Gerber nicht mehr hin. Mit jeder neuen Theorie schien man sich nur weiter von den Fakten zu entfernen. Diese Fakten waren spärlich, aber deutlich.

Erstens: John war in Ost-Berlin.

Zweitens: Eva war in Ost-Berlin.

Drittens: Eva hatte Kontakt zu John.

Viertens: Heinz Labisch und der Mann namens Walter hatten in der Nacht versucht, Evas Chef zu ermorden.

Damit mussten sie arbeiten, um Licht ins Dunkel zu bringen, und genau das wollte Gerber nach dem Frühstück versuchen.

Zunächst fuhr er zur Ecke Joachim- und Kaiserstraße, wo die Sicherungsgruppe zusätzlich zu dem bereits bestehenden

Dienstsitz ein zweites Gebäude angemietet hatte. Dessen Dachgeschoss wurde derzeit ausgebaut, und nach Beendigung der Arbeiten würden Gerber und seine Kollegen von dem baufälligen Pferdestall auf dem Gelände der Villa Selve endgültig Abschied nehmen.

Verwaltungsamtmann Schindler war bereits in das neue Domizil in der Kaiserstraße übergesiedelt. Hier herrschte er nicht nur über sein kleines Aquarium mit Goldfischen, sondern auch über die Materialausgabe der Sicherungsgruppe. Durch die geschlossene Tür hörte Gerber Schindlers zweite Leidenschaft neben den Goldfischen, sein Kofferradio. Er entnahm dem Duett, dass Peter Alexander und eine ihm unbekannte Gesangspartnerin keine Angst vor großen Tieren hatten. Ein löblicher Vorsatz, fand Gerber, und stieß die Tür zum Reich des Verwaltungsamtmannes auf, dem er seit ihrer ersten Begegnung in herzlicher Abneigung verbunden war. Er verlangte von Schindler für seinen bevorstehenden Einsatz in Berlin zusätzliche Munition und füllte das Formular aus, das der Mann in der Strickjacke ihm mit ernster Miene über den Tresen zuschob.

Anschließend ging es weiter zur Markusstraße, wo ein unscheinbares Geschäftshaus die Redaktion des *Brennpunkt Bonn* beherbergte. Am Empfang im zweiten Stock saß die zu stark geschminkte Blondine fortgeschrittenen Alters, der Gerber ähnlich verbunden war wie Schindler.

«Guten Morgen», sagte er knapp und erkundigte sich nach Hannelore Rüsch. Er hatte Neuenhahns Sekretärin, hilfsbereit, kompetent und in der Redaktion für ihren Bohnenkaffee gelobt, im letzten Jahr kennengelernt.

Die Blondine klappte ihr Buch zu, eine angejahrte Schmonzette von Hedwig Courths-Mahler, deren Inhalt vermutlich ebenso bunt war wie das Titelbild, und unterzog Gerber durch die dicken Gläser ihrer Brille einer ausführlichen Betrachtung.

«Ach, Sie sind's», sagte sie mit ihrer knarzigen Raucherstimme. «Was wollen Sie von Frau Rüsch?»

Sie sprach in einem Tonfall, als vermutete sie ein unsittliches Motiv hinter seiner Frage.

«Das sage ich ihr schon selbst.» Gerber zog aus seinem Jackett eine Aufnahme des toten Heinz Labisch, die ein Polizeifotograf angefertigt hatte. «Da Sie gerade dabei sind, mir so freundlich meine Fragen zu beantworten, kennen Sie diesen Mann?»

Ein kurzer Blick genügte ihr. «Das ist doch Herr Labisch. Er kommt ab und zu, um mit Herrn Dr. Neuenhahn zu sprechen.»

Gerber legte das Phantombild von Walter daneben. «Und was ist mit dem?»

Diesmal nahm sie sich mehr Zeit und schüttelte schließlich den Kopf. «Der erinnert mich irgendwie an einen Staubsaugervertreter, der mal bei mir war, aber er ist es nicht.» Sie wandte sich wieder dem Foto von Labisch zu. «Er sieht aus, als würde er auf dem Fußboden liegen und schlafen. Aber seine Augen sind offen.»

Er steckte die Bilder wieder ein. «Das haben Tote so an sich.»

«Herr Labisch ... er ist tot?»

«Ich musste ihn erschießen.»

Sie riss die Augen hinter den dicken Gläsern weit auf. «Sie mussten ... warum?»

«Weil er sonst Dr. Neuenhahn erschossen hätte.»

«Er hätte ... wieso ... wann ...»

«Heute Nacht in Neuenhahns Haus, falls Sie noch nach dem Wo fragen wollen. Mit Neuenhahn dürfen Sie übrigens in nächster Zeit nicht rechnen. Er liegt schwer verletzt in der Universitätsklinik. Er wurde die ganze Nacht operiert. Besuche heute dürften wenig Sinn haben. Und jetzt zurück zu meiner ursprünglichen Frage: Wo finde ich Frau Rüsch?»

Ihr Blick wanderte zu einer zitronengelben Wanduhr mit Werbung für Bosch-Zündkerzen auf dem Ziffernblatt. «Eigentlich müsste sie schon längst da sein. Sie kommt immer vor Herrn Dr. Neuenhahn. Oder weiß sie, dass er heute nicht kommt?»

«Nicht von mir», brummte Gerber, den ein ungutes Gefühl beschlich. «Hat sie Telefon?»

Die Frau am Empfang schüttelte den Kopf.

«Ihre Adresse, schnell!»

«Jaja, schon gut. Sie wohnt in der Ellerstraße 36, zwischen Güterbahnhof und Großmarkt.»

Gerber verließ den Empfangsraum ohne ein Danke und lief durch das halbdunkle Treppenhaus hinunter auf die Straße. Dort sprang er in seinen Wagen und bahnte sich rücksichtslos den Weg durch den morgendlichen Verkehr.

// KAPITEL 4 //

Warum machte er sich solche Sorgen um Neuenhahns Sekretärin? Vielleicht war sie längst auf dem Weg zur Arbeit und hatte sich einfach etwas verspätet. Normalerweise wäre das die plausibelste Erklärung gewesen. Aber dieser Morgen war nicht normal. Es war der Morgen nach Otto Johns Wiederauftauchen in Ost-Berlin. Den Fotos von Eva und John. Der Morgen nach dem Anschlag auf Neuenhahn. Seine sich überschlagenden Gedanken stellten eine Verbindung her: John – Eva – Neuenhahn – Rüsch – Labisch – Walter. Die Möglichkeit bestand, dass Hannelore Rüsch ihren Platz in dieser Kette hatte. In der Redaktion war sie so nah an Neuenhahn dran wie niemand sonst. Allein dadurch war nicht von der Hand zu weisen, dass sie in Gefahr schwebte.

Auf der Viktoriabrücke geriet Gerber in einen Stau. Er stieß einen Fluch aus und hätte am liebsten mit der flachen Hand auf die Hupe eingeschlagen, wenn das nur etwas genutzt hätte.

--

Hannelore Rüsch riss die Hände nach oben, aber sie konnte sich nicht schützen. Nicht gegen den Fremden, dessen Schläge hart und präzise waren. Wieder traf er sie ins Gesicht, und ihr Hinterkopf krachte gegen die Wand. Der Schmerz war überall in ihrem Kopf, als wollte er zerplatzen.

Sie hatte sich in eine Ecke des Wohnzimmers geflüchtet, aber es gab kein Entrinnen. Der Mann, der unter dem Vorwand, er habe ein Paket für sie, bei ihr geklingelt und dann brutal die Wohnungstür aufgestoßen hatte, hatte die vollkommene Gewalt über sie. Er hatte davon gesprochen, sie zu töten, wenn sie ihm nicht sagte, was sie wüsste, und sie glaubte ihm. Es würde ihn nicht einmal viel Mühe kosten, und sie würde zerbrechen wie ein Zündholz.

Zwischenzeitlich war sie bewusstlos gewesen. Sie wusste nicht, wie lange. In der Zeit hatte der Mann ihre Wohnung durchsucht und ein Chaos hinterlassen. Herausgerissene Schubladen, durchwühlte Schrankfächer, zerbrochene Vasen. Alles so kaputt wie sie selbst. Er hatte ein Glas Wasser über ihr Gesicht gegossen, um sie aufzuwecken. Als sie sich aufgesetzt hatte, war das Wasser auf den Teppich getropft und hatte sich mit ihrem Blut vermischt. Auch seine Handschuhe waren blutig.

«Meine Geduld ist am Ende», sagte der Mann. «Wenn du jetzt nicht redest …»

Ein Zittern lief durch ihren Körper, und ihre Gedanken überschlugen sich auf der Suche nach einem Ausweg.

«Ich … ich weiß nichts von dieser Operation …»

Sie musste husten, krümmte sich zusammen, spuckte Blut. Dabei kam sie nicht einmal auf den Namen.

«Operation Feigenblatt», sagte der Mann. «Stell dich nicht dumm. Niemand war so nah an Neuenhahn dran wie du. Hast doch sogar mit dem Fettsack gepennt.»

Das war über zwei Jahre her. Damals hatte sie sich tatsächlich Hoffnungen auf ihren Chef gemacht, auch wenn er rein äußerlich kein attraktiver Mann war. Vielleicht hätte es ihr auch nur gefallen, die Gattin statt nur die Vorzimmerdame eines Chefredakteurs zu sein. In einem schicken Haus zu leben wie dem Bauernhaus, das Neuenhahn sich in Kessenich gekauft hatte. Von welchem Geld auch immer, sie hatte nie darüber nachgedacht. So ein Haus war jedenfalls etwas ganz anderes als eine Mietwohnung am Güterbahnhof. Gern hatte sie die Einladung in das neue Domizil ihres Chefs angenommen, und gern war sie mit ihm ins Bett gegangen.

Doch ihre Hoffnungen zerstoben schon nach kurzer Zeit, als Eva Herden beim *Brennpunkt Bonn* anfing. Neuenhahn besorgte der jungen Journalistin eine eigene Wohnung und machte sie zu seiner Geliebten. Trotz ihrer Narbe mitten auf der Wange war die Herden eine attraktive Frau und halb so alt wie sie. Hannelore kannte ihren Platz und hörte schnell auf, ihren Chef beim Vornamen zu nennen, sich Hoffnungen zu machen.

Der nächste Schlag traf sie mit voller Wucht und löste eine weitere Explosion in ihrem Kopf aus. Sie hatte keine Kraft mehr und rutschte vor ihrem Peiniger auf den Boden. Wie eine leblose Puppe, die man gegen die Wand geschleudert hatte. Das Blut schoss nur so aus ihrer Nase. Sie atmete heftig, kurz und stoßweise, bekam kaum Luft. Der Mann würde das Leben aus ihr herausprügeln.

--

Endlich war er von der Viktoriabrücke herunter und konnte das Gaspedal durchdrücken. Gerber überholte einen Transporter mit offener Ladefläche, der mehrere Stapel Autoreifen geladen hatte und entsprechend langsam fuhr. Ein schnauzbärtiger Mann mit Prinz-Heinrich-Mütze stand auf der Ladefläche, um die Stapel vor dem Umfallen zu bewahren. Jetzt musste er sich mit einer Hand an den wackligen Reifen festhalten, die andere Hand schüttelte er, zur Faust geballt, Gerber hinterher. Knapp vor dem Transporter und ebenso knapp vor einem entgegenkommenden Postbus, dessen Fahrer wie ein Wilder die Lichthupe betätigte, scherte Gerber wieder auf seine Spur ein.

Er bog nach links auf die Bornheimer Straße ab und dachte kurz an Heinz Labisch, der irgendwo an der langen Ausfallstraße gewohnt hatte. Gerber hatte ihn erschießen müssen, um Neuenhahn zu retten. Das Einzige, was ihm daran leidtat, war der Umstand, dass er Labisch nicht mehr verhören konnte.

Er lenkte den Opel nach rechts in die Ellerstraße. Er musste bremsen, um einen kurzen Schnellzug der Köln-Bonner Eisenbahn durchzulassen, deren Schienen über die gepflasterte Straße liefen. Die Einstellung des Personenverkehrs auf dieser Strecke war seitens der Bahn beschlossene Sache. Höchste Zeit, fand Gerber, Autos und Eisenbahnzüge gehörten nicht auf ein und dieselbe Fahrbahn.

Vor dem dreigeschossigen Mietshaus, in dem Hannelore Rüsch wohnte, hielt er einfach auf dem Gehweg an. Sobald er ausstieg, ermahnte ihn deshalb eine ältere Frau, die ihren Dackel ausführte.

«Junger Mann, Sie dürfen hier aber nicht parken!»

«Ich darf. Polizei!» Er zückte geistesabwesend seine Dienstmarke, während er schon nach dem richtigen Klingelschild suchte.

«Zu wem wollen Sie denn?», fragte die Frau und deutete aufs Nachbarhaus. «Ich kenne hier alle, wohne mein halbes Leben hier.»

«Zu Frau Rüsch.»

«Oh.»

«Was heißt das?», schnappte Gerber, dem nicht der Sinn nach einer Plauderei stand.

«Ich glaube, Frau Rüsch hat bereits Herrenbesuch. Es ist noch keine halbe Stunde her, da hat ein anderer Herr bei ihr jeklingelt, und sie hat ihm jeöffnet. Jedenfalls ging die Haustür auf. Wissen Sie, der Hauswirt hat kürzlich so einen neumodischen Türöffner einbauen lassen, wo man in der Wohnung nur noch auf einen Knopf drücken muss.»

«Woher wissen Sie, dass er zu Frau Rüsch wollte?»

«Ich stand jerade neben der Haustür und habe janz zufällig jesehen, dat er auf die Rüsch ihre Klingel jedrückt hat.»

«Ist der Besucher noch bei ihr?»

«Dat weiß ich nicht. Ich hatte Besorgungen zu machen.»

Gerber drückte nacheinander auf mehrere Klingeln, aber nicht auf die von Frau Rüsch. Schließlich wurde ihm geöffnet, und er schlüpfte ins Haus. Das saubere Treppenhaus roch frisch nach Bohnerwachs. Eilig erklomm er die Treppe, und im ersten Obergeschoss öffnete sich eine Tür.

Eine Frau in den Vierzigern sah ihn fragend an. «Kommen Sie wegen dem Wasserschaden?»

Er zog seine Marke und sagte leise: «Gehen Sie wieder in die Wohnung, verschließen Sie die Tür und bleiben Sie unter allen Umständen drin! Hat Frau Rüsch die Wohnung direkt über Ihnen?»

«Ja. Aber warum …»

«Zurück in Ihre Wohnung, sofort!»

Während sie zögernd die Tür hinter sich schloss, nahm er leise die Treppe ins zweite Obergeschoss und stellte sich mit schussbereiter Browning neben die Tür von Hannelore Rüschs Wohnung. Dann drückte er mehrmals kräftig auf die Klingel.

Eine zaghafte Frauenstimme fragte: «Wer sind Sie? Was wollen Sie?»

«Ich komme wegen der Wasserleitungen, Frau Rüsch, der Vermieter schickt mich. Dazu muss ich mal in Ihre Wohnung.»

Nach einigen Sekunden Schweigen sagte die Frau: «Das geht jetzt nicht.»

«Es wäre nur kurz, Frau Rüsch.»

«Es geht jetzt wirklich nicht!» Sie schrie es fast. «Kommen Sie ein andermal wieder!»

«Schade», sagte Gerber und brach mit einem gezielten Tritt gegen das Schloss die Tür auf.

Mit lautem Krachen zersplitterte das Holz, und die Tür flog auf. Der Flur war leer. Er zielte mit der Browning Richtung Wohnzimmer, das er nur zum Teil einsehen konnte. In dem Raum herrschte ein völliges Durcheinander.

«Frau Rüsch!», rief Gerber.

«Die Alte ist hier», antwortete eine Männerstimme. «Ich drücke gerade die Mündung meiner Automatik gegen ihre Stirn.»

«Werfen Sie Ihre Waffe auf den Flur und kommen Sie mit erhobenen Händen heraus!»

Gerber erntete nur ein raues Lachen.

«Scherzkeks! Wer sind Sie überhaupt?»

«Hauptkommissar Gerber, Sicherungsgruppe Bonn. Und jetzt weg mit der Waffe.»

«Wir machen es umgekehrt. Sie werfen mir Ihre Waffe zu. Sonst töte ich die liebe Madame Rüsch.»

«Das wäre sehr dumm von Ihnen, Walter, dann haben Sie keine Geisel mehr.»

«Oh, Sie kennen mich?»

Sein kleiner Bluff hatte also funktioniert. Es war tatsächlich der zweite Attentäter von gestern Abend.

«Ich schlage Ihnen einen Handel vor», sagte Gerber. «Wenn Sie die Wohnung sofort verlassen, werde ich Sie nicht verfolgen.»

Walter überlegte kurz. «*Écoutez*, ich sage Ihnen jetzt, wie wir es machen. Sie gehen in die Küche, ziehen die Tür zu und zählen hübsch langsam bis hundert, dann dürfen Sie mir und meiner Geisel meinetwegen folgen. Versuchen Sie es eher, können Sie einen Bestatter für die Dame des Hauses bestellen. *D'accord?*»

«Einverstanden.» Es blieb ihm auch nicht viel anderes übrig. Er ging in die kleine Küche. Vernehmlich schlug er die Tür zu und begann zu zählen. Die ganze Zeit über zielte er mit der Browning auf die Küchentür.

Nach kurzer Zeit hörte er Schritte und eine leise Stimme. Walters Stimme. Er vernahm ein halblautes «Abmarsch». Wieder Schritte, dann Stille.

Einem Mann wie diesem Walter war durchaus zuzutrauen, dass er sich vor der Wohnungstür auf die Lauer legte und darauf wartete, dass Gerber den Kopf durch die Tür steckte. Die beste Gelegenheit für Walter, ihm das Hirn aus dem Schädel zu blasen.

Also wartete Gerber noch ein paar Sekunden, dann riss ihm der Geduldsfaden. Schnell öffnete er die Küchentür. Walter war weg, und mit ihm seine Geisel.

Gerber lief hinunter ins Erdgeschoss und hinaus auf die

Straße. Autos, Menschen, der Lärm eines einlaufenden Zuges. Aber keine Spur von Hannelore Rüsch und Walter.

Schräg hinter ihm wurde ein Fenster geöffnet, und er sah die ältere Frau, mit der er vor ein paar Minuten gesprochen hatte.

«Da sind sie hin, Herr Kommissar! Da, in diese Gasse!»

Sie zeigte auf eine schmale Durchfahrt. Er sprintete über die Straße und schaffte es gerade noch vor einer Mercedes-Limousine auf die andere Seite. Am Ende der Gasse sah er das rot-blau-weiße Schild einer Esso-Tankstelle im Licht der Vormittagssonne aufblitzen. Auf dem Pflaster lag etwas, das ihn an ein Kleiderbündel erinnerte.

Ein lautes Hupen erregte seine Aufmerksamkeit. Es kam von einem kleinen Wagen, einem knallroten Lloyd, der von der Tankstelle wegfuhr. Am Steuer saß der Mann, dessen Gesicht er in der Nacht gesehen hatte. Walter. Er winkte Gerber tatsächlich zu, als wolle er ihm sagen: Wir sehen uns noch. Der Lloyd bog mit lautem Quietschen um die Ecke und verschwand.

Vor sich das vermeintliche Bündel, blieb Gerber stehen. Es war eine zierliche Frau, Hannelore Rüsch. Walter hatte sie übelst zugerichtet.

// KAPITEL 5 //

Hannelore Rüsch war schwer verletzt, aber am Leben. Ein Krankenwagen hatte sie ins Universitätsklinikum gebracht. Gerber und Wesler standen auf dem Flur vor der offenen Tür zu ihrer Wohnung, in der es aussah wie auf einem Schlachtfeld. Kollegen vom kriminalpolizeilichen Erkennungsdienst machten sich in der Wohnung zu schaffen und versuchten, in dem Durcheinander verwertbare Spuren zu finden.

Gerber gab sich keinen großen Illusionen hin, dass sie das auf der Suche nach Walter weiterbringen würde. Der Mann, dessen Nachname für sie ein Rätsel blieb, trat sehr selbstsicher auf und schien genau zu wissen, welche Risiken er eingehen durfte. Er war mitsamt dem roten Lloyd zur Fahndung ausgeschrieben, aber würde das etwas bringen?

«Er ist ein echter Profi», sagte Gerber leise, wie zu sich selbst. «Vielleicht ein ehemaliger Legionär.»

«Meinen Sie die Fremdenlegion?» Als Gerber nachdenklich nickte, fuhr Wesler fort: «Wie kommen Sie darauf?»

«Dieser Walter hat Frau Rüsch Madame genannt und noch andere französische Ausdrücke benutzt, obwohl er sonst akzentfrei Deutsch gesprochen hat. Er schien das Kommandieren gewohnt zu sein und benutzte auch das Wort ‹Abmarsch›. Dazu seine wettergegerbte, gebräunte Haut. Er hat sich bestimmt viel unter freiem Himmel aufgehalten, vielleicht Nordafrika und Indochina.»

Gerbers Schlussfolgerung war nicht aus der Luft gegriffen. Viele Angehörige von Wehrmacht und Waffen-SS waren nach dem Krieg in die Fremdenlegion eingetreten, um weiterhin ihr blutiges Handwerk auszuüben. Offiziell waren SS-Männer in der Legion zwar nicht willkommen, aber die Realität sah anders aus. Man munkelte sogar, die Franzosen hätten kriegsgefangene SS-Soldaten vor die *Wahl* gestellt, erschossen zu werden oder sich *freiwillig* zur Legion zu melden.

Als sich die Sowjets mehr und mehr in Osteuropa ausbreiteten und die von ihnen beherrschten Länder als Quellen für Rekrutierungen versiegten, warben die Franzosen verstärkt Deutsche für ihren Kolonialkrieg in Indochina an, etliche Tausend an der Zahl, und inzwischen hatte die Bundesrepublik das Anwerben unter Strafe gestellt. War der mysteriöse Walter einer der vielen Söldner, die in der Legion einen neuen Namen erhalten und dadurch ihre Vergangenheit reingewaschen hatten?

Schwere Schritte näherten sich eilig auf der Treppe, und ein klobiger Mann mit dem Gesicht einer Bulldogge betrat den Flur. Er schwitzte, und mit einem zerknüllten Taschentuch wischte Kriminaloberkommissar Erwin Sattler über seine hohe Stirn. «Wir haben die Meldung einer Funkstreife reinbekommen, die auf einem Rastplatz nahe Köln einen roten Lloyd entdeckt hat. Vom Fahrer fehlt jede Spur.»

«Das wird er sein», sagte Gerber nüchtern. «Walter lässt alles hinter sich, was ihm gefährlich werden könnte.»

Sattler reichte eine Chesterfield-Packung herum und gab mit seinem vergoldeten Dupont-Feuerzeug Feuer. «Immerhin, wenn er aus Bonn raus ist, sind Neuenhahn und die Rüsch nicht mehr unmittelbar bedroht.»

«Falls er aus Bonn raus ist», korrigierte Gerber nach dem ersten Zug. «Es könnte eine Finte sein.»

«Ohne Zweifel ist dieser Walter ein gefährlicher Gegner, und wir müssen auch mit Komplizen rechnen», sagte Wesler. «Besonders, solange wir nicht die geringste Ahnung haben, für wen er arbeitet.» Er klärte Sattler über Gerbers Vermutung auf, Walter könnte ein ehemaliger Fremdenlegionär sein.

«Scheißfranzosen», fluchte Sattler. «Kaum ist der Krieg vorbei, schon benutzen sie unsere Leute als Kanonenfutter für ihre Großmachtträume.»

Gerber hätte viel dazu sagen können, wen die Deutschen im Krieg alles als Kanonenfutter missbraucht hatten. Er verkniff sich die Bemerkung, weil er Sattlers Hass auf die Franzosen zwar nicht billigte, aber nachvollziehen konnte. Im Krieg hatten sie Sattlers große Liebe totgeschlagen, die Frau, von der ihm nichts geblieben war außer dem Dupont-Feuerzeug und ein paar verblassenden Erinnerungen. Sie hatte sterben müssen, weil sie sich mit einem Mann von der Waffen-SS eingelassen hatte – mit Sattler.

--

Fünf Stunden später, als Wesler und Gerber zur Universitätsklinik auf dem Venusberg fuhren, gab es noch immer keine Spur von Walter. Der rote Lloyd gehörte einem Verwaltungsbeamten und war am frühen Morgen vor dessen Haus in Beuel gestohlen worden. Die festgestellten Fingerabdrücke wurden noch ausgewertet, aber darauf setzte Gerber wenig Hoffnung. Walter schien zu schlau zu sein, um es ihnen so einfach zu machen.

Gerber bedauerte noch immer, dass Wesler ihren Flug nach Berlin um einen Tag verschoben hatte. Alles drängte ihn, sich so schnell wie möglich auf Evas Spur zu setzen. Und natürlich auch auf die von Otto John. Er dachte an Adenauer, der vermutlich so wenig Schlaf gefunden hatte wie Gerber selbst. Für sein Alter war der Bundeskanzler ein erstaunlich agiler Mann, der in Gerbers Augen sein Bestes gab, um die Interessen der jungen Bundesrepublik zu wahren. Natürlich würde Gerber alles tun, um Licht in die Affäre Otto John zu bringen. Und doch musste er sich eingestehen, dass seine Gedanken mehr um Eva kreisten als um den Verfassungsschutzpräsidenten.

Jetzt konzentrierte er sich auf Hannelore Rüsch und rekapitulierte, was er in den vergangenen Stunden über sie herausgefunden hatte. Sie stammte aus einem kleinen Ort in Niederschlesien. Mit Mitte zwanzig heiratete sie den Schlossermeister Wilhelm Rüsch und brachte zwei Töchter zur Welt. Dann kam der Krieg, und aus dem Schlosser wurde ein Grenadier der Wehrmacht. Wilhelm Rüsch fiel im Frühjahr 1944 bei den Kämpfen im Raum Kowel. Seine Frau und die Kinder flohen 1945, beim Näherrücken der Roten Armee, aus ihrer schlesischen Heimat. Überlebt hatte diese Flucht offenbar nur Hannelore Rüsch. Was aus ihren Töchtern geworden war, ging aus den Unterlagen nicht hervor. Gerber fand es einigermaßen erstaunlich, dass sie ausgerechnet eine Stelle bei einer kommunistischen Zeitschrift angenommen hatte. Aber der Krieg hatte viele gebrochene Biografien hinterlassen, und vielleicht hatte Hannelore Rüsch einfach beschlossen, ganz neu anzufangen. Was blieb ihr auch übrig?

Wesler steuerte seinen Borgward auf den großen Parkplatz der Uniklinik. Sie betraten einen der funktionalen Neubauten, die man nach Kriegsende auf dem Gelände einer Flakkaserne errichtet hatte. In der Chirurgie empfing sie der Oberarzt, Dr. Diekmann. Klein und quirlig mit Augen, die hinter der randlosen Brille ständig in Bewegung waren und denen nichts zu entgehen schien. Er bat sie in sein Büro, wo er drei kleine Gläser und eine etikettlose Flasche mit rotem Inhalt auf die Glasplatte eines kleinen Tisches stellte. Er füllte die Gläser mit der roten Flüssigkeit, und ein verzücktes Lächeln trat auf sein Gesicht.

«Wiemelchensaft, selbstjemacht, sehr fruchtig und sehr lecker. De Wiemelchen wachsen in unserem eijenen Jarten. Müssen Se probieren!»

Sie probierten anstandshalber und stellten fest, dass der «Saft» ein veritabler Johannisbeerlikör war.

Diekmann stieß einen wohligen Seufzer aus. «Den habe ich mir jetzt verdient. War nicht einfach, de Frau Rüsch wieder zusammenzuflicken.»

«Und?», brachte Wesler es auf den Punkt.

«Ja, hat jeklappt. Se braucht aber noch eine janze Weile, bis se wieder die Alte ist. Gehen Se bitte sehr schonend mit ihr um, maximal eine Viertelstunde. Und keine zu jroße Aufrejung.»

«Wie sieht es mit Dr. Neuenhahn aus?», erkundigte sich Wesler.

«Unverändert. Er ist sehr schwach und keinesfalls ansprechbar.»

Diekmann führte sie zu Frau Rüsch und deutete auf den Uniformierten, der vor ihrem Zimmer Wache hielt. «Ein Polizist hier und einer vor Neuenhahns Zimmer. Muss dat sein? Sieht hier ja mehr nach einer Kaserne aus als nach einem Krankenhaus.»

«Leider ja», antwortete Gerber. «Mindestens ein Attentäter ist noch auf freiem Fuß, vielleicht hat er auch Komplizen.»

Seine Gedanken kreisten, wie so oft an diesem Tag, um Walter. Der wie ein Phantom auftauchte, zuschlug und wieder verschwand. Und dem es durchaus zuzutrauen war, dass er diesen Ort aufsuchte, um sein Werk in aller Öffentlichkeit zu vollenden.

Der Oberarzt betrat als Erster das Krankenzimmer und erkundigte sich bei der einzigen Patientin nach ihrem Zustand, bevor er Gerber und Wesler mit ihr allein ließ. «Aber nur kurz, und keine Aufrejung!»

Frau Rüsch befand sich in einem erbarmungswürdigen Zustand, am Tropf angeschlossen und eingewickelt wie eine Mumie in einem alten Gruselfilm. Nur ihr Gesicht mit der spitzen Nase lag frei.

Wesler stellte sich vor und fragte: «Wie geht es Ihnen?»

«Blendend. Sehen Sie das nicht?» Sie verzog das Gesicht. Was wohl ein tapferes Lächeln hätte werden sollen, geriet zu einem verunglückten Zucken. «Ich dachte, der bringt mich um.»

«Das hätte er vielleicht, wäre Hauptkommissar Gerber nicht rechtzeitig zur Stelle gewesen. Kannten Sie den Mann?»

«Nein. Ich habe nicht die leiseste Ahnung, wer er ist.»

«Er gehört zu den Männern, die vergangene Nacht versucht haben, Dr. Neuenhahn zu töten», erklärte Gerber. «Er hört auf den Vornamen Walter und macht offenbar gemeinsame Sache mit Heinz Labisch.»

«Labisch kenne ich, diesen Walter nicht. Wie … wie geht es dem Chef?»

Wesler machte eine Handbewegung, die Unentschiedenheit ausdrücken sollte. «Er ist noch sehr geschwächt. Kommen wir auf Walter zurück. Was hat er zu Ihnen gesagt? Was wollte er? Wie es aussieht, hat er Ihre Wohnung auf den Kopf gestellt.»

«Er wollte wissen, ob Berthold … ich meine Dr. Neuenhahn, ob er mir etwas erzählt hat über … über irgendeine Operation … Ich … ich habe den Namen vergessen.» Sie überlegte angestrengt, ihr Atem ging schwerer. «Die Bibel. Es war etwas mit der Bibel, mit dem Alten Testament.»

Gerber wechselte einen fragenden Blick mit seinem Vorgesetzten. Wesler schien dasselbe zu denken wie er. Vielleicht hatten sie Hannelore Rüsch überfordert und sollten sie besser in Ruhe lassen.

«Adam», fuhr die Frau im Krankenbett fort. «Es hatte etwas mit Adam und Eva zu tun … Operation Feigenblatt! Das ist es, danach hat er mich gefragt. Ob ich etwas über diese Operation Feigenblatt wüsste. Schließlich sei ich doch so nah dran an … an Dr. Neuenhahn.»

«Und?», fragte Wesler mit neu erwachtem Interesse. «Was wissen Sie darüber?»

Sie blickte den Kriminaloberrat an, als sähe sie ihn in dieser Sekunde zum ersten Mal. «Nichts. Nichts weiß ich darüber. Ich habe noch nie davon gehört.»

Gerber trat näher an ihr Bett. «Neuenhahn hat diesen Begriff nie erwähnt?»

«Nein.» Sie schluckte schwer, und ihr Gesicht verdüsterte sich. «Deshalb konnte ich dem … diesem Mann auch nichts sagen. Selbst wenn ich gewollt hätte.»

Die Erinnerung an das vor einigen Stunden Erlebte schien sie zu übermannen, Tränen rollten über ihre Wangen.

«Wir sollten jetzt wirklich gehen», sagte Wesler halblaut zu Gerber.

Gerber hatte Mitleid mit Frau Rüsch, aber ihm lagen weitere Fragen auf der Zunge. «Wissen Sie etwas über Otto Johns Verschwinden?»

Auch wenn sie sich kaum bewegen konnte, glaubte er, ein Kopfschütteln wahrzunehmen. «Nein, Herr Gerber, darüber weiß ich nichts.»

«Was ist mit Fräulein Herden? Besteht zwischen ihr und John eine Verbindung?»

Frau Rüsch blickte ihn an, ohne etwas zu sagen. Sie schien etwas zu wissen und unschlüssig zu sein, ob sie damit herausrücken sollte. Ihr Blick wanderte zu Wesler, dann zurück zu Gerber.

Gerber wollte ihr auf die Sprünge helfen und sagte: «Wir wissen, dass Eva Herden ebenfalls in Ost-Berlin ist und dass sie dort Kontakt zu John hat.»

Die Frau seufzte tief, als hätte sie gerade einen Entschluss gefasst. «Vor ungefähr zwei Wochen war Fräulein Herden in Köln, um ein Interview mit Präsident John zu führen. Seltsamerweise war nach ihrem Ausflug nicht mehr die Rede davon. Ich habe mich schon gefragt, wann Neuenhahn die Sache endlich bringen will.»

«Haben Sie nachgefragt?», hakte Gerber nach.

«Nein, das geht mich doch nichts an.»

Die Zimmertür wurde geöffnet, und Dr. Diekmann trat ein. «Meine Herren, ich bitte Sie, jetzt ist aber Feierabend. Die Patientin braucht dringend Ruhe.»

Gerber bedankte sich bei Hannelore Rüsch und lächelte ihr zu. «Wir sehen uns hoffentlich bald unter anderen Umständen wieder, und ich freue mich jetzt schon auf Ihren berühmten Bohnenkaffee.»

Auch sie versuchte ein Lächeln, und wieder verunglückte es. «Danke», sagte sie leise, flüsterte fast. «Danke, dass Sie mich gerettet haben!»

Auf dem Flur wandte Wesler sich an den Arzt. «Hat sich bei Dr. Neuenhahn etwas getan?»

«Nichts Positives», seufzte der Oberarzt. «Im Augenblick scheint es ihm eher schlechter zu gehen. Die kommende Nacht bringt vermutlich die Entscheidung darüber, ob er durchkommt.»

«Er ist also nicht vernehmungsfähig?»

Diekmann blickte Wesler an, als sei der Kriminaloberrat irre geworden. «Keinesfalls!»

// KAPITEL 6 //

«Operation Feigenblatt», sagte Wesler missmutig. «Ich zermartere mir den Kopf, aber ich komme nicht darauf, was das zu bedeuten hat.»

«Wir müssen uns wohl gedulden, bis wir mit Neuenhahn reden können», erwiderte Gerber.

Wesler überholte einen mit Briketts beladenen Lkw und brummte: «Es sei denn, der mysteriöse Walter hat sich getäuscht, und Neuenhahn weiß ebenso wenig von dieser Sache wie die Rüsch.»

«Möglich, aber unwahrscheinlich. So zielstrebig und brutal, wie Walter und sein Kumpan Labisch vorgegangen sind, muss etwas an der Sache dran sein.»

«Vermutlich haben Sie recht. Und was halten Sie von Fräulein Herdens Interview mit Otto John? Ist es nicht erstaunlich, dass der Präsident des Bundesamtes für Verfassungsschutz mit einem Kommunistenblatt redet?»

«Nicht unbedingt. Jedenfalls nicht vor dem Hintergrund, dass John der Politik Adenauers ähnlich kritisch gegenübersteht wie der *Brennpunkt Bonn.* Vielleicht hat John sich etwas davon versprochen, seine Kritik am Bundeskanzler ausgerechnet in einem roten Magazin zu platzieren. Mich stört an der Sache etwas ganz anderes.»

«Ach ja?» Wesler warf ihm einen schnellen Seitenblick zu. «Und was?»

«Warum ist dieses Interview nicht gedruckt worden? Hat Eva überhaupt mit John gesprochen? Und wenn ja, worüber?»

«Ich begreife, worauf Sie hinauswollen», sagte der Kriminaloberrat nach kurzem Nachdenken. «Sie meinen, als Eva bei John in Köln war, ging es vielleicht um seinen Übertritt in die Ostzone.»

«Ich setze Eva nicht gern diesem Verdacht aus, das können Sie mir glauben. Aber im Augenblick müssen wir davon ausgehen, dass es eine Verbindung zwischen den Treffen in Köln und in Ost-Berlin gibt.»

Wesler setzte Gerber auf dem Gelände der Villa Selve zwischen der Villa Hammerschmidt und dem Palais Schaumburg ab. Gerbers Opel Kapitän stand vor dem umgebauten Pferdestall, in dem eine der Dienststellen der Sicherungsgruppe untergebracht war. Kaum war Gerber ausgestiegen, da setzte starker Regen ein. Schnell lief er zum Gebäude, wo ihn ein Zuruf aus dem kleinen Kabuff erreichte, einer Mischung aus Pförtnerloge, Telefonzentrale und Sekretariat. Es war das Reich von Kriminalobersekretär Peter Müller, der im Kollegenkreis nur «Fräulein Müller» genannt wurde – sehr zu seinem Missfallen.

«Da war ein Anruf für Sie, Herr Hauptkommissar», sagte Müller mit seiner jugendlich wirkenden Stimme. «Aus Frankfurt, offenbar wichtig. Oberkommissar Sattler hat sich die Nummer notiert.»

Gerber bedankte sich und ging zu dem kleinen Büro, das er sich mit Sattler teilte. Schon auf dem Gang hörte er das laute Gebell der Spürhunde Freitag und Robinson. Ihr Verschlag grenzte an ihr Büro, was das Gefühl, tatsächlich in einem Stall zu arbeiten, noch verstärkte. Er fieberte dem Tag entgegen, an dem die Sicherungsgruppe in neue, größere und modernere Räumlichkeiten umzog.

Erwin Sattler saß, über einen Stapel Papiere gebeugt, am Schreibtisch und trank Kaffee. Als Gerber eintrat, griff Sattler wortlos nach der abgegriffenen roten Thermoskanne und goss dem anderen von der dampfenden Flüssigkeit in seine Emailletasse. Gerber berichtete in knappen Worten von dem Gespräch mit Hannelore Rüsch.

Sattler legte die Stirn in Falten. «Operation Feigenblatt, was soll das sein?»

«Sagen Sie es mir. Ich habe nicht die geringste Ahnung und die Rüsch offenbar auch nicht.»

«Falls sie die Wahrheit sagt.»

«Davon gehe ich aus. Sie hätte es gar nicht erwähnen müssen.»

«Dann müssen wir warten, bis Neuenhahn ansprechbar ist.»

«So sieht es aus.» Gerber trank von dem heißen Kaffee. «Kollege Müller sagte etwas von einem Anruf.»

«Ach ja.» Sattler fischte einen kleinen Notizzettel aus den Papieren vor ihm. «Frankfurt bittet um Rückruf. Ein Amerikaner, wenn er auch Deutsch sprach. Der Akzent war überdeutlich, hatte etwas von Kauderwelsch. Lieutenant Snyder, wenn ich richtig verstanden habe. Es ist offenbar dringend.»

«Snyder», sagte Gerber missmutig und zog das Telefon zu sich heran. «Es gibt Tage, da kommt alles zusammen.»

«Oh, ein alter Bekannter?»

«Colonel Andersons Ordonnanz. Steif wie ein Besenstiel.»

Nach einem weiteren Schluck Kaffee wählte Gerber die Frankfurter Nummer aus dem Gedächtnis. Andersons Vorzimmer. William B. Snyder meldete sich mit jener hohen, unangenehmen Stimme, die Gerber in dem knappen Jahr seit seinem Weggang vom CIC kein einziges Mal vermisst hatte.

«Philipp Gerber, Sie wollten mich sprechen», sagte er auf Englisch.

«Ich bestimmt nicht, Captain», erwiderte der Lieutenant mit dem ihm eigenen Hochmut. «Ich stelle Sie zum Colonel durch.»

Captain war der Dienstrang, den Gerber zuletzt in der U.S. Army bekleidet hatte. Benutzte Snyder ihn aus Höflichkeit oder aus Denkfaulheit? Oder wollte er Gerber damit verdeutlichen, dass man ihn im CIC-Hauptquartier weiterhin als Angehörigen des US-Militärgeheimdienstes ansah?

Colonel Hiram C. Anderson war der Leiter der deutschen CIC-Sektion. Vor Gerbers Wechsel zum BKA war Anderson mehr gewesen als sein Vorgesetzter. Eine Art väterlicher Freund, und beinahe wäre er sein Schwiegervater geworden. Die Hochzeit mit der jungen, süßen June war so gut wie in trockenen Tüchern gewesen. Es hätte wunderbar gepasst, jedenfalls dem äußeren Anschein nach. Sie sollte in Harvard Jura studieren, und auf ihn hatte dort eine Stelle als Juradozent gewartet. Bis alles anders gekommen war und er sich entschieden hatte, in Deutschland zu bleiben.

Es klackte in der Leitung, dann war der Colonel am Apparat.

«Phil, mein Junge, wie geht es dir?» Andersons markante Reibeisenstimme klang so leutselig, als hätte sich zwischen ihnen nicht das Geringste geändert. «Wie ich höre, hast du viel um die Ohren.»

«Wovon sprechen Sie, Sir?»

«Na, die Sache mit Mr. John. Die hält dich doch auf Trab, oder?»

«Die Sache hält viele auf Trab.»

Gerber blieb vage, wollte sich von Anderson nicht aushorchen lassen. Hatte der Colonel ihn nur kontaktiert, um ihm ein paar Würmer aus der Nase zu ziehen?

«Ja, aber dich besonders. Die letzte Nacht soll sehr aufregend für dich gewesen sein, und heute ging es gleich weiter. Zum Glück für Frau Rüsch bist du noch rechtzeitig gekommen. Dieses Kommunistenblatt scheint dir wirklich am Herzen zu liegen.»

Das saß. Offenbar war der Colonel besser im Bilde als gedacht. Nicht ohne Grund hatte er seine leitende Position beim Counter Intelligence Corps inne.

«Ich danke Ihnen für Ihre Anteilnahme, Sir», sagte Gerber höflich, aber distanziert. «Kann ich etwas für Sie tun?»

«Vielleicht kann ich etwas für dich tun, Junge», gab er jovial zurück. «Aber das sollten wir von Angesicht zu Angesicht besprechen. An einem Telefon hängen oft mehr Ohren, als man glaubt. Kannst du heute noch herkommen? Morgen fliegst du ja nach Berlin, wie ich höre.»

Auch das wusste der Colonel also. Natürlich wusste er es. Der Flug morgen ab Frankfurt ging mit der amerikanischen Fluggesellschaft Pan Am, und natürlich wurden dem CIC vorab die Passagierlisten vorgelegt. Er hätte gleich daran denken sollen. Die Westalliierten achteten peinlich darauf, dass nur ihre Fluggesellschaften Berlin-Tempelhof anflogen. Es war zum einen eine Frage der Kontrolle über den Flugverkehr, zum anderen aber auch eine Wirtschaftsförderung zugunsten der betreffenden Airlines.

Kurz entschlossen sagte Gerber: «In Ordnung, ich komme.»

«Gut. Ich erwarte dich bei mir zu Hause zum Abendessen. Sergeant Brodie wird uns etwas Leckeres zaubern, du kennst ihn ja. Bis dann.»

Es knackte wieder, und das Gespräch war beendet. Irritiert von dem Gespräch ließ Gerber den Telefonhörer langsam zurück auf die Gabel sinken. Dass Hiram C. Anderson Sehnsucht nach ihm hatte, war deutlich. Aber warum?

«Der große Häuptling persönlich?», fragte Sattler, der sich seinen Teil zusammenreimte.

Gerber gönnte sich noch einen großen Schluck Kaffee. «Ja, Anderson will mich heute Abend in Frankfurt sprechen.»

«Weshalb?»

«Er hat nur Andeutungen gemacht. Jedenfalls ist er gut informiert über die Anschläge auf Neuenhahn und seine Sekretärin.»

«Was ist ein Nachrichtendienst wert, der nicht über die neuesten Nachrichten verfügt?» Sattler gluckste über seinen eigenen Scherz, wurde aber schlagartig wieder ernst. «Ich nehme an, Sie fahren hin.»

«Selbstverständlich. Vielleicht kann ich etwas Neues in Erfahrung bringen.»

«Die Amerikaner haben immer noch reichlich Brass auf Sie wegen der Sache im vorigen Jahr. Ist Ihnen durch den Kopf gegangen, dass es eine Falle sein könnte? Vielleicht werden Sie überrumpelt und in den Staaten vor ein Militärgericht gezerrt.»

Gerber bemühte sich um einen lockeren Tonfall, auch wenn das nicht seiner Gemütslage entsprach. «Dann schicke ich Ihnen eine Freikarte für meine standrechtliche Erschießung.»

// KAPITEL 7 //

Auf der Autobahn verdüsterte sich der Himmel zusehends, bis ein heftiger Sommerregen auf den Opel Kapitän herabprasselte. Das Geräusch des Regens und der monotone Kampf der Scheibenwischer wirkten einschläfernd, und Gerber schaltete zur Ablenkung das Autoradio ein. Vielleicht brachte ihn das auf andere Gedanken, weg von der Sorge um Eva und dem Grübeln über das, was ihn in Frankfurt erwarten mochte. Er hatte einen Koffer gepackt und Kriminaloberrat Wesler eine Nachricht hinterlassen, dass sie sich morgen auf dem Frankfurter Flughafen treffen würden.

Im Radio diskutierte man den gestrigen Abschuss eines britischen Passagierflugzeugs durch zwei rotchinesische Abfangjäger über der Insel Hainan im Südchinesischen Meer, bei dem vermutlich zehn Menschen gestorben waren. Einer der Studiogäste, im Krieg Oberst der deutschen Luftwaffe, forderte rasche Vergeltung und rechnete mit einem baldigen Krieg zwischen China und den demokratischen Ländern. Er zeigte sich erleichtert über den Neuaufbau der japanischen Armee, für den am 1. Juli der Startschuss gefallen war.

Nach einem Lied von Vico Torriani sagte der Moderator: «Und nun zum nächsten Thema, das unser ganzes Land beschäftigt: das Auftauchen von Otto John in Ost-Berlin. Ist der Präsident des Kölner Bundesamtes für Verfassungsschutz über die Berliner Sektorengrenze verschleppt worden …»

Gerber schaltete das Gerät aus und hing wieder den Gedanken nach, die um seinen Termin bei Colonel Anderson kreisten. Bei seinem letzten Besuch in Andersons Villa hatte er aus dem Safe jene Akte entwendet, mit der Anderson Druck auf Konrad Adenauer hätte ausüben können. Da hatte sich Gerber bereits entschieden, beim BKA zu bleiben und nicht zu den Amerikanern zurückzukehren. Nicht zum Colonel, für den er nach dem Tod von Jim Anderson eine Art Ersatzsohn geworden war, und nicht zu seiner Verlobten June. Damit hatte er Anderson dienstlich hintergangen und privat vor den Kopf gestoßen. Gründe genug für Gerber, sich auf den bevorstehenden Abend nicht zu freuen.

Sein Ziel lag am Mozartplatz. Eine hübsche, gepflegte Gründerzeitvilla, in der vor Colonel Anderson ein Wehrmachtsgeneral gewohnt hatte, der von der Ostfront nicht zurückgekehrt war. Es regnete jetzt nur noch leicht, und der feuchte, warme Boden schien fast zu dampfen. Er fühlte sich nicht wohl in seiner Haut, aber er war kein Mann, der einen einmal gefassten Entschluss ohne triftigen Grund änderte.

Also gab er sich einen Ruck und ging vorbei an Andersons Pontiac, der im Olivgrün der U.S. Army lackiert war, zum Eingang. Auf sein Klingeln erklang die Melodie der *Battle Hymn of the Republic.* Als hätte er nur auf ihn gewartet, öffnete Staff Sergeant Kyle Brodie in seiner akkurat sitzenden Uniform die Tür. Brodie war Andersons Mädchen für alles, sein Leibwächter, sein Vertrauter und – was niemand geahnt hätte, der in diesem Augenblick den vierschrötigen Sergeant ansah – ganz nebenbei ein begnadeter Jazzposaunist. Obwohl sie sich gut kannten, lag in Brodies Blick kein Anflug von Freundlichkeit, nicht einmal ein Zeichen des Wiedererkennens.

«Guten Abend, Sir», sagte er mechanisch. «Sind Sie bewaffnet?»

Das hatte Brodie ihn noch nie gefragt.

«Schulterholster. Bedienen Sie sich, Sergeant.»

Brodie griff unter Gerbers Jackett und zog die Browning aus dem Lederfutteral. Dann erst ließ er ihn eintreten und nahm ihm den Trenchcoat ab, den er über den Arm gelegt hatte. «Der Colonel erwartet Sie bereits.»

Als Gerber den Salon betrat, telefonierte Anderson offenbar in der angrenzenden Bibliothek. Er nahm Platz und griff nach der erstbesten Zeitschrift auf dem Stapel mit Zeitungen und Magazinen, eine *Newsweek* aus diesem Monat. Auf dem Cover waren deutsche Soldaten abgebildet, den Stahlhelm aufgesetzt und den Karabiner in Habachtstellung. «Achtung!», stand darunter auf Deutsch, und die Titelzeile lautete: *New German Army: Calculated Risk.* Der Artikel beschäftigte sich mit dem Aufbau einer westdeutschen Armee. Mehrere Kaffeeflecke und Knicke zeigten, dass Anderson fleißig darin gelesen hatte. Deutlich erinnerte sich Gerber an die Theorie des Colonels, dass die Amerikaner gut beraten seien, Deutsche als Kanonenfutter in einem Krieg gegen die Sowjets einzusetzen.

Brodie schob einen Servierwagen mit kalten Speisen in den Salon, und fast gleichzeitig öffnete Colonel Anderson die Schiebetür zur Bibliothek. Auch er trug seine Uniform, wozu der weiße Bürstenhaarschnitt perfekt passte. Ein breites Lächeln durchschnitt sein kantiges Gesicht und verlieh ihm das Aussehen eines Nussknackers in Lebensgröße.

«Phil, mein Junge, schön, dich zu sehen. Das eben war übrigens June, ich soll dich von ihr grüßen. Sie sagte, ich soll es bloß nicht vergessen.»

Gerber fragte sich, ob June zufällig angerufen oder ob ihr Vater sie über seinen Besuch informiert hatte.

«Ich hoffe, ihr geht es gut», sagte er mehr aus Höflichkeit.

Er mochte June, aber sein Herz schlug schon lange nicht mehr für sie. Nicht mehr, seitdem er Eva kannte.

«Ist das so?» Anderson zog bei dieser Frage seine Brauen zusammen. «Seit eurer Trennung hast du dich nicht mehr bei ihr gemeldet, oder?»

Es hätte Gerber nicht überrascht, wenn Anderson seine Tochter angerufen hätte, um genau das in Erfahrung zu bringen. Aus einer harmlosen Plauderei war, wie es schien, im Handumdrehen ein Verhör geworden.

«Haben Sie mich deshalb nach Frankfurt kommen lassen, um über June zu sprechen?», fragte Gerber unwillig.

Anderson nahm sich eine Zigarre aus der zweckentfremdeten Pistolenschatulle auf dem Tisch. Als er die Schatulle seinem Gast hinhielt, winkte Gerber ab und griff nach seiner Camel-Packung. Mit einem Streichholz entzündete der Colonel seine Zigarre und gab auch Gerber Feuer. Dabei stellte er sich wie zufällig vor eine Anrichte mit mehreren gerahmten Fotografien, die seine Familie zeigten. Seine Frau, die schon lange tot war, gestorben bei Junes Geburt. Seinen Sohn James oder einfach Jim, der im Krieg gefallen war, als er Seite an Seite mit Gerber gekämpft hatte. Gegen einen Trupp Werwölfe, jene Untergrundorganisation, mit der die Nazis am Ende noch einmal versucht hatten, Furcht und Schrecken zu verbreiten. Der Kampf in dem unterirdischen Versteck der Werwölfe lag neun Jahre zurück, und noch heute wachte Gerber schweißgebadet auf, wenn die Erinnerung sich wieder einmal in einen Albtraum verwandelte.

Ein Foto kannte er noch nicht. Es zeigte eine sehr attraktive June im Abendkleid. Sie hatte das Kleid an jenem Abend getragen, als er ihr Lebewohl gesagt hatte. Bei einem anderen Mann als dem Colonel hätte er es vielleicht für einen Zufall gehalten, dass das Foto dort stand.

«Eine hübsche junge Frau, unsere June, nicht wahr.» Ihr Vater hatte Gerbers Blick bemerkt und deutete mit der Zigarre auf das Foto. «Du hast viel zurückgelassen, als du dich gegen eine Rückkehr in die Staaten entschieden hast. Gegen uns, auch gegen deine eigene Familie.»

«Lassen Sie meine Familie aus dem Spiel.» Gerber war gereizt und ärgerte sich über die Ecke, in die Anderson ihn drängen wollte.

Doch der Colonel ließ sich nicht beirren. «Ich habe erst vor wenigen Tagen mit deinem Vater telefoniert.» Als er Gerbers Blick bemerkte, nickte er leicht. «Da staunst du, Phil. Sieht so aus, als hätte ich einen engeren Kontakt zu deinen Leuten als du selbst.»

«Viel Arbeit zurzeit», erwiderte Gerber leise. Anderson hatte es wirklich geschafft, das schlechte Gewissen hatte ihn gepackt.

«Deine Familie braucht dich, Phil. Dein Vater ist gut beschäftigt und kann sich ablenken. Aber denk an deine Mutter und an deine Schwester. Ihnen fehlst du sehr.»

«In all den Jahren, in denen ich Uniform getragen und für Sie hier den Kopf hingehalten habe, hat Sie das nicht gekümmert, Sir.»

«Es war immer deine Absicht, irgendwann die Uniform abzulegen und in deine Heimat zurückzukehren. Die Uniform trägst du tatsächlich nicht mehr, aber was ist mit dem Rest, Phil?»

Gerber schwieg und dachte über die Worte des Colonels nach. Das leise Brummen des großen Ventilators unter der Decke, der träge vor sich hin arbeitete und den aufsteigenden Rauch verwirbelte, erfüllte den Raum. Er sah seinen Vater vor sich, immer erhobenen Hauptes hatte er sich ganz so in das neue Leben eingewöhnt, wie er es sich von Anfang an vorgenommen hatte. Ganz anders seine Mutter, der die USA fremd geblieben waren. Einen Sohn hatte sie im Krieg auf Okinawa verloren, der andere war in Deutschland geblieben. Und die einzige Tochter bereitete ihr zusätzliche Sorgen. Wenn er an seine Schwester Lore dachte, wollte es ihm das Herz zerreißen.

Er zwang sich, nicht länger dem hypnotischen Brummen des Ventilators zu lauschen, und konzentrierte sich ganz auf das Hier und Jetzt. Entschlossen, das Gespräch endlich auf den Punkt zu bringen, drückte er seine Camel in einem Kristallaschenbecher aus und sagte: «Lassen wir unsere Familien beiseite, Colonel. Weshalb bin ich hier?»

Anderson legte seine gerauchte Zigarre in eine kleine Schale. «Begeben wir uns zu Tisch. Nach der langen Fahrt hast du bestimmt Hunger. Übernachtest du in Frankfurt?»

«Ja», sagte Gerber und nahm Platz.

«Eine vernünftige Entscheidung. Die Hin-und-her-Fahrerei wäre viel zu aufwendig. Schließlich geht der Flug nach Berlin schon gegen Mittag ab.» Der CIC-Chef sagte das so, als habe er persönlich den Flug gebucht. Er machte damit deutlich, dass er die Situation unter Kontrolle hatte. «Du kannst ruhig hier schlafen, wenn du möchtest.»

«Danke, ich habe bereits ein Hotel.»

Anderson tat sich von den Hackfleischbällchen auf und lächelte versonnen wie ein Vater, der Nachsicht mit seinem aufmüpfigen Sohn übte. «Was habt ihr mit Otto John vor, wenn ihr ihn findet? Wollt ihr ihn mit Gewalt zurückholen oder den Sowjets abkaufen? Oder wollt ihr ihn gar umlegen?»

«Wir sind keine Killer und wollen auch keinen Krieg auslösen.»

Ein raues Lachen war die Antwort. «Das kann man in Berlin aber schnell besorgen, nervöse Zeigefinger am Abzug gibt es dort mehr als genug.»

Gerber griff nach der Porzellanschüssel mit den Fleischbällchen und tat sich ebenfalls davon auf. «Was würden Sie denn mit John tun, wenn Sie ihn in die Hände bekämen, Sir?»

«Wenn es nach mir gegangen wäre, hätten wir dieses Problem gar nicht. Als ein Leiter für den neuen Verfassungsschutz gesucht wurde, haben wir uns für andere Kandidaten ausgesprochen. Aber die Froschfresser und die Inselaffen haben jeden abgelehnt, bis bloß noch dieser John übrigblieb. Nur um uns eins auszuwischen. Weißt du, dass er gern einen über den Durst trinkt, obwohl er es nicht verträgt? Wo gibt es denn so was? Wenn die Sowjets ihn hätten entführen wollen, hätten sie ihn einfach auf ein paar Gläser Wodka einladen müssen.»

«Vielleicht haben sie das getan», sagte Gerber und blickte auf sein Glas mit Coca-Cola, das einzige Getränk, das es zum Essen gab. «Und vielleicht hatten die Franzosen und die Briten einfach genug davon, dass im Konzert der westlichen Siegermächte andauernd die Amis den Ton angeben. Ihr habt doch schon euren deutschen Geheimdienstchef mit Gehlen und seiner ganzen Organisation. Wolltet ihr ihn etwa auch noch an die Spitze des Bundesamtes für Verfassungsschutz stellen?»

Das grimmige Lächeln, das über Andersons Züge huschte, verriet Gerber, dass er ins Schwarze getroffen hatte.

«Der General hatte seine Fürsprecher, die ihn gern in diesem Amt gesehen hätten. Aber der Widerstand unserer sogenannten Verbündeten hat Adenauer keine andere Wahl gelassen. Dabei ist dein Bundeskanzler selbst nicht begeistert von John.»

«Dann können Sie sich doch freuen, dass John jetzt in Ost-Berlin sitzt. Freie Bahn für General Gehlen.» Bei diesen Worten hob Gerber das Cola-Glas und prostete seinem Gastgeber zu.

«Wenn es so einfach wäre.» Anderson kaute lustlos auf einem Fleischbällchen herum. «Wenn sich John im Osten so pudelwohl fühlt, hätte er die Grenze überschreiten sollen, bevor er dieses Amt annahm. Dann wäre er nur eine verirrte Seele gewesen, jetzt aber ist er ein Politikum.»

«Mir ist noch immer nicht klar, warum Sie mir das erzählen.»

«Die ‹Rote Kapelle›, sagt dir das was?»

Das tat der Name in der Tat. Unter ihm hatte man mehrere Widerstandsgruppen gegen Hitler zusammengefasst, denen man einen regen Funkverkehr mit der Sowjetunion nachgesagt hatte und die im Verdacht standen, letztlich ein sowjetischer Agentenring gewesen zu sein. In der Sprache der Geheimdienste war ein morsender Funker ein Pianist, und mehrere dieser Pianisten bildeten eine Kapelle. Durch die Verbindung mit Moskau entstand der Begriff «Rote Kapelle».

«Selbstverständlich», antwortete Gerber. «Die Mitglieder der Roten Kapelle sind als kommunistische Agenten von unseren Diensten zur Fahndung ausgeschrieben.»

«Ganz genau. Was würdest du sagen, wenn ich dir eine Liste vorlege, auf der Otto John als Sympathisant der Roten Kapelle aufgeführt ist?»

«Dann würde ich fragen, woher diese Liste stammt.»

«Sehr gut, in dir steckt noch immer ein echter CIC-Agent.» Anderson ließ zufrieden das Eis in seinem Cola-Glas klirren und trank einen Schluck. «Auf Wegen, die ich hier nicht erörtern möchte, ist mir eine entsprechende Liste der CIA-Kollegen in die Hände geraten. Dort steht schwarz auf weiß, dass John mit der Roten Kapelle gemeinsame Sache macht.»

«Nächste Frage: Wer hat John auf die Liste gesetzt?»

«Der, dem es nützlich war. Die Information stammt von Reinhard Gehlen und ist aus der Zeit, als darüber entschieden wurde, wer Präsident des Bundesamtes für Verfassungsschutz werden soll.»

Anderson biss in ein Truthahn-Sandwich und kaute herzhaft, was Gerber Gelegenheit bot, das eben Gehörte zu verarbeiten.

«Ach, noch etwas, Phil. Wir haben die Sache natürlich auf Herz und Nieren geprüft. Der Vorwurf, John sei auf irgendeine Weise mit der Roten Kapelle verbandelt, ist definitiv falsch.»

«Wollen Sie damit sagen, Gehlen hat die CIA absichtlich mit einer Falschmeldung gefüttert, um John zu schaden?»

«Ein anderer Grund fällt mir nicht ein.»

Gerber konnte es kaum glauben, aber Anderson hatte ihn vor dem Mann gewarnt, der in bundesdeutschen Geheimdienstfragen als der sichere Kandidat der USA galt.

«Gehlen war natürlich selbst scharf auf den Posten», fuhr der Colonel fort. «Am liebsten hätte er ihn mit seinem eigenen Amt vereinigt. Aber das haben ja unsere sogenannten Alliierten verhindert. Durch die wachsenden Kompetenzen des Verfassungsschutzes sieht Gehlen seinen eigenen Einfluss zunehmend beschnitten. Er möchte seine Organisation gern in den offiziellen deutschen Nachrichtendienst umwandeln, aber die neuen Entwicklungen um John und den Verfassungsschutz haben das ins Stocken gebracht. Schon wieder ein bundesdeutscher Geheimdienstchef, über den die Siegermächte ihre schützende Hand halten, das käme in der westdeutschen Öffentlichkeit jetzt nicht gut an. Es könnte ja wieder so ein unsicherer Kandidat wie Otto John sein.»

«Dann liegt es doch im Interesse der Vereinigten Staaten, deren Mann Gehlen ja zweifellos ist, ihn zu unterstützen. Warum warnen Sie mich also vor ihm?»

«Die Lage ist recht kompliziert und hängt mit den Rivalitäten zwischen CIC und CIA zusammen. Die CIA fördert Gehlen sehr, und wenn er erst seinen eigenen westdeutschen Nachrichtendienst aufzieht, könnte er dem Einfluss des CIC schnell ganz entgleiten. Ich brauche jemanden, der in Berlin auf die Aktivitäten der Org hinsichtlich Otto John aufpasst. Jemanden, der verlässlich ist und genaue Berichte über die Org abliefert. Besonders über all das, was Gehlen lieber nicht berichtet sehen möchte.»

«Also soll ich wieder den Spion für Sie spielen. Wie damals, als Sie mich ins BKA eingeschleust haben.»

«Ja.»

«Damit Sie etwas in der Hand haben, um Druck auf Gehlen auszuüben, falls er Ihrem Einfluss, wie Sie es ausdrücken, zu sehr entgleitet.»

«So ist es. Hast du ein Problem damit?»

Gerber dachte an das Zusammentreffen mit Gehlen bei Adenauer und machte sich bewusst, wie sehr ihm der Ex-Wehrmachtsgeneral zuwider war. Er schüttelte den Kopf und fragte: «Wieso vertrauen Sie mir?»

«Du bist der Beste für den Job, Phil, außerdem schuldest du mir was. Mit einer Akte über Gehlen kannst du deinen Diebstahl der Akte über Adenauer wiedergutmachen.»

Gerber erwiderte den Blick seines alten Mentors. Ihm wurde bewusst, wie planvoll und geschickt Anderson die ganze Sache eingefädelt hatte. Er hatte seine Schuldgefühle geweckt, erst June und seiner eigenen Familie gegenüber, dann weil er seinen Ziehvater durch den Diebstahl der Akte hintergangen hatte. Gerber konnte nicht bestreiten, dass der Colonel damit erfolgreich gewesen war. Aber er war misstrauisch und wachsam genug, um die Falle zu erkennen, in die Anderson ihn gelockt hatte. Trotzdem zwang er ein Lächeln auf sein Gesicht und sagte: «Einverstanden, Sir. Sie erhalten Ihre Berichte über General Gehlen.»

Der Grund dafür war nicht June, waren nicht seine Eltern oder seine Schwester Lore. Der Grund hieß Eva. Er wurde den Eindruck nicht los, dass er sie vor Gehlen beschützen musste, und da kam ihm ein Verbündeter wie Colonel Anderson gelegen. Aber ein seltsames Gefühl des Unwohlseins beschlich ihn, als er den zufriedenen Ausdruck auf Andersons Gesicht sah: das Gefühl, einen Pakt mit dem Teufel geschlossen zu haben.

// KAPITEL 8 //

Sonntag, 25. Juli 1954

Fünf Tage nach Otto Johns Verschwinden

Kriminaloberrat Arild Wesler machte ein Gesicht wie sieben Tage Regenwetter, als er, den Trenchcoat über dem linken Arm und einen grauen Wildlederkoffer in der Rechten, auf den Haupteingang des Flughafens zuschritt. Philipp Gerber stand vor dem Eingang, zog an einer Camel und erwartete seinen Vorgesetzten. Irgendetwas schien nicht in Ordnung zu sein. Er schnippte den kümmerlichen Rest der Zigarette aufs Pflaster und streckte die Hand aus, um den anderen zu begrüßen. Wesler stellte den Koffer ab, sein Händedruck war kurz und kräftig.

«Guten Morgen, Gerber. Es freut mich, Sie zu sehen.»

«Sie wirken alles andere als erfreut.»

Wesler winkte ab, und seine Miene verfinsterte sich noch mehr. «Dr. Diekmann hat kurz vor meiner Abfahrt angerufen. Neuenhahn hat die Nacht nicht überlebt.»

«Wie …»

Wesler schnitt ihm mit einer knappen Geste das Wort ab. «Gleich. Ich brauche erst mal einen Kaffee.»

Sie betraten das Flughafengebäude, in dem nicht sehr viele Leute unterwegs waren. Sonntags reiste kaum jemand geschäftlich. Nachdem Wesler seinen Koffer aufgegeben hatte, suchten sie eine Gaststätte auf, und der Kriminaloberrat bestellte Frühstück. Auch Gerber nahm noch einen Kaffee, obwohl er schon im Hotel zwei Tassen getrunken hatte. Er fühlte sich wie zerschlagen, hatte schlecht geschlafen und von dem Gefecht in der Höhle geträumt, bei dem Jim Anderson ums Leben gekommen war. Der gestrige Besuch bei Jims Vater hatte die Wunde wieder aufgerissen.

«Nun, was hat Diekmann gesagt? Wie ist Neuenhahn gestorben?»

«Einfach so. Die lange Operation, der Blutverlust. In den frühen Morgenstunden hat sein Körper nicht mehr mitgespielt.»

Sie beobachteten durch ein Fenster, wie eine Maschine der Swissair zur Startbahn rollte, und Gerber fragte: «Wie geht es Frau Rüsch?»

«Weiterhin den Umständen entsprechend gut.» Wesler bestellte noch eine Tasse des guten Bohnenkaffees und richtete den Blick wieder auf Gerber. «Jetzt erzählen Sie mal, Gerber, wie war es bei Ihrem ehemaligen Chef?»

«Unspektakulär und teilweise unangenehm. Er hat es noch immer nicht verwunden, dass ich zum BKA gegangen bin und dass ich seine Tochter sitzengelassen habe. Er hat an mein schlechtes Gewissen appelliert und wollte wohl Fräulein Herdens Abwesenheit ausnutzen, um June wieder ins Spiel zu bringen.» Gerber winkte ab. «Lassen wir das, ein leidiges Thema.»

«Wie weit ist er über den Fall John informiert?»

«Sehr gut, wie nicht anders zu erwarten. Er weiß von unserem Treffen mit Adenauer, und er hat mich sogar vor Gehlen gewarnt.»

Wesler wurde hellhörig, und Gerber erzählte ihm von der Sache mit der Roten Kapelle. Aber er sagte nichts über sein Versprechen, Anderson über Gehlen auf dem Laufenden zu halten.

«Es wundert mich nicht, dass Gehlen Gerüchte über John in Umlauf setzt. Aber warum hat Colonel Anderson Sie darüber informiert? Gehlen ist doch der Mann der Amerikaner.»

«Ja, aber besonders ein Mann der CIA. Wie ich Anderson verstanden habe, möchte er nicht, dass Gehlen zu mächtig wird.»

«Solange Adenauer auf den General setzt, wird das kaum zu verhindern sein.» Wesler klang missmutig und trank seinen Kaffee aus. «Ich kann nicht sagen, dass ich mich auf unsere Berlinreise freue.»

Freude, das war nach Gerbers Meinung ohnehin der falsche Ausdruck. Nein, er freute sich nicht auf das, was ihn in der geteilten Stadt erwartete. Aber er fieberte dem Wiedersehen mit Eva regelrecht entgegen.

--

Die DC-4 setzte nach einem reibungslosen Landeanflug auf der Piste von Tempelhof auf. Ein gelber VW Käfer mit dem blinkenden Schild FOLLOW ME am Heck setzte sich vor die viermotorige Douglas und lotste sie zur Parkposition. Gerbers Gedanken wanderten ein paar Jahre in die Vergangenheit, in die Zeit der Blockade, als in West-Berlin die mit Nahrungsmitteln, Kohlen und Baustoffen beladenen Transportflugzeuge im 90-Sekunden-Takt über Hausdächer und Trümmerberge eingeflogen waren, um die Versorgung der Westsektoren aufrechtzuerhalten. Er hatte es hautnah miterlebt in einem seiner gefährlichsten Einsätze als CIC-Agent. Die DC-4 rollte langsam aus, und er ließ die Bilder der Vergangenheit in der Kiste seiner Erinnerungen verschwinden.

Beim Verlassen der Maschine fiel sein Blick auf eine große Gruppe Menschen, die sich, Schutz vor dem leichten Regen suchend, unter einem Vordach zusammendrängte. Männer, Frauen, Kinder. Sie hatten leichtes Gepäck dabei und trugen nicht die beste Kleidung. Ihre Blicke wirkten ängstlich und verstört, zugleich aber auch hoffnungsvoll. Er kannte solche Blicke noch aus dem Krieg. Heimatlose auf dem Weg in ein neues, noch ungewisses Leben. Sie kamen aus der Sowjetzone und warteten darauf, nach Westdeutschland ausgeflogen zu werden. Seit dem Volksaufstand vom 17. Juni des vergangenen Jahres hatte sich die Zahl der Zonenflüchtlinge dramatisch erhöht. In der Bundesrepublik hatte man dieses Datum als Tag der deutschen Einheit zum Gedenktag erklärt. Maßgeblich dafür stark gemacht hatte sich der SPD-Bundestagsabgeordnete Herbert Wehner, den Gerber im vergangenen Jahr kennengelernt hatte.

Mit ihrem Gepäck verließen sie die Abfertigungshalle und traten hinaus auf den Platz der Luftbrücke, um sich ein Taxi zu ihrem Hotel zu nehmen. Als sie auf die Reihe der schwarzen Limousinen zuhielten, schoss ein hellblauer Ford Taunus an den wartenden Taxis vorbei und kam mit quietschenden Bremsen direkt vor Gerber und Wesler zu Stehen. Gerber hatte die Hand schon an seiner Browning, da stieg der Fahrer aus und nickte ihnen zu, als würden sie sich kennen.

«Guten Tag, die Herren, willkommen in Berlin», grüßte der flachsblonde Endzwanziger aufgeräumt. «Bertram Jablonski, ich stehe zu Ihrer Verfügung. Herr Zaunert hat mich geschickt, um Sie abzuholen. Sie hatten hoffentlich einen guten Flug.»

«Erst nach der Landung wären wir fast überfahren worden», knurrte Wesler mit Blick auf den blauen Taunus. «Sie pflegen einen forschen Stil.»

«Ich wollte Ihnen die Taxikosten ersparen.» Grinsend öffnete der hoch aufgeschossene Jablonski den Kofferraum, und die beiden BKA-Beamten verstauten ihr Gepäck. Zaunerts Mitarbeiter zog eine Zigarettenpackung aus seinem zerknitterten Jackett und spendierte eine Runde Juno. Wesler und Gerber setzten sich in den Fond des Taunus, und Jablonski fädelte den Wagen in den fließenden Verkehr ein. Gerber lehnte sich zurück, inhalierte die starke Orientmischung und versuchte festzustellen, was sich seit seinem letzten Aufenthalt in Berlin verändert hatte. Wenig, war sein erster Eindruck. Trotz zahlreicher Grünflächen fehlte es an Bäumen. Die waren von den West-Berlinern während der Blockade gnadenlos als Brennholz gefällt worden, um über den Winter 1948/49 zu kommen.

Ihm fiel auf, dass sie nach Westen fuhren, Richtung Schöneberg. Er beugte sich vor und tippte dem Fahrer auf die Schulter. «Wo fahren Sie hin? Unser Hotel liegt am Mariendorfer Damm.»

Der Blonde schüttelte leicht den Kopf. «Nicht mehr. Herr Zaunert hat sich erlaubt, für Sie umzubuchen.»

«Warum?»

«Ihr Hotel ist nicht sicher. Zu viel Ungeziefer. Rote Wanzen, wenn Sie verstehen.»

Jablonski setzte sie vor ihrem neuen Hotel in der Nähe des RIAS ab, des Rundfunks im amerikanischen Sektor, und holte das Gepäck aus dem Kofferraum. «Machen Sie sich in Ruhe frisch. Ich warte hier auf Sie und bringe Sie dann zur Einsatzzentrale.»

Als sie in der Lobby des Hotels Kufstein und damit außerhalb von Jablonskis Hörweite waren, sagte Gerber zu Wesler: «Ob wirklich die roten Wanzen der Grund für die Umbuchung sind? Oder ist es vielleicht das braune Ungeziefer, das uns hier erwartet?»

«Sie glauben, Zaunert lässt uns ausspionieren?»

«Zutrauen würde ich es ihm. Ihm und Gehlen.»

«Die für Sie braunes Ungeziefer sind?»

«Möglicherweise. Braune Kakerlaken. Jedenfalls sollten wir auf unseren Zimmern nichts besprechen, was nicht für Gehlens Ohren bestimmt ist.»

Ihre Zimmer lagen nebeneinander im zweiten Stock, waren recht groß und sauber und boten einen Ausblick auf das RIAS-Gebäude mit seiner abgerundeten Fassade. Gerber machte sich erst gar nicht die Mühe, nach Wanzen zu suchen, ob rote oder braune. Wenn es hier welche gab, waren sie wahrscheinlich gut versteckt und mehrfach vorhanden, damit man eine fand und mit beruhigtem Gefühl die Toilette hinunterspülen konnte nach dem alten Geheimdienstmotto «eine zum Rauschen, eine zum Lauschen».

--

Der offenbar stets gut gelaunte Bertram Jablonski kutschierte Gerber und Wesler fast genau denselben Weg zurück, den sie gekommen waren. Seit der Spaltung der Berliner Polizei in eine östliche und eine westliche befand sich das neue West-

Berliner Polizeipräsidium anfangs in einer alten Kaserne nahe dem Zentralflughafen. Vor drei Jahren war es direkt zum Flughafen Tempelhof umgezogen. Als der Taunus auf den großen Platz vor dem Flughafen zuhielt, fiel Gerbers Blick unwillkürlich auf das Luftbrückendenkmal mit seinen drei nach oben weisenden Streben, ein Symbol für die drei Luftkorridore. Die Berliner nannten es spöttisch «Hungerharke» oder auch «Hungerkralle».

Ihr Chauffeur parkte vor dem großen Natursteinbau und führte sie ins Innere des Gebäudes, wo sie in einem verqualmten Konferenzraum von fast einem Dutzend Männern, teils in Uniform, teils in Zivil, begrüßt wurden, darunter Zaunert und der für die Affäre John bei der West-Berliner Polizei zuständige Polizeioberrat Arnold Kindler. Letzterer, ein untersetzter Mittfünfziger mit breitem Brustkorb, der die Uniform fast zu sprengen drohte, war der offizielle Leiter des Krisenstabs. Gerber hatte aber von Anfang an den Eindruck, dass Zaunert alle Fäden in Händen hielt.

«Schön, dass die Herren vom Bundeskriminalamt auch schon da sind», lautete Zaunerts offizielle Begrüßung. «Wir hatten ja schon gestern mit Ihnen gerechnet.»

«Unerwartete Entwicklungen», erwiderte Wesler und berichtete in sehr knappen Worten über die Anschläge auf Dr. Neuenhahn und dessen Sekretärin.

«Sehr bedauerlich», sagte Zaunert mit einer Miene, die keinerlei Bedauern erkennen ließ. «Es wäre nur nett gewesen, Sie hätten uns schon eher über den Grund Ihrer Verspätung unterrichtet.»

Wesler lächelte kalt. «Ich bin davon ausgegangen, jemand wie Sie ist ohnehin über alles Wesentliche im Bilde.»

Zaunert legte die Stirn in Falten. «Was wollen Sie damit sagen?»

«Rolf, bitte!», sagte Kindler mit einer beschwichtigenden Geste in Zaunerts Richtung. «Wir sind nicht hier, um uns zu streiten. Wir wollen Informationen austauschen und ein klares Bild im Fall Otto John gewinnen.»

«Haben Sie da neue Erkenntnisse, Herr Polizeioberrat?», hakte Gerber schnell ein, um das Gespräch von der Ebene persönlicher Anfeindungen wegzubringen.

«Wir wissen etwas mehr über diese Bonner Journalistin, die im Ost-Sektor zusammen mit Herrn John gesehen wurde. Eva Herden. Das führt am besten Herr Zaunert aus. Seine Männer haben sich auch auf die Spur der Frau gesetzt.»

Zaunert blickte kurz in die vor ihm liegenden Unterlagen und sagte: «Fräulein Herden ist am 18. dieses Monats nach Berlin geflogen, allerdings mit einem falschen Pass. Ausgestellt auf eine gewisse Karin Sander, Vertriebsassistentin aus Köln. Fräulein Sander alias Herden hat sich in der Pension Schrödler in Wilmersdorf eingemietet. Sie hat die Miete für vierzehn Tage im Voraus bezahlt, ist dort aber seit mehreren Tagen nicht mehr gesehen worden. Ihr Zimmer scheint sie in dieser Zeit nicht benutzt zu haben.»

«Ist ihr Gepäck noch dort?», erkundigte sich Gerber.

«Ja.»

«Haben Sie Hinweise auf ihren Verbleib oder ihre Absichten gefunden?»

«Nichts dergleichen.»

«Wann war sie das letzte Mal in der Pension?»

«Vor fünf Tagen», antwortete Zaunert und fügte nach einer kleinen Pause hinzu: «Am Abend des 20. Juli.»

Der Abend von Otto Johns Verschwinden.

«Unterstellen Sie bloß, dass Fräulein Herden mit Johns Sektorenwechsel in Verbindung steht, oder haben Sie auch Beweise dafür?»

«Sie sind ja eigentlich Jurist, Herr Gerber. Wenn Ihnen das Foto, das John und Herden bei einer freundschaftlichen Begrüßung zeigt, nicht als Beweis gilt, dann aber hoffentlich als stichhaltiges Indiz. Und Sie selbst wissen nichts über eine Beziehung zwischen den beiden?»

Lag da ein lauernder Ausdruck in Zaunerts strengen, harten Zügen? Wusste er von dem Treffen zwischen Eva und John vor zwei Wochen in Köln? Oder bluffte er nur? Gerber befand sich auf dünnem Eis und wollte sich nicht vorwerfen lassen, dem Krisenstab wichtige Informationen vorzuenthalten. Er las in Weslers Blick, dass sein Vorgesetzter es ebenso betrachtete. Also berichtete er, was sie von Hannelore Rüsch über Evas Kölnbesuch erfahren hatten.

«Was hatten die beiden miteinander zu besprechen?», fragte Zaunert mit schneidender Stimme.

«Frau Rüsch konnte nur sagen, dass es um ein Interview ging. Da das bislang nicht veröffentlicht wurde …» Gerber brachte den Satz nicht zu Ende, breitete nur hilflos die Arme aus.

«Es muss Notizen geben», knurrte Zaunert, «vielleicht einen Mitschnitt.»

Wesler übernahm die Antwort: «Ich habe diesbezüglich Kontakt zum Bundesamt für Verfassungsschutz aufgenommen, aber auch dort scheint man nicht mehr zu wissen. Wenn Sie bei Fräulein Herdens Sachen nichts gefunden haben, uns geht es auch nicht besser.»

Polizeioberrat Kindler rieb über seinen fast kahlen Schädel. «Sehr mysteriös, das alles.»

«Ein wahres Wort, Arnold», seufzte Zaunert und warf einen langen Blick auf Gerber. «Hoffen wir also, dass es unserem Kollegen vom BKA gelingt, Kontakt zu seiner dubiosen Freundin aufzunehmen. Das scheint mir die sicherste Spur zu John zu sein. Falls die Herden noch lebt.»

Der letzte Satz war wie ein Stich in Gerbers Herz, aber er zeigte es nicht. «Was wollen Sie damit sagen, Zaunert?»

«Die Anschläge auf Dr. Neuenhahn und seine Sekretärin sprechen eine deutliche Sprache. Jemand versucht, alle Verbindungen zum *Brennpunkt Bonn* zu kappen. Da stellt sich die Frage: Gehört Eva Herden auch zu diesen Verbindungen, die gekappt werden sollen? Oder gehört sie zu den Auftraggebern der Anschläge?»

Die Art, wie der Mann von der Org Eva fast im selben Atemzug für möglicherweise tot oder aber zu einer Verschwörerin, ja Mörderin erklärte, versetzte Gerber in Rage. Er musste den Impuls unterdrücken, über den Tisch zu flanken und seine Faust mit Zaunerts Gesicht Bekanntschaft schließen zu lassen. Es hätte nichts gebracht außer für Zaunert die wohl befriedigende Erkenntnis, dass er Gerbers wunden Punkt getroffen hatte. Zumal Zaunerts Argumente nicht von der Hand zu weisen waren. Evas Verhalten war dubios, und sie war irgendwie in die Affäre John verstrickt. Er weigerte sich zu glauben, dass sie in Mordpläne verwickelt war. Aber lag das nicht bloß an seinen Gefühlen für Eva? Begann das Bild, das er von ihr hatte, zu bröckeln?

--

Der Demokratische Sektor Berlins – so hatten die Sowjets den Ostteil der Stadt getauft. Das klang in Evas Ohren ebenso hochtrabend wie anmaßend. Und schlichtweg falsch. In Ost-Berlin ging es nicht demokratischer zu als im Rest der Stadt, das hatte sie längst begriffen. Hier wurden, ebenso wie jenseits der Sektorengrenze oder im Bonn Konrad Adenauers, Entscheidungen getroffen, die mit der hochgelobten und auf ein Podest gestellten Demokratie ebenso wenig zu tun hatten wie ihre eigene Anwesenheit mit einer Verbesserung des deutsch-deutschen Verhältnisses. Das persönliche – man konnte auch sagen egoistische – Motiv für ihr Handeln hatte sie sich längst eingestehen müssen. Jetzt ging es darum, mit den Folgen klarzukommen.

Sie ging an Häusern entlang, deren obere Stockwerke nicht mehr als zerbombte Ruinen waren, aber in den nicht so arg in Mitleidenschaft gezogenen Erdgeschossen hatten rührige Geschäftsleute bereits wieder kleine Läden eingerichtet. Vor dem Schaufenster einer Schneiderei, in der auch aufgearbeitete Kleider verkauft wurden, blieb sie stehen. Das Geschäft hatte geschlossen, es war Sonntagnachmittag. Sie tat, als würde sie die Auslage betrachten.

Eva ließ sich Zeit und nutzte die Fensterscheibe, um ihre Umgebung zu sondieren, konnte aber keine Verfolger entdecken. Der junge Mann mit der in den Nacken geschobenen Lenin-Mütze, der zehn Meter vor ihr am Straßenrand kniete und versuchte, sein altes Fahrrad zu reparieren, fluchte halblaut vor sich hin und bedachte sie mit keinem Blick. Das Paar im feinen Sonntagsstaat, das in inniger Verbundenheit das schöne Wetter für einen Bummel nutzte, schien nur Augen füreinander zu haben. Die ältere Frau auf der anderen Straßenseite stützte sich auf einen Mauervorsprung und blickte etwas gelangweilt auf die beiden kleinen Mädchen in ihren geblümten, aber zerschlissenen Kleidchen, die hingebungsvoll durch die mit Kreide auf den Gehweg gezeichneten Himmel-und-Hölle-Felder hüpften. Mit einem versonnenen Lächeln dachte Eva an ihre eigene Kindheit, an das Hildesheim vor dem Krieg, an die Zeit, als sie noch eine Familie gehabt hatte.

Passanten eilten vorbei, beachteten die junge Frau im hellen Sommerkleid aber nur flüchtig. Der Strohhut schützte Eva vor der Sonne und davor, dass die große Narbe auf ihrer linken Wange zu deutlich sichtbar war. Die Narbe, die sie immer an den Tag erinnern würde, als sie ihre Familie im Bombenhagel der Alliierten verloren hatte. Sie gab sich einen Ruck und setzte den Weg zur Sektorengrenze fort.

Ihr suchender Blick glitt über die mit Pistolen und Karabinern bewaffneten Volkspolizisten, die den Übergang zum Westen bewachten. In der Uniform sah ein Vopo aus wie der andere, aber dann hatte sie ihn doch entdeckt. Rainer hieß der schmale Junge, Rainer Pietschmann. Er war etwas linkisch und schüchtern. Genau deshalb hatte sie ihn ausgewählt und ihm ein paarmal schöne Augen gemacht. Dankbar für jedes Lächeln und jedes freundliche Wort, fragte er schon gar nicht mehr nach ihren Papieren.

Sie ging etwas langsamer, blieb aber so kurz vor der Grenze nicht stehen, um Rainers Kameraden nicht aufzufallen. Endlich sah er in ihre Richtung, ihre Blicke trafen sich, und ein Lächeln huschte über seine sonst eher ernsten Züge. Eva lächelte zurück, begleitet von einem kurzen Winken, und sie ging direkt auf ihn zu.

«Guten Tag, Herr Pietschmann.»

«Guten Tag, Fräulein Sander.»

Der auf seinem Rücken hängende Karabiner schien ihm plötzlich fehl am Platz, und er nestelte nervös an dem Halteriemen. Er war wirklich noch jung, jünger als Eva. Für einen Augenblick spürte sie ein schlechtes Gewissen, weil sie ihm gegenüber Komödie spielte. Er schien sie wirklich zu mögen, und das nutzte sie aus.

«Die Sonne wird immer stärker, und Sie müssen Dienst schieben, Rainer, das ist doch schade.»

«Dienst ist Dienst, und Sonne ist Sonne.» Er fuhr mit der Zungenspitze über seine trockenen Lippen und suchte nach Worten. «Vielleicht können wir ja heute Abend nach Dienstschluss etwas gemeinsam unternehmen. Ich meine, falls Sie nichts Besseres vorhaben. Und natürlich nur, falls Sie dann aus dem Westen zurück sind. Besuchen Sie wieder Ihre Tante?»

Eva nickte und setzte eine pflichtbewusste Miene auf. «Ich habe Ihnen ja erzählt, wie schlecht es Tante Ingeborg geht. Da nutze ich jede freie Minute, um zu ihr zu gehen.»

Der junge Vopo schüttelte den Kopf. «Sie haben es wirklich nicht einfach, Fräulein Sander. Da kommen Sie eigens in den Demokratischen Sektor, um Ihre Großmutter zu besuchen, und dann müssen Sie wieder jeden Tag rüber wegen Ihrer Tante. Da wird es heute Abend wohl nichts werden, wie?»

«Vielleicht reicht ja die Zeit, damit wir ein Eis essen können.»

«Das wäre wirklich prima!», freute er sich und gab einem Kameraden ein Zeichen, Eva durchzulassen. «Dann vielleicht bis heute Abend – hoffentlich!»

Sie lächelte noch einmal und durchquerte das Niemandsland. Am britischen Sektor zückte sie den Personalausweis auf den Namen Karin Sander und zeigte ihn fast gelangweilt vor. Der Soldat warf nur einen kurzen Blick auf den westdeutschen Pass, und sie durfte passieren. Endlich hatte sie die bewaffneten Grenzposten beider Blöcke hinter sich gelassen und war im Westen, aber sie fühlte sich kein bisschen erleichtert. Im Gegenteil, die eigentlichen Schwierigkeiten lagen noch vor ihr.

// KAPITEL 9 //

Jablonski stand, mit dem Rücken lässig gegen die Wand gelehnt, auf dem Flur, rauchte eine Juno und blickte den beiden BKA-Männern lächelnd entgegen, als sie aus dem Konferenzraum traten. «Na, das ging ja lange. Wohin möchten Sie jetzt? Vielleicht eine kleine Spritztour zu den Sehenswürdigkeiten West-Berlins? Soweit sie sich nicht in Trümmerberge verwandelt haben, natürlich.»

«Sie sind sehr anhänglich», knurrte Gerber ihn an.

Zaunert verließ den Konferenzraum mit einer großen Aktentasche und trat zu ihnen. «Hat Jablonski nicht erwähnt, dass er während Ihres Berlin-Aufenthalts zu Ihrer Verfügung steht? Ich würde mich an Ihrer Stelle nicht einfach in ein Taxi setzen. Manch einer hat sein Taxi erst im Ostsektor wieder verlassen können und kam nicht mehr zurück. Das Ministerium für Staatssicherheit hat seine speziellen Methoden, und mancher Taxifahrer verdient sich als Handlanger der Roten gern ein Zubrot. Menschenraub ist in Berlin gang und gäbe, besonders in der Nähe der Sektorengrenze.»

Wesler wandte sich an Zaunert. «Das könnte dafür sprechen, dass Otto John sich doch nicht freiwillig im Ostsektor aufhält.»

«Im Fall John ist das eine gewagte Schlussfolgerung», erwiderte Zaunert mit abschätziger Miene. «Sowohl angesichts seiner politischen Einschätzung als auch angesichts der Tatsache, wie frei er sich im Osten bewegt.»

«Tut er das wirklich?», fragte Wesler.

«Sie haben doch die Fotos gesehen.»

«Diese Fotos sind Schnappschüsse, Momentaufnahmen», warf jetzt Gerber ein. «Eine Handvoll Fotos kann uns nicht einmal ansatzweise einen tiefer gehenden Eindruck geben.»

Zaunert schnaufte. «An den Fotos ist nichts getürkt, das versichere ich Ihnen.»

«Das wollte Herr Gerber Ihnen bestimmt nicht unterstellen, Kollege.» Wesler setzte ein süßliches Lächeln auf. «Aber vorschnelle Schlussfolgerungen sind der Tod jedweder gründlichen Ermittlung, das wissen Sie selbst.» Er sah Gerber an. «Haben Sie Lust auf einen Spaziergang, um die berühmte Berliner Luft zu schnuppern? Dann kann uns auch kein Taxifahrer entführen, und Herr Jablonski kann für den Rest des Tages Pause machen. Heute ist schließlich Sonntag.»

--

Ob die viel besungene Berliner Luft sich von der anderer Städte unterschied, konnte Gerber nicht sagen, aber die ehemalige Reichshauptstadt hatte sich trotz aller Zerstörungen ihr weltstädtisches Flair bewahrt. Restaurants, Cafés und Geschäfte sprossen inmitten von Ruinen. Ihm erschien es wie ein böser Schabernack des Schicksals, dass ausgerechnet in dieser Stadt, die so viel erlitten hatte, West und Ost aufeinanderprallten wie nirgendwo sonst, und alles schien bereit für einen neuen Krieg, für neue Zerstörung, bis auch der letzte Stein in Berlin nicht mehr auf dem anderen stand.

Die Menschen um ihn herum flanierten scheinbar entspannt und fröhlich durch die Straßen, als gäbe es keine Not mehr, keine Trümmer, keine Verluste. Familien mit Kindern, ältere Paare, Halbstarke, wie man sie nannte, mit Kofferradios, aus denen deutsche oder englische Schlager plärrten, junge Mädchen, die sich davon anlocken ließen oder sich kokett zierten.

Einmal glaubte Gerber, in dem Gewühl eine junge Frau im hellen Sommerkleid und mit Sonnenhut zu sehen, die Eva wie aus dem Gesicht geschnitten war. Die Sonne blendete ihn, und als er die zusammengekniffenen Augen mit der Hand beschattete, war die Frau auch schon verschwunden.

Wesler lotste ihn zu einem Restaurant, wo sie einen Tisch auf dem Bürgersteig ergatterten. «Wir haben uns eine Stärkung verdient und eine Ruhepause.» Der Kriminaloberrat blickte sich suchend um, als sie sich setzten. «Das hier scheint eine Org-freie Zone zu sein.»

Aus der offenen Restauranttür erklang Evelyn Künneke, die ihren *Egon* besang. Ein beleibter Kellner brachte die Speisekarte, und die beiden Männer entschieden sich einmütig für das Tagesgericht, Löffelerbsen mit Speck. Das klang zwar einfach, bot aber wenig Potenzial, etwas falsch zu machen. Jeder trank ein Berliner Kindl, und Gerber entzündete zwei Camel.

«Das ist fast wie Urlaub», sagte er, als er eine Zigarette an seinen Vorgesetzten weiterreichte. Er blickte nach Osten. «Ob John sich auch so fühlt?»

Nach einem tiefen Zug blies Wesler den Rauch in die laue Sommerbrise. «Sie meinen, ob er sich drüben als Gast oder als Gefangener fühlt?»

«Ja, ganz ohne Zaunerts Polemik.»

«Wir wissen noch nicht genug über die ganze Geschichte,

um uns ein Urteil zu bilden. Dazu sind wir hier, aber bis jetzt verwirrt mich Berlin mehr, als dass es mich erhellt.»

«Dann bin ich mit diesem Gefühl wenigstens nicht allein. Solange Zaunert sein Gift verspritzt und sein Chauffeur vom Dienst um uns scharwenzelt, kann ich kaum einen klaren Gedanken fassen. Vielleicht ist das Gehlens Strategie, um uns zu verwirren.»

«Falls Gehlen gegen uns arbeitet.»

«Nach dem, was ich von Colonel Anderson gehört habe, ist dem General zumindest zuzutrauen, dass er in dieser Angelegenheit gegen Herrn John arbeitet.»

«Einer der Gründe, weshalb ich Jablonski für den Rest des Tages eine Abfuhr erteilt habe. Das verschafft uns etwas Luft und hoffentlich klare Gedanken.»

«Um mal an etwas ganz anderes zu denken, Herr Kriminaloberrat, ich weiß wenig über Sie.»

«Wie meinen Sie das, Gerber?»

«Ich meine Ihre Vergangenheit, Ihre Karriere. Sie waren bestimmt im Krieg, aber ich weiß nicht mal, bei welchem Verein. Wehrmacht? Waffen-SS?»

Wesler deutete mit seiner Zigarette auf Gerber. «Wo Sie waren, das weiß ich. Ich hätte gedacht, die Amis hätten alles über uns in ihren Akten.»

«Richtig, aber ich gehöre nicht länger dazu.»

Das Essen kam, und als der Kellner sich wieder entfernt hatte, sagte Wesler: «Ich fürchte, meine Geschichte ist sehr unspektakulär. Ursprünglich wollte ich zur Polizei und habe hier in Berlin eine Ausbildung beim alten Gennat gemacht. Als die Nazis die Polizei mehr und mehr zum Instrument ihrer Macht umgestaltet haben, hat mir die ganze Sache nicht mehr gefallen. Da ich von der Küste komme, habe ich mich zur Kriegsmarine gemeldet, bin dort aber am Schreibtisch gelandet.»

«Und während des Krieges?», hakte Gerber ein.

«Die meiste Zeit habe ich als Verwaltungshengst in Aurich verbracht, wo man 39 eine neue Marine-Nachrichtenschule errichtet hat. Also keine Heldentaten, nur Dienst nach Vorschrift. Nicht mal ein schmuckes Verwundetenabzeichen. Auch meine engere Familie hat den Krieg, Gott sei Dank, heil überstanden. Ein Onkel ist in der Kesselschlacht bei Uman gefallen, und zwei Cousins sind mit ihren U-Booten abgesoffen. Ich kenne eine Menge Familien, die hat es schlimmer erwischt.» Wesler blickte Gerber direkt an. «Sie haben Ihren Bruder im Pazifik verloren, wenn ich mich recht erinnere. Ihre Personalakte schweigt sich über Ihre Zeit in den Staaten weitgehend aus.»

«Ja, Alfred ist auf Okinawa als vermisst gemeldet worden. Inzwischen dürfen wir wohl davon ausgehen, dass er gefallen ist. Auch wenn meine Mutter regelmäßig Kerzen für ihn anzündet und um seine Rückkehr betet.»

«Scheißkrieg», brummte Wesler und schob sich einen Löffel mit Erbsen, Kartoffeln, Speck und Pökelfleisch in den Mund.

«Ja, Scheißkrieg.»

Gerber dachte an das Foto seines Bruders, neben das seine Mutter immer einen kleinen Strauß frischer Blumen stellte. Ein Symbol ihrer immerwährenden Hoffnung. Wie sie auch nie den Glauben daran verlor, dass es mit Lore eines Tages besser werden würde. Sie hatte auch kaum etwas anderes als ihre Hoffnung und ihren Glauben.

Wesler führte die fingerdicke Brotscheibe, die zu jedem Teller gereicht wurde, zum Mund und sagte, bevor er hineinbiss: «Sie haben es nach Kriegsende noch ziemlich lange in der U.S. Army ausgehalten.»

«Der Feind hatte kapituliert, aber beendet war der Krieg noch lange nicht.» Gerber dachte an die Auseinandersetzung mit den Werwölfen in den letzten Kriegstagen, als Jim sein Leben verlor, und im vergangenen Sommer, als die Geister der Vergangenheit zu neuem Leben erwacht waren. «Vielleicht ist er es auch jetzt noch nicht.»

«Wenn ich an die Lage hier in Berlin denke, befürchte ich, er könnte neu ausbrechen», sagte Wesler bitter. «Nur mit veränderten Fronten.»

«Das zu verhindern, ist unsere Aufgabe.» Gerber trank den Rest Bier, ehe er warm werden konnte, und bestellte ein zweites Glas. «Apropos, Ihre Lebensgeschichte ist noch nicht ganz erzählt, Herr Wesler. Was hat Sie nach dem Krieg zum BKA verschlagen?»

«Eine Frau und drei Kinder, Vater und Schwiegermutter. Die sind alle hungrig, und die Kriegsmarine wurde nach dem Krieg nicht mehr gebraucht. Daher knüpfte ich an alte Verbindungen aus meiner Zeit bei Gennat an, kam auf diesem Weg erst zur Essener Polizei und schließlich nach Bonn zur Sicherungsgruppe. Dank Ihnen wurde dann letztes Jahr der Posten des Leiters in der Ermittlungsabteilung frei.»

«Dank mir?»

«Spielen Sie nur den Unwissenden, Gerber, das müssen Sie. Aber die meisten von uns können sich denken, was hinter Dr. Kreys Unfall auf der Rheinbrücke steckt. Und wer nur ein wenig Anstand besitzt, ist Ihnen dafür dankbar.»

«Wofür?»

«Dafür, dass Sie die Sicherungsgruppe vor einem ungeheuerlichen Skandal bewahrt haben. Vielleicht hätte die Geschichte zur Auflösung unseres Vereins geführt.»

«Ich weiß gar nicht, wovon Sie sprechen», erwiderte Gerber mit Unschuldsmiene, obwohl ihm jener Abend auf der Rheinbrücke, als Kreys Wagen das Geländer durchbrach und im Fluss versank, nur zu deutlich vor Augen stand.

«Natürlich nicht. Machen wir lieber Schluss mit dcn ollen Kamellen.» Wesler winkte den Kellner heran und gab ihm einen Zehn-Mark-Schein. «Stimmt so.»

Als sie ihre Mahlzeit beendet hatten und aufstanden, fragte Gerber: «Wohin?»

Wesler grinste. «Tun Sie nicht so scheinheilig. Wir haben doch beide instinktiv den Weg nach Wilmersdorf eingeschlagen. Wie war noch gleich der Name von Fräulein Herdens Pension?»

--

Eva Herden verließ den U-Bahnhof Uhlandstraße und sah sich um. Vor ihr lag der Kurfürstendamm, der ganz so tat, als habe es den Krieg nie gegeben. Die prachtvoll bestückten Schaufenster der Geschäfte und die frei stehenden Schaukästen auf dem Bürgersteig sorgten dafür, dass die vielen Ruinen fast nicht auffielen. Die Restaurants und Straßencafés waren von lachenden und munter schwatzenden Gästen gut besucht, und die Kriegswunden hatten etwas erschreckend Alltägliches an sich. Vielleicht musste das so sein, damit die Menschen die Kraft zum Weiterleben fanden. Sie bog in die Uhlandstraße ein.

Etliche der gutbürgerliche Atmosphäre ausstrahlenden Gebäude hatten jetzt schon den zweiten Krieg überlebt, und sie reckten erleichtert ihre Türmchen und Giebel in den blauen Himmel. Achtlos, mit zielstrebigen Schritten ging Eva weiter, bis vor ihr das Haus mit der Nummer 175 auftauchte. Sie begann zu schlendern, als genieße sie einfach nur diesen Nachmittag mit seiner lauen Luft. In Wahrheit blickte sie sich sorgfältig um. Zwar rechnete sie nicht mit Verfolgern, die sie spätestens in der U-Bahn abgeschüttelt haben dürfte, aber es mochte gut sein, dass man das Haus überwachte. Immerhin lebte hier jener Dr. Wolfgang Wohlgemuth, der mit Otto John über die Sektorengrenze nach Ost-Berlin gefahren war. In dem Haus, vor dem sie stand, befanden sich seine Wohnung und seine Arztpraxis. Nur WoWo, wie er sich gern nennen ließ, war nicht länger hier, seitdem er mit seinem alten Freund John in den Osten entschwunden war.

John und Wohlgemuth kannten sich aus dem Krieg. Damals hatte der Arzt als Assistent des berühmten Chirurgen Ferdinand Sauerbruch an der Charité Johns Bruder Hans behandelt, den man mit einem Lungensteckschuss aus der Wehrmacht entlassen hatte. Später war es zum Zerwürfnis zwischen Sauerbruch und seinem Schüler gekommen, und Eva war Sauerbruchs Ausspruch im Gedächtnis geblieben: «Es gibt nur einen, den ich mir als meinen Nachfolger vorstellen kann, das ist der Wolfgang. Aber auch der wird's nicht werden, dafür ist er zu verludert.» Das war wohl der große Zwiespalt in Wohlgemuths Persönlichkeit: einerseits ein begnadeter Arzt, andererseits ein den schönen Dingen zu hingebungsvoll zugeneigter Lebemann.

Eva hatte es selbst erlebt, als sie mit John und Wohlgemuth vor einer Woche im Strammen Otto gewesen war. WoWo hatte eine seiner Lieblingsplatten auflegen lassen und sie auf dem Saxophon begleitet. Dann hatte er Eva gefragt, wie es ihr gefallen habe, und hatte sie dabei auf seinen Schoß gezogen. Seine Hände waren plötzlich überall gewesen, und nur mit Mühe hatte sie sich von ihm befreien können. Der schlanke Mann mit den grau melierten Haaren, dem charmanten Lächeln und den weltmännischen Manieren hatte seine Wirkung auf Frauen, und das wusste er auch. Aber Eva war er zu aufdringlich, zu fordernd und zu siegesgewiss gewesen. Selbst wenn es Philipp nicht gegeben hätte, WoWo war nicht ihr Typ.

Die große Eingangstür ließ sich einfach aufdrücken. Im Treppenhaus war es dunkler und kühler als draußen, und erst jetzt spürte sie die Beklemmung in ihrer Brust. Sie durfte nicht so empfindlich sein, wenn sie die Wahrheit herausfinden wollte. Vor Wohlgemuths Wohnung drückte sie mehrmals auf die Klingel. Niemand öffnete, und trotz angestrengten Lauschens hörte sie von drinnen keine Geräusche. Eva hatte nicht wirklich etwas anderes erwartet, aber sie wollte es wenigstens versucht haben.

Bei der gynäkologischen Praxis hatte sie mehr Glück. Obwohl es Sonntag war, öffnete ihr nach dem dritten Klingeln eine zierliche Frau in weißer Schwesterntracht. Sie zog die Tür nur einen Spaltbreit auf.

«Herr Dr. Wohlgemuth ist verreist», sagte die hübsche Mittzwanzigerin mit den dunklen Locken, deren Namensschild sie als Schwester Agnes auswies. «Ich gebe Ihnen gern die Adresse einer Vertretungspraxis.»

«Das wäre mir unlieb», erwiderte Eva. «Ich bin eigens hergekommen, weil der Herr Doktor mir als besonders einfühlsam empfohlen worden ist.»

«Tut mir leid. Ich muss jetzt weitermachen, guten Tag!»

Damit schlug sie der Besucherin die Tür vor der Nase zu, und Eva wandte sich langsam zum Gehen um. Irgendwie war ihr Schwester Agnes seltsam vorgekommen, gehetzt oder ängstlich.

--

Als die Tür zugefallen war, konnte Schwester Agnes das Zittern ihrer Hände nicht länger unterdrücken. Sie drehte sich um, lehnte sich mit dem Rücken gegen die Tür und atmete tief durch. Ein zufriedenes Lächeln glitt über die Züge des Fremden, der sie die ganze Zeit über mit seiner Waffe bedroht hatte. Trotz dieses Lächelns drückte das sonnengebräunte Gesicht keine Freundlichkeit aus. Es wirkte verhärtet, und die Augen unter den buschigen Brauen schienen kein Mitleid zu kennen.

«Sehr gut, *ma petite*, wirklich sehr gut. Kanntest du die Frau?»

«Nein.» Sogar ihre Stimme zitterte jetzt vor Panik, und sie musste einen Kloß hinunterschlucken. «Ich habe sie hier noch nie gesehen.»

«Beschreib sie mir!»

Schwester Agnes kam der Aufforderung nach, und als sie die Narbe erwähnte, wurde er hellhörig.

«Eine Narbe auf der linken Wange – bist du dir sicher?»

Sie nickte nur.

Er schien die blonde Frau zu kennen. Ein nur angedeuteter Wink mit seiner Pistole, und Agnes stolperte zurück zu dem Aktenschrank, an dem sie sich zu schaffen gemacht hatte, bevor es geklingelt hatte.

«Los, such weiter nach den Unterlagen! Ich habe nicht ewig Zeit!»

Der Pistolenlauf bohrte sich hart in ihren Rücken.

--

Eva ging durch die Straßen von Wilmersdorf. Je näher sie der Pension Schrödler kam, desto langsamer wurden ihre Schritte. Falls die westdeutschen Behörden oder die Westalliierten auf der Suche nach ihr waren, und dafür sprach einiges, würde man das Haus vermutlich beobachten. Würde man sie festnehmen und ihre Rückkehr in den Osten verhindern? Das durfte keinesfalls geschehen!

Der Gedanke ließ sie umkehren. Es war besser, nicht noch einmal zur Pension zu gehen. Sie hatte eh noch etwas anderes zu erledigen.

--

«An der nächsten Ecke rechts», sagte Kriminaloberrat Wesler nach einem Blick auf den Straßenplan, den er bei einem fliegenden Händler gekauft hatte. «Was ist, Gerber? Sie sehen ja gar nicht hin.»

Gerber wischte mit der Hand über seine Augen. «Schon das zweite Mal heute, dass ich mir eingebildet habe, Eva zu sehen.»

«Eingebildet ist wohl die richtige Bezeichnung. Berlin hat mehr als drei Millionen Einwohner. Ausgerechnet Ihrer Freundin zufällig auf der Straße zu begegnen, wäre doch reichlich seltsam.»

Gerber gab sich einen Ruck und schloss sich seinem Vorgesetzten an. Der hielt mit weit ausholenden Schritten auf ein schmales Haus zu, das vollkommen intakt erschien, obwohl die Gebäude links und rechts davon starke Kriegsschäden aufwiesen. Das vierstöckige Haus aus der Gründerzeit beherbergte im Erdgeschoss eine Eisenwarenhandlung. Die Stockwerke darüber gehörten zur Pension Schrödler, die über ein separates Treppenhaus zu erreichen war. Am Eingang im ersten Stock empfing sie eine zierliche, gepflegte Frau in den Sechzigern.

«Schrödler», sagte sie mit leiser, angenehmer Stimme. «Ich muss die Herren leider enttäuschen, derzeit sind alle Zimmer belegt.»

«Aber ein Zimmer wird doch gar nicht benutzt», erwiderte Wesler. «Das von Fräulein Sander.»

Die Miene der Wirtin verschloss sich, und Falten traten auf ihre Stirn. «Woher wissen Sie das? Wer sind Sie überhaupt?»

«Kriminaloberrat Wesler, Bundeskriminalamt.» Er zeigte seine Dienstmarke vor. «Das ist mein Kollege Gerber. Wir möchten mit Ihnen gern über Fräulein Sander sprechen.»

«Schon wieder? Die Kripo war schon hier.»

«Wir machen uns gern ein eigenes Bild.»

«Was ist mit Fräulein Sander? Sie wirkte so sympathisch. Keiner sagt einem was Genaues. Hat sie etwas ausgefressen?»

Gerber setzte ein Lächeln auf und ergriff das Wort: «Aber nein, Frau Schrödler, keine Sorge. Sie ist bloß eine wichtige Zeugin.»

Das schien die Frau etwas zu beruhigen, und sie stieß einen Seufzer aus. «Ich weiß nicht, warum das Fräulein so lange nicht in ihrem Zimmer war. Aber sie hat für zwei Wochen im Voraus bezahlt. Zur Sicherheit, sagte sie, weil sie nicht wisse, wie lange sie in Berlin sei.»

«Dürfen wir uns einmal in ihrem Zimmer umsehen?»

«Natürlich. Folgen Sie mir.»

Die Wirtin führte sie in den zweiten Stock. Das kleine, saubere Zimmer mit Blick zur Straße wirkte etwas unordentlich, und Frau Schrödler entschuldigte sich dafür.

«Ihre Kollegen von der Kripo haben hier gewütet wie die Hottentotten, wirklich schlimm. Anna, mein Mädchen, hat wieder für etwas Ordnung gesorgt.»

Die Wirtin ließ sie allein und machte dabei ein Gesicht, als befürchte sie, nach dem Besuch der beiden BKA-Beamten das nächste Chaos vorzufinden.

Schon nach einem kurzen Blick auf die Kleider sagte Gerber: «Es sind tatsächlich Evas Sachen.»

«Was haben Sie gedacht? Dass Karin Sander jemand anderes ist? Wenn Zaunert uns eine Lüge auftischen will, dann keine, die so einfach zu durchschauen ist. Außerdem gibt es das Foto, das Ihre Freundin an Johns Seite in Ost-Berlin zeigt.»

«Ich weiß», seufzte Gerber. «Eva ist in Berlin, und ich kann nur hoffen, sie weiß, was sie tut.»

«Schauen wir mal in ihre Sachen. Vielleicht finden wir etwas.»

--

«Gefunden!» Der Fremde klang begeistert wie ein Kind, als ein verborgenes Fach am Aktenschrank aufsprang. Von dem Geheimfach hatte Schwester Agnes nichts gewusst. Würde er sie jetzt endlich gehen lassen? Aber sie kannte das Gesicht des

Mannes, und die West-Berliner Polizei würde sich brennend für ihn interessieren.

Er nahm die Papiere aus dem Fach und blätterte sie sorgfältig durch. «*Bon*, da haben wir ja alles. Wohlgemuth ist wirklich ein Vollidiot, was?»

Der fragende, bohrende Blick des Fremden ließ Agnes nervös schlucken. «Ich … ich weiß nicht», stammelte sie. «Warum sagen Sie das?»

«Wenn er schon diese Papiere aufhebt, um sich gegen unsere Seite rückzuversichern, dann wäre es doch das Klügste, er hält darüber das Maul. Aber was macht dieser Trottel? Gibt damit auch noch vor seinen Saufkumpanen an.»

Er faltete die Papiere zusammen und ließ sie in einer Innentasche seines dunkelbraunen Jacketts verschwinden.

«Lebt … lebt der Doktor noch?», brachte sie endlich die Frage über die Lippen, die sie schon die ganze Zeit quälte.

«*Oui*, er lebt noch. Es geht ihm gut, und er hat alles, was er braucht. Natürlich hält er sich ganz und gar freiwillig im Osten auf, offiziell. Gewisse Leute sind der Ansicht, dass er noch nützlich sein könnte.» Er trat zu ihr, und seine kräftige Hand streichelte ihre Wange so zärtlich, wie sie es ihm kaum zugetraut hätte. «Kann man das von dir auch behaupten, *ma petite*? Oder ist es besser, deinen süßen Mund ein für allemal zu verschließen?»

Die Angst schnürte ihr die Kehle zu. Durch die Fensterscheiben sah sie den blauen Himmel. So ein schöner Sommertag! Sie wollte leben, nichts wollte sie dringlicher.

«Bitte tun Sie mir nichts!», brachte sie hervor. «Ich werde nicht reden, ganz bestimmt nicht. Ich … tue alles, was Sie wollen.»

Er grinste. «Was für ein verlockendes Angebot. Vielleicht komme ich darauf zurück. Denk daran, ich kann dich finden, jederzeit und überall!»

Noch einmal strich er über ihre Wange, bevor er die Tür öffnete und die Praxis mit schnellen Schritten verließ.

Agnes konnte es kaum glauben. Er war fort, und sie lebte noch. Die Anspannung der letzten Stunde fiel von ihr ab. Sie zitterte jetzt am ganzen Körper, sank einfach zu Boden und fing hemmungslos an zu schluchzen. Dieser Mann war gefährlich, das wusste sie, und sie würde ihren Mund halten.

// KAPITEL 10 //

«Nichts», sagte Gerber enttäuscht. Er packte die Kleidungsstücke wieder in den Koffer, bemüht, dabei möglichst ordentlich zu sein. Durch das Fenster sah er auf die belebte Straße hinab, und er fragte sich, wo in dieser großen, in zwei Teile gespaltenen Stadt Eva sein mochte. Im Osten, bei Otto John? Hatte sie ihm geholfen, die Sektorengrenze zu übertreten? Oder hatte sie ihre kommunistischen Freunde dabei unterstützt, den Verfassungsschutzpräsidenten zu entführen? Fragen, die immer wieder auf ihn einstürmten und auf die er keine Antworten fand. Sie verließen die Pension und schlenderten ziellos nebeneinanderher. «Es ist unser erster Tag in Berlin, Gerber, da sollten wir die Hoffnungen nicht zu hoch schrauben.»

«Es wäre so wichtig, Eva zu finden. Sie ist unsere Verbindung zu Otto John. Außerdem müssen wir sie schnell finden, weil …» Gerber beendete den Satz nicht, weil er ihm plötzlich zu persönlich erschien.

«Weil Zaunert und die Org auch auf der Suche nach ihr sind.» Wesler hielt an und entzündete zwei Zigaretten. «Sie sorgen sich um Ihre Freundin und das, was mit ihr geschehen könnte, wenn sie Gehlen in die Hände fällt. Ich kann das gut verstehen.»

«Ach ja?», fragte Gerber, als sie weitergingen.

«Natürlich. Gehlen ist nicht gerade als Freund der Roten bekannt. Wenn er Fräulein Herden in die Finger bekommt, wird man nicht zimperlich sein.»

«Und das ist wohl noch vorsichtig ausgedrückt», seufzte Gerber nach dem ersten, tiefen Zug an der Roth-Händle. «Sosehr ich Adenauer schätze, ich weiß nicht, was der Alte in Gehlen sieht.»

«Vermutlich genau das, was er ist: eine nützliche und effektive Waffe im Kampf gegen die Sowjets. Da liegen der Kanzler und sein Wehrmachtsgeneral auf einer Linie.»

«Auf der liegen wir doch alle – oder sollten es zumindest.»

Wesler stieß ein trockenes Lachen aus. «Ihr Fräulein Herden gewiss nicht. Und, ganz ehrlich, bei Otto John habe ich da auch meine Zweifel. Das ist dann wohl der gemeinsame Nenner, auf den wir unsere beiden hinter der Sektorengrenze Verschwundenen bringen können.»

«Ja, vermutlich», sagte Gerber und registrierte im Augenwinkel jene Gestalt, die ihnen folgte, seitdem sie die Pension verlassen hatten. Der schmächtige Mann mit der Schiebermütze hielt immer denselben Abstand zu ihnen ein und hatte sogar ein Foto von ihnen geschossen.

«Ist was nicht in Ordnung?», fragte Wesler.

«Wir haben einen Schatten», sagte Gerber leise und hielt dabei die Hand mit der Zigarette vor seinen Mund. «Hinter dem Lederwarengeschäft biegen wir rechts ein. Sie gehen vor, ich passe ihn ab.»

Als sie um die Ecke bogen, ging Wesler weiter, während Gerber sich flach an die Fassade des Geschäftshauses drückte.

Als der Schirm der grauen Schiebermütze in sein Sichtfeld geriet, sprang er auf den Verfolger zu, packte ihn an den Aufschlägen der Jacke und zerrte ihn in die schmale Straße. Die Mütze rutschte dem Mann dabei vom Kopf und entblößte rotblonde Haare, die in sämtliche Richtungen abstanden. Seine hellgrauen Augen flackerten erschrocken. Trotz seiner Überraschung griff er geistesgegenwärtig nach der braunen Ledertasche an seiner Seite und hielt sie fest.

Wesler war zurückgeeilt, riss dem Mann die Tasche herunter und öffnete sie. Die Rolleiflex-Kamera darin stammte noch aus dem Krieg oder den Jahren davor.

«Für wen spionieren Sie?», herrschte der Kriminaloberrat den Rotblonden an.

«Geben Sie mir sofort meine Kamera zurück!»

Wesler nahm die Rolleiflex aus der Tasche und hielt sie über seinen Kopf. «Ob die bruchfest ist?»

«Nicht!», stieß der Mann hervor und klang dabei weit weniger selbstsicher. «Bitte nicht!»

«Noch einmal», sagte Wesler. «Für wen spionieren Sie?»

«Ich bin kein Spion!»

Gerber brachte sein Gesicht ganz nah vor das des anderen. «Warum verfolgen Sie uns dann? Und fotografieren uns?»

«Das ist mein Beruf. Ich bin Reporter.»

«Name?»

«Lüttke. Fritz Lüttke.»

«Für welche Zeitung?»

«Für die, die am besten zahlt.» Der Anflug eines Grinsens flog über das Gesicht des Mannes. «Ich bin freier Journalist.»

Wesler steckte die Rolleiflex zurück in die Kameratasche und durchsuchte den Mann. Er fand keine Waffen, aber zwei Ausweise: einen Presseausweis und einen West-Berliner Personalausweis, grün statt grau, ohne den in Westdeutschland benutzten Bundesadler und mit der Aufschrift «Behelfsmäßiger Personalausweis».

«Sieht sogar beides echt aus», sagte der Kriminaloberrat und steckte die Papiere wieder in die abgewetzte Jacke des Mannes.

«Dann ist ja alles klar, und ich kann gehen.»

«Gar nichts können Sie, solange wie es nicht erlauben», versetzte Gerber. «Warum lungern Sie vor der Pension Schrödler herum?»

«Na, wegen der Frau, Eva Herden. Sind Sie auch hinter ihr her?»

«Woher kennen Sie ihren richtigen Namen?»

«Wir sind Kollegen, Fräulein Herden und ich. Ich habe sie voriges Jahr kennengelernt, da war sie mit ihrem Liebhaber hier in Berlin.»

«Mit welchem Liebhaber?»

«Der Dicke, ihr Chef. Neubert oder so ähnlich.»

«Neuenhahn?»

«Ja, genau der. Sie waren hier zur Recherche für einen Artikel über die Sektorengrenze, und ich habe ein paar Fotos beigesteuert.» Lüttke kniff ein Auge zu. «Wenn Sie mich fragen, war das Ganze nicht nur beruflich. Die beiden haben sich auf Spesenkosten ein romantisches Wochenende gegönnt.»

«Ich frage Sie aber nicht», sagte Gerber hart. Auch wenn Evas Affäre mit Neuenhahn längst Geschichte war, das Thema lag ihm nicht.

Er brachte seine Gefühle unter Kontrolle und ließ den Fotoreporter los. Der zupfte sein Jackett glatt.

«Wenn Sie mir nicht glauben, rufen Sie beim *Brennpunkt Bonn* an und fragen Sie den Neuenhahn.»

«Das könnte schwer werden.»

«Warum das?»

«Weil der nicht mehr unter uns weilt.» Als Gerber den verständnislosen Blick bemerkte, machte er mit dem Zeigefinger die Geste des Kehledurchschneidens.

«Er wurde … ermordet?» Fritz Lüttke schien ein abgebrühter Mann zu sein, aber jetzt musste er schlucken. «Von wem? Hängt das mit der Affäre John zusammen?»

«Wir stellen hier die Fragen», sagte Wesler. «Was wissen Sie über John?»

«Nicht mehr als das, was die Zeitungen schreiben.»

«Mein Kollege Gerber und ich sind vom Bundeskriminalamt.» Wesler zeigte seine Dienstmarke. «Wenn Sie nicht wegen Landesverrats hinter Gittern wandern möchten, sollten Sie eine Schippe drauflegen. Also, was wissen Sie über die Johns Verschwinden?»

«Na gut. Ich hatte John im Visier, seitdem er für die Feierlichkeiten zum 20. Juli in Berlin eingetroffen ist. Als Mann aus dem Widerstand ist er ja eine umstrittene Figur, irgendwo zwischen Held und Verräter, und er bekleidet eine hohe Position. Ich dachte mir, da könnte eine tolle Story drinstecken. Deshalb habe ich mich auf seine Fährte gesetzt. Ich war schon ein wenig erstaunt, dass ich dabei auf Eva Herden gestoßen bin. Jetzt sind beide abgetaucht, da komme ich ins Grübeln.»

«Wo sind Sie auf Eva Herden gestoßen?», fragte Gerber.

«Kommen Sie mit, dann zeige ich Ihnen etwas.»

«Was?»

«Ein Foto, ich habe es in meiner Wohnung.»

Nach einem kurzen Blickwechsel mit seinem Vorgesetzten sagte Gerber: «Okay. Ich hoffe für Sie, es lohnt sich.»

--

Sie fuhren mit der U-Bahn zum Nollendorfplatz, wo Fritz Lüttke in einem der schmucklosen Neubauten wohnte, die man eilig hochzog, um die Lücken zu schließen. Dort folgten die beiden BKA-Männer dem Reporter in den dritten Stock. In der Zweizimmerwohnung, die zur Straße hinausging, war es so laut, als stünde man mitten auf dem Verkehrsknotenpunkt.

«Lauschig ist es hier nicht», erklärte Lüttke. «Aber ich bin eh kaum zu Hause. Außerdem ist die Verkehrsanbindung gut.»

«Das kann man wohl sagen», meinte Gerber und sah sich in der vollgestellten Wohnung um. Ein Zimmer diente als Wohn- und Schlafraum, das andere beherbergte Lüttkes Fotoarchiv. Einen Teil davon hatte der Reporter als Dunkelkammer abgetrennt. Er musste nicht suchen, um das besagte Foto zu finden. Es zeigte vier Personen an einem Tisch, eine offenkundig feucht-fröhliche Runde: Eva Herden, Otto John, dessen Berliner Freund Wolfgang Wohlgemuth und einen schlanken Mann mit länglichem Gesicht, der Gerber und Wesler unbekannt war.

Gerber tippte mit der Fingerspitze auf diesen Mann. «Wer ist das?»

«Jo Ansbach, der Chef vom Strammen Otto. Das ist ein Lokal kurz vor der Sektorengrenze. Dort verkehren vorwiegend Herren und bleiben gern unter sich, wenn Sie verstehen.»

«Durchaus», sagte Wesler. «Und Fräulein Herden hatte sich in das Lokal verirrt und wurde freudig begrüßt, obwohl sie kein Mann ist?»

Lüttke grinste. «Nee, ganz so war es nicht. Sie ist in Begleitung von John und Wohlgemuth gekommen. WoWo ist ganz dicke mit Ansbach. Der Stramme Otto ist eine seiner Stammkneipen.»

«Hm», machte Wesler skeptisch. «Laut unseren Informationen hat Wohlgemuth eine sehr starke Neigung zum schönen Geschlecht.»

«Hat er auch, ist ein richtiger Schürzenjäger. Als Frauenarzt hat er wohl seinen Traumberuf gefunden. Er mag die Musik im Strammen Otto. Auch an diesem Abend hat er zum Saxophon gegriffen.»

«Wonach hat er noch gegriffen?», fragte Gerber schlecht gelaunt. «Vielleicht nach Fräulein Herden?»

Der Reporter begann zu kichern, verkniff es sich aber, als er Gerbers finstere Miene bemerkte. «Sie hatte alle Mühe, seine Zudringlichkeiten abzuwehren. Wenn es um Frauen geht, hat WoWo mehr als zwei Hände.»

Wesler räusperte sich vernehmlich. «Wann fand dieses Treffen statt?»

«Am Abend des 19.»

«Also kurz vor der Gedenkfeier und Johns Verschwinden.»

Lüttke nickte eifrig. «Ebendas fand ich bemerkenswert.»

«Wieso?», hakte Gerber nach.

«Na, Jo Ansbach kennt sich ziemlich gut an der Sektorengrenze aus. Den würde ich um Rat fragen, wenn ich vorhätte, ungehindert rüberzukommen.» Lüttke kratzte sich am Ohr. «Wenn ich mich selbst nicht so gut auskennen würde.»

Die letzte Äußerung nährte Gerbers Verdacht, dass der Mann nicht bloß ein freier Reporter war. Vermutlich verdiente er mehr Geld als Nachrichtenhändler. Eine fast harmlose Bezeichnung für jene, die Berlins Lage ausnutzten, um Informationen an die geheimen Dienste in Ost und West zu verschachern. Häufig verkauften diese Leute dieselben Informationen an beide Seiten gleichzeitig, und oft waren die Nachrichten ihren Preis nicht ansatzweise wert. Wenn der Geschäftssinn der Nachrichtenhändler größer war als ihre Zuverlässigkeit, konnte das für ihre Kunden böse Folgen haben. War Lüttke zuverlässig? Zweifelnd musterte Gerber ihn, sagte sich aber, dass das Foto von Eva und den drei Männern einen gewissen Beweiswert hatte.

Als Gerber es einsteckte, protestierte Lüttke: «He, das Foto gehört mir.»

«Nicht mehr. Betrachten Sie es als beschlagnahmt. Außerdem haben Sie noch das Negativ.»

«Trotzdem gebe ich meine Fotos nicht ohne Bezahlung weg.»

«Wir haben schon bezahlt, indem wir darauf verzichten, Sie einzubuchten.»

«Dazu hätten Sie gar keinen Grund.»

«Wir könnten sicher einen finden.»

«Schon gut», knurrte Lüttke.

Gerber öffnete die Ledertasche und nahm die Kamera heraus, um sie zu öffnen.

«Was soll das nun wieder?», empörte sich der Reporter.

«Ich will nur verhindern, dass Sie mit dem Foto von Kriminaloberrat Wesler und mir hausieren gehen.»

Nachdem Gerber den Film herausgezogen hatte, gab er die Kamera an ihren Besitzer zurück. Er suchte die unordentliche Küche auf, hielt die Flamme seines Zippos gegen den Film und ließ ihn in die Spüle fallen.

«Wenn ich geahnt hätte, wie Sie mit mir umgehen, wäre ich nicht zur Pension gegangen. Ich hätte mich lieber vorm Strammen Otto postieren sollen, um zu sondieren, ob Ansbach zurückkehrt.»

«Wieso zurückkehren?», fragte Wesler.

«Das ist es ja. Seit dem Verschwinden von John und WoWo ist auch Ansbach nicht mehr gesehen worden, weder in seinem Lokal noch in seiner Wohnung, die darüber liegt. Seine Angestellten sagen, er sei verreist.»

«Ein seltsames Gebaren für einen Geschäftsmann», fand Wesler und sah Gerber an. «Wir sollten uns dieses Lokal einmal anschauen!»

--

Im Strammen Otto war es dunkel und still, das Lokal wirkte wie ausgestorben. Was am helllichten Tag nicht ungewöhnlich war. Das Leben begann hier erst am Abend. Aber Eva glaubte, eine Bewegung im Innern gesehen zu haben. Oder war es nur ein Lichtreflex auf der großen Glasscheibe gewesen? Sie überquerte die Straße und blieb vor der stark mit Werbung beschrifteten Scheibe stehen. Tatsächlich, hinten im Gastraum nahm sie jemanden wahr.

Sie klopfte an die verschlossene Tür. Ein junger Mann mit sauber gestutztem Kinnbart und hochgekrempelten Ärmeln öffnete ihr. Es war nicht Jo Ansbach, aber sie erinnerte sich an ihn. Ein Kellner namens Tom, wahrscheinlich eine Abkürzung für Thomas.

«Guten Tag, Tom», grüßte Eva ihn wie einen alten Bekannten. «Ich möchte zu Jo.»

Der Kellner blickte sie skeptisch an. «Kennen wir uns?»

«Ich war vor ein paar Tagen mit WoWo hier.»

«Ach, der WoWo.» Er hob die Schultern an und ließ sie wieder fallen. «Jo ist nicht da. Er ist verreist, schon seit ein paar Tagen.»

«Wann kommt er wieder?»

«Das hat er nicht gesagt.»

«Und wo ist er hingefahren?»

«Das hat er auch nicht gesagt.»

«Dann hat er vermutlich auch keine Telefonnummer hinterlassen, unter der man ihn erreichen kann.»

«Nein, hat er nicht.»

«Kommt so etwas öfter vor?»

«Hin und wieder schon. Jo macht viele Geschäfte.»

«Was für Geschäfte?»

«Keine Ahnung. Versuchen Sie es am besten in ein paar Tagen noch mal.»

Damit ging die Tür vor ihr auch schon wieder zu, ein Schlüssel wurde herumgedreht, und Tom verschwand im hinteren Bereich des Lokals. Eva seufzte frustriert und stellte ihr strahlendes Lächeln ein, das nichts bewirkt hatte. Ihr Blick fiel auf die Menschen, die an ihr vorbeispazierten. Sie genossen den freien Nachmittag, den Eva komplett vertan hatte.

Entmutigt wandte sie sich in Richtung Osten, zur Sektorengrenze. Wenn Rainer Pietschmann, der junge Volkspolizist, noch Dienst tat, sollte sie sich mit ihm tatsächlich auf ein Eis verabreden. Sie hatte kein wirkliches Interesse an ihm, aber sie wollte, dass er ihr gewogen blieb. Auf dem Weg zur Grenze dachte sie nicht an den Vopo, sondern an Philipp.

--

«Der war nicht besonders gesprächig», bemerkte Wesler.

Der Mann mit dem Kinnbart hatte ihnen kurz und knapp erklärt, dass der Betreiber des Lokals für unbestimmte Zeit verreist sei, und ihnen danach die Tür vor der Nase zugeschlagen.

«Vielleicht ist dieser Ansbach untergetaucht, weil er etwas mit Johns Sektorenübertritt zu tun hat», überlegte Wesler. «Oder weil er fürchtet, andere könnten das aufgrund seiner Freundschaft zu Wohlgemuth annehmen.»

«Ja», brummte Gerber nur.

Wesler sah ihn forschend an. «Was haben Sie? Sie wirken fast so einsilbig wie die Type gerade.»

Gerber kratzte sich am Hinterkopf und blickte die belebte Straße entlang. Vor dem Grenzkino drängten sich die Menschen für die Nachmittagsvorstellung. Irgendein Liebesdrama. Schon wieder hatte er gedacht, Eva gesehen zu haben. So viele Gesichter, da konnten einem die Sinne schon mal einen Streich spielen.

«Ach, nichts», sagte Gerber. «Ich glaube, ich sehe langsam Gespenster.»

// KAPITEL 11 //

Vier Tage später. Donnerstag, 29. Juli 1954

Neun Tage nach Otto Johns Verschwinden

Evas Besuch im Strammen Otto, der ermordete Jo Ansbach, Evas Verschwinden – was sich vor Kurzem quasi vor seinen Augen ereignet hatte, schlug Gerber aufs Gemüt. Der unaufhörliche Regen und die einsetzende Dämmerung waren nicht geeignet, seine Stimmung aufzuhellen.

Er stand unter dem Vordach eines Spielzeuggeschäfts und beobachtete das Geschehen ein paar Häuser weiter. Schutzpolizisten sperrten den Eingang zum Strammen Otto gegen die Schaulustigen ab, das Blaulicht auf den Einsatzfahrzeugen spiegelte sich in den Schaufenstern der angrenzenden Geschäfte. In dem Lokal war die West-Berliner Kriminalpolizei bereits bei der Arbeit. Er hatte sich ihnen nicht zu erkennen gegeben, wollte erst mit Wesler reden.

Endlich kam der Kriminaloberrat, den er vor einer gefühlten Ewigkeit von einer Telefonzelle aus im Hotel angerufen hatte. Er stieg aus einem Taxi, bezahlte den Chauffeur und horchte auf, als Gerbers schriller Pfiff erklang. Wesler nickte kaum merklich in seine Richtung. Er zündete sich in aller Ruhe eine Zigarette an, schlenderte wie zufällig zu dem Spielzeugladen und deutete auf die Auslage.

«Was meinen Sie, mein Herr, wird sich meine kleine Tochter über so einen Kaufladen zum Geburtstag freuen?», fragte er laut. «Oder wäre ein Puppenhaus besser?»

«Ich fürchte, ich kann Ihnen da nicht helfen, mit Mädchen kenne ich mich nicht aus», antwortete Gerber ebenso laut und fügte leiser hinzu: «Heute Abend habe ich das mal wieder festgestellt.»

«Was ist passiert? Am Telefon habe ich nur verstanden, dass Ansbach tot ist. Sie waren sehr kurz angebunden.»

Gerber setzte eine säuerliche Miene auf. «Wir wissen nicht, wer am Hoteltelefon so alles mithört. Aber vielleicht ist das jetzt unser geringstes Problem.»

Wesler bot ihm eine von seinen Roth-Händles an. «Schießen Sie los, was ist passiert?»

Gerber nahm sich eine Zigarette und ließ sich Feuer geben. «Ich habe, wie schon an den zurückliegenden Abenden, den Strammen Otto observiert, und erst sah alles gut aus. Jo Ansbach ist heute wiederaufgetaucht, und da erschien auch noch Eva.» Er berichtete, was von Evas Auftauchen bis zu ihrem Verschwinden in der Menge geschehen war. «Ich hätte an ihr dranbleiben sollen, aber sie ist entwischt. Da habe ich mich nicht gerade mit Ruhm bekleckert. Die Ereignisse haben mich überrollt. Mit allem hatte ich gerechnet, aber nicht damit, dass Eva plötzlich als Mörderin dasteht.»

«Danach sieht es wohl aus.»

«Ich kann mir nicht vorstellen, dass sie es wirklich getan hat.» Gerber deutete mit seiner Zigarette auf das Lokal. «Es muss sich anders zugetragen haben, als die Leute vermuten.»

«Haben Sie sich deshalb den Berliner Kollegen nicht zu erkennen gegeben?»

Gerber nickte. «Niemand von den Leuten im Strammen Otto hat Evas Namen genannt. Aber wenn ich aussage, weiß es auch die Org. Zaunert und Polizeioberrat Kindler sind dicke Freunde.»

«Vielleicht sollte die Berliner Polizei Bescheid wissen und die Suche nach Eva intensivieren.»

«Ja, vielleicht», sagte Gerber ohne Überzeugung. «Jetzt ist es Ihre Entscheidung, Herr Kriminaloberrat.»

Wesler zog eine Grimasse. «Vielen Dank auch.»

--

Gerber stieß einen Fluch aus, den niemand hörte. Er war allein in seinem Hotelzimmer, und der Straßenlärm, der durch das offene Fenster hereindrang, verschluckte jedes Wort. Er lag mit nacktem Oberkörper auf dem Bett und rauchte. Der unnachgiebige Sommerregen prasselte auf die Stadt herab, und er empfand die kühle Brise, die über seine Haut strich, als angenehm. Das einzig Angenehme, was er der aktuellen Lage abgewinnen konnte.

Otto John steckte noch immer irgendwo in Ost-Berlin.

Jo Ansbach war vor wenigen Stunden ermordet worden.

Eva war die Hauptverdächtige, und hatte sich vor seinen Augen aus dem Staub gemacht.

Jeder Punkt für sich genommen reichte für eine ganze Serie von Flüchen aus. Zumindest wurde Eva derzeit nicht offiziell als Mörderin gesucht. Kriminaloberrat Wesler hatte entschieden, dass Gerber das, was er in dieser Nacht gesehen hatte, vorerst für sich behalten sollte. Sie wollten die weiteren Entwicklungen abwarten, und dafür war Gerber ihm dankbar.

Wesler war ein guter Mann, kein falscher Fuffziger wie sein Vorgänger Krey.

Aber war Otto John ein falscher Fuffziger? Gestern hatte Ost-Berlin eine weitere Erklärung Johns verlautbart, wonach er in den Osten gegangen sei, um Adenauers Politik zu bekämpfen. Eine Politik, die angeblich jene Kräfte förderte, die schon den Nationalsozialismus ermöglicht hätten. Das war starker Tobak für die westdeutsche Öffentlichkeit. Die Frage war: Hatte John das freiwillig oder unter Zwang gesagt? Und damit verbunden waren nach wie vor die weiteren Fragen: War er freiwillig in die Ostzone gefahren? Hatte man ihn entführt oder erpresst? Wo lag die Wahrheit?

Durch die Beinahe-Begegnung mit Eva vor ein paar Stunden hatte Gerber noch stärker den Eindruck gewonnen, dass sie der Schlüssel zur Beantwortung all dieser Fragen war. Sie schwebte vermutlich in großer Gefahr. Die Anschläge auf Dr. Neuenhahn, auf Hannelore Rüsch und jetzt auf Jo Ansbach ließen keinen anderen Schluss zu. Alles Personen, zu denen Eva in Kontakt gestanden hatte.

Die Camel schmeckte ihm plötzlich nicht mehr, und er drückte sie in dem Aschenbecher aus, der den Schriftzug des Hotels trug. Er schwang sich aus dem Bett, ging barfuß zum Fenster und sah hinunter auf den nächtlichen Verkehr. Irgendwo in dieser großen, in zwei Hälften geteilten Stadt gab es die Antworten auf seine Fragen.

--

Der Nachtportier sah nur kurz von seinem Kriminalschmöker auf, als Gerber durch die verwaiste Lobby ging und das Hotel verließ. Die weißen Zeiger seiner A-11-Armbanduhr zeigten ihm, dass Mitternacht schon seit einer halben Stunde vorüber war. Er hätte sich ausruhen sollen. Sein Gefühl sagte ihm, dass der kommende Tag nicht einfach werden würde. Aber seine sich überschlagenden Gedanken gönnten ihm keine Ruhe, und so hatte er sich für einen Nachtspaziergang angezogen. Auf der Straße zog er den Gürtel seines Trenchcoats fest und schlug den Mantelkragen hoch. Es regnete noch, wenn auch nicht mehr so stark.

Die vergangenen Tage, Abende und Nächte kamen ihm in den Sinn. So wie jetzt war er durch die Straßen und über die Plätze Berlins gegangen, auf der Suche nach Hinweisen, nach Eva, nach Otto John. Er hatte gemeinsam mit Wesler, Zaunert und Polizeioberrat Kindler an mehreren Konferenzen teilgenommen, hatte viel über die politischen Zustände in Berlin erfahren, aber letztlich doch wenig, das ihm bei den aktuellen Nachforschungen weiterhelfen konnte. Viel zu wenig. Und wieder ging er über den nassen Asphalt, ohne konkretes Ziel.

Leuchtreklame erhellte die Nacht, um Flaneure in die zahlreichen Lokalitäten zu locken, die nach Einbruch der Dunkelheit erst attraktiv wurden. Anfangs hatten sich die westliche und die sowjetische Verwaltung, um mehr Besucher anzulocken, einen Wettlauf darum geliefert, in welchem Teil Berlins die Bars, Kneipen und Clubs länger geöffnet hatten. Sobald West-Berlin mit dem Ostteil gleichzog, hatte man dort im Wettstreit um die Nachtbummler die Sperrstunde wieder um eine Stunde verlängert. Bis einer der führenden West-Berliner Gastronomen zum Kommandanten des amerikanischen Sektors gegangen war und ihn mit guten Worten und einer mindestens ebenso guten Flasche Whiskey davon überzeugt hatte, in West-Berlin die Sperrstunde gleich ganz abzuschaffen.

Der Kampf darum, welches System von den Menschen als das bessere wahrgenommen wurde, trieb seltsame Blüten, und fast hätte Gerber darüber gelächelt. Aber ihm fehlte jeder Sinn dafür. Er lief wie Falschgeld herum und ärgerte sich, dass er keine zündende Idee hatte, was er unternehmen sollte. Noch einmal ging er im Geiste die letzten Tage durch und alle Personen, mit denen er gesprochen hatte. Er fasste einen Entschluss.

Ein paar Schritte vor ihm, direkt vor einem Swing-Club, wie sich der Laden nannte, hielt ein Taxi und spuckte ein beschwipstes Pärchen aus. Der ältere Mann wäre bei dem Versuch, seine junge Begleiterin zu küssen, um ein Haar gestolpert. Während sie kichernd im Club verschwanden, kaperte Gerber das Taxi, ließ sich ins Polster sinken und brummte: «Nollendorfplatz.»

Der Chauffeur drehte sich zu ihm um und grinste unter seinem Schnauzbart. «Wenn der Herr was Exklusives sucht, was für echte Kenner, da kann ich Ihnen einen Schuppen empfehlen mit Bienen, so was haben Sie noch nicht gesehen.»

«Bringen Sie mich einfach zum Nollendorfplatz.»

Ein geschäftstüchtiger Taxifahrer, der von dem «Schuppen», den er empfahl, wahrscheinlich eine saftige Prämie erhielt, war nichts Besonderes. So einer war Gerber lieber als einer von denen, die Zaunert erwähnt hatte. Die für den Gegner arbeiteten und ihre Gäste gegen deren Willen im Osten absetzten. Aber der Schnauzbart hatte zufällig hier gehalten, um das beschwipste Pärchen abzuliefern, und war daher kaum auf Gerber angesetzt. Außerdem dürfte Zaunert ein wenig übertrieben haben, damit sich Wesler und Gerber auch ja von Jablonski durch Berlin kutschieren ließen.

Der Schnauzbart, nach Gerbers Ablehnung sehr einsilbig geworden, setzte ihn am Nollendorfplatz ab, und Gerber hielt auf den unansehnlichen Neubau zu, den er am Sonntag gemeinsam mit Wesler und Fritz Lüttke betreten hatte. Er wollte zu dem Reporter, um irgendetwas aus ihm herauszukriegen, das ihm weiterhelfen konnte. Typen wie Lüttke wussten immer mehr, als sie vorgaben. Davon lebten sie. Das war nur eine vage Aussicht, kein handfester Plan, aber es war allemal besser, als schlaflos auf dem Hotelbett zu liegen.

Ein doppelstöckiger Omnibus, verziert mit Werbung für das KaDeWe, fuhr an ihm vorüber, und danach hatte er den Hauseingang, auf den er zuhielt, wieder im Blick. In dem Moment verließ ein schmaler Mann mit Schiebermütze und umgehängter Fototasche das Haus. Lüttke, unzweifelhaft, auch wenn Gerber das Gesicht des Mannes nicht sehen konnte.

Der Reporter begann zu laufen, um den Bus zu erreichen, der jetzt an einer Haltestelle stand. Gerber eilte ihm nach und betrat kurz nach ihm den Bus. Seinen ursprünglichen Plan, ihn zur Rede zu stellen, hatte er fürs Erste aufgegeben. Jetzt war er neugierig, wohin der Mann mitten in der Nacht wollte. Immerhin war Lüttke Eva auf der Spur gewesen.

Dem mürrischen Schaffner, dem der Krieg ein steifes Bein als ständige Erinnerung beschert hatte, zeigte er die Monatskarte vor, die er schon vor Tagen gekauft hatte. Da der Bus sehr gut besetzt war, fiel Gerber nicht weiter auf. Die West-Berliner fuhren gern mit den Bussen, die auf ungefähr fünfzig Linien und in schneller Taktung verkehrten.

Durch die beschlagenen Scheiben konnte er nicht viel erkennen. Das Licht von Autoscheinwerfern, Straßenlaternen und Reklameschildern verwandelte sich in undeutliche Flecke unterschiedlicher Helligkeit und Farbe. Aber er bekam schnell mit, dass die Fahrt in Richtung Sektorengrenze ging. Wollte Lüttke in den Osten?

In der Nähe des Ostsektors stand der Mann mit der Schiebermütze auf und verließ den Bus. Gerber tat es ihm nach und half einer älteren Frau mit zwei schweren Taschen beim Aussteigen, um etwas Abstand zu Lüttke zu gewinnen. Er wartete ab, bis Lüttke die Fahrbahn überquert hatte, erst dann setzte er sich in Bewegung. Seine schlechte Laune war wie weggeblasen. Die Erregung des Jägers, der seiner Beute folgte, hatte ihn erfasst. Obwohl er nicht die geringste Ahnung hatte, was den Reporter in diese Gegend führte, sagte ihm sein Instinkt, dass er dranbleiben musste.

Der Potsdamer Platz war nicht mehr weit, und sie durchschritten das sogenannte Dreiländereck zwischen amerikanischer, britischer und sowjetischer Zone, als Lüttke seine Schritte verlangsamte und im unsteten Licht einer flackernden Straßenlaterne stehen blieb. Er schob den Schirm seiner Mütze nach oben und blickte sich um, als erwarte er jemanden.

Die Scheinwerfer eines Wagens, der am Straßenrand parkte, flammten auf. Langsam rollte der Opel Rekord auf Lüttke zu. Zwei Personen saßen in dem Auto, und dank des Laternenlichts konnte Gerber sie recht gut erkennen. Hinter dem Steuer saß ein gedrungen wirkender Mann mit haarlosem Schädel, den Gerber nicht kannte. Aber den breitschultrigen Beifahrer, der das Seitenfenster herunterkurbelte, erkannte er sofort, und unwillkürlich glitt seine Hand unter Mantel und Jackett, um den Griff seiner Browning zu ertasten. Zweimal war er diesem Mann begegnet, und beide Begegnungen waren blutig verlaufen.

Fritz Lüttke trat an den Rekord und sprach mit dem Mann, den Gerber nur unter dem Namen Walter kannte. Schließlich holte der Reporter etwas aus einer Tasche seines zerknitterten Regenmantels und drückte es Walter in die Hand. Der revanchierte sich mit einem Bündel Geldscheine, das Lüttke in seiner Manteltasche verschwinden ließ. Der Motor des Rekord heulte auf, und der Wagen verschwand um die nächste Ecke.

Damit hatte sich Gerbers Verdacht endgültig bestätigt: Lüttke war ein Nachrichtenhändler, ein Spion auf eigene Rechnung. Blieb die Frage, für wen Walter arbeitete. Vermutlich für das MfS oder direkt für die Sowjets.

Lüttke sah zufrieden aus, gähnte herzhaft und machte sich auf den Rückweg. Gerber folgte ihm auf der anderen Straßenseite und wartete, bis der Reporter in den Schatten eines langen Bauzauns eintauchte. Die in der Nähe stehende Straßenlaterne war ausgefallen, und der ganze Bereich vor dem Zaun war dunkel, wurde nur hin und wieder flüchtig von einem Autoscheinwerfer gestreift. Gerber ließ einen kleinen Pritschenwagen vorbei und huschte hinter ihm über die Fahrbahn. Als Lüttke ihn bemerkte, war es für den Reporter schon zu spät.

Mit einem Sprung war Gerber bei ihm und drehte ihm die Arme auf den Rücken. Halb vor Überraschung, halb vor Schmerz stöhnte der Mann auf. Ohne große Mühe zwang Gerber ihn auf die Knie und zog das eben erst eingestrichene Geldbündel aus Lüttkes Manteltasche. 500 D-Mark in Fünfzigern.

«Ich kenne Polizisten, die müssen dafür fast zwei Monate schuften», sagte er. «Wofür sind die?»

Lüttkes Miene verhärtete sich. «Warum tun Sie mir weh? Sie haben kein Recht dazu, ich habe nichts verbrochen. Geben Sie mir mein Geld zurück!»

«Wofür haben Sie das bekommen?»

«Das geht Sie nichts an!»

Lüttke konnte gar nicht so schnell gucken, wie Gerber ihm eine schallende Ohrfeige verpasste. Sein Kopf wurde zur Seite gerissen, und die Mütze fiel auf den regennassen Boden.

«Ich habe es satt, dass jeder seine Spielchen mit mir treibt», sagte Gerber hart. «Ich nehme Sie fest. Sie stehen unter Mordverdacht.»

Lüttke wurde blass. «Mord? Ich habe nichts mit Mord zu tun. Wer ist hier ein Mörder?»

«Der Mann, der Ihnen das Geld gegeben hat. Da Sie mit ihm konspirieren, stehen Sie zumindest im Verdacht der Beihilfe.»

Zwar hatte Heinz Labisch die letztendlich tödliche Kugel auf Berthold Neuenhahn abgefeuert, aber Labisch und Walter waren unzweifelhaft Komplizen gewesen. Insofern lag Gerber nicht völlig falsch.

Scheinwerferlicht fiel auf die beiden Männer, und ein Käfer hielt neben ihnen an. Ein junger Mann stieß die Fahrertür auf und streckte den Kopf heraus, sein bebrilltes Gesicht ein einziger Ausdruck der Verwunderung. Die junge Frau neben ihm blickte ängstlich drein.

«Kann ich irgendwie helfen?», fragte der VW-Fahrer.

«Weiterfahren!», herrschte ihn Gerber an. «Das ist ein Polizeieinsatz.»

Der Mut verließ den Mann, und er zog er den Kopf wieder ein und drückte das Gaspedal durch. Der Käfer verschwand in der Nacht.

Lüttke wollte die Gelegenheit nutzen, um aufzustehen, aber Gerber drückte ihn zurück auf die Knie. «Sie machen sich ganz gut da. Wer ist der Mann, der mit Fünfzig-Mark-Scheinen um sich wirft?»

«Sprechen Sie von dem Franzosen?»

«Wieso Franzose?»

Der Reporter rieb seine Wange. «Ich nenne ihn so, weil er öfter französische Wörter benutzt.»

«Wir meinen jedenfalls denselben. Also …»

«Welch spannende Unterhaltung», sagte eine Stimme hinter Gerber, die geradewegs aus der Dunkelheit zu kommen schien.

Sofort wusste Gerber, dass er zu unaufmerksam gewesen war. Aber bevor er sich umdrehen und seine Waffe ziehen konnte, spürte er schon einen schmerzhaften Schlag im Genick, der ihn neben Lüttke auf den Boden warf. Über ihm stand der Kahlkopf mit der Statur eines Preisboxers, der mit Walter in dem Opel Rekord gesessen hatte. Neben ihm stand der mysteriöse Walter.

Lüttke hatte ganz vergessen, dass er eigentlich aufstehen wollte. Kniend blickte er zu den beiden auf und stammelte: «Wa-warum sind Sie hier?»

«Cafard, sagt dir das Wort etwas?», fragte Walter. «In der Legion sprachen wir vom Cafard, dem schwarzen Käfer, der in einem haust und einen in den Wahnsinn treibt, wenn ein Kamerad den Verstand verlor, sei es vor Durst, vor Erschöpfung oder weil die Gedärme schon aus seinem aufgerissenen Leib hingen. Hatte der Cafard erst mal einen Kameraden befallen, traf es bald auch den nächsten. Ungeziefer tritt meistens in Scharen auf, auch das zweibeinige. Daher dachte ich, du bist vielleicht nicht allein gekommen, und da ist ja auch mein alter Freund aus Bonn.»

«So freundschaftlich war unser Verhältnis gar nicht», sagte Gerber und schluckte den rasenden Schmerz in seinem Nacken hinunter.

Er wollte sich erheben, aber augenblicklich stieß Walter seine Pistole nach vorn. «Bleib, wo du bist, *mon ami!* Vermutlich töte ich dich sowieso, aber du solltest es nicht herausfordern. Sag mir lieber, was du von unserem Kleinen hier wolltest!»

«Mir geht es wie Ihnen, ich bin auf der Suche nach Ungeziefer. Auch ich bin gerade fündig geworden.»

Walter ließ ein trockenes Lachen hören, das fast wie ein Bellen klang. «Wenigstens bist du nicht feige, aber das habe ich schon in Bonn gemerkt. Fast schade, dass wir auf unterschiedlichen Seiten stehen.»

In diesem Moment kam wie aus dem Nichts eine Limousine angeschossen und hielt auf die vier Männer zu. Walter machte einen Satz, um sich vor dem Wagen in Sicherheit zu bringen, geriet ins Straucheln und fiel zu Boden. Haarscharf kam der Wagen vor der Gruppe zum Stehen.

Während der Kahlkopf noch überrascht in die Richtung des Wagens blickte, schlossen sich Gerbers Beine scherenartig um die des Mannes und brachten ihn zu Fall. Trotz des schmerzenden Nackens erhob sich Gerber rasch und zog die Browning aus dem Schulterholster. Als der Kahlkopf mit einem unwilligen Grunzen aufstehen wollte, hielt ihn die auf ihn gerichtete Waffe davon ab.

Unterdessen hatte Walter sich blitzschnell aufgerappelt und rannte davon. Warum gab er so schnell auf und ließ seinen Komplizen im Stich?

Jetzt erst registrierte Gerber die beiden Männer, die der Limousine entstiegen waren und Pistolen in den Händen hielten: Arild Wesler und Erwin Sattler, den Gerber in Bonn wähnte.

«Wo ist der andere hin?», fragte Wesler.

«Weg in die Nacht», antwortete Gerber. «Ein kluger Soldat weiß, wann er den Rückzug antreten muss.»

«Wer einmal flieht, kann wieder siegen», sagte Sattler. «Wer tot ist, der bleibt ewig liegen.» Er blickte in die Richtung, in der Walter verschwunden war. «Wer war der Mann?»

«Der Komplize von Neuenhahns Mörder», brummte Gerber.

«Verflucht!»

Gerber blickte den Kahlkopf an. «Der Bursche wiederum ist ein Komplize von ihm.»

Sattler beugte sich über ihn, drehte ihm unsanft die Arme auf den Rücken und legte ihm Handschellen an. Aus der Jackentasche des Mannes zog er eine Pistole, eine russische Makarow. Er hatte etwas Bargeld dabei, teils in West- und teils in Ostwährung, und einen Schlüsselbund, aber keine Papiere.

// KAPITEL 12 //

Freitag, 30. Juli 1954

Zehn Tage nach Otto Johns Verschwinden

In Bonn wäre es anders gewesen, aber hier in Berlin konnte man den Vorfall im «Dreiländereck» nicht vor Rolf Zaunert und damit auch nicht vor der Organisation Gehlen verheimlichen. Sie mussten die örtliche Polizei informieren, und über Polizeioberrat Kindler war Zaunert automatisch mit im Boot. Die alarmierte Schutzpolizei transportierte den Kahlkopf, der beharrlich schwieg, zum Präsidium. Die Männer von der Sicherungsgruppe nahmen Sattlers Mietwagen, einen DKW. Gerber setzte sich hinter Sattler und Wesler in den Fond, und Fritz Lüttke musste neben ihm Platz nehmen. Sie hielten es für besser, ihn und den Kahlkopf zu trennen. Der Kahlkopf mochte Lüttke etwas antun, um ihn zum Schweigen zu bringen, oder sie mochten sich einfach nur absprechen. Falls der Kahlkopf sprechen konnte – bisher war er den Beweis schuldig geblieben.

Lüttke trug keine Handschellen, weil man ihn nicht für gefährlich hielt. Er hatte seine Mütze aufgesammelt und fingerte während der Fahrt nervös an ihr herum. Schließlich hatte er Mut gefasst und wandte sich an Gerber.

«Sie haben noch mein Geld, fünfhundert Mark.»

Als hätte er sich jetzt erst daran erinnert, zog Gerber das Bündel aus der Manteltasche und zählte die Scheine vor Lüttkes Augen mit dem Daumen ab, traf aber keine Anstalten, sie dem Reporter zu geben.

«Zehn Fünfziger, wirklich eine stattliche Summe. Was haben Sie dem Franzosen dafür gegeben?»

«Ich weiß wirklich nicht, ob ich Ihnen das ...»

«Was war es?», fuhr Gerber ihn wütend an. «Ich habe höllische Schmerzen im Nacken, Sie sollten meine Geduld nicht auf die Probe stellen!»

«Einen Film», sagte Lüttke kleinlaut. «Fotos, die ich am Abend gemacht habe. Von Eva Herden, wie sie die Bar betritt und dann kurz danach wieder rauskommt. Von dem Menschenauflauf, von dem Polizeiaufgebot vorm Strammen Max. Von Ihnen und auch vom toten Ansbach.»

«Sie waren doch nicht zufällig vor Ort, Lüttke!»

«Ich hatte heute gehört, dass Ansbach wiederaufgetaucht ist. Also bin ich abends zum Strammen Otto und habe mich auf die Lauer gelegt, so wie Sie auch.»

«Haben Sie gesehen, wer Ansbach ermordet hat?»

«Nein, da war ich draußen vor der Kneipe. War es nicht Eva Herden?»

Gerber warf ihm einen Blick zu, als wolle er ihn auf der Stelle erschlagen, beantwortete Lüttkes Frage aber nicht. Stattdessen fragte er: «Wie sind Sie darauf gekommen, den Film dem Franzosen anzubieten?»

Als Lüttke mit der Antwort zögerte, wedelte Gerber mit dem Geldbündel vor seinen Augen.

«Ich habe schon länger Kontakt zu ihm», sagte der Reporter endlich. «Er ist ein Grenzgänger.»

Damit meinte er einen Agenten, der im Osten wie auch im Westen tätig war.

«Ist er ein Doppelagent?», hakte Gerber nach.

«Das weiß ich nicht, ehrlich nicht. Aber da Eva Herden Kontakt zu Otto John hatte, der jetzt zweifellos im Ostsektor ist, dachte ich, bei einem Mann wie dem Franzosen mit den Fotos zu landen. Es hätte ja auch hingehauen, wenn …»

«Wenn ich nicht dazwischengefunkt hätte, meinen Sie.»

«Ja», seufzte Lüttke nur.

«Wie haben Sie Verbindung zu ihm aufgenommen?»

«Telefonisch.»

«Wohnt er in West-Berlin?»

Gerber war skeptisch. Er hielt Walter für einen Agenten der Stasi oder des sowjetischen Geheimdienstes. Dennoch mochte er im Westen Berlins wohnen. Telefonisch war Ost-Berlin vom Westteil der Stadt jedenfalls so weit entfernt wie Timbuktu, seit der Osten im Zuge der Berlinblockade die Telefonleitungen gekappt hatte. Es gab zwar Wege über Fernvermittlungsstellen in den westdeutschen Städten Frankfurt, Hamburg, Hannover und Köln, um eine Telefonverbindung zwischen beiden Stadtteilen herzustellen, aber das war ebenso kompliziert wie für den Alltagsgebrauch untauglich.

«Ich weiß nicht, wo er wohnt. Er hat mir eine Telefonnummer hier im Westen gegeben, wenn ich Verbindung zu ihm aufnehmen will. Aber wenn ich da anrufe, ist immer eine Frau dran, die sich Lilly nennt. Wenn ich ihr sage, dass ich den Franzosen sprechen will, ruft er mich ein paar Stunden später zurück.»

Das war besser als nichts. «Wir sollten dieser Lilly schnellstmöglich einen Besuch abstatten.»

«Oder sie und ihr Telefon überwachen», schlug der Kriminaloberrat vor.

«Ich weiß nicht recht. Wenn Walter nicht ganz auf den Kopf gefallen ist, und ich halte ihn eher für gefährlich klug, wird er diese Verbindung kappen.»

«Vermutlich haben Sie recht», sagte Wesler. «Er scheint uns immer mindestens einen Schritt voraus zu sein. Aber seit dieser Nacht habe ich das Gefühl, wir kommen ihm näher. Was nicht zuletzt das Verdienst von Kollege Sattler ist.»

Der DKW hielt vor einer Kreuzung, und Sattler drehte sich kurz zu Gerber um, ein Grinsen im Gesicht. «Ich bin nämlich mit wichtigen Informationen nach Berlin gekommen.» Er gestattete sich eine kleine Kunstpause, bevor er fortfuhr: «Ich weiß jetzt, wer der geheimnisvolle Walter ist.»

Gerber war gespannt auf Sattlers Erklärung, aber der Oberkommissar behielt sein Wissen für sich, wollte es wohl nicht offenbaren, solange Fritz Lüttke dabei war.

Sie erreichten das Polizeipräsidium und fuhren hinter der grünen Minna auf den Hof. Lüttke starrte gebannt auf die Geldscheine in Gerbers Händen, aber Gerber steckte sie wieder in seine Manteltasche.

«Das ist mein Geld!», protestierte der Reporter.

Gerber lächelte dünn. «Selbstverständlich. Der Hinterbliebenenfonds der Berliner Polizei wird sich bei Ihnen für die großzügige Spende bedanken. Ich stelle Ihnen sogar eine Quittung aus.»

--

Der Kahlkopf blieb stumm wie ein Fisch, entweder aus Loyalität oder aus Angst. Nach Gerbers Einschätzung würde man ihn nur schwer zum Reden bringen können, falls überhaupt. Sie steckten ihn in eine Einzelzelle wie auch Lüttke, der als vorläufig festgenommen galt. Vielleicht hatten sie noch Fragen an ihn. Außerdem musste verhindert werden, dass er versuchte, an Ersatz für die verlorenen 500 Mark zu kommen, indem er dieser Lilly eine Warnung zukommen ließ.

Der Kommissar vom Dienst, ein gewisser Schöppke, in den Nachtstunden der erste Ansprechpartner für alle dringenden Angelegenheiten, versprach, sich sofort um die Telefonnummer zu kümmern, unter der Lüttke die Frau namens Lilly erreicht hatte. Ein Polizeiarzt untersuchte währenddessen Gerbers Nacken, und jede seiner Berührungen war schmerzhaft.

«Sie gehören in ein Krankenhaus, Herr Hauptkommissar», befand der Arzt. «Dort sollte man Sie gründlich untersuchen.»

«Das kriegen Sie schon hin», wiegelte Gerber ab. «Die Zeit drängt.»

Der Arzt grinste unter seinem grauen Oberlippenbart. «Wie ich Sie einschätze, drängt die Zeit bei Ihnen immer.» Er rieb Gerbers Nacken mit einer schmerzlindernden Creme ein und ließ ihm die noch halb volle Tube da. «Morgens und abends. Sie finden bestimmt ein paar zartere Hände als meine, die Ihnen dabei behilflich sind.»

«Bestimmt, danke», sagte Gerber mit wenig Überzeugung.

Seine Gedanken waren bei Eva, die er am Abend wiedergefunden hatte – für einen kurzen, viel zu kurzen Augenblick.

Schöppke hatte die Telefonnummer einer Mietwohnung am Landwehrkanal zugeordnet. Mieterin und Inhaberin des Telefonanschlusses war ein Fräulein Lieselotte Wagner, von Beruf Tänzerin.

«Polizeibekannt?», fragte Wesler.

«Nach unseren Akten nicht», sagte Schöppke. «Aber das muss nichts heißen. Vor sechs Jahren, als sich die Polizeien von West- und Ost-Berlin getrennt haben, ist ein Großteil der Karteien im Osten geblieben, im alten Präsidium in der Elsässer Straße. Das alles neu anzulegen oder auf inoffiziellen Wegen zu beschaffen, ist eine gewaltige Aufgabe, an der wir immer noch knabbern.»

«Das ist wohl unsere Lilly», sagte Sattler, während er sich eine Chesterfield ansteckte. «Wir sollten uns die Dame ansehen, bevor sie auf den Gedanken kommt zu verreisen.»

Schöppke machte ein unglückliches Gesicht. «Vielleicht sollten Sie damit warten, bis Polizeioberrat Kindler im Präsidium ist. Schließlich leitet er die Aktionen der Berliner Polizei im Fall John.»

«Als Vertreter der Sicherungsgruppe bin ich der oberste Exekutivbeamte vor Ort, der für das Bundesamt für Verfassungsschutz zuständig ist», entgegnete Wesler. «Damit bin ich Leiter der Ermittlungen, und Sie, Herr Hauptkommissar, sollten mich dabei unterstützen. Wenn Sie uns nicht allein durch Ihr nächtliches Berlin kurven lassen wollen, geben Sie uns einen Wagen mit Ihren Leuten mit.»

Der Vorschlag beruhigte Schöppke, und ein VW-Streifenwagen mit vier Uniformierten fuhr dem DKW voraus. Auf Weslers Anweisung verzichteten die Schutzpolizisten auf Blaulicht und Sirene. Sie hatten es zwar eilig, aber sie wollten Fräulein Wagner nicht verschrecken.

Gerber, der erneut auf dem Rücksitz Platz genommen hatte,

beugte sich zu den beiden anderen von der Sicherungsgruppe vor. «Da wir jetzt unter uns sind, Herr Sattler, was haben Sie über Walter herausgefunden?»

«Er heißt mit richtigem Namen Gernot Dreyer», sagte Sattler, der wieder am Steuer saß. «Vor dem Krieg hat er in Halle an der Saale Germanistik studiert, blieb aber ohne Abschluss. Er hat sich lieber zur Waffen-SS gemeldet. Na ja, da war er nicht der Einzige.»

Sattler lachte und schnippte seine Kippe durch das halb heruntergelassene Seitenfenster. Er spielte darauf an, dass er selbst bei der Waffen-SS gewesen war, so wie viele Kollegen bei der Sicherungsgruppe und im gesamten BKA.

Sie mochten weiterhin ihre fragwürdigen Ansichten haben, aber Gerber konnte ihnen nicht hinter die Stirn schauen. Die Gedanken waren frei und nicht strafbar, unter keinen Umständen. Diese Überzeugung hatte er von seinem Vater Theodor Gerber übernommen, der Amtsrichter gewesen war. Gerber hatte gelernt, dass nicht jeder ehemalige SS-Mann allein aufgrund seiner Vergangenheit zu verurteilen war. Es war Angelegenheit der Gerichte, ihre Taten im Einzelnen zu untersuchen und diese Männer gegebenenfalls zu verurteilen. Es gab eben auch Männer wie Erwin Sattler, der nach anfänglichen Schwierigkeiten ein zuverlässiger Kollege geworden war.

Und es gab Männer wie Walter alias Gernot Dreyer, deren Taten für sich selbst sprachen. Er schien es zu genießen, Menschen zu misshandeln und zu töten. Er gehörte zu den Männern, die es zu jagen und zur Strecke zu bringen galt.

«Dieser Dreyer hat also die Feder mit der Maschinenpistole vertauscht», sagte Gerber. «Wie ging es dann mit ihm weiter?»

«Ersparen Sie mir, seine SS-Karriere runterzubeten», seufzte

Sattler. «Erinnert mich nur an meine eigene Geschichte. Gegen Kriegsende geriet er in französische Gefangenschaft. Ein Jahr später ging er in die Legion, die frische Männer brauchte, am besten Veteranen. Er nannte sich Walter Dorst, und schon hatte er sein altes Leben ausgelöscht. Ab ging es nach Nordafrika und später nach Indochina, kämpfen und töten für Frankreich. Er hat es überlebt und war klug genug, die Dienstzeit nach Ablauf der üblichen fünf Jahre nicht zu verlängern. Wie es dann genau mit Dreyer oder Dorst weiterging, konnte ich nicht herausfinden.»

«Bleiben wir bei Walter Dorst», sagte Wesler. «Immerhin der Name, den er selbst jetzt benutzt.»

Sattler nickte. «Meinetwegen. Wie wir gemerkt haben, kämpft er noch immer. Die Frage ist, für wen.»

«Vielleicht für den Osten, möglicherweise letztlich auf eigene Rechnung», überlegte Gerber laut. «Als der Söldner, der er auch schon in französischen Diensten war. Wie sind Sie ihm auf die Spur gekommen, Sattler?»

«Ich habe gute Kontakte zur HIAG und dadurch auch zur Legion.»

HIAG war die Abkürzung für die Hilfsgemeinschaft auf Gegenseitigkeit der Angehörigen der ehemaligen Waffen-SS, einem eingetragenen Verein, der sich als Traditionsverband ehemaliger Kameraden verstand. Als Gerber das hörte, war er irritiert. Sollte er Sattler falsch eingeschätzt haben? Auch wenn die HIAG sich in offiziellen Verlautbarungen von Kriegsverbrechen distanzierte, war es ein offenes Geheimnis, dass sie Kriegsverbrecher nicht aus ihren Reihen ausschloss. Gerber wurde bewusst, dass er dabei war, gegen seinen eigenen Grundsatz zu verstoßen, und er ermahnte sich: Die Gedanken sind frei.

Aber die Zweifel blieben. Wenn Sattler Kontakte zur HIAG unterhielt, möglicherweise selbst Mitglied war, dann war das mehr als ein freies Gedankenspiel. Wenn er Kriegsverbrecher deckte, sich vielleicht gar für sie einsetzte, stand er eindeutig auf der falschen Seite. Gerber wurde bewusst, auf welch schmalem Grat er mit seinen Überlegungen wandelte, wie hauchdünn die Grenze war zwischen bloßen Gedanken und den Handlungen, die aus ihnen erwuchsen.

«Sie haben gute Arbeit geleistet, Sattler, aber das sagte ich Ihnen schon. Gerber und ich können hier in Berlin gut etwas Verstärkung gebrauchen, deshalb habe ich Sie kommen lassen. Sie beide sind, wie ich das sehe, ein gutes Gespann.»

Der Kriminaloberrat hatte recht, fand Gerber, Sattler und er arbeiteten gut zusammen. Allein darauf kam es jetzt an.

Über dem Landwehrkanal kreisten, im Licht der Gestirne und der beleuchteten Fenster gut zu erkennen, ein paar Möwen auf der Suche nach einer nächtlichen Mahlzeit. Auf einem der vertäuten Lastkähne wurde noch gearbeitet. Lagerhäuser und Ruinen wechselten sich mit Mietshäusern ab, die entweder dem Bombenhagel entgangen oder schon wieder instandgesetzt worden waren. Eine Gegend im Umbruch, aber das traf auf ganz Berlin zu.

Wesler schickte zwei Schutzpolizisten auf die Rückseite des dreistöckigen Hauses, in dem Lieselotte Wagner gemeldet war, die anderen beiden postierte er vor dem Haupteingang.

Im Erdgeschoss befand sich ein Friseursalon. Ein schmutziges Klingelschild verriet, dass «L.Wagner» im dritten Stock wohnte. Die drei Männer von der Sicherungsgruppe gingen, ohne zu klingeln, durch die Haustür, die sich einfach aufdrücken ließ, hinein. Das enge Treppenhaus roch muffig und wurde durch eine schwache Glühlampe im ersten Obergeschoss in ein schummriges Licht getaucht. Sie stiegen in den dritten Stock und zogen vorsichtshalber ihre Dienstwaffen. Falls Lilly Wagner zu Hause war, war sie vielleicht nicht allein, und wenn Walter Dorst bei ihr war, war mit allem zu rechnen.

Sattler klopfte mehrmals, aber in der Wohnung blieb es still.

«Polizei», sagte er mit laut dröhnender Stimme. «Öffnen Sie bitte, Fräulein Wagner!»

Da wurde vorsichtig die Tür der Nachbarwohnung geöffnet. Ein Mann mit weißen Haaren steckte seinen Kopf heraus. Er trug einen ausgebleichten Morgenmantel, ebenso farblos wie seine Haut. Sein Blick war seltsam starr, und bei näherem Hinsehen bemerkte Gerber, dass sein rechtes Auge aus Glas war.

«Seien Sie doch etwas leiser. Meine Frau schläft. Zum Glück ist sie schwerhörig, sonst wäre sie schon aufgewacht.»

«Wir wollen zu Fräulein Wagner, aber sie öffnet nicht.»

«Die sind eben erst weg, sind sie nicht an Ihnen vorbeigekommen?»

Gerber war alarmiert. «War sie in Begleitung?»

«Ist wohl ihr Freund oder so etwas. Hin und wieder sehe ich ihn hier im Treppenhaus.»

«Groß, breitschultrig, gebräunte Haut, buschige Brauen?»

«Das ist er, ja.»

«Sie können nicht weit sein!», rief Gerber und hastete die Treppe hinunter, gefolgt von Sattler und Wesler.

Von oben rief ihnen der Mann mit dem Glasauge nach: «Denken Sie an meine Alte, seien Sie doch nicht so laut! So schwerhörig ist sie nun auch wieder nicht.»

Im Erdgeschoss blieben sie stehen und sahen sich um.

Da drang Lärm von der Straße an ihre Ohren, laute Rufe, gefolgt von Schüssen. Sie stürzten durch die Haustür ins Freie, ihre Waffen noch in Händen. Die beiden Schutzpolizisten, die den Eingang bewacht hatten, kauerten hinter ihrem Streifenwagen. Der eine hatte seine Waffe in der Hand, der andere presste die Rechte auf den linken Oberarm.

«Das Schwein hat auf mich geschossen», rief er. «Sie sind da rein in die Ruine.» Er blickte zum zerstörten Nachbarhaus. «Sie sind da an der Seite aus dem Wohnhaus gekommen. Es sah aus, als kämen sie direkt aus der Erde.»

Irgendein verborgener Kellerzugang, überlegte Gerber, der in der Dunkelheit nicht mehr erkennen konnte.

«Fordern Sie Hilfe für den verletzten Kollegen an», sagte Wesler.

Der unverletzte Polizist lachte kurz und ohne jede Erheiterung auf. «Unser Wagen hat noch keinen Funk an Bord. Hoffentlich alarmiert irgendein Nachbar, der die Schüsse gehört hat, die nächste Funkstreife.»

«Dann bleiben Sie bei ihm und kümmern sich um ihn.»

Wesler sah Gerber und Sattler an und deutete auf die Ruine. Die beiden nickten, und alle drei BKA-Männer gingen in einer auseinandergezogenen Kette und in geduckter Haltung vor. Plötzlich hörten sie halblaute Rufe – die beiden Polizisten, die auf der rückwärtigen Seite des Wohnhauses gestanden hatten. Mit gezogenen Waffen eilten sie herbei und wollten sich ihnen anschließen. Wesler rief: «Bleiben Sie zurück und sichern Sie …»

Da blitzte in der Ruine Mündungsfeuer auf, gefolgt vom Krachen eines Schusses. Ein einzelner Schuss nur, doch er traf sein Ziel. Weslers Worte erstarben in einem gurgelnden Laut, während er zu Boden sackte. Gerber und Sattler liefen zu ihm und warfen sich neben ihm zu Boden. Gerade noch rechtzeitig. Ein zweites Projektil pfiff dicht über Gerber hinweg und verschwand in der Nacht.

Gerber sah zu Wesler. Der Kriminaloberrat lag auf der rechten Körperseite, halb zusammengekrümmt. Er atmete, aber der Mantel zeigte ein Einschussloch mitten in seiner Brust. Der Blutfleck darauf wurde schnell größer. Wesler wollte etwas sagen, brachte aber nicht mehr als ein Röcheln heraus.

Gerber bat die beiden Uniformierten, Wesler aus der Schusslinie zu bringen.

«Er braucht dringend ärztliche Hilfe. Suchen Sie das nächste Telefon und veranlassen Sie alles Nötige!»

Vorsichtig zogen die beiden Polizisten Wesler von der Ruine weg, während Gerber und Sattler aufpassten, ob der Schütze sich wieder aus der Deckung wagte. In diesem Fall würden sie ihn sofort unter Feuer nehmen, um Wesler und seine beiden Helfer zu schützen.

«Ich glaube, unser Mann hat sich davongemacht», sagte Gerber schließlich im Flüsterton.

Sattler erhob sich etwas und blickte sich um, bis er eine Hand auf Gerbers Unterarm legte. «Sie haben recht. Sehen Sie mal da am Kanal!»

Zwei Gestalten bewegten sich auf den Kanal zu, ein Mann und eine Frau. Walter Dorst und Lilly Wagner? Gerber und Sattler sprangen wie auf Kommando gleichzeitig auf, woraufhin ein weiterer Schuss in ihre Richtung abgefeuert wurde.

Der Mann und die Frau erreichten den Lastkahn, auf dem drei Arbeiter an der Reling standen und neugierig das Geschehen an Land beobachteten.

Der Bewaffnete – Gerber hatte ihn jetzt eindeutig als Walter Dorst identifiziert – richtete seine Pistole auf sie und betrat den Kahn, seine Begleiterin mit sich ziehend, über eine lange Frachtrampe.

«Glotzt nicht so blöd!», rief er den Männern an Bord zu. «Werft lieber den Motor an und bringt uns von hier weg!»

«Das geht nicht so schnell», erwiderte einer der Männer. «Die Fracht ist noch nicht richtig verstaut. Wir müssen sie erst sichern und …»

«Merde!», fluchte Dorst. «Ihr tut sofort, was ich euch sage, oder ich mach euch kalt!»

Er konnte sich nicht weiter mit der Bootsbesatzung befassen, weil sich Gerber und Sattler näherten. Hastig sah er sich um und kam wohl zu dem Schluss, dass es allmählich zu viele Gegner wurden. Ein kurzer Augenblick der Unentschlossenheit, dann richtete er die Pistole auf seine Begleiterin.

«Tut mir echt leid um dich, Lilly.»

Der Schein einer Bootslaterne fiel auf Lillys Gesicht und zeigte ihre Todesangst. Sie hatte erkannt, dass sie nicht länger Dorsts Freundin und Verbündete war, sondern eine Zeugin, die gegen ihn aussagen konnte.

Gerber wusste, dass Dorst nicht lange fackelte, und streckte den rechten Arm mit der Browning aus. Er hatte keine Zeit zum Zielen, und die Lichtverhältnisse waren miserabel. Vielleicht traf er nicht Dorst, sondern seine Freundin. Das Risiko musste er eingehen.

Er schoss. Einen Wimpernschlag später verlor Dorst das Gleichgewicht und stürzte rücklings in den Kanal, wobei er Lilly mitriss. Sie stieß einen spitzen Schrei aus und verschwand in der Dunkelheit.

Gerber warf seine Browning auf die Planken, streifte den Mantel ab und stürzte sich ebenfalls ins Wasser. Das war kälter als gedacht, aber Gerber ließ sich davon nicht beeindrucken.

Offenbar konnte Lilly nicht schwimmen und strampelte panisch im Wasser herum. Er nahm sie in den Schleppgriff, und es gelang ihm, ihre von Panik gesteuerten Versuche, sich an ihn zu klammern, abzuwehren. Er hielt sie fest in seinem Griff und schwamm in Rückenlage zum Kahn zurück. Zwei Männer der Besatzung zogen die würgende und Wasser spuckende Frau an Bord.

Gerber blickte sich um, konnte aber Dorst nicht entdecken. War er abgesoffen oder entkommen? Es war zu dunkel, um im Wasser etwas zu erkennen, und er gab es auf.

Erwin Sattler zog Gerber an Bord und konnte sich ein Grinsen nicht verkneifen. Er dachte vielleicht an ihr unschönes Zusammentreffen am Bonner Frachthafen im letzten Jahr, als er sagte: «Sie lassen wohl keine Gelegenheit aus, um ein Bad zu nehmen.»

// KAPITEL 13 //

Das Blaulicht der Einsatzfahrzeuge erhellte die Nacht. Glück im Unglück, dass die Unterstützung so schnell vor Ort war, dachte Gerber, dem ein Schiffer eine grobe Wolldecke um die Schultern gelegt hatte. Wesler und Lilly waren schon auf dem Weg ins Krankenhaus.

Sattler näherte sich dem Trümmerbrocken am Ufer, auf den sich Gerber gehockt hatte, in jeder Hand einen dampfenden Becher. «Lust auf einen heißen Kaffee, Herr Kollege?»

Gerber griff begeistert nach dem Becher. «Wo haben Sie denn den her?»

«Von Frau Beiger.»

«Wer ist das?»

«Die Frau des Friseurs. Sie wohnen im ersten Stock über dem Laden. Wir haben sie geweckt, um ihr Telefon zu benutzen. Die haben neben ihrem Salon eine große Küche, und Frau Beiger kocht den Kaffee gerade im Akkord.»

Gerber nahm noch einen kräftigen Schluck.

«Ich glaube, ich weiß jetzt, wie Dorst an uns vorbeigekommen ist.» Sattler zeigte zu der schmalen Seite des Mietshauses, wo Walter Dorst und Lilly Wagner nach den Worten des angeschossenen Schutzpolizisten quasi aus der Erde gekommen waren. «Da führt hinter einer Luke eine Rutsche in den Keller, über die man Kohlen, Kartoffeln oder sonst was einbunkern kann. Die Luke stand offen. Wahrscheinlich sind sie erst in den

Keller und dann die Rutsche hoch. Diesen Fluchtweg haben wir einfach übersehen.»

Gerber blickte hinaus auf den Kanal, wo Blaulicht über das Wasser blitzte. Ein Boot der Wasserschutzpolizei auf der Suche nach Walter Dorst. «Der Kerl scheint neun Leben zu haben wie eine Katze.»

«Wie eine Raubkatze», knurrte Sattler. «Eine verdammt gefährliche obendrein, gefährlich wie ein reißender Tiger.»

Auf der Straße hielt ein Auto. Gerber kniff die Augen zusammen und glaubte, einen Ford Taunus zu erkennen. Zwei Männer in Zivil stiegen aus und sprachen mit einem Schutzpolizisten, der auf Gerber und Sattler zeigte. Jetzt erkannte Gerber die Männer: Rolf Zaunert und sein Adlatus Bertram Jablonski.

«Gehlens Truppe ist im Anmarsch», sagte Gerber düster. «Die haben mir noch zu meinem Glück gefehlt.»

«Da haben wir ja unseren Helden», sagte Zaunert statt einer Begrüßung. Dann musterte er Sattler. «Und Sie sind?»

«Sattler, KOK beim BKA», antwortete er gelangweilt. «Und Sie?»

Unwillig darüber, sich vorstellen zu müssen, nannte Zaunert seinen Namen. «Ich leite die Berliner Niederlassung unserer Organisation und bin im Krisenstab John. Wie ich gehört habe, wurde Kriminaloberrat Wesler mit einer schweren Schussverletzung ins Krankenhaus gebracht. Da er länger ausfällt, übernehme ich den Befehl über Sie beide.»

«Das hätten Sie wohl gern», sagte Gerber kalt und war fest entschlossen, sich seine Verärgerung über Zaunerts Anmaßung nicht anmerken zu lassen. Leuten wie ihm bot man am besten so wenig Angriffsfläche wie möglich, indem man ihnen die kalte Schulter zeigte. «Für den Fall John ist noch immer die Sicherungsgruppe zuständig, und nach Weslers Ausfall bin ich der ranghöchste BKA-Beamte vor Ort. Also unterstehen Sie beide ab sofort meinem Befehl.»

Zaunerts strenge Züge umwölkten sich. «Sind Sie größenwahnsinnig, Gerber? Was bilden Sie sich ein?»

Gerber erhob sich und streifte dabei die Wolldecke ab. «Ich bilde mir ein, dass die Sicherungsgruppe in Ermittlungsfragen noch immer das Exekutivorgan des Bundesamtes für Verfassungsschutz ist. Sie dagegen gehören einer Organisation an, deren Status ich zumindest als zweifelhaft bezeichnen möchte. Ihr Verein wird von den Amerikanern finanziert, nicht von der Bundesrepublik.»

Das Lächeln, das sich in Zaunerts Gesicht stahl, wirkte nicht im Mindesten freundlich. «Ausgerechnet Sie haben etwas gegen Leute, die für die Amerikaner arbeiten?»

«Ich habe nur etwas gegen Leute, die sich Befugnisse anmaßen, die ihnen nicht zustehen.»

«Ich werde dem General über diesen Vorfall Mitteilung machen.»

«Tun Sie, was Sie nicht lassen können. Ich bin sicher, dass Sie Herrn Gehlen ohnehin über jeden unserer Schritte in Kenntnis setzen. Im Anlegen von Akten ist die Org ja ganz groß.»

Zaunert warf einen Blick auf seine Armbanduhr und sagte mürrisch: «In einer knappen Stunde, also um drei, findet im Präsidium eine Sitzung des Krisenstabs statt. Bitte seien Sie pünktlich!»

«Es ist sehr freundlich, dass Sie sich eigens herbemüht haben, um uns das mitzuteilen», sagte Gerber mit übertriebener Höflichkeit. «Sie gestatten hoffentlich, dass ich vorher ins Hotel fahre und mir trockene Kleidung anziehe.»

«Seien Sie einfach pünktlich!», zischte Zaunert, bevor er mit Jablonski zurück zu ihrem Wagen ging.

Sattler blickte ihnen kopfschüttelnd nach. «Ein hochgradig unangenehmer Charakter, dieser Zaunert. Ist der andere auch so?»

«Jablonski? Er war recht zuvorkommend, als er Wesler und mich durch Berlin chauffiert hat, aber das sollte uns nicht darüber täuschen, dass er zweifellos der Diener seines Herrn ist.»

Gerber trank den letzten Schluck aus seinem Becher und stieß einen Seufzer aus, als ärgere er sich über sich selbst.

«Was haben Sie?», fragte Sattler.

«Ich würde mir gern Fräulein Wagners Wohnung ansehen, bevor Zaunert auf die Idee kommt. In all der Hektik habe ich nicht daran gedacht, ihr den Schlüssel abzunehmen.»

«Dafür haben Sie ja mich.» Bei diesen Worten zog Sattler ein ledernes, mit Perlen besetztes Schlüsseletui hervor. «Sehr hübsch, nicht? Ob das Etui ein Geschenk von Walter Dorst ist?»

Erneut betraten sie das Mietshaus und gingen hinauf in den dritten Stock, wo Sattler den Schlüssel vor das Schloss hielt.

«Darf ich?»

«Nur zu», sagte Gerber. «Wir suchen einen flüchtigen Gewalttäter, der jederzeit erneut zuschlagen kann. Gefahr im Verzug.»

Die Wohnung war nicht geräumig: eine kleine Küche, ein noch kleineres Bad und zwei enge Zimmer. Auf einer kastanienbraunen Anrichte stand ein Telefonapparat neben ein paar billig gerahmten Fotos. Ein Foto zeigte ein kleines, blondes

Mädchen mit Sommersprossen, das mit seinen Eltern spazieren ging und dabei eine Schnute zog. Auf dem nächsten Foto war Lilly ein paar Jahre älter und half ihrer Mutter beim Tragen von Einkäufen. War der Vater da im Krieg gewesen? Das dritte und letzte Foto zeigte eine erwachsene Lilly, die sich mit glücklichem Strahlen an einen mürrisch dreinblickenden Mann schmiegte: Walter Dorst. Vermutlich war er nicht erbaut darüber gewesen, sich fotografieren zu lassen. Männer seines Schlages achteten darauf, dass nicht zu viele Fotos von ihnen in Umlauf kamen. Gerber nahm es an sich und reichte es an seinen Kollegen weiter.

«Stecken Sie das mal besser ein, Sattler. Im meiner Manteltasche wird es noch nass, wenn die Feuchtigkeit aus dem Jackett durchdringt.»

Er betrachtete das Bild. «Ich schätze, ihr Telefon war sein Briefkasten in West-Berlin.»

«So war es wohl», murmelte Gerber. «Er hat sie bloß benutzt.»

«Passiert den besten Mädchen, dass sie auf die größten Dreckskerle reinfallen.»

Gerber sah seinen Kollegen von der Seite an und legte leichten Spott in seine Stimme. «Sprechen Sie aus Erfahrung?»

«Auf mich ist schon lange keine mehr reingefallen.» Sattler warf noch einen Blick auf das Foto, bevor er es in der Manteltasche verschwinden ließ. «Obwohl mir diese Lilly schon gefallen könnte. Na ja, sie hat sicher was Besseres verdient.»

In einer Schublade unter dem Telefon fanden sie ein schmales Büchlein mit Adressen und Telefonnummern. Gerber blätterte es kurz durch, ohne etwas Auffälliges zu finden, und gab es an Sattler weiter.

«Bei Gelegenheit sollten wir es genauer unter die Lupe nehmen. Auch wenn ich Dorst nicht für so nachlässig halte, hier wichtige Nummern notiert zu haben.»

«Bleibt die Frage, wie Lilly mit ihm Kontakt aufgenommen hat, wenn er im Ostsektor war. Auch sie konnte nicht einfach eine Nummer jenseits der Sektorengrenze anrufen.»

Die Antwort auf Sattlers Frage fanden sie im Kleiderschrank, versteckt unter einem Stapel Bettzeug: ein altes Tornisterfunkgerät aus Wehrmachtsbeständen.

«Mehrere Kilometer Reichweite, für ‹Berlin ruft Berlin› reicht das auf jeden Fall aus», sagte Gerber. «Pech für die kleine Lilly. Eine Anklage wegen Landesverrats rückt damit in greifbare Nähe.»

«Ich habe einfach kein Glück mit den Frauen», meinte Sattler.

«Ich hoffe, es geht für Lilly glimpflich aus», sagte Gerber und konnte ein Niesen nicht unterdrücken. «Dorst ist der Mann, den wir kriegen müssen, aber ich fürchte, heute Nacht wird nichts mehr daraus.»

Er sah durchs Fenster hinaus auf den Kanal, wo noch immer das Blaulicht des Polizeiboots tanzte. Es wirkte auf ihn nicht wie ein Freudentanz.

--

Gerber bat die Schutzpolizei, einen Posten vor Lilly Wagners Wohnung zu stellen, bis der Erkennungsdienst sie gründlich durchsucht hatte. Er und Sattler fuhren zum Hotel, wo der Nachtportier große Augen machte, als er den ramponierten und durchnässten Gerber erblickte.

Gerber schob ihm einen Fünf-Mark-Schein zu. «Das ist Kriminaloberkommissar Sattler. Er wird das Zimmer von Kriminaloberrat Wesler zeitweilig bewohnen, der für die nächste Zeit verhindert ist. Eine Frage noch: Gibt es nachts heißes Wasser? Ich brauche dringend ein Bad.»

«Ja», sagte der Portier zögernd, nachdem er die Banknote mit einer routinierten Bewegung eingestrichen hatte. «Aber zwischen zehn Uhr abends und sechs Uhr morgens ist es in unserem Haus nicht erlaubt, sich ein Bad einzulassen. Die Nachtruhe, verstehen Sie?»

«Voll und ganz», sagte Gerber im selben verbindlichen Tonfall. «Es ist schön, dass Sie in diesem Fall eine Ausnahme machen, um die Ermittlungen des Bundeskriminalamtes nicht zu behindern.»

Ein heftiges Niesen Gerbers beendete jede weitere Diskussion.

Das Wasser war bestenfalls lauwarm, aber besser als gar nichts. Nach dem Bad roch Gerber wenigstens nicht länger nach Kanal. Die nassen Kleider hängte er über der Badewanne auf, auch das Schulterholster. Als er frische Kleidung angezogen hatte, steckte er die Browning in eine Seitentasche des Wechseljacketts. Sattler hatte in der Zwischenzeit seinen Koffer aus- und Weslers Sachen zurück in dessen Koffer gepackt.

«Den können wir ihm ins Krankenhaus bringen», sagte Sattler, als Gerber das Zimmer betrat. Weslers Koffer lag noch offen auf dem Bett. Auf den Kleidern lag ein Bilderrahmen mit einem Foto, das den Kriminaloberrat mit Frau und Kindern zeigte. «Vielleicht sollten wir seine Frau anrufen, damit sie Bescheid weiß.»

«Was soll das nützen? Soll sie den Rest der Nacht in quälender Sorge darüber verbringen, ob ihr Mann die Sache übersteht oder ob sie morgen früh eine Witwe mit drei Kindern ist?»

«Vielleicht will sie herkommen und bei ihrem Mann sein?»

«Das kann sie morgen immer noch, wenn Wesler etwas davon hat.»

Sattler rieb sich den Nacken und gähnte heftig. «Vielleicht haben Sie recht. Manchmal ist es wohl ganz gut, kein Glück bei den Mädchen zu haben.»

Gerber verdrängte den Gedanken an Eva und erwiderte: «Einsamkeit ist niemals gut.»

Sattler blickte auf seine Armbanduhr. «Schon drei Uhr durch. Jetzt haben wir es doch versäumt, rechtzeitig beim Krisenstab zu erscheinen.»

«Mir blutet das Herz.»

// KAPITEL 14 //

Sie betraten den Konferenzsaal im Polizeipräsidium mit fast einer halben Stunde Verspätung und ließen Zaunerts strafenden Blick an sich abprallen.

«Wir haben uns noch in Fräulein Wagners Wohnung umgesehen und ein Wehrmachtsfunkgerät gefunden», sagte Gerber. «Damit hat sie vermutlich Walter Dorst kontaktiert, wenn jemand aus dem Westen ihn sprechen wollte.» Er blickte Polizeioberrat Kindler an. «Der polizeiliche Erkennungsdienst täte gut daran, sich die Wohnung einmal genau vorzunehmen.»

«Wird erledigt», versprach Kindler und schickte einen seiner Leute mit einer entsprechenden Anweisung aus dem Raum.

«Gibt es sonst noch etwas?», fragte Zaunert unwirsch.

Gerber nickte. «In der Tat. Kriminaloberkommissar Sattler hat einiges über diesen Walter Dorst herausgefunden.»

Während Sattler seinen Bericht abspulte, bediente sich Gerber an Kaffee und heißen Bockwürsten. Er fühlte sich wie ausgehungert, und die Wärme in seinem Innern tat ihm gut. Wenn er für Sekunden die Augen schloss, vermittelte sie ihm die Illusion von Geborgenheit.

Als Sattler geendet hatte, meinte Zaunert: «Ein ehemaliger Fremdenlegionär also?»

«Ja», sagte Sattler. «Seine Fähigkeiten als Einzelkämpfer hat er mehrfach bewiesen, ebenso seine Abgebrühtheit. Hätte Hauptkommissar Gerber auf dem Kahn nicht eine Sekunde vor ihm abgedrückt, hätte er seine Freundin einfach über den Haufen geschossen.»

«Und Sie glauben, er arbeitet für den Osten?»

«Für die Stasi oder den KGB, ja. Alles deutet darauf hin, nicht zuletzt die komplizierte Kontaktaufnahme über Lilly Wagner und das Funkgerät. Haben Sie daran Zweifel, Herr Zaunert?»

«Keineswegs. Ich weise nur darauf hin, dass ehemalige Legionäre bei den Kommunisten als ideologisch fragwürdig gelten, weil sie für den Erhalt des Imperialismus gekämpft haben.»

«Das ist die offizielle Linie im Osten», erklärte Sattler. «Aber im Krieg benutzt jede Seite die Waffen, die ihr zur Verfügung stehen.»

«Gut gesagt, Kollege», mischte sich Gerber ein, um Sattler aus der Schusslinie zu nehmen. «Und jetzt wird uns Herr Zaunert wohl gern seine neuesten Erkenntnisse präsentieren, die wir aufgrund unserer Unpünktlichkeit leider nicht mitbekommen haben.»

«Natürlich», sagte Zaunert ohne jede Begeisterung. «Dieser Dorst hat sich leider in Luft aufgelöst. Herr Gerber scheint ihn nicht besonders schwer verwundet zu haben, falls er ihn überhaupt erwischt hat. Sonst hätte die Wasserschutzpolizei ihn aus dem Kanal gefischt.»

«Mir ging es in erster Linie darum, Fräulein Wagner zu retten», erklärte Gerber.

«Selbstverständlich», sagte Zaunert und machte dabei ein Gesicht, als würde er ihm das nicht abnehmen. «Unsere Polizei war fleißig und hat den Wagen gefunden, den Dorst benutzt hat, einen Opel Rekord. Er stand in einer Seitenstraße, nicht weit entfernt von Lilly Wagners Wohnung. Das Kennzeichen ist übrigens gefälscht, eine Luftnummer, was für einen geheimdienstlichen Zusammenhang spricht. Gewöhnliche Kriminelle hätten einfach ein gestohlenes Nummernschild verwendet.»

«Was die Theorie unterstützt, dass Dorst für einen östlichen Dienst arbeitet», sagte Gerber.

«Wohl wahr.» Zaunert richtete seinen Oberkörper hinter dem Sitzungstisch auf, zog an seiner Zigarette und heftete seinen Blick auf Gerber. «Viel mehr beschäftigt mich allerdings eine andere Frage: Für wen arbeitet Eva Herden?»

Das triumphierende Aufblitzen in Zaunerts Blick war nicht zu übersehen. Gehlens Berliner Stellvertreter hatte sich wahrscheinlich darauf gefreut, Gerber diesen harten Schlag zu versetzen. Gerber sah sich in eine Ecke gedrängt, dazu gezwungen, das Spiel mitzuspielen.

«Ich verstehe nicht, worauf Sie hinauswollen», sagte er mit Unschuldsmiene.

«Das verstehen Sie sehr wohl. Die Polizei hat die Aussagen der Gäste und des Personals im Strammen Otto aufgenommen. Sie sind dort kurz nach dem Mord an Ansbach auch gesehen worden und wissen also, dass die blonde Frau mit der Narbe im Gesicht höchstwahrscheinlich den Mord begangen hat – Ihre Freundin Eva Herden vom Kommunistenblatt *Brennpunkt Bonn.* Leugnen Sie es gar nicht erst. Der Reporter, Fritz Lüttke, hat uns alles bestätigt. Polizeioberrat Kindler hat übrigens entschieden, ihn auf freien Fuß zu setzen. Wann wollten Sie den reichen Schatz Ihrer Erkenntnisse mit uns teilen?»

«Früh genug», antwortete Gerber und wusste, dass es nicht überzeugend klang.

«Das bezweifle ich sehr. Bislang haben Sie alles unternommen, um unsere Arbeit zu behindern. Geschah das nur, um

Ihre Freundin zu schützen? Oder verfolgen Sie noch andere Interessen? Wer hat Sie überhaupt nach Berlin geschickt?»

Gerber konnte die Wut auf den Mann von der Org kaum noch unterdrücken. «Das wissen Sie doch, Zaunert! Sie waren dabei, als wir uns nachts getroffen haben bei ...»

Gerade noch rechtzeitig verschluckte er Adenauers Namen. War es Zaunerts Absicht gewesen, ihn zu einer Indiskretion zu verleiten? Sollte er vor Adenauer als ein Mann dastehen, der es mit dem gegebenen Wort nicht so genau nahm? Als Schwachstelle oder gar Verräter?

Er musste aus der Rolle des Angeklagten heraus und die Initiative ergreifen. «Ob Fräulein Herden etwas mit dem Mord an Jo Ansbach zu tun hat, ist nicht bewiesen. Sie war zu der Zeit im Strammen Otto, ja, aber sie ist keine Mörderin. Um das zu sagen, kenne ich sie gut genug.»

«Das kann man wohl behaupten.» Zaunert grinste süffisant. «Aber Sie kennen Ihr Fräulein Herden wohl nicht gut genug, um uns zu sagen, was sie mit Otto John in Ost-Berlin treibt. Oder?»

«Um das herauszufinden, bin ich hier.»

«Vielleicht sollte das jemand übernehmen, der nicht persönlich so involviert ist wie Sie.»

«Gerade weil ich Fräulein Herden so gut kenne, bin ich für diese Aufgabe ausgewählt worden.» Auch diesmal hütete sich Gerber, den Namen des Bundeskanzlers zu erwähnen. «Sie wissen das ebenso gut wie ich, Zaunert, also hören Sie endlich auf mit Ihren Spiegelfechtereien! Die bringen uns nicht weiter.»

Kindler machte eine beschwichtigende Handbewegung und sah erst Gerber und dann Zaunert an. «Das hier ist ein

Krisenstab, meine Herren, und kein Boxring.» Er blickte auf ein Blatt Papier, das ein uniformierter Polizist gerade hereingereicht hatte. «Eine gute Nachricht aus dem Krankenhaus. Man konnte die Kugel aus der Brust von Kriminaloberrat Wesler entfernen. Er scheint es den Umständen nach entsprechend gut überstanden zu haben.»

Gerber warf Sattler einen Blick zu. Der war genauso erleichtert wie er selbst.

«Das ist wirklich mal eine gute Nachricht, Herr Polizeioberrat», sagte Gerber. «In welchem Krankenhaus liegt Herr Wesler?»

«Moabit.»

--

Als Gerber und Sattler das große städtische Krankenhaus Moabit erreichten, dem die Nazis für die zwölf Jahre ihres zum Glück nicht Tausendjährigen Reiches den Namen des Mikrobiologen Robert Koch verpasst hatten, erhob sich gerade im Osten die Sonne über die Dächer.

Gerber schaute auf das schwarze Zifferblatt seiner Militär uhr, die dank ihres wasserdichten Gehäuses das Bad im Landwehrkanal gut überstanden hatte. Zehn vor fünf. Die Nacht war definitiv vorüber, ganz ohne Schlaf.

«Wenigstens regnet es nicht mehr», seufzte Gerber, als er die Beifahrertür aufstieß. «Ich bin in der Nacht ausreichend nass geworden.»

Sie traten auf das weiträumige Krankenhaus zu, und er betrachtete die großen Zerstörungen, die der Krieg hier angerichtet hatte. Gleich auf mehreren Baustellen wurden Schäden beseitigt oder neue Gebäude hochgezogen. In der Klinik fragten sie sich durch und wurden schließlich an einen grauhaarigen Chirurgen verwiesen, Dr. Arning. Der hatte offenbar auch eine schlaflose Nacht hinter sich und Mühe, die Augen offen zu halten.

«Die Operation war nicht leicht, aber wir sind, in aller Bescheidenheit, erfahrene Leute, und Herr Wesler hat zum Glück eine gute Konstitution. Er ist noch nicht zu hundert Prozent über den Berg, aber ich denke, er wird es schaffen.» Er schüttelte plötzlich heftig den Kopf. «So viele Jahre nach dem Krieg und immer noch Bleivergiftungen. Die Menschheit wird einfach nicht schlauer. Curt Goetz hatte wohl recht, als er von der Mikrobe der menschlichen Dummheit schrieb.»

«Ein Arzt?», fragte Sattler.

«Fast noch wichtiger», antwortete der Chirurg. «Einer, der die Gedanken heilt, ein Schriftsteller.»

Gerber kannte und schätzte die Werke von Curt Goetz, der ebenfalls 1939 in die USA gegangen war, aber er war zu müde, um sich in das Gespräch einzubringen.

Dr. Arning führte sie zu einer schmucklosen Tür. «Der Aufwachraum. Mal sehen, ob Herr Wesler schon aus der Narkose erwacht ist. Wenn ja, dürfen Sie ganz kurz zu ihm.»

Sie durften, und Wesler lächelte schwach, als er sie erkannte.

Gerber berichtete ihm in knappen Worten, was sich seit seiner Verwundung ereignet hatte, und schloss: «Wir haben Ihre Frau noch nicht informiert. Soll ich sie gleich anrufen?»

«Später», sagte Wesler mit noch dünner Stimme. «Gönnen wir ihr einen ruhigen Vormittag.»

«Wie Sie wünschen», sagte Gerber und wollte sich von dem Kriminaloberrat verabschieden.

Aber der wollte noch etwas loswerden und sagte: «Gehlen und Zaunert. Lassen Sie sich von denen nicht unterbuttern, Gerber!»

Gerber versicherte ihm, das werde nicht geschehen, und Sattler fügte hinzu: «Keine Sorge, Chef, ich bin ja auch noch da.»

Vor dem Aufwachraum erfuhren sie von Dr. Arning, dass auch Lilly Wagner und der angeschossene Polizist in der Klinik eingeliefert worden waren.

«Sie gehen zu Lilly und ich zu dem Kollegen», schlug Sattler vor. «Das spart uns Zeit.»

«Warum wollen Sie nicht zu Lilly? Ich denke, Ihnen gefällt das Mädchen.»

«Ebendarum. Wie ich schon sagte, ich habe kein Glück bei den Frauen. Ich brauche wahrscheinlich nicht so lange und komme dann zu Ihnen, um Sie abzuholen.»

Amüsiert blickte Gerber dem Kollegen nach. Dann wurde er wieder ernst und machte sich selbst auf den Weg. Draußen breitete sich mehr und mehr die Sonne aus. Die Luft roch noch nach dem Regen der vergangenen Nacht, und die Feuchtigkeit steckte ihm geradezu in den Knochen.

In dem Nebengebäude merkte er noch stärker, dass auch neun Jahre nach dem Krieg vieles im Krankenhaus Moabit noch ein Provisorium war. Überall machten die Dinge einen bestenfalls halbfertigen Eindruck, und die räumliche Enge war zuweilen erdrückend. Lilly Wagner war in einem voll belegten Sechsbettzimmer untergebracht. Sie hatte das Glück, am Fenster zu liegen und die Fensterbank als zusätzliche Ablagefläche nutzen zu können.

Ihre Sommersprossen traten jetzt stärker hervor. Vielleicht lag das an dem Morgenlicht, das durchs Fenster auf ihr von hellblonden Locken umrahmtes Gesicht fiel, vielleicht auch daran, dass sie nicht geschminkt war. Gerber fühlte sich an Eva erinnert und konnte Sattler gut verstehen.

«Sie … sind der Mann, der mich gerettet hat.» Es war mehr eine Feststellung als eine Frage.

«Ich war so frei», sagte er, nannte seinen Namen und deutete auf die Bettkante. «Darf ich?»

«Bitte.»

Gerber setzte sich vorsichtig. Einen Stuhl suchte man in dem engen Zimmer vergebens.

Lilly sah ihn fragend an. «Haben Sie … Walter gefasst?»

«Nein. Ich denke, Ihrem Freund ist die Flucht gelungen.»

«Meinem Freund, wie das klingt.»

«Ist er das nicht? In Ihrer Wohnung habe ich ein Foto von Ihnen beiden gesehen.»

«Sie waren in meiner Wohnung?»

«Ja. Das Funkgerät haben wir auch gefunden. Sie waren gewissermaßen sein Auftragsdienst für Anrufe aus dem Westen, nicht wahr? In dringenden Fällen haben Sie das Funkgerät benutzt. So war es wohl auch, als Fritz Lüttke sich in der Nacht mit ihm verabredet hat.»

«Ich habe Walter geholfen, weil er gesagt hat, er liebt mich. Aber in Wahrheit hat er mich nur ausgenutzt. Und auf dem Lastkahn, da wollte er mich töten!»

Sie schlug die Hände vors Gesicht und begann, hemmungslos zu schluchzen. Gerber versuchte nicht, sie zu beruhigen. Es war gut für sie, wenn sie ihren Gefühlen freien Lauf ließ.

Er legte vorsichtig eine Hand auf ihren Arm. «Sie sagen mir alles über Walter, was Sie wissen, und das wird sich im Ermittlungsverfahren positiv für Sie auswirken. In Ordnung?»

Sie zögerte mit einer Antwort, als sei ihr die Sache nicht ganz geheuer.

«Was ist, wenn er davon erfährt?», fragte sie schließlich. «Wenn Walter meint, ich hätte ihn verraten, vielleicht rächt er sich dann an mir.»

Diese Befürchtung war nicht von der Hand zu weisen.

«Ich werde dafür sorgen, dass Sie Polizeischutz erhalten, Fräulein Wagner.»

«Bitte nennen Sie mich Lilly.»

Gerber stellte ihr viele Fragen, erfuhr aber nicht besonders viel. Walter Dorst hatte gut darauf geachtet, so wenig wie möglich von sich preiszugeben. Sie hatten sich vor einem Jahr kennengelernt. Er war Gast in dem Club gewesen, in dem sie als Tänzerin arbeitete, und hatte sie nach ihrem Auftritt an seinen Tisch gebeten. Dorst hatte sich als Handelsvertreter in Ost-West-Geschäften ausgegeben, und das, musste Gerber eingestehen, entbehrte nicht einer gewissen Ironie. Schnell war aus den beiden ein Paar geworden, und Lilly hatte sich Hoffnung auf eine Heirat gemacht. Aber ihr Freund hatte sie meistens nur für eine Nacht in West-Berlin besucht, und er war mit ihr nur zweimal nach Ost-Berlin gefahren, wo er wohnte. Auch das waren nur Besuche für wenige Stunden gewesen, und Dorst hatte jedes Mal einen Vorwand gefunden, sie nicht mit in seine Wohnung nehmen zu müssen. Er hatte ihr eine Adresse im Bezirk Weißensee genannt, und Gerber war sofort klar, dass Dorst dort mit Sicherheit nicht wohnte. Unter dem Vorwand, für seine Geschäftspartner im Westen trotz der gekappten Telefonverbindung erreichbar sein zu müssen, hatte er ihr das Funkgerät vorbeigebracht und sie in die Bedienung eingewiesen.

«Und das kam Ihnen nicht spanisch vor?», fragte Gerber.

«Doch, schon», antwortete Lilly zögernd. «Aber ich wollte Walter nicht verärgern.»

«Wieso haben Sie das Funkgerät im Kleiderschrank versteckt?»

«Auch das war Walters Idee. Er meinte, falls jemand zufällig in meine Wohnung komme, könnte er sich sonst wundern und mich am Ende noch für eine Spionin halten.»

«Ja, das könnte man wohl.»

Gerber war hin und her gerissen. Sollte er über die naive Art, wie Lilly sich gab, mehr erstaunt oder mehr erheitert sein? Ganz so naiv war sie kaum, aber er konnte sie verstehen. Durch Ihre Beziehung zu Dorst hatte sie sich in eine Sache hineinbegeben, aus der sie nicht mehr herausgekommen war. Sie hatte es auch nicht ernsthaft versucht, aus Angst, Walter zu verlieren und damit den Traum, durch ihn eine ehrbare Frau zu werden. Sie war in der Liebesfalle gefangen gewesen, und erst Dorsts Versuch in der vergangenen Nacht, sie zu töten, hatte ihr die Augen geöffnet.

«Danke für Ihre Offenheit, Lilly. Erwin Sattler, mein Kollege, hat sich in Ihnen nicht getäuscht.»

Sie sah ihn verwirrt an, schien sich dann an etwas zu erinnern. «Ist das der Mann, der in der Nacht mit Ihnen auf den Lastkahn gekommen ist?»

«Ganz recht. Er hält sie wohl für ein gutes Mädchen, und ich freue mich, dass er richtig mit seiner Annahme liegt.»

«Dieser … dieser Erwin Sattler, warum ist er heute nicht mit Ihnen gekommen?»

Gerber winkte in einer übertriebenen Geste ab. «Er ist ein ziemlich hässlicher Kerl, sieht aus wie eine Bulldogge auf zwei

Beinen. Bei Frauen, die ihm wirklich gefallen, ist er extrem schüchtern.»

«Sie meinen, ich gefalle ihm? Wieso sollte ich das?»

«Na, Sie sind doch ein hübsches Mädchen.»

«Eine, die wahrscheinlich bald hinter Gittern sitzt.»

«Erst mal abwarten.»

«Hm. Schade, dass Ihr Freund nicht mitgekommen ist. Ich hätte ihn gern kennengelernt.»

Gerber verabschiedete sich von ihr und entdeckte auf dem Gang Sattler, der an einem Pfeiler lehnte und Löcher in die Luft starrte. Als Sattler seinen Kollegen sah, wollte er zu ihm kommen, aber Gerber verließ das Gebäude eilig durch eine Seitentür. Er ging zu einer alten Frau, die er durch das Fenster neben Lillys Bett gesehen hatte. Sie stand auf dem Klinikhof und bot Blumen an. Er kaufte ihr einen Strauß Pfingstrosen ab, da kam Sattler ihm auch schon mit verwundertem Gesicht nach.

«Laufen Sie vor mir weg, Herr Gerber?»

«Wenn hier jemand wegläuft, bin ich das sicher nicht.» Gerber drückte dem anderen den Blumenstrauß in die Hand. «Hier, für Sie!»

Sattler starrte auf die Blumen in seinen großen Händen. «Was ist das, ein Heiratsantrag?»

«Den Strauß bringen Sie Lilly mit.»

«Wieso sollte ich zu ihr gehen? Sie waren doch gerade bei ihr.»

«Sie hat den Wunsch geäußert, Sie zu sehen, Sattler. Sie wollen das Mädchen doch nicht enttäuschen.»

«Warum will sie mich sehen?»

«Fragen Sie sie doch selbst. Sie mag offenbar Kerle, die aussehen wie Fleischerhunde. Wahrscheinlich hat sie den Sturz in den Kanal nicht verkraftet und leidet seitdem an Geschmacksverirrung.»

// KAPITEL 15 //

«Was wissen Sie eigentlich über Eva Herden, Herr Gerber?», fragte Rolf Zaunert mit einer Stimme, so scharf wie ein Rasiermesser.

Philipp Gerber begann, die Sitzungen im Polizeipräsidium regelrecht zu hassen. Der Mann war die personifizierte Pest. Der Tag begann, auf einmal mächtig schiefzulaufen. Am Morgen hatte das noch anders ausgesehen.

Als Sattler nach seinem Besuch bei Lilly Wagner sehr beschwingt zurückkehrte, hatten sie sich im Hotel frischgemacht und dann ihr Frühstück eingenommen, mit viel Kaffee. Sattler zeigte sich ungewohnt gut gelaunt, aber etwas geistesabwesend. Lächelnd gönnte ihm Gerber seine Träumereien und vertiefte sich in die Zeitung.

Sattler warf einen Blick auf seine Uhr. «Der Krisenstab tagt um zehn. Zeit genug für mich, vorher ins Krankenhaus zu fahren und dem Kriminaloberrat seinen Koffer zu bringen.»

«Soll ich nicht mitkommen?», fragte Gerber in einem arglosen Ton.

«Oh, nicht nötig, das mach ich schon», erwiderte Sattler schnell. «Sie können ja in der Zeit Frau Wesler verständigen. Ich hole Sie dann hier ab, und wir fahren zum Präsidium.»

«Einverstanden. Und schöne Grüße.»

«An den Kriminaloberrat?»

«Oder wen Sie sonst noch besuchen.»

Als Gerber in seinem Zimmer saß und auf die Telefonverbindung mit Bonn wartete, beschlich ihn der Gedanke, dass Sattler die angenehmere Aufgabe zugefallen war. «Ihre Verbindung nach Bonn steht jetzt», sagte die Telefonistin mit der Freundlichkeit einer Maschine.

Ein kurzes, kaum hörbares Knacken, und Weslers Gattin meldete sich. Entgegen seinen Befürchtungen nahm sie die Nachricht einigermaßen ruhig auf. Gerber berichtete sachlich, dass ihr Mann die Operation überstanden habe und dass er am Morgen kurz mit ihm gesprochen habe.

«Das ist schön. Vielen Dank für Ihren Anruf, Herr Gerber. Falls Sie meinen Mann sehen, grüßen Sie ihn bitte von mir. Ich komme ihn besuchen, sobald es die Verhältnisse hier erlauben.»

Als er den Hörer aufgelegt hatte, blieb er eine kurze Weile auf dem Bett sitzen. Wer würde Walter Dorsts nächstes Opfer sein? Es wäre wohl besser gewesen, er hätte Dorst auf dem Lastkahn ins Jenseits befördert.

--

Ein immer noch gut gelaunter Erwin Sattler kehrte rechtzeitig zurück, um mit Gerber zum Präsidium zu fahren. Zu Beginn der Sitzung fasste Polizeioberrat Kindler die Lage zusammen. Walter Dorst war nicht wieder aufgetaucht. «In ganz West-Berlin wird nach ihm gefahndet, besonders an der Sektorengrenze. Aber wie wir ihn einschätzen, kennt er die Möglichkeiten, unbemerkt über die Grenze zu kommen. Vermutlich ist er längst wieder im Osten.»

«Die Sicherheitskräfte an der Grenze müssen sich halt jeden genau ansehen», schlug Sattler vor.

«Ein guter Witz», erwiderte Kindler. «Sie kennen die Verhältnisse in Berlin offenbar nicht. Tausende und Abertausende West-Berliner arbeiten im Ostteil der Stadt und umgekehrt. Wenn Sie bei jedem eine sorgfältige Kontrolle machen wollen, ist der Tag vorbei.»

«Also kann dieser Kerl jederzeit ungehindert in den Westen kommen, hier jemanden umnieten und dann wieder in den sicheren Osten verschwinden?», fragte Sattler.

«Sie haben es erfasst. Bei einer genauen Personenkontrolle geht gar nichts mehr. Da könnten Sie gleich eine Mauer mitten durch die Stadt ziehen.»

«Absurde Idee», brummte Sattler.

«Eine Mauer würde jedenfalls verhindern, dass der Osten uns dauernd sein Mordgesindel herüberschickt», sagte Zaunert. «Diesen Dorst oder Eva Herden.»

Gerber blieb gelassen. Er hatte damit gerechnet, dass sich Zaunert keine Gelegenheit entgehen lassen würde, Eva ins Spiel zu bringen. Was auch immer sich der Mann von der Org davon versprach, Gerber war fest entschlossen, ihm keine Angriffsfläche zu bieten, und schwieg.

Sattler dagegen schien auf Krawall gebürstet und sah Zaunert böse an. «Was haben Sie jetzt schon wieder mit Fräulein Herden? Die können Sie doch nicht ernsthaft mit einem Söldner wie Dorst gleichsetzen.»

«Nein? Für mich ist sie weiterhin die Tatverdächtige Nummer eins im Mordfall Jo Ansbach.»

«Das ist doch dummes Zeug!», fauchte Sattler, der sich fest vorgenommen zu haben schien, für den schweigsamen Gerber und seine Freundin in die Bresche zu springen.

«Dummes Zeug, so?» Zaunert ließ seinen Blick zwischen

Sattler und Gerber pendeln und sagte dann den Satz, der den Tag für Gerber endgültig verderben sollte: «Was wissen Sie eigentlich über Eva Herden, Herr Gerber?» Zaunert trank einen Schluck Kaffee und fuhr fort. «Welche Motivation hat sie, sich derart für den Kommunismus einzusetzen?»

«Sie ist eine Kriegswaise, die ihre gesamte Familie bei einem Bombenangriff verloren hat. Dass sie einem möglichen neuen Krieg ablehnend gegenübersteht, ist doch verständlich. Ich hoffe sehr, wir alle haben diese Haltung!»

«Wer gegen den Krieg ist, muss nicht gleich die Sache der Kommis vertreten», bellte Zaunert. «Im Gegenteil, das sind doch die wahren Kriegstreiber!»

«Wollen Sie hier eine politische Grundsatzdiskussion lostreten?», fragte Gerber, bemüht darum, seine Ruhe zu bewahren. «Ich jedenfalls weiß nicht, wie ich reagiert hätte, hätte ich im Krieg so einen Verlust erlitten wie Eva Herden.»

In Zaunerts Augen blitzte es auf. Es war wie eine Warnung, die zu spät kam. Gerber schien da zu sein, wo er ihn haben wollte.

«Ganz so groß, wie Sie es hinstellen, Herr Gerber, ist Fräulein Herdens Verlust dann doch nicht gewesen.»

«Ich weiß nicht, worauf Sie hinauswollen», sagte Gerber wahrheitsgemäß.

«Mit Ihrem Fräulein Herden verhält es sich nicht ganz so, wie Sie es sagen.» Zaunert sprach langsam und deutlich, er schien das, was er Gerber und der ganzen Runde mitzuteilen hatte, zu genießen. «Nicht Ihre ganze Familie ist bei der Bombardierung Hildesheims umgekommen. Ihr Vater war zu diesem Zeitpunkt gar nicht zu Hause.»

«Weil er da schon seit fast zwei Jahren tot war», sagte Gerber und dachte an das, was ihm Eva darüber erzählt hatte. «Gefallen bei den Kämpfen um Sizilien im Sommer 43.»

«Woher wissen Sie das?»

«Von ihr … von Eva Herden.»

Worauf wollte Zaunert hinaus? Je länger dieses Spiel dauerte, desto stärker war die Verunsicherung, gegen die er anzukämpfen hatte. Eine simple, aber wirkungsvolle Verhörtaktik.

Der Mann von der Org legte den Kopf leicht schief, und der spöttische Ausdruck in seinem Gesicht war unübersehbar. «Dieses Sizilien, liegt das im Grenzbereich zwischen Russland und der Ukraine?»

Gerber hatte das Gefühl, unter ihm tat sich ein Loch auf.

«Ich kann Ihnen schon lange nicht mehr folgen, Zaunert», sagte er mit harter Stimme.

«Ich auch nicht», kam es von Sattler.

Polizeioberrat Kindler sah seinen Duzfreund zweifelnd an. «Vielleicht solltest du uns einfach sagen, worauf du anspielst, Rolf!»

«Ganz einfach, Eva Herdens Vater war zwar bei der Wehrmacht, aber er war nie auf Sizilien im Einsatz und kann schon allein aus diesem Grund auch nicht dort gefallen sein. Oberleutnant Kornelius Herden diente im Sommer 43 als Panzerkommandant bei der 4. Panzer-Division in der Schlacht am Kursker Bogen. Dort geriet er in sowjetische Gefangenschaft.» Zaunert sah von seinen Unterlagen auf und blickte in die Runde. «Ja, meine Herren, wie es aussieht, ist Kornelius Herden beim Iwan geblieben. Es gibt weder eine Meldung darüber, dass er in der Gefangenschaft verstorben ist, noch, dass er entlassen wurde.»

«Was nichts heißen muss», entgegnete Gerber. «Die Sowjetunion ist riesig, und manch einer hat dort in den Kriegs- und Nachkriegsjahren sein Leben verloren, ohne dass die Welt davon gehört hätte.»

Gerber fühlte sich überrumpelt. Er hatte das Gefühl, seine Einschätzung von Eva neu sortieren zu müssen. Aber jetzt war keine Zeit dazu. Er kratzte die letzten ihm verbliebenen Reserven zusammen und versuchte, Zaunert die Stirn zu bieten.

«Sie haben das alles nicht gewusst?», fragte der scheinheilig. «Da hat die Kleine Ihr Vertrauen aber arg strapaziert. Können Sie sich einen Grund vorstellen, warum die Herden Sie angelogen hat?»

«Im Augenblick nicht», musste Gerber zugeben.

«Im Augenblick können wir sie auch nicht fragen. Aber für mich gibt es da nur eine Erklärung: Eva Herden steht über ihren Vater mit den Roten im Bunde. Deshalb hat sie ihnen dabei geholfen, Otto John nach Ost-Berlin zu bringen – oder zu locken.»

--

«Am liebsten hätte ich Zaunert die Visage so poliert, dass seine Nase am Hinterkopf wieder rausgekommen wäre», sagte Erwin Sattler gallig und trank einen Schluck von seinem Bourbon.

Gerber hatte Sattlers Vorschlag zugestimmt, den Ärger über den Verlauf der Sitzung in der Hotelbar hinunterzuspülen. Die schummrige Bar wirkte auf ihn wie eine Höhle, in die sie sich verkrochen hatten, um ihre Wunden zu lecken. Der Bartender hatte das Radio sehr leise gestellt, doch die ausdrucksvolle Stimme von Frank Sinatra mit dem Song *One For My Baby* war deutlich zu vernehmen.

Sein Bild von Eva hatte Risse bekommen. Die einfachste Erklärung wäre gewesen, dass sich Zaunert die Geschichte über Evas in der UdSSR verschollenen Vater aus den Fingern gesogen hatte, um sie als mögliche Verräterin hinzustellen. Immerhin hatte Gerber bei seinem Gespräch mit Colonel Anderson erfahren, dass die Org mit Falschinformationen ihren Verbündeten gegenüber großzügig umging, wenn es ihren Interessen diente. Aber wenn er ehrlich zu sich war, passte Zaunerts Geschichte zu gut ins Gesamtbild, versah Evas Handeln endlich mit einem nachvollziehbaren Motiv. Eine persönliche Verbindung über ihren Vater war ein viel stärkerer Antrieb als eine bloße Neigung zum Kommunismus.

Auch neun Jahre nach Kriegsende schufteten, hungerten und froren noch viele deutsche Soldaten in sowjetischen Gefangenenlagern. Die in der Presse genannten Zahlen schwankten, aber es sollten mindestens zehntausend sein. Möglicherweise waren es auch mehr. Wenn die Sowjets etwas beherrschten, dann das Werfen von Nebelkerzen. Also war es gut vorstellbar, dass Evas Vater noch lebte, falls er tatsächlich in sowjetische Gefangenschaft geraten war.

Bei diesen Überlegungen bemühte sich Gerber, seine persönlichen Gefühle außen vor zu lassen, die Enttäuschung darüber, dass Eva ihn nicht ins Vertrauen gezogen, ja, dass sie ihn belogen hatte. Er erinnerte sich gut daran, wie sie ihm vom Tod ihres Vaters erzählt hatte: «Irgendwo auf Sizilien, gefallen im Kampf gegen die Amerikaner.»

Ausgerechnet im Kampf gegen die Amerikaner, deren Uniform Gerber im Krieg getragen hatte. War das ein Zufall, oder hatte Eva Schuldgefühle in ihm wecken wollen? Was hatte sie sich noch für ihn einfallen lassen? Dass sie ihn liebte? War er für sie nur eine Quelle gewesen, die sie angezapft hatte, ihre besondere Verbindung zur Sicherungsgruppe und zum BKA?

Er spürte eine Hand auf seiner Schulter, Sattlers Hand. «Mit so einer Nachricht umzugehen, ist nicht leicht. Ich habe Ihnen gegenüber ein schlechtes Gewissen, Gerber.»

«Warum?»

«Sie haben mir heute geholfen bei Lilly Wagner, und jetzt sitze ich hier und kann gar nichts für Sie tun.»

«Du tust schon etwas für mich. Einfach dadurch, dass du hier sitzt.»

Gerber hatte sein Gegenüber zum ersten Mal geduzt, und Sattler merkte überrascht auf. «Nanu, doch ein Heiratsantrag?»

«Ich bin nur egoistisch und schare meine Truppen um mich.» Gerber hielt sein Glas hoch. «Wenn es dir passt, Erwin.»

Ein breites Grinsen zog über Sattlers Gesicht, als auch er sein Glas hob. «Ich hoffe, du bereust es nicht, Philipp.»

// KAPITEL 16 //

Gerber zündete seinem Gegenüber und sich selbst eine Camel an. «Ich kenne Eva jetzt fast ein Jahr und stehe plötzlich vor der Frage, ob es ein Jahr voller Lügen war. Oder ist Zaunert derjenige, der lügt?»

Sie waren mittlerweile in das Hotelrestaurant umgezogen, um dem Bourbon etwas Gehaltvolleres hinzuzufügen: Schlachteplatte mit Sauerkraut.

«Das wäre aber ziemlich gewagt von ihm, so eine Geschichte vor versammelter Mannschaft zu verkünden», erwiderte Sattler.

«Er könnte im Zweifelsfall behaupten, einer Falschinformation aufgesessen zu sein. Die bösen Kommis, die ihn mit gut gestrickten Lügenmärchen gefüttert haben. Etwas in der Art.» Gerber fasste einen Entschluss. Wenn er und Sattler Freunde waren, wollte er aufrichtig zu ihm sein. «Ich verrate dir jetzt etwas, das zwischen mir und Colonel Anderson bleiben sollte.»

«Ich werde es für mich behalten, das schwöre ich.» Die Zigarette zwischen den Lippen, hob Sattler die Rechte wie zum Schwur. «Wenn ich nicht dichthalte, darfst du mir die Hand abhacken.»

«Ich würde keine Sekunde zögern», sagte Gerber ungerührt.

«Ich weiß.»

Gerber senkte seine Stimme und erzählte Sattler von Gehlens Versuch, Otto John als Mitglied der Roten Kapelle bei der CIA anzuschwärzen.

«Das ist gut.» Sattler stieß ein kehliges Lachen aus und hätte sich fast an seinem Bier verschluckt. «Gehlen lässt sich eine komplette Organisation von der CIA finanzieren und liefert ihr dann bewusst Falschinformationen, um seine eigenen Interessen zu fördern? Er wird mir dadurch nicht sympathisch, aber das nötigt mir doch Respekt ab. Ist er so dämlich oder so gefährlich?»

«Das liegt zuweilen nah beieinander. Wer das Risiko ignoriert, und sei es aus Dummheit, ist oft gefährlich für andere und für sich selbst.» Gerber wartete, bis der Kellner das Essen serviert und sich wieder entfernt hatte. «Ich habe dir das erzählt, um zu verdeutlichen, zu was Gehlen und seine Leute in der Lage sind. Dass Zaunert heute Vormittag einfach ein Märchen aufgetischt hat, ist daher nicht ausgeschlossen.»

«Wenn es so ist, was bezweckt er damit, Fräulein Herden als Lügnerin oder gar als Verräterin hinzustellen?», fragte Sattler, während er mit der Gabel ein Stück Kartoffel aufspießte und mit dem Messer etwas von der zu Brei verarbeiteten Blutwurst dazu schob. «Er scheint ja ganz wild darauf, sie unter Verdacht zu stellen. Wenn es nach ihm geht, ist sie ja auch eine eiskalte Mörderin. Will er sie in Misskredit bringen? Will er sie ausschalten? Oder will er etwas anderes vertuschen?»

Sattler kaute genüsslich, aber Gerber stocherte eher lustlos in seinem Essen herum. «Wenn ich das wüsste, Erwin, müsste ich mir vielleicht ein paar Gedanken weniger machen.»

Plötzlich hielt Sattler im Kauen inne und starrte mit offenem Mund zum Eingang des Hotelrestaurants. «Da brat mir doch einer 'nen Storch!»

Gerber blickte über seine Schulter. Als er den kleinen, schmalen Mann mit der Schiebermütze und der umgehängten

Kameratasche sah, der im Türrahmen stand und sich suchend umschaute, konnte er Sattlers Erstaunen nachvollziehen. Er hätte geglaubt, Fritz Lüttke habe erst einmal genug von ihnen. Der Reporter kam direkt auf sie zu. Freude stand nicht gerade auf seinem Gesicht, eher ein gewisses Unbehagen.

«Was bin ich froh, dass ich Sie gefunden habe», platzte es aus ihm heraus. «Der Portier wollte mich schon wieder wegschicken, als ihm einfiel, dass Sie im Restaurant sind. Ich habe mich so beeilt, Sie zu finden, dass ich halb verdurstet bin.»

Gerber verstand den Wink mit dem Zaunpfahl und gab dem Kellner ein Zeichen. «Ober, noch ein Bier! Setzen Sie sich zu uns, Lüttke.»

«Ich habe eine dringende Nachricht», begann Lüttke und flüsterte dabei fast. Sein Blick wurde scheu, wanderte kurz zu Sattler und dann zurück zu Gerber. «Für Sie, Herr Hauptkommissar.»

«Oberkommissar Sattler kann alles hören, was Sie mir zu sagen haben.»

Lüttke bekam sein Bier, nahm einen gehörigen Schluck, leckte sich den Schaum von den Lippen und behielt den verschwörerischen Tonfall bei, als er fortfuhr: «Die Nachricht kommt von Eva Herden.»

Fast hätte Gerber sein Glas umgestoßen.

«Schießen Sie schon los, Lüttke!»

«Fräulein Herden will sich mit Ihnen treffen, persönlich. Sie hat es mir selbst gesagt, am Telefon, vor einer knappen Stunde.»

«Warum hat sie nicht gleich mich angerufen?»

Lüttke hob die Schultern an und ließ sie wieder sinken. «Bin ich der liebe Gott?»

Sattler ergriff das Wort: «Von wo hat Fräulein Herden bei Ihnen angerufen?»

«Na, ich nehme doch an, aus einem der Westsektoren.» Lüttke trank noch einen Schluck. «Anders wäre es kaum gegangen. Ich hatte den Eindruck, sie stand in einer Telefonzelle, der Straßenlärm war deutlich zu hören.» Mit einem großen Zug leerte der Reporter sein Glas und wischte sich wohlig über die Lippen. «Das Bier hier ist überraschend gut.»

Gerber bestellte ihm noch ein Glas und sah wieder Lüttke an. «Nun sagen Sie schon: Wann und wo will Eva mich sehen?»

«Heute, um 23 Uhr am Lehrter Bahnhof, Washingtonplatz. Sie sollen unbedingt allein kommen, ohne Polizei. Und da ist noch eine Sache.»

«Was denn?», erkundigte sich Gerber.

Lüttke lächelte etwas verlegen. «Fräulein Herden sagte, dass Sie mich für diesen Vermittlungsdienst bezahlen möchten.»

«Aha», machte Gerber wenig überrascht. «Wie viel?»

Aus dem verlegenen Lächeln wurde ein ausgewachsenes Grinsen. «Fünfhundert Mark.»

Lüttke hatte kaum ausgesprochen, da schoss auch schon Sattlers Rechte vor, packte den Reporter im Genick und drückte sein Gesicht auf die Tischplatte. «Hör mal zu, du Ratte! Wir sind im Moment nicht zu Späßen aufgelegt. Wenn du dir einen mit uns erlauben willst, drücke ich dir einfach die Luft ab!»

«Aber das hat sie wirklich gesagt!», krächzte der Reporter.

«Ach ja? Sie geht ja großzügig mit fremdem Geld um.»

«Ich hatte ihr erzählt, dass Sie mir heute Nacht mein Geld abgenommen haben.»

«Na klar», knurrte Sattler. «Wir sind gefährliche Straßenräuber und du ein Unschuldslamm.»

Der Kellner und die übrigen Gäste sahen skeptisch zu ihrem Tisch, und Gerber sagte zu Sattler: «Lass ihn los.»

Widerwillig gab Sattler den Reporter frei, und der massierte mit gequältem Gesichtsausdruck seinen Nacken.

Gerber zückte seine Brieftasche und zählte zweihundertfünfzig Mark auf die Tischplatte.

In seiner gewohnt flinken Art umkrallte Lüttke die Scheine, steckte sie aber nicht ein. «Das ist nur die Hälfte.»

«Wenn Eva wirklich heute Nacht dort ist, bekommen Sie die andere Hälfte. Wenn Sie uns aber in irgendeiner Weise für dumm verkaufen, Lüttke ...» Gerber ließ die Warnung unausgesprochen.

Wortlos steckte Lüttke das Geld in eine Jackentasche und eilte hinaus.

Sattler blickte Gerber nachdenklich an. «Sag mal, Philipp, woher weiß Eva eigentlich, dass du in Berlin bist?»

«Das ist eine gute Frage, eine sehr gute.»

--

Sattler parkte den DKW am Washingtonplatz und blickte durch das heruntergelassene Seitenfenster zu dem traurigen Bauwerk hinüber, das einmal einer von acht stolzen Kopfbahnhöfen gewesen war, das Tor Berlins nach Hannover und Hamburg, an die Nord- und Ostsee. Im Krieg war der Lehrter Bahnhof schwer in Mitleidenschaft gezogen worden, und vor ein paar Jahren hatte man den Bahnbetrieb vollständig eingestellt. Jetzt war das baufällige Gebäude nur noch eine leere Hülle, eine funktionslose Fassade, die allenfalls an bessere Zeiten erinnerte und auf ihren Abriss wartete. Drum herum floss der Verkehr, bewegten sich die Menschen ganz alltäglich, als nähmen sie den trostlosen Anblick gar nicht zur Kenntnis. Genau so war es wohl, dachte Gerber. Das tägliche Leben ging weiter, und das Verlorene wurde eine Weile vermisst, bis es in der Erinnerung verblasste.

«Sehen wir uns den alten Kasten mal an», sagte Sattler, kurbelte das Fenster hoch und stieß die Fahrertür auf. «Wenn ich mir das Ding bei Nacht vorstelle, kriege ich jetzt schon Gänsehaut.»

Nach Lüttkes Besuch waren sie hergefahren, um sich mit der Örtlichkeit bei Tageslicht vertraut zu machen. Mehr und mehr Wolken hatten sich zwar über Berlin zusammengezogen, aber noch war es trocken.

«Das ist die perfekte Falle», sagte Sattler mürrisch, während er sich langsam um sich selbst drehte. «Besonders im Dunkeln. Zur Sektorengrenze kannste hinspucken. Da haben die Roten einen schneller in ihr Gebiet verschleppt, als man Piep sagen kann. Vielleicht sogar auf dem Wasser. Ein Schubser, und man fällt in die Spree, dann ruckzuck auf einen Kahn, und der Humboldthafen da vorn liegt schon im Osten. Da können sie einen dann entladen. Es lebe die Binnenschifffahrt!»

«Besser auf einem Kahn als selber schwimmen», erwiderte Gerber und ging auf das gewaltige, über zweihundert Meter lange Bahnhofsgebäude zu, das an ein Schloss erinnerte, ein zerfallendes Schloss aus längst zerfallenen Zeiten.

Eine Horde Kinder spielte trotz der Warn- und Verbotsschilder in den Trümmern Krieg. Sie richteten einfache Stöcke oder notdürftig zusammengeschusterte Holzgewehre gegeneinander und ahmten Schussgeräusche nach. Englische und russische Sprachbrocken, die sie aufgeschnappt hatten, flogen hin und her wie die unsichtbaren Geschosse aus den Holzgewehren.

«Hier hat der nächste Weltkrieg schon begonnen», stellte Sattler fest. «Ich bin gespannt, wie lange es noch dauert, bis wir wieder mit scharfen Waffen aufeinander schießen. Das wäre vielleicht ehrlicher als der Eiertanz, den die Westmächte und die Sowjets jetzt aufführen.»

«Aber auch tödlicher.» Gerber dachte an seinen Bruder und an Jim Anderson. «Im letzten Krieg sind schon genug gefallen. Den Jungs dort wünsche ich eine bessere Welt als die, aus der wir kommen.»

«Du hast ja recht.» Sattler zündete für sich und Gerber Zigaretten an. «Bist halt ein unverbesserlicher Optimist.» Sein Blick blieb kurz auf seinem Feuerzeug haften, bevor es wieder in einer Tasche seines Trenchcoats verschwand. «Sind wirklich genug gestorben in dem Scheißkrieg.»

Sie scheuchten ein paar Kinder davon, die sie um Geld und Zigaretten anbettelten, stiegen über Trümmerbrocken und betraten den einstigen Prachtbau. Augenblicklich beschlich Gerber das Gefühl, sich in einer anderen Welt zu befinden. In der lang gestreckten Halle voller Trümmer und Unrat war es um einige Grad kühler als draußen, und überall huschten Ratten herum. Zwischen den seit Jahren unbenutzten Gleisen wucherte das Unkraut.

«Wenn es dunkel ist, kann ein altes Mütterchen hier schon Angstzustände kriegen.»

«Sehe ich aus wie ein altes Mütterchen?», fragte Gerber. «Außerdem lautet Evas Botschaft nicht, dass wir uns im Bahnhof treffen, sondern davor auf dem Washingtonplatz.»

«Es ist trotzdem gut, dass wir uns mit dem ganzen Gelände

vertraut machen. Wer weiß, was uns heute Abend hier erwartet.»

Gerber kratzte sich am Ohr. «Höre ich hier was von ‹uns›? Du hast Lüttke doch gehört. Ich soll allein kommen, ohne Polizei.»

«Was heißt Polizei? Ich bin doch nur der liebe Onkel Erwin, der hier am Abend etwas spazieren gehen wird.»

Mit ernstem Blick legte Gerber eine Hand auf Sattlers Schulter. «Das wirst du schön bleiben lassen! Ich möchte das Treffen mit Eva nicht gefährden.»

«Falls deine Eva überhaupt hier erscheint und nicht jemand anderes.»

«Sprichst du von Walter Dorst?»

«Von wem sonst. Kein abwegiger Gedanke, oder?»

«Ich glaube immer noch nicht, dass Eva mit diesem Typen paktiert.» Gerber hatte plötzlich keine Lust mehr auf die Chesterfield und schnippte sie im hohen Bogen durch die Halle des Geisterbahnhofs.

«Wir wissen nicht, was dich heute Nacht hier erwartet. Vorsicht ist die Mutter der Porzellankiste. Ich werde dich als ein unsichtbarer Schatten begleiten, und falls es doch zu einem romantischen Treffen zwischen dir und Eva kommt, ziehe ich mich diskret zurück.» Als Sattler die Zweifel in Gerbers Gesicht sah, fügte er hinzu: «Würdest du mich im umgekehrten Fall allein an diesen Ort lassen, mitten in der Nacht?»

«Selbstverständlich nicht», sagte Gerber wie aus der Pistole geschossen und musste grinsen. «Aber ich bin ja auch dein Vorgesetzter.»

«Und ich bin dein Freund. Zählt das nichts?»

Gerber gab zögernd sein Einverständnis. In der undurchsichtigen Lage, in der sie sich befanden, konnte es nicht schaden, ein Ass im Ärmel zu haben.

Als sie das Bahnhofsgebäude verließen, setzte leichter Regen ein. Sie nahmen den Vorplatz in Augenschein. An der Ostseite lag der Humboldthafen, der bereits zum Ostsektor gehörte und genauso tot und verlassen war wie der alte Kopfbahnhof. Seit dem Krieg nicht mehr in Betrieb, fand der Warenumschlag für die Binnenfrachtschiffe jetzt im Ost- und im Westhafen statt. Die alten Verladeanlagen im Humboldthafen waren zerstört oder demontiert, die Reste verfielen zusehends. Eine Doppelstreife der Volkspolizei schlenderte mit geschulterten Karabinern am Hafenbecken entlang, und einer der beiden Vopos spuckte gelangweilt ins Wasser.

Im Norden grenzte der Lehrter Bahnhof an die breite Invalidenstraße, hinter der sie den sternförmigen Bau der Strafanstalt Moabit erblickten.

«Das sieht auch nicht aus wie ein gutes Omen für heute Nacht», sagte Gerber und zeigte zu dem architektonisch ungewöhnlichen Gebäude. Als er Sattlers verständnislosen Blick bemerkte, erklärte er: «Schon die Nazis haben im alten Zellengefängnis übel gehaust. Otto Johns Bruder Hans war hier inhaftiert und wurde kurz vor Kriegsende, in der Nacht des 22. April 45, auf einem Trümmerfeld ganz in der Nähe von einem SS-Trupp ermordet. Nach dem Krieg war hier der einzige Ort in West-Berlin, wo man legal den Kopf verlieren konnte. Bis 49, Guillotine. Einen Tag vor Abschaffung der Todesstrafe wurde der Letzte hingerichtet. Das Fallbeil war schon etwas stumpf, sie mussten es zweimal heruntersausen lassen.»

Sattler verzog das Gesicht. «Du schilderst das so anschaulich, als wärst du dabei gewesen.»

«Man erzählt es sich so», sagte Gerber ausweichend, um nicht an die letzten Tage der Berlin-Blockade zu denken, die auch die letzten Tage des Scharfrichters in Moabit gewesen waren.

«Wenn es mich mal erwischt, dann hoffentlich auf andere Weise.»

«Warum? Mit dem Fallbeil soll es sehr schnell gehen, natürlich nur, wenn es scharf ist.» Gerber wurde plötzlich von einem unguten Gefühl ergriffen, einer bösen Vorahnung, die er mit einem tiefen Durchatmen von sich abschüttelte. «Ich werde die Ahnung nicht los, dass die zweite schlaflose Nacht vor uns liegt.»

// KAPITEL 17 //

Eva Herden sah zum wiederholten Mal auf ihre Dugena-Armbanduhr. Zehn vor elf. Sie blickte durch das Seitenfenster der schweren Mercedes-Benz-Limousine nach draußen. Selbst der Nachthimmel über Berlin schien geteilt zu sein wie die ganze Stadt. Hier im Westen war das Licht heller, aber kälter. Im Ostteil hatte es einen rötlichen Schimmer und war wärmer. Otto John, der sich mit allem auszukennen schien, hatte ihr erklärt, dass es etwas mit den Straßenlaternen zu tun hatte.

Sie hatte das Gefühl, mit jeder Sekunde nervöser zu werden. Aber wenn sie nicht tat, wozu sie hergekommen war, war alles vergebens gewesen. Als ihre Hände zu zittern begannen, legte der Mann, der neben ihr im Fond des Wagens saß, eine Hand beruhigend auf ihre. Das tat gut, und sie war ihm dankbar. Für ihn tat sie das alles, war sie bereit zum Verrat. Schließlich war er ihr Vater.

Er brachte seinen Kopf nah an ihren und flüsterte ihr ins Ohr: «Versuch, die Ruhe zu bewahren, Eva. Ich weiß, es ist nicht leicht. Aber du bist eine starke Frau, du wirst es schaffen.»

Sie atmete tief durch und unterdrückte den Impuls, aus dem Auto zu springen und einfach davonzulaufen. Aber sie konnte, sie durfte nicht fliehen. Ihre Bewacher hätten es auch niemals zugelassen.

Der schweigsame Mann in der abgewetzten Lederjacke auf

dem Fahrersitz, der dort so unbeweglich saß wie eine Schaufensterpuppe.

Und der Mann, der im leichten Dauerregen neben dem Wagen stand, die Hände in den Taschen des Trenchcoats versenkt, und den nächtlichen Washingtonplatz beobachtete. Dieser Mann allein war höchst gefährlich, ein ehemaliger Fremdenlegionär, Walter Dorst. So nannte er sich, aber welcher Legionär behielt schon seinen wahren Namen.

Da waren noch andere, vermutlich viele, von denen Eva gar nichts wusste. Nur eins war ihr klar: In dieser Nacht würde die Falle für Philipp zuschnappen, und sie war der Köder.

Der Augenblick, vor dem sie sich gefürchtet hatte, war da. Dorst öffnete die Wagentür, steckte den Kopf ins Innere, und der Blick seiner mitleidlosen Augen heftete sich auf Eva.

«Mademoiselle Herden, ich glaube, er kommt!»

--

Philipp Gerber wusste, dass er einen schweren Fehler beging. Vor ihm erstreckte sich der nächtliche Washingtonplatz. Hinter ihm lag Alt-Moabit, wo er vor einer Zeile mit Kneipen und kleineren Läden aus dem Taxi gestiegen war, um das letzte Stück zu Fuß zurückzulegen. Er wollte den Treffpunkt langsam ansteuern, wollte sich mit der Situation vertraut machen. Aber auch das würde ihm kaum helfen.

Auch für jemanden, der weniger erfahren war als er, hätte das Ganze nach einer Falle gerochen, geradezu gestunken. Aber der Fallensteller war so schlau gewesen, einen Köder zu benutzen, dem Gerber einfach nicht widerstehen konnte. Dies war die Gelegenheit, Eva wiederzusehen und endlich Antworten zu erhalten. Vielleicht gab es keine andere Gelegenheit, und deshalb musste er sie nutzen.

Sattler steckte irgendwo in der Nähe. Gerber hatte all seinen Versuchen getrotzt, ihn doch noch zur Anforderung von Unterstützung zu überreden. Ein Polizeiaufgebot, wäre es auch noch so vorsichtig vorgegangen, wäre kaum unbemerkt geblieben, und das hätte vielleicht die Chance auf ein Treffen mit Eva zunichtegemacht. Polizeioberrat Kindler ins Vertrauen zu ziehen, hätte außerdem bedeutet, auch Rolf Zaunert zu informieren. Der Mann blieb schwer zu durchschauen, zumindest stand er Eva nicht wohlgesonnen gegenüber. Gerber wollte einfach nicht riskieren, dass die Situation eskalierte, durch eine Unbedachtheit oder sogar durch eine absichtliche Aktion von Zaunerts Seite.

Sattler war seine einzige Waffe, und er durfte nicht einmal eingreifen, nur beobachten. Gerber selbst hatte seine Pistole im Hotel gelassen. Zusammen mit seinen Papieren. Er rechnete fest damit, heute Nacht in die Hände des Gegners zu fallen, und der sollte dabei so wenig Beute wie möglich machen.

Gerbers Nerven waren zum Zerreißen gespannt. Der Straßenlärm von Alt-Moabit wurde leiser, und von einem der am Spreeufer vertäuten Lastkähne drang Tanzmusik herüber. Er blieb stehen, als das Licht einer Straßenlaterne auf eine schlanke Gestalt fiel, die ihm zögernd entgegenkam.

Eva.

Sie trug einen Sommermantel, dessen Gürtel sie nicht geschlossen hatte, darunter eine knielanges Kleid. Sie lächelte bei seinem Anblick. Es war ein schüchternes Lächeln, als sei sie unsicher, ob er es erwidern würde. Eine Armlänge vor ihm blieb sie stehen und fuhr sich durchs Haar.

Er kämpfte mit seinen Gefühlen und widerstand nur mühsam dem Drang, Eva in seine Arme zu nehmen. Er wollte endlich wieder ihre Wärme spüren und ihren Duft einatmen, sie einfach nur bei sich haben. Aber er blieb starr stehen, etwas hatte ihn alarmiert. Die Bewegung eben, sie hatte ein Signal gegeben, wohl um jemandem mitzuteilen, dass der Mann, der da durch die verregnete Nacht auf den Washingtonplatz trat, wirklich Gerber war.

Sie öffnete ihre Lippen, aber ihr «Verzeih mir, Philipp!» ging fast unter im Aufheulen eines schweren Motors.

Aufflammende Scheinwerfer blendeten ihn und kamen schnell auf ihn zu. Sie gehörten zu einem Lastwagen, über dessen Ladefläche eine dunkle Plane gespannt war. Dicht bei Eva blieb der Wagen stehen, und eine Wolke aus übelkeitserregendem Dieselgestank hüllte sie und Gerber ein. Noch immer sah er Eva an, sah ihre Augen und ihre Tränen, aber dann sprangen mehrere Männer von der Ladefläche des Lasters. Gerber wollte sich ihnen nicht ohne Gegenwehr ausliefern, auch wenn seine Chancen gering waren. Es lag nicht in seiner Natur. Er wollte nach rechts laufen, wo die Spree zum Greifen nah lag. Aber von dem Lastkahn, auf dem die Tanzmusik erklang, eilten drei, vier kräftige Gestalten an Land. Die Männer vom Lkw kamen näher. Zusammen mit denen vom Lastkahn waren es acht kräftige Kerle, die den Kreis um ihn schlossen. Er rannte auf den Mann zu, der ihm am nächsten stand, und rempelte ihn an. Durch seinen Anlauf hatte er genug Kraft entwickelt, um den Mann zu Boden zu stoßen. Sobald er den Kreis durchbrochen hatte, wandte er sich nach links, wollte zurück zur belebten Straße Alt-Moabit, aber ein paar seiner Verfolger hatten das vorausgesehen und schnitten ihm den Weg ab. Das drängte ihn in Richtung des Bahnhofs, und er lief zwischen den Trümmerstücken hindurch, die tagsüber den Kindern als Spielplatz gedient hatten. Auch seine Verfolger hielten auf die Trümmer zu, und er wählte denselben Weg wie am Tag, lief in den alten, finsteren Bahnhof hinein, in dem seine Schritte überlaut widerhallten. Sein Ziel war es, einen möglichst großen Abstand zwischen sich und die Männer hinter ihm zu bringen. Dann mochte es ihm vielleicht gelingen, zur Invalidenstraße zu entkommen. Also lief er weiter durch die Erinnerung eines einst lebendigen Bahnhofs, stolperte im Dunkeln über irgendwelchen Schutt, fing sich wieder und rannte weiter.

Plötzlich flammte einige Schritte vor ihm etwas in der Finsternis auf, das zuckende Licht eines Feuerzeugs. Es schien auf ein hartes Gesicht mit mitleidlos dreinblickenden Augen. Zwischen den Lippen darunter steckte eine Zigarette, die sich der Mann anzündete. Er war nicht allein. Weitere Männer standen neben ihm, Schusswaffen in den Händen.

«Herzlich willkommen im Lehrter Bahnhof, Monsieur Gerber», sagte Walter Dorst. «Ich hatte gehofft, dass Sie kommen. Aber, verzeihen Sie mir diese Plattitüde, der Zug für Sie ist abgefahren.»

--

Eva fühlte sich, als sei die Welt um sie herum eingestürzt. Keine drei Meter neben ihr stand mit laut hämmerndem Motor der Lastwagen, und der Pesthauch seiner Dieselwolke hüllte sie ein. Philipp, eben noch zum Greifen nah, lief auf das große, leere Bauwerk zu, das diesen verfluchten Ort dominierte, verfolgt von einer ganzen Schar. Und sie hatte ihn hergelockt, in sein sicheres Verderben. Es war ein wahr gewordener Albtraum, aus dem es kein Erwachen gab.

Sie hatte gehofft, er würde nicht auf dieses Treffen eingehen. Dann wieder hatte sie sich danach gesehnt, nach ihm, und hatte innerlich gefleht, dass er herkommen möge. Andere bestimmten die Regeln dieses perfiden Spiels, und sie hatte ihn auch einfach nur sehen, ihn berühren wollen. Berühren! So weit war es gar nicht gekommen.

Noch immer rannen Tränen über ihr Gesicht, und das lag nicht an dem höllischen Qualm des Dieselmotors. Es lag an der Entscheidung, die sie getroffen hatte. Wie immer sie sich auch entschied, sie wählte das Falsche.

Ein weiteres Paar Scheinwerfer durchschnitt die Dunkelheit. Die Limousine, mit der sie gekommen war, rollte heran und hielt neben Eva. Im Fond beugte sich ihr Vater zur Beifahrertür und stieß sie auf. Er lächelte ihr zu und streckte eine Hand aus, um ihr beim Einsteigen zu helfen. Als sie neben ihm ins Polster sank, fiel jeder Rest Selbstbeherrschung von ihr ab. Sie begann, hemmungslos zu schluchzen. Ihr Vater zog sie sanft an sich, und sie legte den Kopf auf seine Schulter. Er strich über ihr Haar, und sie fühlte sich wieder wie ein Kind.

Der Fahrer setzte die Limousine ein Stück zurück, und als sie aufsah, erblickte sie Philipp, dem man die Hände auf den Rücken gebunden hatte.

Niemals würde sie seinen Blick vergessen, als er sie in der Limousine sah.

--

Sie hatten ihm die Hände mit einem Strick auf den Rücken gefesselt und schleppten ihn aus dem Bahnhof ins Freie. Dort draußen irgendwo stand Erwin Sattler und war gezwungen, sich das üble Schauspiel anzusehen, ohne eingreifen zu können. Es musste ihm gelingen, die Spur aufzunehmen, sonst wäre alles umsonst gewesen.

Die Männer bugsierten ihn zur Ladefläche des Lastwagens, neben dem eine Limousine stand, ein schwarzer Mercedes-Benz. Er blickte durch die Scheibe und erstarrte. Wie von selbst versteifte er sich und stemmte sich gegen die Hände in seinem Rücken, die ihn drückten und schoben. Im Fond saß Eva mit einem Mann, der den Arm um sie gelegt hatte. Gerber kannte ihn nicht. Er wirkte ein Stück älter als Eva, seine Züge hager und verwittert. Auf jeden Fall schienen sie sehr vertraut miteinander zu sein, und ihn beschlich eine Ahnung, wer dieser Mann war.

Eva blickte zurück, die Lippen zusammengepresst. Gerber gab jeden Widerstand auf und ließ sich willenlos zu dem Lkw bringen. Hatte Eva wirklich Tränen im Gesicht gehabt?

// KAPITEL 18 //

Die auffrischende Brise blies ihm unangenehm ins Gesicht, und der Regen hörte gar nicht mehr auf. Erwin Sattler hatte den Aufgang zur Moltkebrücke mit Bedacht gewählt. Von hier aus hatte er den Washingtonplatz mit dem Lehrter Bahnhof im Blick, die Einmündung von Alt-Moabit und die Spree. Viel mehr konnte er als Ein-Mann-Kommando nicht tun.

Er hätte sich nicht darauf einlassen dürfen, Gerber ganz allein den Rücken zu stärken. Eine Schnapsidee, besonders in der Nacht! Man hätte ein Dutzend Männer gebraucht, um das Gelände einigermaßen zu observieren. Aber Gerber war sein Vorgesetzter, und zudem konnte Sattler ihn gut verstehen. Ein Mann, der für die Frau, die er liebte, nicht sein Leben aufs Spiel setzte, war nichts wert. Der liebte nicht wirklich.

Vor seinem inneren Auge sah er das Bild einer Toten, das feine, lächelnde Gesicht seiner «schönen Komtesse», wie er sie zärtlich genannt hatte. Er und sie, das war ein einziger Widerspruch gewesen. Was die zierliche und feinfühlige Nicolette an einem groben Klotz wie ihm gefunden hatte, war ihm bis heute ein Rätsel. Eine Französin, die sich in einen Boche verliebte, noch dazu in einen von der Waffen-SS. Er hatte beschlossen, es nicht weiter zu hinterfragen, es einfach nur zu genießen. Aber es hatte ihr letztlich den Tod gebracht, wie eine Ratte wurde sie von den eigenen Leuten erschlagen. Das Mädchen im Moabiter Krankenhaus, Lilly Wagner, erinnerte ihn an Nicolette.

Lilly war nicht so gebildet, sah ihr äußerlich nicht einmal ähnlich, aber er hatte gleich erkannt, dass sich hinter der Fassade der abgebrühten Nachtclub-Tänzerin ein scheues, zurückhaltendes Wesen verbarg.

Sattler, die Bulldogge in Menschengestalt, als Frauenkenner. Er lachte über sich selbst, zog seine einzige Erinnerung an Nicolette, das Dupont-Feuerzeug, hervor und steckte sich eine Chesterfield an. Rauchen beruhigte die Nerven, und gute Nerven konnte er jetzt gebrauchen.

Er war schon seit einer Stunde vor Ort, um das Terrain zu sondieren und mögliche Feindbewegungen auszumachen. Viel hatte sich nicht getan. Ein paar Nachtbummler am Spreeufer oder auf dem Washingtonplatz, die unverdächtig wirkten.

Vor einer halben Stunde waren vier Flussschiffer mehr oder weniger angetrunken über den Platz gewankt, hatten den alten Gassenhauer *In meiner Badewanne bin ich Kapitän* gegrölt und waren auf einen der am Ufer liegenden Kähne gegangen, von dem bald darauf Tanzmusik herüberscholl.

Zehn Minuten später rollte eine dunkle Limousine von Alt-Moabit auf den Washingtonplatz, wendete dort und blieb einfach stehen. Der Motor erstarb und die Scheinwerfer gingen aus. Ein Mann verließ den Wagen auf der Beifahrerseite, zündete sich eine Zigarette an, ging ein paar Schritte und blieb wieder stehen.

Zumindest der Fahrer musste noch in dem Wagen sitzen, ein Mercedes, dessen Alter Sattler nicht bestimmen konnte. Der Mann mit der Zigarette stand einfach nur auf dem Platz, viel zu lange, bewegte sich nicht und trotzte dem Regen.

Nach endlosen Minuten ging er zum Wagen zurück, stieg aber nicht ein. Er sprach mit jemandem, und eine Frau im

Mantel stieg aus. Es hätte Eva Herden sein können, aber Sattler konnte sie nicht genau erkennen. Zögernd ging die Frau in Richtung Alt-Moabit, von wo ihr ein Mann entgegenkam. Philipp Gerber, nah genug, um ihn zu erkennen.

Als Sattler wieder zu dem Mercedes blickte, war der Mann mit der Zigarette verschwunden. Sattler konnte nicht sagen, ob er in die Dunkelheit gegangen oder ins Auto gestiegen war. Er warf den Rest seiner Chesterfield zu Boden und beobachtete Gerber und die Frau. Jetzt war er sich sicher, dass es Eva Herden war.

Und dann überstürzten sich die Ereignisse. Ein Lastwagen röhrte heran, und ein paar kräftige Männer sprangen von der überplanten Ladefläche. Gerber wollte zur Spree entkommen, aber die scheinbar feuchtfröhlichen Frachtschiffer erwiesen sich als ein kampfbereiter Trupp, der ihm den Weg abschnitt.

Das war der Augenblick, in dem Sattler um ein Haar eingegriffen hätte. Aber er hatte Gerber versprochen, sich zurückzuhalten und Eva nicht zu gefährden. Und falls sie Gerber einkassierten, war er der Einzige, der Hilfe organisieren konnte.

Sattlers Hände verkrampften sich im Mauerwerk der Brücke, als er dabei zusah, wie Gerber nach seiner Flucht in den Bahnhof schließlich doch auf den Laster verfrachtet wurde. Der kleine Konvoi setzte sich, die Limousine vorweg, in Bewegung, fuhr an Sattlers Standpunkt vorbei und bog auf die Fahrbahn von Alt-Moabit ein. Nur die Tanzmusik von dem Lastkahn dudelte noch immer zu ihm herüber.

Er gab sich einen Ruck. Noch befand sich der Konvoi im Westen, noch war es nicht zu spät!

Sattler drehte sich zur Brücke um und hatte unfassbares Glück. Am anderen Ufer entdeckte er tatsächlich einen dunklen VW Käfer mit einem nicht eingeschalteten Blaulicht auf dem Dach. Die Polizisten sprachen gerade mit einem Passanten.

Sattler setzte sich in Bewegung und lief, so schnell er konnte, über die Spree. Die Streife wollte gerade wieder losfahren, als er sie erreichte. Sattler sprang vor dem blauen Käfer auf die Fahrbahn und breitete die Arme aus.

Der Fahrer bremste eine Handbreit vor ihm, kurbelte das Seitenfenster herunter und streckte empört den Kopf nach draußen. «Mann, sind Sie lebensmüde?»

«Sind Sie eine Funkstreife?», erwiderte Sattler.

«Wie?»

«Haben Sie Funk an Bord?»

«Wer will das wissen?»

Sattler zeigte seine Dienstmarke. «KOK Sattler vom Bundeskriminalamt. Haben Sie Funk?»

«Ja, aber …»

«Auf dem Washingtonplatz wurde gerade eben ein Kollege von mir entführt. Vermutlich wird er in den Ostsektor verschleppt. Die Grenzübergänge müssen abgeriegelt werden. Geben Sie sofort Alarm!»

«Ich hoffe, Sie veräppeln uns nicht», knurrte der Uniformierte auf dem Beifahrersitz und griff zum Funkgerät, in das er mit lauter, klarer Stimme sprach. «Zentrale für Berta acht. Ich wiederhole: Zentrale für Berta acht.»

--

Der von der Funkstreife ausgelöste Alarm kam zu spät. Der Konvoi blieb unauffindbar, und Gerber befand sich vermutlich längst im Ostsektor. Sattler war mit dem Streifenwagen über Alt-Moabit zur Invalidenstraße und dort bis zur Sektorengrenze gefahren, ohne etwas zu entdecken.

Jetzt stand der Streifenwagen auf dem Washingtonplatz, auf dem sich inzwischen ein größeres Polizeiaufgebot versammelt hatte. Mit Taschenlampen beleuchteten die Männer das Gelände und suchten nach Spuren.

Sattler ging mit einer Gruppe Uniformierter an Bord des Lastkahns, der mit seiner Musikbeschallung eine unangebrachte Fröhlichkeit verbreitete. Dafür verantwortlich war ein Kofferradio, das er genervt ausschaltete. Ansonsten deutete auf dem Kahn nichts darauf hin, dass hier ein gemütliches Zusammensein stattgefunden hatte. Die einzige Ausnahme bildete ein Aschenbecher mit ein paar frischen Kippen. Nicht einmal benutzte Gläser standen herum.

Ein Polizist sah Sattler verwundert an. «Sie meinten doch, die Männer hier seien angetrunken gewesen.»

«Ich sagte, sie haben so gewirkt. Wie ich das sehe, haben sie ihre Trunkenheit nur vorgetäuscht, um keinen Verdacht zu erregen. Zu dem Kahn scheint keine Besatzung zu gehören, zu den benachbarten auch nicht. Hier zeigt sich kein Mensch an Bord.» Er ließ seinen Blick über die heruntergekommene Einrichtung schweifen. «Die nächste Fahrt endet wahrscheinlich beim Abwracker.»

Wie recht er mit seiner Vermutung hatte, erfuhr er zwei Stunden später im Sitzungsraum des Polizeipräsidiums. Ein Beamter aus Polizeioberrat Kindlers Stab berichtete, dass die Anlegestellen im Bereich des Washintonplatzes derzeit als Warteraum für alte Kähne genutzt wurden, die fürs Abwracken bestimmt waren.

«Alles in allem eine Aktion, die mit großem Aufwand und Präzision durchgeführt wurde», fasste Kindler zusammen. «Vermutlich von der Stasi in Zusammenarbeit mit dem KGB.»

«Aufwand und Präzision», wiederholte Zaunert und leerte seine Kaffeetasse. «Das kann man leider von unserer Seite nicht behaupten, von irgendeiner Zusammenarbeit ganz zu schweigen. Kollege Wesler liegt schwer verletzt im Krankenhaus, Gerber hat sich überaus leichtsinnig in die Hände der Gegenseite begeben. Finden Sie nicht, dass sich das BKA angesichts dieser Entwicklung aus der Affäre John heraushalten sollte, Herr Sattler?»

«Nein.» Sattler hatte mit diesem vorhersehbaren Manöver Zaunerts gerechnet und befolgte die vor einer halben Stunde erhaltene telefonische Anweisung, die ihm Dr. Ernst Brückner, der Leiter der Sicherungsgruppe Bonn, erteilt hatte, die Angelegenheit herunterzuspielen. «Auch wenn die bisherigen Aktionen nicht so erfolgreich verlaufen sind, bleibt die Zuständigkeit der Sicherungsgruppe unberührt.»

«Gruppe?» Zaunert ließ seinen Blick demonstrativ durch den Raum schweifen. «Wenn Sie sich hier mal genau umsehen, werden Sie feststellen, dass Sie allein sind.»

«Mir wurde bereits telefonisch Verstärkung avisiert. Sie wird morgen in Berlin eintreffen.»

«Noch mehr geballte Inkompetenz?» Als Sattler protestieren wollte, sprach Zaunert mit lauterer Stimme einfach weiter. «Was Sie und Gerber heute Nacht am Lehrter Bahnhof veranstaltet haben, war im höchsten Maß unprofessionell, ja, unverantwortlich. Jeder mit einigermaßen gesundem Menschenverstand hätte die Falle schon einen Kilometer gegen den Wind gerochen!»

«Das war uns bewusst. Wir haben uns die Örtlichkeit vorher genau angesehen.»

«Und sind doch in die Falle getappt.»

«Wir mussten das Risiko eingehen, um die Gegenseite nicht zu verschrecken. Die Gelegenheit, Kontakt zu Fräulein Herden aufzunehmen, durften wir nicht aufs Spiel setzen.»

Auch Sattler griff nach seiner Kaffeetasse und nahm einen kräftigen Schluck. Er konnte nicht mal annähernd sagen, wie viel von dem schwarzen Gebräu er heute schon getrunken hatte. Oder gestern, das zum Heute geworden war. Mitternacht lag ein paar Stunden zurück, und Gerber sollte mit seiner Befürchtung leider recht behalten: Dies wurde die zweite schlaflose Nacht in Folge.

Er spürte seine Erschöpfung, ungeachtet der inneren Anspannung und der Vorwürfe, die er sich selbst machte. Zaunert hatte mit vielem recht, mit dem meisten sogar, aber das durfte er nicht zugeben. Damit hätte er dem Versuch der Org, der Sicherungsgruppe die Zuständigkeit zu entziehen, nur in die Hände gespielt.

«Vielleicht ist Ihr Kollege Gerber jetzt ganz froh, bei seiner Freundin zu sein», eröffnete Zaunert die nächste Runde der Auseinandersetzung.

«Was wollen Sie nun schon wieder andeuten, Zaunert?»

«Vielleicht war es gar keine Entführung. Vielleicht sollte es nur so aussehen, damit Gerber sich zu Fräulein Herden gesellen kann, ohne als Verräter dazustehen.»

«Vielleicht, vielleicht, vielleicht.» Sattler schüttelte den Kopf, in dem sich die Gedanken überschlugen. «Die letzten beiden Nächte waren sehr anstrengend für mich, und Ihre ständigen Tiraden tragen nicht dazu bei, mich aufzumuntern. Haben Sie nichts anderes zu bieten als Mutmaßungen und Verdächtigungen?»

Zaunert warf sich in die Brust. «Immerhin hat sich eine meiner sogenannten Mutmaßungen durch den Vorfall am Lehrter Bahnhof als begründet herausgestellt. Dass Fräulein Herden mit dem Osten zusammenarbeitet, das werden Sie nicht länger bestreiten. Mehr noch, Sie selbst sind der Zeuge dafür, dass diese Frau Ihren Kollegen in die Falle gelockt hat. Das haben Sie doch mit eigenen Augen gesehen, oder?»

Sattler hätte gern widersprochen, aber das konnte er nicht.

--

Der dunkle Nachthimmel wich bereits einem zarten Rosa, als Sattler den DKW in eine der seltenen Parklücken am Nollendorfplatz manövrierte. Eigentlich hätte er zum Hotel fahren und sich ein paar Stunden Schlaf gönnen sollen, aber hätte er den gefunden? Trotz aller Erschöpfung zermarterte er sich das Gehirn, wie er Gerber helfen konnte. Den Gedanken, zur Untätigkeit verdammt zu sein, konnte er nicht ertragen.

Er stieg aus dem Wagen und hoffte, dass die frische Luft und eine weitere Chesterfield ihn ein wenig aufmöbelten. Es war der letzte Glimmstängel in der Packung, die er zusammenknüllte und in den Rinnstein warf. An einem Kiosk, der noch immer oder schon wieder geöffnet hatte, erstand er eine neue Packung und steckte sie in die Manteltasche.

«Vielleicht wird's Wetter heute besser», nuschelte der Verkäufer, der an einer Hand nur noch zwei Finger hatte, wohl nur, um irgendetwas zu sagen.

Sattler hob den Kopf und bemerkte jetzt erst, dass es nicht

länger regnete. In der quälend langen Zeit, die er im Polizeipräsidium verbracht hatte, schien sich der Himmel ausgeweint zu haben. Die Sitzung war letztlich ergebnislos verlaufen, wenn man davon absah, dass er alle Versuche Zaunerts, die Sicherungsgruppe aus dem Fall John zu drängen, abgewehrt hatte. Der diesbezügliche Ehrgeiz des für Berlin zuständigen Mannes von der Org war höchst befremdlich. Lag dem eine persönliche Antipathie gegen Gerber und wohl auch gegen Sattler zugrunde? Oder entsprangen diese Versuche dem Wunsch Reinhard Gehlens, seine Organisation zum führenden und am besten auch einzigen Nachrichtendienst der Bundesrepublik zu machen?

Was hatte Zaunert noch am Ende der Sitzung gesagt: «Ich habe mit General Gehlen telefoniert, der mich dringend bittet, in Berlin die Zügel in die Hand zu nehmen und sie vor allen Dingen fester zu halten, als es die Verantwortlichen bisher getan haben.»

Fast hätte Sattler ihm gesagt, wohin er sich seinen «General» stecken konnte.

Mit schnellen Schritten, um nicht unter die Räder zu kommen, überquerte er die Fahrbahn. Die Haustür war unverschlossen, und er ging hinauf in den dritten Stock. Er presste den Daumen auf die Klingel und ließ ihn einfach dort, bis er endlich Schritte hörte und eine krächzende Stimme.

«Was ist bloß los, herrje? Wer ist da?»

«Oberkommissar Sattler. Lassen Sie mich rein, Lüttke!»

«Aber wieso? Es ist fast noch Nacht. Ich weiß nicht …»

«Lassen Sie mich rein!», wiederholte Sattler in einer Lautstärke, die das ganze Haus aufzuwecken drohte.

«Sie können nicht einfach so in meine Wohnung kommen!»

Das sollte wohl harsch klingen, aber es wirkte eher weinerlich und ängstlich.

«Soll ich es mal versuchen?», raunzte Sattler und ließ seine Schulter gegen die Tür krachen. Er war so geladen, dass er nicht mal den Schmerz spürte.

«Ist ja gut, ist ja gut. Ich mache schon auf.»

Der Schlüssel wurde von innen zweimal herumgedreht. Bevor Fritz Lüttke die Tür aufziehen konnte, hatte sich Sattler schon mit Gewalt dagegengeworfen. Der Reporter wurde durch den kleinen Flur geschleudert, riss den Garderobenständer um und fiel zu Boden. Er trug einen Pyjama mit breiten Streifen, der mindestens eine Nummer zu groß wirkte. Sattler stieß die Tür hinter sich zu und baute sich breitbeinig vor dem anderen auf.

«So, Lüttke, jetzt reden wir mal Tacheles!»

Der kleine Mann lag auf der rechten Seite und schaute furchtsam zu seinem Besucher auf. In dem übergroßen Pyjama wirkte er wie ein verängstigtes Kind.

«Sie dürfen mir nichts tun», jammerte er. «Sie sind Polizist!»

Sattler zwinkerte ihm zu. «Darüber wollen wir beide mal großzügig hinwegsehen, nicht?»

Er beugte sich hinab, packte Lüttke an den Oberarmen und zog ihn hoch. Auf seine nackten Füße gestellt, wäre der Mann fast wieder umgefallen, hätte Sattler ihn nicht mit dem Rücken gegen die Wand gedrückt.

Mit einer väterlichen Geste tätschelte Sattler die Wange des Mannes, ebenso unrasiert und borstig wie seine eigene. «Jetzt mal raus mit der Sprache! Ich will alles über Walter Dorst wissen. Sie erinnern sich doch, der Franzose.»

Sattler hatte keinen Beweis dafür, dass Dorst hinter Gerbers Entführung steckte, aber der Verdacht lag nahe.

«Ich habe Ihnen doch schon alles über den Franzosen erzählt», beklagte sich der Reporter. «Ihnen und Ihrem Kollegen. Warum ist er nicht bei Ihnen?»

Klatsch! Sattler versetzte Lüttke eine kräftige Ohrfeige, und dessen Kopf flog zur Seite.

«Mein Kollege, für Sie übrigens Hauptkommissar Gerber, ist nicht hier, weil Ihr Freund Dorst und seine Leute ihn in der Nacht verschleppt haben. In den Osten, nehme ich an. Er ist in die Falle getappt, die Sie selbst gestellt haben, erinnern Sie sich?»

«Fräulein Herden hat mich wirklich angerufen. Ich habe Ihnen nur erzählt, was sie gesagt hat.»

Vermutlich stimmte das mit dem Anruf sogar. Aber war Lüttke ein bloßer Informant, oder spielte er die Rolle eines Doppelagenten? Im Augenblick jedenfalls war er die einzige konkrete Spur.

«Stecken Eva Herden und der Franzose unter einer Decke?»

Lüttke schluckte heftig, seine Augen huschten hin und her. Er schien verzweifelt nach einem Ausweg zu suchen, aber gegen den ungleich größeren und kräftigeren BKA-Mann hatte er keine Chance.

«Das weiß ich nicht!», rief Lüttke mit schriller, sich fast überschlagender Stimme. «Wenn sich die Herden und der Franzose kennen, dann weiß ich davon nichts.»

Klatsch!

«Gestalten wie Sie wissen immer etwas. Davon lebt Ihre Branche doch!»

«Vielleicht sind», krächzte Lüttke und brach in einen Hustenanfall aus, bevor er neu ansetzte, «vielleicht sind sie sich begegnet, die Herden und er, in dieser Nacht …»

«In welcher Nacht?»

«Als Jo Ansbach ermordet wurde.»

«Wie kommen Sie darauf?»

«Ich habe ihn gesehen, den Franzosen, ein paar Minuten vor dem Mord. Ich bin um das Gebäude mit dem Lokal herumgeschlichen, und auf dem Hof, da machte sich der Franzose an der Hintertür zu schaffen.»

«Haben Sie ein Foto davon?»

«Nein, das ging nicht, dadurch hätte ich mich verraten.»

«Weiter!», drängte Sattler.

«Er verschwand im Haus. Ich bin dann zurück auf die Straße und konnte beobachten, wie Fräulein Herden den Strammen Otto betrat.»

«Also war der Franzose im Lokal, als der Mord geschah», sagte Sattler mehr zu sich selbst. «Und Sie kamen zu dem Schluss, dass er sich für Ihre Fotos aus jener Nacht interessieren könnte. Deshalb haben Sie ihn kontaktiert und ihm den Film angeboten, richtig?»

Lüttke schluckte wieder und nickte. «Ja, so war es. Eigentlich wollte ich einen Tausender für den Film haben. Übrigens, Ihr Kollege schuldet mir noch 250 Mark.»

Der Reporter zuckte zusammen, als sich Sattlers Hand erneut seinem Gesicht näherte, aber diesmal beließ es Sattler wieder bei einem Tätscheln. «Seien Sie bloß nicht zu gierig, Lüttke.»

// KAPITEL 19 //

Ihm war kalt und schlecht, und er lag auf etwas Hartem. Er atmete tief ein, um die Übelkeit zu vertreiben, und stellte dabei fest, dass die Luft feucht und abgestanden war. Blinzelnd öffnete er die Augen und blickte in ein kaltes, flackerndes Licht. Eine nackte Glühbirne, die von der Decke herabhing. Er drehte den Kopf, was ihn mit noch stärkerer Übelkeit überschwemmte.

Neben seiner Lagerstätte erspähte er einen Kübel, einen großen Bleicheimer mit einem Deckel. Er schob seinen steifen Körper von der Holzpritsche, kniete sich vor den Kübel und riss den Deckel herunter, der mit einem lauten Scheppern auf den Boden fiel. Der Gestank, der ihm aus dem Kübel entgegenschlug, war noch schlimmer als die muffige Luft in der Zelle. Er erbrach sich in den Eimer, wenn auch nicht viel aus ihm herauskam, griff nach dem Deckel und setzte ihn schnell wieder auf das stinkende Behältnis, neben dem ein kleiner Stapel grob zurechtgeschnittenen Zeitungspapiers lag.

Erschöpft lehnte er sich mit dem Rücken gegen die mit Schimmelflecken übersäte Wand und sah sich um. Die einzigen Einrichtungsgegenstände in der Zelle waren die Holzpritsche und der Unratkübel. Kein Stuhl, kein Bett, keine Waschgelegenheit, nicht einmal eine Decke auf der Pritsche. Sie hatten ihm Mantel und Jackett abgenommen, den Gürtel und die Schnürsenkel. Auch seine Armbanduhr fehlte. Nur ein Taschentuch fand er in einer Hosentasche.

Schritte näherten sich und verstummten vor der schweren Eisentür. Ein Schlüssel wurde in der Tür herumgedreht, ein Riegel weggeschoben. Die Tür wurde mit einem schweren Schaben geöffnet, und er sah sich zwei Bewaffneten gegenüber. Sie trugen ostdeutsche Uniformen, und einer hielt den Karabiner auf ihn gerichtet.

«Wo bin ich?», fragte er mit rauer Stimme. «Mit welchem Recht halten Sie mich hier fest?»

Die beiden Wachmänner wechselten einen Blick miteinander, dann schob einer von ihnen die Tür wieder zu. Das Geräusch des Riegels und eines Schlüssels, und Philipp Gerber war wieder eingesperrt. Offenbar hatten sie sich nur vergewissern wollen, in was für einem Zustand er war. Es herrschte Ruhe, nein, nicht ganz. Ein ständiges Rauschen drang an seine Ohren. Es musste irgendeine Art von Belüftung geben.

Gerber rief sich die Ereignisse der Nacht ins Bewusstsein. Zum Glück hatte Sattler nicht eingegriffen, sonst hätten sie ihn auch einkassiert.

Gerber dachte daran, wie sie ihn auf die Ladefläche des Lastwagens geschoben hatten und einer der Männer eine Spritze hervorgeholt hatte. Er fühlte wieder den Einstich im linken Oberarm und die Woge der Übelkeit, die ihn überkommen hatte. Das Bild vor seinen Augen war immer stärker verschwommen, und danach erinnerte er sich an nichts mehr.

Er wusste nicht, wie viel Zeit seitdem vergangen war. Der fensterlose Raum gab ihm keinerlei Hinweis.

Und so blieb es auch. Die Birne leuchtete unentwegt und brach hin und wieder in ein unstetes Flackern aus. Trotz allem schaffte Gerber es, auf der harten Pritsche etwas Schlaf nachzuholen.

Seine Wärter brachten ihm brackiges Wasser und ab und an etwas zu essen, eine dünne Suppe oder hartes Brot mit ranziger Wurst. Er sah sich das alles lieber nicht so genau an, sondern aß es einfach, um bei Kräften zu bleiben. Einer der Wärter hielt stets den schussbereiten Karabiner auf ihn gerichtet, während der andere das Essen brachte oder abholte. Sooft er sie auch ansprach, sie antworteten mit keiner Silbe. In ihren unbewegten Gesichtern konnte er nicht erkennen, was sie dachten oder fühlten.

Für die Verrichtung seiner Notdurft blieb ihm nur der Blechkübel. Es dauerte lange, bis der Kübel zum Leeren abgeholt wurde. Als sie ihn wiederbrachten, stank er noch immer bestialisch. Wahrscheinlich roch Gerber selbst nicht viel besser.

Nach unzähligen Stunden – oder Tagen – sprach einer der Wärter endlich. Er sagte nur ein Wort: «Mitkommen!»

Sie legten ihm Handschellen an und führten ihn durch einen Gang mit vielen weiteren Eisentüren, die sämtlich geschlossen waren. Der Gedanke an Flucht erstarb so schnell wieder, wie er beim Verlassen seiner Zelle aufgekommen war. Der Mann mit dem Karabiner war stets in seinem Rücken. Außerdem hätte er nicht gewusst, wie und wohin er entkommen sollte.

Er hatte erwartet, zu einem Verhör geführt zu werden, zu jemandem, der hier etwas zu sagen hatte. Doch die unbestimmte Hoffnung, durch ein klärendes Gespräch aus seinem Kerker zu kommen, zerschlug sich bald. Der kurze Weg endete in einem primitiven Raum mit mehreren Duschen.

«Ausziehen!», sagte einer der Wächter. «Fünf Minuten.»

Gerber musste seine Kleider auf den Boden legen, weil es keinen Hocker oder irgendeine andere Ablage gab. Kaum war er unter eine der Brausen getreten, drehte ein Wärter an einem

Ventil, und eiskaltes Wasser prasselte auf ihn herab. Er hatte keine Seife und versuchte, so sauber wie möglich zu werden. Er legte den Kopf in den Nacken, gurgelte mit dem Wasser und putzte sich mit dem Zeigefinger die Zähne.

Viel zu schnell versiegte das Wasser wieder, und Gerber sah sich vergebens nach einem Handtuch um.

«Anziehen!», brummte einer der Wächter. «Los, los!»

Gerber ging zu seinen Kleidern und trocknete sich mit dem Taschentuch aus seiner Hosentasche so gut ab, wie es eben ging. Das nasse Taschentuch steckte er wieder ein. Jeder Besitz war hier wertvoll.

Klamm am ganzen Körper wurde er zurück in seine Zelle geführt und wieder eingeschlossen. Jetzt spürte er die Kälte noch mehr und rollte sich auf der Pritsche zusammen. Er schloss die Augen und dachte an Eva, obwohl sie ihn verraten hatte. Er stellte sich vor, dass sie ganz nah bei ihm lag.

--

«Mitkommen!»

Gerber hatte von Eva geträumt. Von den schönen Traumbildern blieb nur die Erinnerung an die Frau, die ihn verraten hatte. Die er im Fond der Limousine gesehen hatte, in den Armen eines Fremden.

Wieder Handschellen, und wieder hallten die Schritte der drei Männer durch den Gang, aber diesmal brachten sie ihn in einen anderen Trakt. Auch hier sah er die immer gleichen Metalltüren, aber alles wirkte neuer und sauberer als der Trakt mit seiner Zelle. Die Türen waren nicht verriegelt, es gab Klinken. Und es gab Tageslicht, das durch quadratische Fenster in der Decke auf den Gang fiel. Sie hielten auf einen Quergang zu, dessen Wände im Gegensatz zum schmutzigen Weiß auf diesem Gang in einem hellen Grün gestrichen waren. Darin ein Symbol der Hoffnung zu sehen, war sicher übertrieben, aber das schlichte Grün war das erste irgendwie Freundliche, das Gerber seit Beginn seiner Gefangenschaft sah.

Eine Tür wurde geöffnet, die nicht anders aussah als die anderen, und Gerber trat ein. Auch hier gab es Tageslicht, aber keine richtigen Fenster, nur schmale Schlitze dicht unter der Decke. Zu schmal für einen Gefangenen, um zu fliehen. Ganz abgesehen davon, dass die Dinger keine Vorrichtung zum Öffnen hatten. Glasbausteine, vermutete Gerber. Die Luft war hier deutlich besser als in seiner Zelle, und er entdeckte die Öffnungen einer Belüftungsanlage zwischen den Glasbausteinen.

«Setzen!», raunzte einer der Wärter und nahm ihm die Handschellen ab.

In der Mitte des Raums stand ein großer Tisch mit mehreren Stühlen, und Gerber setzte sich. Die Wärter stellten sich links und rechts der Tür auf.

Dann geschah lange Zeit nichts. Gerber saß einfach nur da und schwieg. Er genoss die bessere Luft und lauschte auf Schritte, die ab und zu auf dem Gang ertönten und dann wieder verklangen. Die bloße Anwesenheit in diesem Verhörraum – nichts anderes war es – bedeutete eine willkommene Abwechslung zu seiner Zelle.

Erneut hörte er Schritte, und die Tür öffnete sich. Zwei Personen traten ein, ein Mann und eine Frau. Ungalanterweise ließ der Mann seiner Begleiterin nicht den Vortritt und überließ es auch ihr, die Tür zu schließen.

Der Mann war in den Fünfzigern, groß und drahtig, mit militärisch kurz geschnittenem Haar. Das war bereits ergraut und passte farblich zu seinem schlichten Anzug, den ein weißes Hemd und eine dunkelblaue Krawatte ergänzten. Bei seinem Anblick wurde Gerber bewusst, wie heruntergekommen er selbst aussah. Unrasiert, die Kleidung schmutzig, das Hemd zerknittert und verschwitzt.

Im Gegensatz zu dem Mann trug die Frau Uniform, keine ostdeutsche, sondern die der sowjetischen Streitkräfte mit den Schulterklappen eines Leutnants. Sie strich ihren Rock glatt, bevor sie sich neben den Mann setzte. Beide saßen Gerber gegenüber, schenkten ihm aber nicht die geringste Aufmerksamkeit. Der Mann blätterte in den Unterlagen, die er seiner Aktentasche entnahm, und die Frau schaltete ein Tonbandgerät ein, um die Vernehmung aufzuzeichnen.

Gerber schätzte sie auf Mitte bis Ende dreißig. Ihr kastanienbraunes Haar, das der Farbe ihrer Augen entsprach, hatte sie zu einem Knoten zusammengebunden.

Der Mann sah ihn kurz an, blickte dann zu der Frau an seiner Seite und sagte etwas zu ihr. Er sprach Russisch, das erkannte Gerber gerade noch, aber mit Ausnahme der geläufigsten Brocken war ihm die Sprache fremd.

KGB, schoss es Gerber durch den Kopf. Er war tatsächlich in den Händen des sowjetischen Geheimdienstes gelandet. Danke, Eva!

In ihm war bereits eine grobe Ahnung aufgestiegen, wo er sich befinden mochte. Im U-Boot, der zentralen Untersuchungshaftanstalt des NKWD, wie der sowjetische Geheimdienst bis vor Kurzem geheißen hatte. Die Sowjets hatten sie kurz nach dem Krieg gebaut und später an die Stasi abgegeben.

Aber hinter den Kulissen zogen noch immer die Sowjets die Fäden, so wie überall in Ostdeutschland.

Die Frau hörte ihrem Begleiter genau zu und sah dann endlich den Gefangenen an. «Der Oberst will von Ihnen wissen, warum Sie sich als Saboteur gegen die Interessen der Deutschen Demokratischen Republik und der Union der Sozialistischen Sowjetrepubliken betätigt haben.» Ein leichter gutturaler Akzent schwang in ihrer Stimme mit, ansonsten war ihr Deutsch perfekt.

«Wer will das wissen?» Gerber fand das Sprechen ein wenig anstrengend, und sein Hals war rau.

Die Frau wirkte irritiert. «Der Oberst, das sagte ich schon.»

«Hat er auch einen Namen?»

Zum ersten Mal lächelte sie, wenn es auch gezwungen wirkte. «Sie sprechen mit mir. Sagen Sie einfach Katya zu mir. Katya mit Ypsilon, aber das merken Sie beim Sprechen ja nicht.»

«Leutnant Katya, hm?»

«Katya genügt voll und ganz, Herr Gerber.»

Der Oberst sprach wieder auf Russisch, schnell und abgehackt, und Katya übersetzte es: «Wer hat Sie zu Ihrer Sabotagetätigkeit angestiftet?»

«Niemand. Ich bin kein Saboteur.»

«Das stimmt nicht», versetzte Katya hart. «Alle Agenten des amerikanischen Militärgeheimdienstes werden für Sabotageeinsätze ausgebildet.»

«Ich bin kein amerikanischer Agent. Ich bin Hauptkommissar beim Bundeskriminalamt.»

«Davor waren Sie beim amerikanischen CIC», entgegnete Katya. «Mitten in der Nacht haben Sie sich in der Nähe der

Sektorengrenze herumgetrieben, um einen Anschlag auf den Demokratischen Sektor von Berlin vorzubereiten.»

«Ich weiß nur, dass ich mich auf dem Washingtonplatz zu einem privaten Treffen verabredet hatte, und der liegt immer noch im britischen Sektor.»

«Unsere Sicherheitskräfte haben Sie bei dem Versuch aufgegriffen, auf illegale Weise in den Demokratischen Sektor einzudringen.»

«Blödsinn!», ereiferte er sich. «Ihre Schlägertrupps haben mich in Ihren angeblich so Demokratischen Sektor entführt, das ist die Wahrheit. Das wissen Sie genau.»

«Ihre imperialistischen Lügen werden Ihnen hier nicht weiterhelfen», sagte Katya mit einer Miene, die wohl so etwas wie Mitgefühl oder Bedauern ausdrücken sollte. «Wenn Sie hier wieder herauskommen wollen, müssen Sie Ihre wahren Pläne offenlegen.»

Gerber blickte von ihr zum Oberst und dann wieder zu Katya. Sie hatte eine ganze Weile mit ihm geredet, ohne ihrem Begleiter auch nur ein einziges Wort zu übersetzen.

«Wirklich bewundernswert», murmelte Gerber mit einem leichten Kopfschütteln. «Sehr erstaunlich.»

«Was?», schnappte Katya.

«Dass Ihr sowjetischer Oberst Sie versteht, ohne dass Sie ihm ein Wort übersetzen. Und dass Sie mich verhören, obwohl er Ihnen kaum eine Frage vorgibt. Der KGB arbeitet wohl schon mit Telepathie.»

Der steif und still auf seinem Stuhl sitzende Oberst brach unvermittelt in einen Lachanfall aus, der so gar nicht zu seiner bislang zurückhaltenden Art passen wollte.

«Das war guter Witz, Herr Gerber, wirklich gut», sagte er

in gebrochenem Deutsch. «Humor immer gut, besonders in Scheißlage, wie Sie sind.» Er nestelte eine Zigarettenpackung hervor und hielt sie über den Tisch. «Sie mögen russisch Papirossy? Aber Vorsicht, ist mit starkem Tabak, Machorka.»

«Der Bauerntabak?» Gerber zog eine Zigarette aus der angebrochenen Packung. «In einer Scheißlage wie meiner rauche ich alles.»

«Der Witz auch gut.» Der noch immer lachende Offizier holte ein Feuerzeug hervor und zündete erst Gerber und dann sich selbst eine Papirossa an, bevor er einen Aschenbecher in die Tischmitte schob. «Sind ein sehr witziger Mann. Schade, dass bald auch ein toter Mann.»

Beide Männer rauchten, und der grobe Machorka-Tabak war wirklich gewöhnungsbedürftig. Aber es war die erste Zigarette seit Langem, und der Geschmack war eine willkommene Abwechslung zu dem faden Essen, dem brackigen Wasser und dem gelegentlichen Kaffee, der auch nicht viel anders schmeckte als das Wasser. Der Oberst legte die Zigaretten und das Feuerzeug vor sich auf den Tisch.

«Wären Sie jetzt so freundlich, mir Ihren Namen zu verraten, Herr Oberst?»

«Name ist Schall und Rauch, umnebelnd Himmelsglut.» Der Oberst grinste ihn an. «Euer Goethe sagt so. Guter Dichter, Goethe. Mag ihn sehr, besonders Gang zum Schafott in *Maria Stuart.*»

«Schiller», sagte Gerber zwischen zwei Zügen. «*Maria Stuart* ist von Schiller.»

«Egal. Schafott immer ist gutes Ende.» Der Oberst zog ein doppelseitig beschriebenes Blatt aus den Papieren vor sich und schob es Gerber zu. «Unterschreiben!»

«Was ist das?», fragte Gerber und griff nach dem Blatt.

«Geständnis, Sie sind Saboteur im Auftrag Amerikas.»

Gerber schob das Blatt wieder seinem Gegenüber zu. «Das unterschreibe ich nicht, niemals.»

Der Oberst zuckte mit den Schultern. «Dann das ist letzte Papirossa. Schafott immer ist gutes Ende.»

// KAPITEL 20 //

Sie brachten ihn zurück in seine Zelle, und die Zeit zerfloss immer mehr zu einem zähen Brei ohne jedes Maß. Er konnte sich nicht nach den Mahlzeiten richten, falls man das gelegentliche Essen so bezeichnen wollte. Mal gab es zweimal Kaffee und Brot hintereinander, dann wieder nur Suppe, Suppe, Suppe. Feste Zeiten gab es offenbar nicht, oder er hatte jegliches Gefühl dafür verloren. Zeit war ohne Bedeutung geworden in der Enge der vier schimmeligen Wände, aus denen seine Welt bestand. Manchmal sprach er zu sich selbst, um nicht aus der Übung zu kommen, aber irgendwann fiel ihm nichts mehr ein. Er fühlte sich einfach erschöpft. Noch einmal wurde er zum Duschen gebracht, und es lief genauso ab wie beim ersten Mal. War das die Vorbereitung auf das nächste Verhör?

Irgendwann wurde er wieder aus der Zelle geholt. Tatsächlich zum Verhör oder zum Schafott?

Er wurde erneut in den anderen Trakt geführt und in den Gang mit den grünen Wänden. Es schien sogar derselbe Raum zu sein, aber er konnte es nicht mit Sicherheit sagen. Gleichförmigkeit und Eintönigkeit gehörten hier zum Konzept. Es sah alles so aus wie bei seinem ersten Verhör, und auch ein Tonbandgerät mit angeschlossenem Mikrofon stand wieder auf dem Tisch. Er setzte sich auf Anweisung der Wärter an den Tisch und wartete.

Diesmal kamen nicht der namenlose Oberst und Leutnant

Katya, sondern ein breitschultriger Mittvierziger mit sorgfältig gescheiteltem Haar, der einen dunklen Anzug und eine dunkle Krawatte trug. Gerber war auf vieles gefasst gewesen, aber beim Anblick des Mannes, der ihm mit einem freundlichen Lächeln im Gesicht zunickte und eine schwere Aktentasche auf den Tisch stellte, blieb ihm fast die Spucke weg.

«Otto John!»

«Guten Tag, Herr Gerber», grüßte John und reichte ihm über den Tisch hinweg die Hand. «Ihre Stimme klingt aber gar nicht gut, Sie müssen mehr trinken.»

Fast gegen seinen Willen schlich sich ein Grinsen auf Gerbers Gesicht. «Der Zimmerservice ist eine Katastrophe. Ich werde hier nicht wieder buchen.»

«Oh, ich verstehe.» John blickte zu den beiden Wachen an der Tür. «Bringen Sie uns mal was Trinkbares, eine Karaffe Wasser. Nein, besser zwei Flaschen Bier.»

«Wir haben Befehl, den Gefangenen nicht aus den Augen zu lassen», antwortete ein Wärter.

«Für zwei Flaschen Bier reicht ein Mann völlig aus», sagte John.

«Es ist nicht unsere Aufgabe, den Gefangenen zu bedienen.»

Johns Ton blieb höflich. «Dann haben Sie vielleicht die Freundlichkeit, mich zu bedienen. Also bringen Sie mir bitte zwei Flaschen Bier.»

«Selbstverständlich», sagte der Wärter und hätte fast vor John salutiert, bis ihm wohl einfiel, dass der Mann im Anzug keinen militärischen Rang bekleidete.

Der Uniformierte verließ eilig den Raum, und sein Kamerad mit dem Karabiner blieb allein neben der Tür zurück.

«Sie haben wohl recht mit der falschen Buchung», sagte John, noch im Stehen, zu Gerber und öffnete die Aktentasche, um den Inhalt auf den Tisch zu packen: Unterwäsche, Socken, ein Handtuch, ein Stück Seife, ein Kamm, eine Zahnbürste und eine Tube Chlorodent-Zahnpasta. «Da haben Sie erst einmal das Nötigste, Herr Gerber. Gern hätte ich Ihnen auch Rasierzeug mitgebracht, aber aus Sicherheitsgründen ging das nicht. Ihr Bart wuchert ja ganz schön, damit sehen Sie aus wie ein U-Boot-Fahrer.» Er blickte auf zu dem verbliebenen Wachmann und sagte: «Dass mir Herr Gerber die Sachen auch behalten darf! Sie bürgen mir dafür.»

«Jawohl.» Die Antwort kam zögernd, und der Uniformierte fühlte sich sichtlich unwohl in seiner Haut. Offenbar wusste er nicht, was er von der Situation zu halten hatte.

Gerber konnte ihm das nachfühlen. So lange hatte er nach John gesucht, und jetzt spazierte er in diesen Raum wie ein guter Onkel.

John zog eine Packung Lux und ein Feuerzeug hervor, um Gerber eine Zigarette anzubieten. «Ist eine mit Filter, kommt ja immer mehr in Mode. Ich hoffe, Sie mögen das.»

Als John sich setzte, durchzuckte Gerber ein Gedanke: U-Boot-Fahrer. Es war ein Hinweis auf den Ort, an dem sie sich befanden. Ein Hinweis, der Gerbers Verdacht bestätigte: Seine Zelle lag tatsächlich im U-Boot, dem Zellengefängnis, das der NKWD nach dem Krieg im unterirdischen Lager- und Kühlraum einer ehemaligen Großküche eingerichtet hatte. Das Eingesperrtsein ohne Tageslicht und das ständige Rauschen der Belüftungsanlage hatten für den Vergleich mit einem U-Boot gesorgt. Der Ort lag im Ost-Berliner Bezirk Weißensee und trug den Namen Hohenschönhausen. Bei seinem Einsatz während der Berlin-Blockade hatte Gerber davon erfahren.

Er rauchte die ungewohnte Filterzigarette und versuchte, die Situation einzuschätzen. Sosehr er auch darauf gewartet hatte, das Geheimnis um Otto Johns Sektorenübertritt zu ergründen, hier und jetzt würde ihm das kaum gelingen.

«Ich freue mich, Sie hier zu sehen, Herr Dr. John, und bin darüber gleichzeitig erstaunt», sagte Gerber vorsichtig in dem Versuch, einerseits nicht zu konkret zu werden, das Gespräch aber andererseits in die richtige Bahn zu lenken.

John wollte schon antworten, besann sich dann aber und schaltete erst das Tonbandgerät ein. Es wirkte so, als hätte man ihn dazu beauftragt.

Er stützte die Ellbogen auf die Tischplatte, die Lux zwischen den Fingern, und beugte sich zu Gerber vor. «Ich bin nicht glücklich darüber, Sie hier zu sehen, an diesem Ort. Man hat mich darum gebeten, mit Ihnen zu sprechen und Sie zur Kooperation zu bewegen, weil wir doch Kollegen sind, nicht? Zugegeben, im Gegensatz zu Ihnen bin ich freiwillig in den Demokratischen Sektor gegangen. Aber mit der Freiwilligkeit ist das doch immer so eine Sache, und was nicht ist, kann ja noch werden.»

Der zweite Wärter kam zurück, tatsächlich mit zwei Flaschen Bier und Gläsern. Mürrisch stellte er alles vor John auf den Tisch und zog sich wieder an seinen Platz neben der Tür zurück.

Während John die Gläser füllte, dachte Gerber über dessen letzte Sätze nach, die ihm reichlich verschwurbelt vorkamen. Hatte er wirklich betont, er sei freiwillig im Osten? Oder hatte er eigentlich das Gegenteil gesagt?

Gerber war sich fast sicher, dass John es so gemeint hatte. Der Mann ihm gegenüber, der äußerlich so locker wirkte, schien seinen Auftritt penibel geplant zu haben.

Sie stießen an und tranken, und Gerber genoss es, endlich etwas Flüssiges mit richtigem Geschmack zu sich zu nehmen.

Auf eine entsprechende Bemerkung von ihm sagte John: «Es freut mich, dass es Ihnen schmeckt, Herr Gerber. Aber trinken Sie in Maßen, wenn Sie es nicht mehr gewohnt sind. Es liegt mir fern, Sie gegen Ihren Willen zu betäuben, glauben Sie mir. Sonst tun Sie noch Dinge, die man Ihnen gar nicht zutraut.»

Auch hier hatte John vermutlich von sich selbst gesprochen. Hatte man ihn betäubt und dazu gebracht, etwas zu tun, was ihm niemand zugetraut hatte, nämlich in den Ostsektor zu gehen?

Der Rest des Gespräches bestand weitgehend aus Plattitüden über die DDR, die Sowjetunion und die Überlegenheit des Kommunismus. Gerber ließ alles über sich ergehen, kam so wenigstens in den Genuss mehrerer Zigaretten.

Schließlich zog auch John das Geständnis hervor, das Gerber bereits von dem Oberst vorgelegt worden war. «Sie sollten das wirklich unterschreiben, Herr Gerber!»

«Um mich selbst ans Messer zu liefern?»

John winkte ab. «Ach, Unsinn. Niemand will Ihnen etwas Böses. Es wäre lediglich ein Zeichen dafür, dass Sie die Fehler bereuen, die Sie in der Vergangenheit begangen haben. Ein Akt des guten Willens. Die DDR ist der richtige Ort für uns aufrechte Deutsche, um sich für den Frieden und die Verständigung der Völker einzusetzen. Von hier aus können wir ungehindert auf die westdeutsche Bevölkerung einwirken und sie der von Amerika gesteuerten Propaganda entziehen. Lassen Sie uns diese wichtige Aufgabe doch gemeinsam erledigen, Herr Gerber!»

«Ich habe Ihre Botschaft verstanden, Dr. John», sagte Gerber zweideutig. «Aber Ihren Weg kann ich nicht gehen. Ich bin kein Saboteur.»

«Schade, dass Sie so uneinsichtig sind.» John wies auf die Mitbringsel. «Ich hätte Ihnen den Aufenthalt hier gern mehr erleichtert als nur mit diesen Kleinigkeiten. Falls Sie es sich noch überlegen, Sie können mich jederzeit rufen lassen.»

John stand auf, schaltete das Tonbandgerät aus und griff nach seiner Tasche. Ein kurzer Händedruck, und er verließ den Vernehmungsraum. Als sich die Tür hinter dem meistgesuchten Mann Westdeutschlands schloss, war Gerber nicht sicher, ob er sich das alles nur eingebildet hatte.

// KAPITEL 21 //

Nach dem seltsamen Gespräch mit Otto John spielte sich Gerbers Leben wieder auf den wenigen Quadratmetern seiner Zelle ab. Wieder zerfaserte die Zeit, und er stellte sich die Frage, was ihn erwartete. Ein weiteres Treffen mit John oder mit dem Oberst? Oder das Schafott, von dem der Oberst gesprochen hatte? Oder würde er einfach in diesem Loch verrotten?

Als er erneut in den Duschraum geführt wurde, konnte er seine kleinen Schätze benutzen, und er konnte in aller Eile Socken und Unterwäsche waschen. Ihm war bewusst, dass dies ein Luxus war und dass in den anderen Zellen viele andere Inhaftierte saßen, die schlechter gestellt waren als er. Warum gönnte man ihm das? Und würde er bald wieder zu einer Vernehmung geführt werden?

Während er auf seiner Pritsche hockte und im Licht der Glühbirne auf die gewaschenen Sachen blickte, die er zum Trocknen auf das Fußende gelegt hatte, wurde die Zellentür tatsächlich geöffnet. Zwei Uniformierte, einer mit Karabiner, das kannte er schon. Ihre Gesichter wechselten, aber der teilnahmslose Ausdruck darin war immer gleich.

«Mitkommen!»

Natürlich, was sonst?

Erst auf dem Gang wurde ihm bewusst, dass sie ihm diesmal keine Handschellen angelegt hatten. Ein Versehen? Kaum, so etwas gab es hier nicht.

Diesmal ging es auch nicht in einen Verhörraum, sondern über eine Treppe in einen ganz anderen Trakt, der ihm unbekannt war, und in einen Raum, in dem es richtige Fenster gab, wenn auch vergittert. Er konnte draußen nicht viel sehen außer Mauern und einem Zaun, und es wurde bereits dunkel.

Immerhin, er befand sich nicht mehr unter der Erde, er hatte das U-Boot verlassen!

An einem Tresen stellte ein Uniformierter mit rundlichem Gesicht einen schmucklosen Holzkasten vor ihm ab.

«Name?»

«Gerber», sagte er mühsam, weil er schon länger nicht mehr gesprochen hatte. «Philipp Gerber.»

«Nehmen Sie Ihre Sachen und prüfen Sie, ob alles vorhanden ist!»

Der Holzkasten enthielt tatsächlich seine Habseligkeiten, und sogar die A-11, die er für immer verloren geglaubt hatte, war dabei. Er steckte alles in seine Hosentaschen, legte die Armbanduhr um und seinen Gürtel und zog die Schnürsenkel in die Schuhe ein. Langsam begann er, sich wieder wie ein Mensch zu fühlen.

Der Rundgesichtige legte Gerbers Jacke und Mantel über den Tresen. «Wenn Sie alles haben, sind wir hier fertig.»

Gerber schlüpfte in das Jackett und nahm den Trenchcoat über den Arm. Als er, begleitet von den beiden Wärtern, den Raum wieder verließ, wurde ihm bewusst, dass er die Herausgabe seiner Sachen nicht quittiert hatte. Weil er offiziell nie hier gewesen war? Oder wurde er nur verlegt?

Die Wärter führten ihn ins Freie, wo er unter dem bewölkten Himmel auf schmucklose Mauern von schmucklosen Gebäuden blickte. Fast augenblicklich sprang ein Motor an, und die

Scheinwerfer einer Limousine stachen durch die Abenddämmerung. Der Beifahrer, ein großer Mann im dunklen Anzug, stieg aus.

«Guten Abend, Herr Gerber», sagte Walter Dorst mit einem kalten Lächeln. «Ich freue mich, Sie wiederzusehen.» Dorst öffnete die Fondtür auf der Beifahrerseite. «Nehmen Sie doch Platz. Ich freue mich auf die Fahrt und auf die Gelegenheit, mich mit Ihnen zu unterhalten. Schließlich haben wir so viel gemeinsam.»

«Haben wir das?», knurrte Gerber, als er sich in den Fond setzte.

Dorst nahm wieder auf dem Beifahrersitz Platz, und auf sein Zeichen setzte der Fahrer, der eine abgewetzte Lederjacke trug, die Limousine in Bewegung.

«Aber natürlich. Wir sind beide Deutsche und haben in fremden Diensten gekämpft, Sie für die Amerikaner, ich für die Franzosen, wie Sie bestimmt bereits wissen.»

«Ja, das weiß ich.»

Gerber blieb kurz angebunden. Es war ihm zuwider, sich mit so jemandem gemein zu machen.

«Amerikaner und Franzosen, damit sind wir beide so etwas wie Verbündete», plauderte Dorst weiter, während die Wachen vor dem Wagen ein Tor öffneten. Der Mercedes rollte hinaus – in die Freiheit?

«Jetzt stehen Sie wohl im Sold der Kommunisten», sagte Gerber.

«Sie nicht?»

«Ich habe nichts unterschrieben und mich zu nichts verpflichtet.»

«Haben Sie nicht?» Dorst hatte sich zu ihm umgedreht und

nickte ihm über die Lehne des Beifahrersitzes anerkennend zu. «Mein Respekt! Ich habe schon längst festgestellt, dass wir aus demselben Holz geschnitzt sind.»

«Das will ich nicht hoffen. Ich bin kein Mörder.»

«Und was ist mit Heinz Labisch?» Dorst grinste ihn frech an. «Ich nehme an, solcherlei Dinge geschehen im Auftrag höherer Mächte, für eine gute Sache, was? Wissen Sie, als ich für Führer und Vaterland gekämpft habe, da habe ich an solche Sprüche noch geglaubt. Aber als alles in die Brüche ging, musste ich erkennen, dass jeder sich selbst der Nächste ist. Ja, klar, in Indochina gab es auch Zusammenhalt und Kameradschaft, aber auch da ist die Sache letztlich schiefgelaufen. Sie können mir glauben, ich war heilfroh, dass meine Dienstzeit in der Legion ablief, bevor im Blutkessel von Dien Bien Phu das große Abkratzen begann.»

«Sie sind nicht desertiert?», erwiderte Gerber spöttisch. «Da bin ich ja fast enttäuscht. Ich dachte, das gehört bei einem richtigen Legionär zum Lebenslauf dazu.»

«Sie kommen auch noch runter von Ihrem hohen Ross», knurrte Dorst und sah wieder nach vorn. «Übrigens könnten Ihnen ein paar Zielübungen guttun. Auf dem Lastkahn hat Ihre Kugel meinen rechten Oberarm kaum gestreift, es war nur der Hauch eines Kratzers.»

«Beim nächsten Mal gebe ich mir mehr Mühe.»

Gerber blickte aus dem Fenster und konnte nicht sagen, wo genau er sich befand. Ost-Berlin war groß, und sein Aufenthalt hier lag Jahre zurück. Bewohnte Gebäude wechselten sich mit Trümmergrundstücken ab, ganz so wie im Westen. Er blickte auf seine Uhr, aber die war längst stehen geblieben. Die Uhr im Mercedes zeigte halb zehn an. Er stellte die A-11 danach und zog sie auf. Blieb nur die Frage, welchen Tag sie hatten. Eins war sicher: Er würde Dorst nicht danach fragen.

Die Limousine hielt vor einem mehrstöckigen Gebäude mit etlichen beleuchteten Fenstern und einer teilweise defekten Leuchtreklame. Hotel Jährig. Der Name sagte ihm nichts. Aber die breite Straße mit neuen Hochhäusern, Baustellen und Trümmerhaufen war nach seiner Einschätzung die Stalinallee, die man als Prachtboulevard Ost-Berlins geplant hatte.

Nachdem der Fahrer mehrmals gehupt hatte, trat eine Frau im Sommermantel aus dem Hotel und blickte sich noch einmal zu dem Gebäude um. Dorst war ausgestiegen und hielt ihr die Wagentür auf. Sie setzte sich auf die Rückbank und nahm ihre kleine Reisetasche auf die Knie. Gerber rutschte ein Stück, damit sie mehr Platz hatte.

«Danke», sagte Eva leise und blickte ihn nur kurz an.

«Bedank dich nicht, ich stinke», sagte Gerber.

Wieder sah Eva ihn für einen Augenblick an, blieb aber stumm und sah wieder geradeaus.

Dorst wandte sich zu ihnen um. «Das ist ja nicht gerade ein wortreiches Wiedersehen. Die Stimmung ist wohl etwas gedrückt.»

Im Wagen herrschte für Minuten Stille, bis vor ihnen die Sektorengrenze auftauchte und der Fahrer das Tempo verlangsamte. Die Limousine blieb mit laufendem Motor stehen, und Dorst stieg aus.

«Sie verlassen jetzt den Demokratischen Sektor», sagte er zu Gerber und Eva. «Es macht Ihnen hoffentlich nichts aus, die letzten Meter zu Fuß zurückzulegen.»

Ohne etwas zu erwidern, stieg Gerber mit Eva aus, fasste sie am Arm und führte sie in Richtung Grenze. Die Scheinwerfer der Mercedes-Limousine blinkten dreimal kurz hintereinander auf, und die Vopos winkten die beiden Fußgänger durch. Die Uniformierten im Westen blickten ihnen neugierig entgegen. Sie trugen die Schirmmützen und das weiße Koppelzeug der britischen Militärpolizei.

Während Gerber aus den Augenwinkeln wahrnahm, wie Dorsts Auto ein Stück zurücksetzte und wendete, blieb er vor den britischen Posten stehen. «Kriminalhauptkommissar Gerber, Bundeskriminalamt. Können Sie mir eine schnelle Telefonverbindung zum Polizeipräsidium schalten?»

Die Militärpolizisten sahen ihn verwundert an, und sein bärtiges Gesicht wirkte wohl wenig vertrauenerweckend auf sie.

«Ich hatte länger keine Gelegenheit zur Rasur», meinte Gerber entschuldigend. «Ach ja, noch eine Frage: Welchen Tag haben wir heute?»

// KAPITEL 22 //

Sonntag, 8. August 1954

Neunzehn Tage nach Otto Johns Verschwinden

Lautes Klopfen an der Zimmertür. Erwin Sattler prallte zurück wie von einer unsichtbaren Hand gestoßen, als er die Tür seines Hotelzimmers öffnete und in Gerbers bärtiges Gesicht blickte. Noch größer wurde sein Erstaunen, als er Eva neben Gerber sah.

«Wir sind wieder da und wollen auf mein Zimmer, um uns ein wenig frisch zu machen.»

«Ah, ja», sagte Sattler nur und kratzte sich verwirrt am Hinterkopf. «Wir suchen euch tagelang verzweifelt, und ihr erscheint hier in trauter Zweisamkeit.»

«Ich wäre lieber in meine Pension gegangen», sagte Eva.

«Kommt nicht infrage, noch mal lasse ich dich nicht aus den Augen.» Gerber wandte sich wieder an seinen Freund und Kollegen. «In einer Stunde, also eine halbe Stunde vor Mitternacht, ist große Sitzung im Präsidium. Dann muss ich alles nur einmal erzählen. Buchst du derweil für Eva ein Zimmer hier im Hotel, auf Staatskosten?»

Sattler musste grinsen. «Das ist wohl so etwas wie eine Schutzhaft.»

«Richtig erfasst.»

«Gut. Vorher informiere ich die Kollegen Liepelt, Senft und Müller. Die sind alle hier im Haus. Bonn hat sie als Verstärkung geschickt, nachdem man Wesler angeschossen und dich verschleppt hat.»

«Wie geht es Wesler?»

«Er ist weiter auf dem Weg der Besserung», sagte Sattler zu Gerbers großer Erleichterung. «Aber es wird eine Weile dauern, bis er wieder dienstfähig ist. Seine Frau war für ein paar Tage hier und hat ihn besucht.»

«Sobald ich kann, besuche ich ihn auch. Die Kollegen sollen alle mitkommen ins Präsidium.»

Sattler schüttelte, noch immer ungläubig, den Kopf. «Mensch, Philipp, was bin ich gespannt auf deine Geschichte!»

«Später in der Sitzung. Dann muss ich es nur einmal erzählen. Schickst du einen der Männer zu Evas Pension, um ihre Sachen zu holen?»

Sattler machte sich auf den Weg, und Gerber ging mit Eva in Sattlers Zimmer. «Mach es dir bequem, bis ich diesen fürchterlichen Bart abrasiert und meine Kleidung gewechselt habe.»

«Ich bin dir wohl ein paar Erklärungen schuldig», meinte sie mit einer für sie ungewohnten Schüchternheit.

«Das sehe ich auch so, aber das hat Zeit bis zur Sitzung.»

Er ging ins Bad und dachte daran, dass sie seit ihrem Wiedersehen nur wenige Worte miteinander gewechselt hatten. Nachdem die Briten an der Sektorengrenze sich durch Telefonate mit ihrer Kommandantur und mit dem Polizeipräsidium davon überzeugt hatten, dass Gerber und Eva weder verrückt noch volltrunken waren, hatte man sie auf Gerbers Wunsch mit einem Jeep zum Hotel gefahren.

So froh er auch darüber war, dass es ihr augenscheinlich

gut ging, so fremd schien sie ihm doch geworden zu sein. Wie oft hatte er in seiner kleinen, kalten Zelle an sie gedacht, und jetzt war sie bei ihm, nur ein paar Schritte entfernt, und doch schien die Distanz zwischen ihnen größer als je zuvor. Unüberbrückbar groß?

Gerber hatte ihr nur in kurzen, sachlichen Worten erzählt, dass Berthold Neuenhahn tot war, ermordet von Labisch und Dorst. Sie hatte das noch nicht gewusst, nahm es aber gefasst auf. Das Verhältnis zwischen ihr und ihrem Chef war schon lange Vergangenheit.

«Es tut mir leid um Berthold», hatte sie leise gesagt. «Wir haben uns da alle auf etwas eingelassen, das viel zu groß für uns ist.»

Sattler klopfte an, kaum dass Gerber aus dem Bad gekommen war, und hatte den Schlüssel für Evas Zimmer in der Hand. «Die 212. Also gleich auf diesem Gang, wo wir alle wohnen. Müller ist zur Pension, den Koffer mit den Sachen holen.»

«Gut», sagte Gerber und streifte sein Jackett über. «Begleite Eva bitte auf ihr Zimmer. Ich suche mir eine Telefonzelle, um Dr. Brückner in Bonn auf den neuesten Stand zu bringen.»

Eva sah ihn fragend an. «Warum telefonierst du nicht vom Hotel aus?»

«Zu viel Ungeziefer», antwortete Gerber und verließ das Zimmer.

--

Das muntere Geschwätz im Sitzungssaal erstarb, als Gerber eintrat, Eva an seiner Seite, gefolgt von den übrigen BKA-Männern. Gerber sorgte dafür, dass Eva zwischen ihm und

Sattler saß. Polizeioberrat Kindler bekundete seine Freude darüber, dass Gerber wieder im Westen war und dass er Eva Herden gleich mitgebracht hatte.

Das war der Augenblick, in dem Rolf Zaunert das Wort an sich riss. «Die ihn ja erst in die Falle gelockt hat. Fräulein Herden wird uns vieles zu erklären haben, auch im Hinblick auf Dr. John.»

«Das wird sie gewiss tun», sagte Gerber, um zu verhindern, dass Zaunert sich als Inquisitor aufspielte. «Aber fürs Protokoll: Sie, Herr Zaunert, leiten weder diese Sitzung noch Fräulein Herdens Vernehmung.»

«Sie etwa?», fragte der Mann von der Org giftig.

«Wir sind beide Gäste der West-Berliner Polizei, und die wird hier vertreten durch den Herrn Polizeioberrat. Ich allerdings vertrete die Sicherungsgruppe und leite somit noch immer die Ermittlungen im Fall John. Ich habe erst kürzlich mit Dr. Brückner telefoniert, der das bestätigt hat.»

«Wie Sie meinen», erwiderte Zaunert missmutig, konnte es aber nicht lassen, sich an Eva abzuarbeiten. «Ich hoffe nur, Fräulein Herden vergisst nicht, uns von ihrem Vater zu erzählen, der tot ist, auf Sizilien gefallen. Angeblich.»

Gerber warf Eva einen halb aufmunternden, halb auffordernden Blick zu.

Sie räusperte sich, hatte ihre Ellbogen auf den Tisch gestützt und die Hände ineinander verkrampft. «Mit meinem Vater sollte ich sogar anfangen, weil er für mich auch am Anfang der Geschichte steht, irgendwie. Herr Zaunert hat ganz recht, er ist nicht auf Sizilien gefallen.»

«Weil er niemals auf Sizilien eingesetzt war, sondern als Panzerkommandant an der Ostfront!», rief Zaunert dazwischen.

«Ja, das ist richtig. Ich durfte die Wahrheit nicht sagen, weil ich ihn damit gefährdet hätte.» Sie sah nicht länger in die Runde, sondern heftete ihren Blick auf Gerber. «Du müsstest meinen Vater gesehen haben, Philipp. Vor dem Lehrter Bahnhof, er saß neben mir im Wagen.»

«Wann haben Sie erfahren, dass sich Ihr Vater in den Händen der Sowjets befindet?», erkundigte sich Kindler.

«Ein paar Jahre nach dem Krieg. Berthold Neuenhahns Freunde gewannen mich als Journalistin für den *Brennpunkt Bonn*. Sie versorgten mich mit Material für meine Artikel und brachten mich auch dazu, einige Sachen besonders tendenziös zu formulieren. Das Druckmittel, um meine Kooperation zu erreichen, war mein Vater, der bis dahin als verschollen galt. Ich erfuhr, dass er in einem sowjetischen Gefangenenlager lebte. Man zeigte mir sogar ein aktuelles Foto von ihm. Später durften wir Briefe austauschen.»

«Hast du nie versucht, seine Freilassung zu erreichen?», fragte Gerber.

«Ich stand kurz davor. Das glaubte ich zumindest.»

«Weil du geholfen hast, Otto John in den Osten zu bringen?»

«So ungefähr. Es war keine Rede davon, ihn in Ost-Berlin festzuhalten oder ihn zu entführen. Es hieß nur, man wolle mit ihm sprechen, weil er einer der wenigen politisch vernünftigen Köpfe in Westdeutschland sei. Ich sollte im Gegenzug meinen Vater persönlich treffen können. Wenn meine Arbeit in Bezug auf John zufriedenstellend ausfalle, wolle man meinen Vater freilassen. Also habe ich den Kontakt zu John unter dem Vorwand hergestellt, ihn wegen eines Interviews zu besuchen. So entstand der Plan, dass er seinen Berlinbesuch wegen der Feierlichkeiten zum 20. Juli dazu nutzen sollte, mit ostdeutschen

Gesinnungsfreunden, wie man es nannte, ein Gespräch zu führen.»

«Saßen Sie in dem Auto, mit dem John über die Sektorengrenze geschafft wurde?», fragte Zaunert. «Einer der Zöllner an der Grenze hat neben zwei Männern, die wohl John und Wohlgemuth waren, eine dritte Person gesehen, konnte sie aber nicht näher erkennen.»

«Nein. Ich weiß auch nicht, wer das war. Vermutlich ein Helfershelfer von WoWo, vielleicht Ansbach. Keine Ahnung, wirklich nicht. Ich wurde erst hinterher von dem erfolgten Übertritt in den Osten informiert und wurde dazugeholt, damit John eine vertraute Person um sich hatte. Ich war selbst überrascht, als er dann im Osten blieb.»

«Blieb er freiwillig?», hakte Zaunert nach.

Eva zögerte.

«Dazu kann ich etwas sagen.» Gerber zündete sich eine Camel an und berichtete ausführlich von seinem Zusammentreffen mit John und von den versteckten Botschaften, die der Präsident des Bundesamtes für Verfassungsschutz ihm hatte zukommen lassen.

«Wenn ich Sie richtig verstehe», sagte Zaunert, «behaupten Sie, Otto John wird gegen seinen Willen im Ostsektor festgehalten.»

«Ich sage nur, dass Dr. John mir diesen Eindruck vermittelt hat. Ob es sich auch so verhält, ist eine andere Frage.»

Kindler ergriff das Wort. «Können Sie dazu etwas sagen, Fräulein Herden?»

«Ein offenes Gespräch mit ihm war im Osten nicht möglich. Um uns herum waren immer irgendwelche Aufpasser. Ich glaube aber, Philipp … Hauptkommissar Gerber liegt richtig.

John war zu einem Gedankenaustausch nach Ost-Berlin gefahren, und jetzt sitzt er dort fest. Er scheint sich trotz seiner Bildung und seiner Erfahrung von einer gewissen Naivität leiten zu lassen, gerade in politischen Fragen. Dieser Überschwang, wenn man es so nennen will, hat es wohl leicht gemacht, ihn in den Osten zu locken.»

«Mit Ihrer nicht unmaßgeblichen Hilfe», erinnerte Zaunert sie.

«Das stimmt. Ich war im Osten, bei meinem Vater.» Sie sah Gerber an und hätte ihn fast am Arm berührt, unterließ es dann aber. «In dem Hotel, in dem ich abgeholt wurde. Anfangs konnte ich mich frei bewegen und bin rüber nach West-Berlin. Ich habe diese Kneipe aufgesucht, in der ich mit John und seinem Freund Wohlgemuth war, Strammer Otto. Zu WoWo hatte ich keinen Zugang. Nachdem er mit John nach Ost-Berlin gefahren ist, wird er entweder dort festgehalten oder traut sich aus Angst vor der Polizei nicht zurück. Also wollte ich den Wirt, Ansbach, befragen. Er schien sehr vertraut mit dem Osten und hat an dem Abend, als ich ihn in Begleitung von John und Wohlgemuth kennengelernt habe, viel über die Sektorengrenze erzählt. Als ich die Kneipe betrat, saß er tot am Tisch. Ermordet.»

«Erzähl bitte weiter», sagte Gerber. «Warum bist du heute Nacht mit mir in den Westen gefahren?»

«Man hat mich dazu aufgefordert. Ich sollte dich begleiten und all deine Fragen beantworten. Ich verstehe nur nicht, warum.»

«Und dein Vater?»

«Er durfte mich nicht begleiten. Offenbar braucht Ost-Berlin mich noch, und er ist das Faustpfand, damit ich auch gehorsam bin. Genaues weiß ich auch nicht. Vermutlich gibt es noch Pläne, die mit Otto John zusammenhängen.»

«Aber was haben die Roten mit Dr. John vor?», fragte Kindler. «Was ist der große Plan?»

«Vielleicht einfach nur das, was derzeit geschieht», sagte Gerber. «Jeder öffentliche Auftritt Johns ist ein Plädoyer für den sozialistischen Osten und eine Anklage gegen den Westen und gegen Adenauer.»

«Mag sein. Haben Sie eigentlich von Dr. Johns Dankschreiben gehört?»

«Nein.» Gerber setzte eine fragende Miene auf.

«Das war während Ihrer Inhaftierung.» Der Polizeioberrat überlegte kurz. «Es war am 4. August, am Mittwoch, da wurde im ostdeutschen Rundfunk ein Dankesbrief von John an den ostdeutschen Ministerpräsidenten Grotewohl verlesen. John hat sich darin für das in der Ostzone gewährte Asyl bedankt.»

«So dankbar hat er bei unserem Zusammentreffen gar nicht gewirkt», seufzte Gerber. «Aber all die Propaganda-Auftritte, die er im Osten absolviert, sind für die Sowjets und ihre ostdeutschen Brüder natürlich Gold wert.»

«Da stimme ich Ihnen zu, Herr Gerber.» Kindler sah wieder zu Eva. «Wie lange haben Sie Ausgang in den Westen bekommen, Fräulein Herden?»

«Ich weiß es nicht. Die werden sich wohl bei mir melden, wenn ich zurückkommen soll.»

Der Gedanke daran versetzte Gerber einen Stich.

Kindler rieb über den dünnen Haarkranz an seinem Hinterkopf. «Ich frage mich die ganze Zeit, warum man Herrn Gerber und Fräulein Herden zurückgeschickt hat.»

«Das ist doch vollkommen klar», sagte Zaunert. «Die beiden

sind die Kronzeugen dafür, dass es John gut geht und dass er freiwillig in Ost-Berlin ist. Fräulein Herden hat sogar dabei geholfen, ihn zum freiwilligen Übertritt in den Osten zu überreden. Und Herr Gerber kann trotz aller Mutmaßungen darüber, was John mit seinen Worten ihm gegenüber gemeint haben könnte, letztlich nur bezeugen, was er tatsächlich gesagt hat. Nachdem Gerber sich geweigert hat, sein Geständnis als Saboteur zu unterschreiben und sich dadurch quasi offiziell in die Hände der Kommis zu begeben, ist dieser Schachzug das Beste, was sie mit ihm anfangen können.»

// KAPITEL 23 //

Montag, 9. August 1954

Zwanzig Tage nach Otto Johns Verschwinden

Als Zaunert und Jablonski den Raum betraten, war Gerbers gute Stimmung im Eimer.

Bis dahin hatte er das gemeinsame Frühstück mit seinen Kollegen und mit Eva im Speiseraum des Hotels Kufstein genossen, vermittelte es ihm doch trotz der angespannten Lage einen Hauch von Normalität. Kein Vergleich zu den tristen Mahlzeiten, die er allein und frierend in der U-Boot-Zelle eingenommen hatte. Die Nacht war kurz gewesen, und die Sitzung im Polizeipräsidium hatte letztlich keine Antwort auf die Frage gebracht, wie sie weiter in Sachen Otto John vorgehen sollten.

Hin und wieder warfen Gerbers Leute der Journalistin verstohlene Blicke zu, die ihr Misstrauen verrieten. Vor Kurzem war Eva für sie noch eine Verräterin und Mörderin gewesen. Der Mordvorwurf war vom Tisch. Zu Lüttkes Aussage, er habe Walter Dorst kurz vor Ansbachs Ermordung am Hinterausgang der Bar gesehen, war die Aussage einer Toilettenfrau gekommen, die einen Mann mit blutigem Messer aus dem Barraum hatte kommen sehen. Ihre Beschreibung hatte den Betreffenden eindeutig als Walter Dorst identifiziert. Die Frau hatte sich erst nicht gemeldet, weil sie Angst gehabt hatte, «in etwas reingezogen zu werden», wie sie sich ausdrückte. Letztlich hatte ihr schlechtes Gewissen über ihre Angst gesiegt.

Aber der Verdacht, Verrat an der Bundesrepublik begangen zu haben, klebte weiterhin an Eva, und jetzt saß sie hier mit ihnen am Tisch. Um ihnen zu helfen, oder um sie auszuspionieren? Solche Gedanken mochten seinen Leuten durch den Kopf gehen, und Gerber konnte es ihnen nicht verübeln.

Er selbst war sich unsicher, was er von Eva zu halten hatte, wie weit er ihr trauen durfte. Seit fast einem Jahr kannten sie sich, und sie hatte ihn über ihren Vater belogen und auch ihre Beziehungen zu Stasi und KGB verschwiegen. Sie hatte ihre Gründe dafür gehabt, und vielleicht war er bereit, diese Gründe zu billigen, aber darüber musste er in Ruhe nachdenken.

Jede Ruhe war dahin, als die beiden Männer von der Org erschienen und Zaunert sich ungebeten einen Stuhl heranzog, um sich zwischen Gerber und Eva zu quetschen. Jablonski blieb stumm hinter seinem Herrn und Meister stehen, versenkte die Hände in den Taschen seines Trenchcoats und ließ scheinbar gelangweilt die Juno zwischen seinen Lippen hin und her wandern.

«Guten Morgen, Kollegen.» Zaunert nickte kurz in die Runde, ohne Eva weiter zu beachten, und zog eine dünne Mappe aus seiner Aktentasche. «Ihr Bericht über die Erlebnisse in Hohenschönhausen hat mir keine Ruhe gelassen, Herr Gerber. Dass der KGB hinter der Geschichte steht, war nicht anders zu erwarten. Es ist immer der KGB, oder? Mich interessiert brennend, wer dieser Oberst ist, der Sie verhört hat. Unsere Organisation ist mit den sowjetischen Nachrichtendiensten und ihrem Personal gut vertraut. Ich habe Ihnen hier alle Offiziere zusammengestellt, die meiner Meinung nach infrage kommen. Ist der Mann dabei?»

Gerber war nicht gerade erbaut darüber, dass ausgerechnet Zaunert ihn beim Frühstück störte, aber auch er wollte das Geheimnis um den Oberst lüften. Daher schob er Rührei und Speck beiseite und blätterte die Fotos durch. Er musste nicht lange suchen. Auf dem Bild war er jünger und trug Uniform.

«Ist er das?», fragte Zaunert, der sich erwartungsvoll über Gerbers Schulter gebeugt hatte.

«Wenn das Foto ein paar Jahre alt ist, kommt es hin. Oder es zeigt einen jüngeren Bruder des Mannes, der mir meine letzte Papirossa, wie er drohte, angeboten hat.»

«Mit diesem fürchterlichen Machorka-Kraut, nicht wahr?»

«Richtig.»

«Dann ist er es garantiert. Oberst Pjotr Nikolajewitsch Semjonow, ehemals NKWD, jetzt KGB, Erste Hauptverwaltung, falls Ihnen das etwas sagt.»

«Das ist die Auslandsaufklärung des sowjetischen Geheimdienstes.»

«So ist es, zuständig für die im Ausland operierenden Spionagenetze. Jetzt wissen wir wenigstens, mit wem wir es zu tun haben. Semjonow hält die Fäden in der Hand. Er ist ein Ass auf seinem Gebiet.» Der sonst so verbissene Zaunert zeigte sich hocherfreut und lachte heiser. «Machorka! In seiner Position könnte er sich weiß Gott besseren Tabak leisten.»

Gerber tippte mit dem Finger auf die Aufnahme. «Kann ich die behalten?»

«Natürlich.» Zaunert grinste. «Wollen Sie sich ein Bild von Ihrem Gegner machen?» Der Mann von der Org strich die übrigen Fotos ein und steckte sie in die Aktentasche, die er an Jablonski weiterreichte. «Das verstehe ich gut, Gerber. Vielleicht sind wir beide uns ähnlicher, als ich anfangs dachte.»

«Das höre ich in letzter Zeit öfter», sagte Gerber und dachte an die letzte Begegnung mit Walter Dorst.

Er zog den Teller wieder zu sich heran und schaufelte eine große Portion Ei in seinen Mund. Aus seiner Sicht war die Unterhaltung mit Zaunert beendet. Der verließ den Frühstücksraum, gefolgt von seinem Begleiter, ohne ein weiteres Wort.

«Der wird mir in diesem Leben nicht mehr sympathisch», bemerkte Eva.

Gerber schaute sie an und lächelte grimmig. «Ich sagte dir ja schon, hier gibt es zu viel Ungeziefer.»

--

Oberst Pjotr Nikolajewitsch Semjonow blickte ihn von dem Foto an. Gerber saß in seinem Hotelzimmer und dachte an das Zusammentreffen mit ihm. So jovial sich der KGB-Oberst auch gegeben hatte, schon im U-Boot hatte Gerber ihn als einen gefährlichen Mann eingestuft, und Zaunerts Worte hatten das bestätigt. Er hob das Glas, das er zwei Finger breit mit Bourbon gefüllt hatte, und prostete dem Foto zu. Leise sagte er: «Noch haben Sie mich nicht auf Ihrem Schafott, Herr Oberst.»

Es klopfte an der Tür. Eva. Sie trug ein schlichtes, hellblaues Kleid und lächelte unsicher. «Darf ich dich stören?»

«Jederzeit. Worum geht's?»

«Mir ist da eine ziemlich verrückte Idee gekommen. Ein Plan, um Otto John wieder in den Westen zu bringen.»

Augenblicklich legte er einen Zeigefinger an seine Lippen und nahm mit der anderen Hand Semjonows Foto hoch. «Nicht nur der Oberst hört uns vielleicht zu. Was hältst du von einem kleinen Spaziergang?»

Als sie vor dem Hotel auf die Kufsteiner Straße traten, stellten sie fest, dass sie ihre Mäntel nicht zu schließen brauchten. Es regnete nicht und war angenehm warm. Gerber zog die Camel-Packung und sein Feuerzeug hervor.

«Ich muss den ostdeutschen Knast wirklich mal loben», sagte er mit einer gehörigen Portion Sarkasmus. «Ich habe mein Feuerzeug zurückbekommen, und es fehlte auch nicht eine Zigarette. Vorbildlich!»

Eva blieb stehen und sah ihm in die Augen. «Was ich dir angetan habe, tut mir aufrichtig leid, Philipp. Vielleicht glaubst du mir das, und vielleicht kannst du es mir auch irgendwann verzeihen. Ich habe es für meinen Vater getan. Er ist alles, was mir von meiner Familie geblieben ist.»

«Ich verurteile dich nicht, weil ich nicht weiß, wie ich an deiner Stelle gehandelt hätte.»

«Aber etwas steht zwischen uns, oder?»

«Natürlich», sagte er mit Nachdruck. «Du hast mich verraten, als du mich zum Lehrter Bahnhof gelockt hast, und belogen hast du mich schon vorher, seit wir uns kennen. Ich weiß nicht, ob ich dir je wieder vertrauen kann. Ob ich das jemals konnte.»

Sie streckte eine Hand aus, wie um ihn zu berühren, ließ es dann aber. «Das kann ich gut verstehen. Wenn dir etwas zugestoßen wäre, ich hätte mir das nie verzeihen können. Doch das musst du mir natürlich nicht glauben.»

Er las in ihrem Gesicht, wie sehr sie mit sich selbst haderte und sich eine Antwort von ihm wünschte, aber er hatte jetzt nicht den Kopf frei für diese Dinge. John war im Ostsektor, ebenso Evas Vater, und vielleicht würde auch Eva bald wieder dort sein.

Sein Blick fiel auf das Gebäude des RIAS mit seiner abgerundeten Fassade und den Sendemasten auf dem Dach. Von hier aus wurde täglich Programm gemacht, für die Menschen in West und Ost. Mancher West-Berliner wünschte sich Musik für seine Verwandten und Bekannten im Osten. Aber das Leben war kein Wunschkonzert und spielte seine eigenen Melodien, dachte Gerber bitter.

«Du wolltest mir von deiner verrückten Idee erzählen», lenkte er das Gespräch in eine andere Bahn, und sie gingen langsam weiter.

«In zwei Tagen findet doch die nächste große Propagandaveranstaltung mit John statt, eine große Pressekonferenz, auf der er sich den Fragen der internationalen Presse stellen soll.»

«Ja, und?»

«Es wäre die Gelegenheit, mit John in Kontakt zu treten, um ihn zur Flucht aus dem Osten zu überreden.»

Evas Worte trafen ihn so überraschend, dass er erneut anhielt und sie verblüfft anstarrte. «Sprichst du von einer Entführung in die andere Richtung, zurück in den Westen?»

«Genau. Aber ich würde es nicht Entführung nennen, weil John freiwillig mitkäme.»

«In zwei Tagen willst du das planen und organisieren?»

«Nicht ich, das machen du, deine Leute, die West-Berliner Polizei und wohl auch Zaunert. Außerdem gibt es Fluchthilfe-Organisationen, die auf solche Dinge spezialisiert sind. Mit denen müsste man vielleicht zusammenarbeiten. Meine Aufgabe wäre eine andere.»

«Ach ja, und welche?»

«Ich würde zurück in den Ostsektor gehen und versuchen, mich als Journalistin für die Pressekonferenz akkreditieren zu lassen. Im Vorfeld der Konferenz hätte ich hoffentlich die Möglichkeit, mit John in Verbindung zu treten.»

Ein schwerer Lastwagen fuhr mit hoher Geschwindigkeit an ihnen vorbei, und Gerber wartete, bis das laute Dröhnen des Dieselmotors verklungen war.

«Du willst freiwillig zurück in den Osten? Ich denke, du hast den Auftrag hierzubleiben, bis die andere Seite Kontakt mit dir aufnimmt.»

«Die Sektorengrenze steht jedem offen, wenn er nicht unter besonderer Beobachtung steht wie John. Ich gehe einfach hinüber und mache ihnen die Sache schmackhaft.»

«Mit welchen Argumenten?»

«John vertraut mir ebenso wie die Gegenseite, wie du sie nennst. Ich werde vorschlagen, dass ich vor der Pressekonferenz ein Hintergrundgespräch mit John führe, um das mit seinen Antworten auf der Konferenz zu einer großen Geschichte über seine Beweggründe zu verschmelzen, politisches Asyl im Osten zu suchen.»

In Gerbers Kopf überschlugen sich die Gedanken. Er blickte auf die Camel, die zwischen seinen Fingern langsam vor sich hin glomm, dann wieder auf Eva. Die Vorstellung, dass sie zurück in den Osten ging, war ihm noch immer nicht geheuer. Andererseits hatte sie ihm gerade einen Plan vorgelegt, die Affäre John endlich zu einem Abschluss zu bringen, und das auf eine Weise, die alle Unternehmungen des Ostens, aus Johns Anwesenheit Kapital zu schlagen, durchkreuzte. Wenn er während dieser Pressekonferenz in den Westen zurückkehrte, waren Ost-Berlin und Moskau vor der Weltöffentlichkeit blamiert. Aber da war etwas an Evas Vorschlag, das nicht stimmig war.

«Dein Vater, Eva, was ist mit ihm? Oberst Semjonow und seine Leute werden sich rächen wollen, an dir oder an ihm. Vielleicht siehst du ihn nie wieder. Vielleicht geschieht auch noch Schlimmeres.»

«Um ganz ehrlich zu sein, Philipp, ich denke dabei auch an meinen Vater. Ich hatte in den letzten Tagen den Eindruck, dass er niemals freikommen wird. Sie wollen immer noch einen Gefallen von mir und noch einen und noch einen. Es wird nie ein Ende haben. Deshalb müssen wir meinen Vater auch in den Westen schaffen, zusammen mit John.»

«Eine Doppelflucht?» Gerber sprach sehr langsam und versuchte gleichzeitig, sich eine solche Aktion vor Augen zu führen. «Das verkompliziert alles und könnte die Chancen, dass die Sache mit John funktioniert, verringern.»

«Mag sein», gab Eva zu, und in ihrer Stimme lag jetzt Entschlossenheit. «Aber nur unter dieser Bedingung lasse ich mich darauf ein. Beide oder keiner!»

«Du solltest vielleicht nicht ganz so großspurig auftreten, wenn du Punkte sammeln willst. Deine Tätigkeit für den Osten wird auf jeden Fall die Staatsanwaltschaft interessieren.»

«Das ist mir egal, ich will keinen Eindruck schinden. Ich will meinen Vater bei mir haben!»

Gerber sah sie lange an und spürte, wie ernst sie es meinte. Der Gedanke, sie wieder im Ostsektor zu wissen, Männern wie Semjonow oder Dorst ausgeliefert, bereitete ihm Magengrimmen. Aber ihr Plan konnte die ganze verfahrene Situation mit einem Schlag bereinigen. Außerdem konnte sie mit einem blauen Auge davonkommen, wenn sie dabei half, Otto John zurückzuholen. Zur Not würde er mit Adenauer sprechen und ihn daran erinnern, was er letztes Jahr für ihn getan hatte – offiziell bei der Sache mit Herbert Wehner und inoffiziell, als er sich um Adenauers Akte gekümmert hatte.

Er trat die Zigarette aus, umfasste Evas schmale Schultern und sah ihr in die Augen. «Einverstanden, Eva, versuchen wir es!»

// KAPITEL 24 //

Mittwoch, 11. August 1954

Zweiundzwanzig Tage nach Otto Johns Verschwinden

«Wenn das mit dem verfluchten Regen so weitergeht, weiß man bald nicht mehr, ob es Tag oder Nacht ist», knurrte Erwin Sattler und trommelte mit den Fingern auf das Lenkrad. «Man sieht kaum, was draußen los ist.»

«Vielleicht ist uns das Wetter noch von Nutzen», erwiderte Philipp Gerber, der neben ihm saß und innerlich nicht weniger angespannt war. Als BKA-Beamter, der sich im verdeckten Einsatz in Ost-Berlin aufhielt, konnte man nicht entspannt sein. Da er Eva seit gestern Morgen wieder hier im Osten wusste, war er es noch viel weniger.

«Wie soll das Mistwetter uns nutzen?», fragte Sattler mürrisch.

«Sehen wir schlecht, sieht man uns auch schlecht.»

«Wenn man es so betrachtet …» Sattler starrte wieder hinaus in den Regen.

Ihr VW-Bulli mit ostdeutschem Kennzeichen und der grünweißen Lackierung einer Transportfirma parkte in der Nähe des Bahnhofs Friedrichstraße, wo sich auch der Presse-Club befand. Der Ort, an dem Otto John heute seine groß angekündigte Pressekonferenz vor dreihundert internationalen Journalisten abhalten sollte. Eva war eine von ihnen, und sie hatte wirklich erreicht, dass sie ein Vorgespräch mit John führen durfte. Bei jedem Gedanken an sie spürte Gerber, wie die Sorge ihn fast auffraß.

Immerhin war Sattler an seiner Seite. Er war froh darüber, auch wenn er alles getan hatte, den Freund davon abzuhalten. Er hatte ihm sogar gesagt, als sein Vorgesetzter würde er es ihm verbieten. Worauf Sattler entgegnet hatte: «Dann kündige ich auf der Stelle und komme trotzdem mit!»

Die übrigen Kollegen warteten jenseits der nahen Sektorengrenze auf sie. Den Plan, ein oder zwei weitere Fahrzeuge im Ostsektor einzusetzen, die im Notfall eingreifen und Fahrzeuge der Gegenseite abdrängen sollten, hatte man schnell wieder aufgegeben. Gerber wollte seine Männer nicht unnötig in die Gefahrenzone schicken; eine größere Anzahl Fahrzeuge bedeutete auch eine größere Wahrscheinlichkeit, vorzeitig entdeckt zu werden. Außerdem wäre es schwierig gewesen, in der Kürze der Zeit eine größere Anzahl Fahrzeuge im Ostsektor aufzutreiben. Es war schon ein Glücksfall gewesen, dass sie den Bulli von einer privaten Fluchthilfe-Organisation ausleihen konnten. Eigentlich war er für die Flucht eines hochrangigen Physikers gedacht gewesen, aber der Mann war kurz vor der geplanten Aktion verstorben. Oder «verstorben worden», so Zaunert, der den Kontakt zu der Organisation hergestellt hatte.

Offiziell wussten die Westalliierten nichts von der «Operation Calais», wie man das gewagte Unternehmen getauft hatte, weil John im Krieg nach seiner Flucht aus Deutschland für den Soldatensender Calais gearbeitet hatte. Die Wachtposten an den Grenzübergängen hatten Anweisung erhalten, den Bulli so schnell wie möglich durchzulassen. Eins durften sie allerdings nicht: zur Unterstützung von Johns Flucht das Feuer eröffnen. Zu groß erschien die Gefahr, mitten in Berlin einen Krieg auszulösen, den der Westen schon wegen seiner zahlenmäßigen Unterlegenheit nur verlieren konnte.

Auch Gerber und Sattler trugen keine Waffen bei sich. Deren Einsatz wäre ihnen in Ost-Berlin ohnehin strengstens untersagt gewesen, und bei einer zufälligen Kontrolle durch die Volkspolizei hätten Waffen sie verraten. Ihre schlichte Arbeitskleidung und ihre falschen Papiere sollten ganz den Eindruck erwecken, sie arbeiteten für die Ost-Berliner Transportfirma. Die gab es wirklich, aber sie wusste nichts von der Existenz dieses Fahrzeugs. Falls Gerber und Sattler in die Hände der ostdeutschen Behörden gerieten und ihre Identität aufgedeckt wurde, würden sie jeden offiziellen Auftrag leugnen und behaupten, auf eigene Faust im Ostsektor unterwegs zu sein. Natürlich würde ihnen das niemand glauben, aber es ging vor allem um die Wahrung des schönen Scheins.

«John kommt!»

Gerber deutete auf die regennasse Fahrbahn, über die ein Konvoi heranrollte, angeführt von einer russischen ZIM-Limousine mit ostdeutschem Kennzeichen. Der vierte von den insgesamt fünf Wagen war wieder ein ZIM, auf dessen Dach ein Blaulicht leuchtete. Vorn saßen zwei Männer, die Gerber nichts sagten, und die Fenster im Fond waren mit Gardinen verhängt.

«Glaubst du, John sitzt im Fond des hinteren ZIM?», fragte Sattler.

«Mir ist das zu offensichtlich. Ich hätte ihn in den Wagen

davor oder dahinter gesetzt. Oder besser noch in einen unscheinbaren Lieferwagen, so etwas wie unseren VW, der zeitgleich den Hinterausgang ansteuert.»

«Vermutlich hast du recht, Philipp. Eins steht jedenfalls fest: Es wird ernst.»

Gerber nickte nur und dachte daran, dass jetzt alles in Evas Händen lag.

--

«Nein?», wiederholte Eva fassungslos.

Das Wort spukte in Evas Kopf herum, flog hin und her wie ein Tennisball, der dauernd in eine andere Richtung geschlagen wurde.

Die Pressekonferenz stand kurz bevor, und sie hatte es endlich geschafft, ein paar Minuten mit Otto John allein zu sein. Vorher hatte die ganze Zeit über einer der ostdeutschen Offiziellen bei ihnen gesessen, der dunkleres Haar als John hatte, aber sonst als dessen Bruder hätte durchgehen können: Dr. Wilhelm Girnus, im Dritten Reich Widerstandskämpfer, in den ersten Nachkriegsjahren Intendant des Berliner Rundfunks und jetzt Sekretär des Ausschusses für deutsche Einheit. Girnus sollte die Pressekonferenz moderieren. John hatte ihn ihr als seine «moralische Stütze» vorgestellt, was nichts anderes war als ein kaum verschleierter Ausdruck für Aufpasser.

Eva hatte krampfhaft überlegt, wie sie Girnus loswerden konnte, als er plötzlich ganz von allein aufstand und den Raum verließ, um sich zu erkundigen, ob die Journalisten schon vollzählig im Saal seien. In aller Eile und mit sehr gedämpfter Stimme hatte sie John den Plan für seine Flucht unterbreitet. Und er sagte darauf nur dieses eine, alles vernichtende Wort?

«Wieso nein?», fragte sie, als sie sich von ihrer Überraschung erholt hatte. «Wollen Sie nicht zurück in den Westen?»

John lehnte sich in seinem Sessel zurück, schlug die Beine übereinander und zog an seiner Filterzigarette, als hätten sie alle Zeit der Welt. «So gern ich zurück möchte, ich würde gern lebend dort ankommen. Verzeihen Sie mir die Offenheit, Fräulein Herden, aber Ihr Plan scheint mir eher die Gewähr dafür zu bieten, dass ich die Reise über die Sektorengrenze im Leichenwagen antrete.»

«Es ist die einzige Möglichkeit, die Sie haben, Dr. John!», drängte Eva. «Ich werde auf der Pressekonferenz für einen Tumult sorgen, indem ich erkläre, dass man Sie hier festhält. In dem Trubel, der dann entsteht, müssen Sie den Saal und das Gebäude verlassen. Das ist Ihre große Chance!»

«Falsch. Ich muss das Spiel hier nur lange genug mitmachen, dann verlieren die im Osten das Interesse an mir. Dann bin ich unwichtig und kann gehen, wohin ich will. Auch in den Westen, und das aufrecht auf meinen eigenen zwei Beinen. *Das*, verehrtes Fräulein Herden, ist ein verlässlicher Plan.»

Eva schüttelte den Kopf und sah ihn durchdringend an. «Nein, es ist nur eine ungewisse Hoffnung. Ich hätte Sie für mutiger gehalten, Dr. John.»

«Mutiger?» Er beugte sich vor, und seine Augen funkelten sie an. «Ich war mutig, als ich mit WoWo in den Ostsektor gefahren bin. Eine Fahrt, zu der Sie mich angestiftet haben. Und jetzt wollen Sie mich dazu anstiften, mein Leben zu riskieren? Sie müssen mir schon gestatten, dass ich wenig Vertrauen in die ganze Geschichte habe.»

«Ich habe einen Fehler begangen, als ich Sie zu den Gesprächen in Ost-Berlin überredet habe. Diesen Fehler würde ich jetzt gern ausbügeln.»

«Aber nicht auf meine Kosten, nicht unter Einsatz meines Lebens!» John schob die Lux wieder zwischen seine aufgeworfenen Lippen.

Evas sich überschlagende Gedanken drehten sich darum, ihn umzustimmen, aber da kehrte Dr. Girnus zurück und verkündete, dass es an der Zeit sei.

John nickte, drückte die Zigarette aus und erhob sich. Als er gemeinsam mit Girnus den Raum verließ, blieb Eva einfach sitzen. Sie wusste, dass ihre Chance vertan war.

--

«Das ist doch Fräulein Herden!» Sattler zeigte durch das Fenster zum Presse-Club. «Warum ist sie nicht drinnen bei John?»

Gerber rieb mit einem Taschentuch über die beschlagene Windschutzscheibe. Eva kam direkt auf ihren Wagen zu, schien reichlich aufgelöst und trug nicht einmal ihren Mantel.

«Lass den Motor an, Erwin, da stimmt was nicht!»

«Aber John fehlt noch.»

«Lass den Motor an!», wiederholte Gerber, stieß die Beifahrertür auf und sprang auf die Straße. Er half Eva in den Wagen, wo sie sich zwischen ihn und Sattler setzte, und schloss die Tür wieder hinter sich. «Was ist los, Eva?»

«Fahrt los!», keuchte sie atemlos. «John kommt nicht mit.»

Sattler blickte sie verständnislos von der Seite an. «Was heißt das?»

«Mein Gott, er kommt nicht mit. Ist das so schwer zu begreifen? Er glaubt nicht an unseren Plan, denkt, er würde es nicht lebendig über die Sektorengrenze schaffen.»

«Und jetzt?»

«Wir müssen wenigstens meinen Vater holen, sonst war alles umsonst. Bitte!»

Gerber legte tröstend einen Arm um die durchnässte Eva und sah Sattler an. «Fahr schon los, zum Hotel Jährig! Lass uns retten, was zu retten ist!»

// KAPITEL 25 //

«Ich gehe lieber allein», wehrte Eva Gerbers Versuch ab, sie zu begleiten. «Mich kennt man dort schon, aber du würdest auffallen, wenn du in deiner Arbeitskleidung mitkommst. Auch in diesem Hotel gibt es vermutlich eine Menge Ungeziefer.»

Gerber sah an seiner Kleidung hinab. «Und ich dachte, das hier ist der Arbeiter-und-Bauern-Staat.»

Er stieg aus und ließ sie aus dem Wagen. Eva lief das kurze Stück zum Eingang durch den heftigen Regen.

In der Hotellobby mit ihren Gummibäumen und den Kunstledermöbeln plärrte ihr aus einem unsichtbaren Lautsprecher leise Klaviermusik entgegen, die zu der tristen Atmosphäre passte. Der Portier, den sie bereits kannte, ein hagerer Endvierziger mit lichtem Haar und einem Gesicht, das niemals ein Lächeln zeigte, sah sie verwundert an.

«Fräulein Sander, was kann ich für Sie tun?»

«Ich möchte meinen Vater besuchen. Ist er auf seinem Zimmer?»

«Ja, aber …»

Den Rest hörte sie schon nicht mehr, weil sie zum Lift eilte. Kurz darauf glitt die Fahrstuhltür im vierten Stock mit einem metallischen Schaben zur Seite. Angespannt eilte sie zum Zimmer ihres Vaters und klopfte mehrmals laut.

«Ich komme ja schon. Wer ist da?»

«Eva.»

Als Kornelius Herden endlich die Tür öffnete, wirkte er derangiert. Das gestreifte Hemd hing ihm halb aus der Hose, und die Knopfleiste saß schief. Hinter ihm konnte sie das Bett sehen. Es war zerwühlt, und davor stand eine üppige Brünette, die ihr Kleid zurechtzupfte.

Jetzt wusste Eva, was ihr der Portier hatte sagen wollen.

«Das … wusste ich nicht», stammelte Eva, die mit dieser Situation nicht gerechnet hatte. «Es tut mir leid … ich wollte nicht stören, aber es ist wichtig.»

«Ich gehe schon», sagte die Unbekannte mit einem kehligen Akzent. Eva tippte auf Russin.

Evas Vater wandte sich zu der Frau um. «Nein, bleib doch! Ich wollte schon lange, dass ihr euch kennenlernt. Eva, das ist …»

«Katya, Katya mit Ypsilon», sagte die Frau mit einem unsicheren Lächeln. «Eigentlich Katya Wladimirowna Jerschowa.»

«Ah, sehr erfreut.»

Eva zögerte, war sich unsicher, was sie jetzt tun sollte. Die Frau schien das zu spüren und sagte, nachdem sie in ihre Stiefeletten geschlüpft war: «Ich gehe wohl doch besser, ihr zwei habt etwas Wichtiges zu bereden.»

Kornelius Herden ging zu ihr und drückte sie zurück aufs Bett. «Du bleibst, Katya! Dieser Zeitpunkt ist so gut wie jeder andere.» Bevor Eva etwas einwenden konnte, fuhr er, an seine Tochter gewandt, fort: «Du musst wissen, dass wir uns schon seit Jahren kennen, Katya und ich. Sie war Dolmetscherin in dem Lager, in dem ich war. Auf der Reise zurück nach Deutschland hat sie mich begleitet.»

«Warum hast du nichts von ihr erzählt?»

«Ich wollte den richtigen Moment abwarten. Unser Wiedersehen, Eva, es war alles so ungewohnt. Ich wollte nicht gleich mit der Tür ins Haus fallen, indem ich dir sage, dass ich wieder heiraten will.»

Heiraten! Eva hatte nichts dagegen, dass ihr Vater wieder heiratete. Von dieser Russin wusste sie so gut wie nichts, also durfte sie sich kein Urteil über die Frau erlauben. Doch jetzt war ganz und gar nicht der richtige Augenblick, um sich darüber zu unterhalten!

Aber ihr Vater ließ sich nicht bremsen. «Katya hat mich begleitet, um mir beizustehen. Und ich habe versprochen, dass ich ihr beistehe.»

Auch wenn sie nicht die Zeit für einen Plausch hatten, vielleicht ging es am schnellsten, wenn sie ihren Vater seine Geschichte erzählen ließ.

«Wobei willst du ihr beistehen, Papa?»

«Ich suche meinen kleinen Sascha, meinen Sohn», sagte Katya. «Im Krieg hat man ihn mir weggenommen, kurz nach der Geburt. Ich durfte keine Kinder haben.»

«Katya war im Krieg Pilotin, Bomberpilotin», erläuterte Kornelius Herden. «Sie war eine Nachthexe.»

«Eine was?»

«Ja, Eva, darüber solltest du mal einen Artikel schreiben oder eine ganze Serie.» Die Augen ihres Vaters waren auf die Russin gerichtet und glühten fast vor Bewunderung. «Auf Stalins Befehl hat die sowjetische Luftwaffe drei Regimenter aufgestellt, in denen ausschließlich weibliche Piloten dienten. Am berühmtesten und bei uns deutschen Soldaten am gefürchtetsten wurde das 46. Garde-Nachtbombenfliegerregiment, in dem Katya gedient hat. Katya und ihre Kameradinnen flogen ganz leichte Doppeldecker, die zum größten Teil aus Sperrholz und Stoff bestanden. In der Nacht griffen sie unsere Stellungen an und drosselten vor dem Anflug die Motoren. Fast lautlos kamen sie wie im Segelflug heran, und ihre Bomben fielen wie herbeigehext auf unsere Stellungen. Erst nach dem Abwurf wurden die Motoren wieder aufgedreht. Deshalb haben wir Deutschen sie Nachthexen genannt.»

Eva blickte jetzt auch auf die Russin. «Und was ist mit Ihrem Kind?»

«Wir Pilotinnen durften keine Kinder haben, weil wir nur für den Kampf leben sollten. Man hat mir Sascha kurz nach der Geburt weggenommen, und ich habe ihn nie wiedergesehen.»

«Und sein Vater?»

«Wir waren nicht verheiratet. Anatolij hat gesagt, er will mich heiraten. Er war Mechaniker in meiner Einheit. Als ich schwanger wurde, hat man ihn plötzlich versetzt. Es hieß dann, er sei im Krieg gefallen. Später hatten wir auch nur noch weibliche Mechaniker. Mich hat man – wie andere Pilotinnen auch, die schwanger wurden – als Feldhure und Frontmatratze beschimpft. Sie sagten, ich habe gar kein Recht, ein Kind großzuziehen. So eine wie ich könne nur eine Rabenmutter sein. Aber ich habe immer nach Sascha gesucht und schließlich eine Spur gefunden, die nach Deutschland führt. Ein hoher Offizier der Roten Armee hat Sascha adoptiert, und der ist jetzt hier in Deutschland stationiert. Ich weiß, dass ich meinen kleinen Sascha nicht zurückbekommen werde, aber ich möchte ihn wenigstens wiedersehen!»

Katyas Geschichte hatte Eva gepackt, aber sie riss sich davon los. Der Regen prasselte laut gegen die Fensterscheiben und erinnerte sie daran, dass Philipp und Sattler draußen warteten. Sie ging zum Radio und drehte es auf volle Lautstärke. Tschaikowski.

«Warum die Musik?», fragte ihr Vater.

«Wegen des Ungeziefers.» Eva sprach sehr leise und hielt zur Mahnung den Zeigefinger an ihre Lippen. «Ich habe dir etwas zu sagen, Vater, und es ist nur für deine Ohren bestimmt.»

«Ich habe ohnehin noch etwas zu erledigen», sagte Katya.

Kornelius Herden packte sie an den Oberarmen und hielt sie fest. «Ich habe vor Katya keine Geheimnisse.»

«Also gut», seufzte Eva und eröffnete ihm, dass sie hier war, um ihn nach West-Berlin zu bringen.

Kornelius' Blick ging zu Katya und dann wieder zu Eva. In seinen Augen sah sie Traurigkeit. «Ich fürchte, heute ist für dich der Tag der Enttäuschungen, Eva. Ich bin so froh, dich wiedergefunden zu haben, und ich würde sehr gern mehr Zeit mit dir verbringen. Unter anderen, besseren Umständen. Aber ich kann und will Katya nicht alleinlassen. Und ich weiß, dass Katya nicht mitkommen kann, weil sie kurz davor steht, ihren Sohn zu finden.»

Eva wollte protestieren, aber sie kam nicht dazu. Katya hob den Kopf und sah Evas Vater in die Augen.

«Wir beide haben unsere Kinder im Krieg verloren, Kornelius. Ich werde meinen Sascha aufspüren, und du hast deine Eva schon gefunden. Lass sie nicht wieder los und geh mit deiner Tochter! Das Schicksal gibt einem eine solche Gelegenheit kein zweites Mal.»

Kornelius Herden schüttelte den Kopf. «Katya, ich will dich nicht verlassen!»

«Ich werde Sascha finden, und danach finde ich dich. Für mich als Bürgerin der Sowjetunion, die für ihre Taten im

Krieg mit vielen Orden ausgezeichnet wurde, ist es viel einfacher, Mittel und Wege zu finden. Vergiss nicht, du bist noch immer ein Kriegsgefangener, nicht einmal ein offizieller. Du bist nur mit einer Sondergenehmigung hier in Berlin, damit deine Tochter kooperiert. Sobald sie nicht mehr von Nutzen ist, wird man dir alle Vergünstigungen entziehen.»

«Vater, hör auf Katya!», drängte Eva.

«Aber …» Hilflos sah er von einer zur anderen.

Katya nahm seinen Kopf in beide Hände und küsste ihn. «Geh mit deiner Tochter, Kornelius! Wir sehen uns wieder, versprochen!»

Evas Vater nickte ergeben. Er zog sich ordentlich an, streifte sein Jackett über und steckte ein paar Habseligkeiten in seine Taschen.

«Ich bin fertig.»

«Mehr willst du nicht mitnehmen?», fragte Eva.

«Wenn ich das Hotel mit einem Koffer verlasse, alarmiert der Portier im Handumdrehen die Stasi. Nein, ich werde den Mann um einen Schirm bitten, weil ich mit meiner Tochter etwas essen gehen will.»

Kornelius Herden nahm Katya noch einmal in die Arme und küsste sie, dann verließen sie rasch den Raum. Zurück blieben die reglose Katya und Tschaikowski.

// KAPITEL 26 //

In das Geräusch des Regens, der schwer auf den VW prasselte, mischte sich das nervöse Trommeln von Sattlers Fingerkuppen auf dem Armaturenbrett. «Mein Gott, was dauert das?»

Auch Gerber war nervös, aber er zeigte es nicht. Sein Blick klebte am Hoteleingang und löste sich nur kurz davon, um die Gegend nach möglichen Feinden abzusuchen. Ab und zu fuhr ein Auto an ihnen vorbei, ansonsten erschien die eigentlich als Prachtboulevard gedachte Stalinallee menschenleer und trostlos. Das katastrophale Wetter hatte fast alle Menschen von der Straße vertrieben, und auch auf den großen Baustellen hatte man die Arbeit notgedrungen eingestellt.

Verstohlen, um Sattler nicht zu verunsichern, sah er auf seine Uhr. Eva hatte das Hotel vor fast zwanzig Minuten betreten. Als er wieder aufsah, traten, unter einem großen Regenschirm dicht aneinandergedrängt, zwei Menschen ins Freie: Eva und der Mann, den er nur kurz in der Limousine auf dem Washingtonplatz gesehen hatte – ihr Vater.

Gerber stieß seinen gähnenden Kollegen an. «Es geht los!»

Er stieg aus und öffnete den Frachtraum, in dem ein paar Decken lagen. «Macht es euch bequem, es wird hoffentlich nicht lange dauern.»

Kornelius Herden hockte sich neben seine Tochter in den Laderaum und sah zu Gerber auf. «Vielen Dank, dass Sie das tun, trotz der Sache am Lehrter Bahnhof.»

«Bedanken Sie sich später, noch sind wir nicht im Westen.» Gerber nickte Eva zu, schloss die Tür und setzte sich wieder auf den Beifahrersitz. «Abfahrt, Erwin. Aber gib nicht zu viel Gas. Wäre doch dumm, wenn uns die Vopos wegen einer Geschwindigkeitsübertretung anhalten. Das käme einer Schändung ihrer schönen Stalinallee gleich.»

Sattler fädelte den Bulli in den eher mäßigen Straßenverkehr ein. «Diese Allee wirkt auf mich so tot wie Stalin selbst.»

Sie kamen gut voran, doch je näher sie der Sektorengrenze kamen, desto nervöser wurde Gerber. Plötzlich stieß Sattler aus: «Da sind sie, die Vopos!»

Auch Gerber sah sie: Limousinen vom Typ EMW 340 ohne auffällige Lackierung. Nur das Blaulicht auf einigen Autodächern machte sie als Polizeifahrzeuge kenntlich. Zwei der Polizeiwagen brachten sich in Position, um die Fahrbahn vor dem Bulli abzusperren.

«Gib Gas!», befahl Gerber. «Die Grenze ist nicht mehr weit, wie müssen durchbrechen!»

Die Polizeiwagen standen quer auf der Fahrbahn. Sattler hatte das Gaspedal bis zum Anschlag durchgedrückt. Der Bulli preschte mit einem hässlichen Geräusch durch die Lücke zwischen den beiden Fahrzeugen.

«Gut festhalten!», rief Gerber nach hinten.

In seine Worte fielen Schüsse, als die Vopos das Feuer eröffneten. Es gab einen Knall, der VW begann zu schlingern und wollte zur Seite ausbrechen.

«Sie haben einen Reifen erwischt!», brüllte Sattler.

Der Transporter brach auf der nassen Fahrbahn nach rechts aus und krachte, während Sattler den Fuß noch auf die Bremse rammte, in das Schaufenster eines Hut-Salons.

Gerber stützte sich instinktiv am Armaturenbrett ab, um den Aufprall zu mindern, und ein heftiges Stechen fuhr durch seinen rechten Unterarm. Auch Sattler stieß einen Schmerzenslaut aus, als er mit der Brust gegen das Lenkrad prallte. Die linke Frontscheibe war zersplittert, der Motor abgestorben.

Durch das große Seitenfenster sah Gerber, wie sich vier bewaffnete Volkspolizisten schnell näherten. Die Sektorengrenze war in Sichtweite.

«Raus hier, zu Fuß weiter!», rief er Sattler zu, stieß die Beifahrertür auf und schwang sich aus dem Wagen. Er riss die Tür zum Laderaum auf und sah besorgt nach Eva, die neben ihrem Vater auf dem Boden hockte. «Ist euch was passiert?»

«Nur mit dem Kopf gestoßen», antwortete Eva und tastete nach ihrem Hinterkopf.

«Bei mir ist alles gut», sagte ihr Vater.

«Kommt raus! Wir müssen zu Fuß rüber.»

--

Sie liefen durch den prasselnden Regen auf die Sektorengrenze zu, verfolgt von den Vopos. Jeder Schritt brachte sie der Freiheit näher. Da stolperte Eva und fiel hin, wenige Schritte vor der Grenze!

Ihr Vater beugte sich über sie und half ihr aufzustehen, als erneut Schüsse fielen. Kornelius stieß einen kurzen, abgehackten Schrei aus und brach vor Evas Augen zusammen.

Eva krallte die Hände in seine Jacke und wollte ihn hochziehen, aber er war zu schwer. Er rührte sich kein bisschen, lag einfach nur da auf der regennassen Straße.

Hände griffen nach ihr und zogen sie von ihrem Vater weg.

Sie wehrte sich dagegen und wollte bei ihm bleiben, aber Philipp und Sattler waren stärker und zogen sie zur Grenze.

Das war vollkommen sinnlos, erkannte sie. Direkt vor ihnen stand ein Vopo, der seinen Karabiner von der Schulter riss und auf sie anlegte. Er würde sie einfach abknallen, wenn sie versuchten, über die Grenze zu kommen. Und er schoss.

Die Kugeln gingen an ihnen vorbei und klatschten knapp vor ihren Verfolgern auf den nassen Asphalt. Der Vopo schoss auf die eigenen Kameraden!

Da erkannte sie den schmalen, jungen Mann: Rainer Pietschmann. Sie war mit ihm ein Eis essen gewesen, an jenem Sonntagabend, mehr als zwei Wochen war das jetzt her. Ihr hatte es nicht viel bedeutet, aber ihm. Das hatte sie in seinen Augen gelesen, und seine Schüchternheit war noch größer gewesen als sonst. Beim Bezahlen in der Eisdiele hätte er fast sein Kleingeld auf dem Fußboden verstreut. Seitdem hatte sie ihn nicht mehr gesehen.

Jetzt schoss er sogar auf die eigenen Männer, um ihr zu helfen. Und die schossen zurück. Rainer wurde getroffen, drehte sich halb um sich selbst, und der Karabiner entglitt seinen Händen. Eva musste daran denken, wie er von seiner Mutter und seinen jüngeren Geschwistern erzählt hatte. Einen Vater gab es nicht mehr, er war in den letzten Kriegstagen bei den Kämpfen um Bautzen gefallen. Die Mutter war froh gewesen, dass ihr Ältester zu jung für die Wehrmacht und auch für den Volkssturm gewesen war.

Philipp und Sattler zerrten sie weiter, gnadenlos, bis sie den Grenzposten auf der westlichen Seite erreichten. Britische Militärpolizisten winkten sie durch und riefen auf Deutsch, aber mit schwerem Akzent: «Lauft, lauft!»

Die Briten standen mit gezogenen Waffen da und taten wenigstens so, als seien sie bereit, auf die Verfolger zu schießen. Gerber und Sattler zogen Eva in die Deckung eines Militärtransporters.

Heute waren stärkere Kräfte als üblich an der Sektorengrenze aufgezogen, um die Operation Calais abzusichern. Die Operation, die ein völliger Fehlschlag geworden war.

Nur wenige Meter entfernt und doch unerreichbar lagen Rainer Pietschmann und Evas Vater, und beide rührten sich nicht. Der schwere Regen nahm kein Ende.

// KAPITEL 27 //

Donnerstag, 12. August 1954

Dreiundzwanzig Tage nach Otto Johns Verschwinden

Gerber hockte mit angezogenen Beinen auf dem Hotelbett, hatte die Arme auf die Knie gelegt und blickte zum Fenster hinaus. Unermüdlich flackerte eine Neonreklame in der Dunkelheit wie zum Beweis, dass das Leben weiterging. Nur nicht für Kornelius Herden und für den jungen Volkspolizisten, den Eva gekannt hatte. Er griff nach dem Bourbonglas auf dem Nachttisch und leerte den Rest in einem Zug, dann zündete er sich die nächste Camel an.

Gerber hätte sich niemals auf die Stümperei einlassen dürfen, die sie großspurig Operation Calais genannt hatten. Zu wenig Zeit zur Vorbereitung, zu wenig Planung, zu wenig Männer und Material im Operationsgebiet, zu wenig Glück. Schon vor Stunden hatte er Dr. Brückner, dem Chef der Sicherungsgruppe, am Telefon sein sofortiges Ausscheiden aus dem Dienst angeboten.

«Unsinn, Gerber, Sie bleiben auf Ihrem Posten, der Alte hat vollstes Vertrauen in Sie», hatte Brückner geantwortet. «Wir alle haben Vabanque gespielt und kannten das Risiko. Die Frage ist, was wir mit dem Kranich machen. Wenn er keine

Lust mehr hat zu fliegen, sollten wir ihn wohl in seinem Käfig lassen. Alles andere erregt nur Aufsehen. Der Alte vertritt auch diese Meinung. Erholen Sie sich erst einmal, sondieren Sie unsere Optionen, und dann reden wir wieder.»

Der «Alte» war natürlich Adenauer, und «Kranich» war der Deckname für Otto John, weil er im Krieg für die Lufthansa gearbeitet hatte. Beim KGB hieß John «Proton» und beim Ministerium für Staatssicherheit schlicht «Keller». Warum man diese mehr oder minder phantasievollen Decknamen benutzte, wenn ohnehin jeder wusste, wer sich dahinter verbarg, war ein Mysterium, das sich Geber wohl niemals erschließen würde.

Das Fenster stand auf Kipp, und Sirenengeheul erinnerte ihn unangenehm an die Aufregung heute am britischen Grenzposten. Es war ihnen nicht möglich gewesen, zu dem niedergeschossenen Kornelius Herden zu laufen, und auch der Körper des jungen Vopos war von seinen Kameraden schnell ein Stück hinter die Grenze gezogen worden.

Er klemmte die Camel zwischen die Lippen, schwang sich aus dem Bett und wollte das Fenster schließen, überlegte es sich aber anders. Stattdessen zog er Oberhemd und Hose an und stieg in seine Schuhe, ohne sich um die Socken zu kümmern. In diesem Aufzug verließ er sein Zimmer und tigerte auf dem Flur hin und her. Hier hörte er den Straßenlärm nicht mehr, hatte aber auch weniger Ablenkung von seinen quälenden Gedanken.

Wieso waren plötzlich die Vopos aufgetaucht, als sie die Sektorengrenze schon fast erreicht hatten? Wer hatte sie verraten? Der Hotelportier, der mit Sicherheit ein Spitzel der Stasi war? Oder Otto John? Der war zu diesem Zeitpunkt noch mit seinem großen Auftritt vor den dreihundert Journalisten beschäftigt gewesen, hätte einem seiner ostdeutschen oder sowjetischen Begleiter aber einen Hinweis geben können. Gerber glaubte nicht, dass John es gewesen war. Der schien ein Mann zu sein, der sich gern alle Optionen offenhielt und es sich mit niemandem verscherzen wollte. Warum also hätte er den Westen düpieren sollen, in den er vielleicht doch irgendwann zurückkehren würde?

Die Camel war fast aufgeraucht, und er drückte den Stummel in einen der Aschenbecher, die den Gang in regelmäßigen Abständen wie Wachsoldaten flankierten. Als er auf der Suche nach Nachschub seine Hosentaschen abklopfte, fiel ihm ein, dass er Zigaretten und Feuerzeug im Zimmer gelassen hatte. Auf der Höhe von Evas Zimmer blieb er stehen, weil er etwas gehört hatte. Eine leise Stimme. Er legte sein Ohr an die Tür. Nein, da sprach niemand. Es war ein Schluchzen.

Zögernd klopfte er an die Tür, und das Schluchzen erstarb.

«Ich bin's», sagte Gerber, schluckte einen Kloß herunter und fügte hinzu: «Philipp.»

Eva öffnete die Tür. Sie war barfuß und trug nur eine etwas zu große Pyjamajacke, das Haar war zerzaust und das Gesicht verweint. Auch sie fand keinen Schlaf und trauerte um ihren Vater, an dessen mutmaßlichem Tod Gerber die Schuld trug.

«Ich habe dich weinen gehört und ...» Er unterbrach sich. «Entschuldigung, das war dumm von mir. Ich bin der Allerletzte, den du jetzt sehen willst.»

Er wollte zurück zu seinem Zimmer gehen, aber Eva öffnete die Tür jetzt ganz. «Bitte, bleib! Komm doch rein.»

In Evas Zimmer sah es ähnlich aus wie in seinem: das Bett zerwühlt, auf dem Nachttisch ein gefüllter Aschenbecher und ein Wasserglas mit einer Flüssigkeit, die wahrscheinlich auch der hoteleigene Bourbon war. Auch ihr Fenster stand auf Kipp, und der Lärm der Straße war wie eine andere Welt, die da draußen an ihnen vorbeirauschte.

«Wir beide versuchen, unsere Sorgen im Bourbon zu ertränken», sagte Gerber mit Blick auf das Glas. «Es sollte nicht zur Gewohnheit werden.»

Eva blickte zu ihm auf und wirkte dabei verloren. «Wenn man sonst nichts anderes hat.»

Vorsichtig, als könne jede hastige Bewegung sie verschrecken, legte Gerber seine Hände auf ihre Arme und zog sie ein Stück näher an sich heran. «Aber wir haben etwas anderes, etwas Besseres.»

«Was meinst du, Philipp?»

«Uns», sagte er und drückte, noch immer sehr behutsam, seine Lippen auf ihre. Ihre Zungen vereinigten sich zu einem langen Kuss, und eine Welle aus Wärme, Geborgenheit und Glück überschwemmte ihn. Gleichzeitig übermannte ihn das Verlangen nach der Frau, die er so sehr liebte und die er so lange entbehrt hatte. Seine Hände wanderten tiefer, unter ihre Pyjamajacke. Eva schlang ihre Beine um seine Hüften und klammerte sich an ihn. So trug er sie zum Bett, auf das sie sich fallen ließen. Sie küssten sich leidenschaftlich. Beide waren ausgehungert nacheinander, und in ihnen brachen sich Gefühle Bahn, die alles, was zwischen ihnen gestanden haben mochte, hinwegspülten.

--

Erschöpft und noch immer erhitzt lagen Gerber und Eva im Bett und rauchten, während von draußen das chronisch schlaflose Berlin seine nächtliche Symphonie durch das geöffnete Fenster hereinschickte. Keiner von ihnen sprach, das war nicht nötig.

«Ich bin so froh, dass mein Vater dieses Glück auch noch einmal erleben durfte, nachdem er meine Mutter verloren hatte», sagte Eva nach einer kleinen Ewigkeit. «Ich hoffe, seine Katya hat keine Nachteile dadurch, dass sie uns geholfen hat.»

«Wie heißt seine Freundin?», fragte Gerber, durch den Namen alarmiert.

«Katya mit Ypsilon.» Eva musste trotz ihrer Trauer schmunzeln. «So hat sie sich selbst vorgestellt.»

«Leutnant Katya!»

«Wieso Leutnant?»

Gerber erzählte Eva von der Dolmetscherin, die er in Hohenschönhausen getroffen hatte, und bat: «Beschreib mir diese Frau bitte genau, Eva. Versuch, dich an alles zu erinnern!» Eva kam der Aufforderung nach, und er sagte: «Das ist sie, das ist dieselbe Frau! Ich fürchte, ihre Liebe zu deinem Vater war nicht ganz so unschuldig, wie er glaubte.»

«Warum sollte sie ihm etwas vorgemacht haben?»

Er musste nicht lange überlegen, als er an das dachte, was Eva ihm schon vor ein paar Stunden über die russische Freundin ihres Vaters berichtet hatte. «Denk nur an das, was die Sowjets mit deinem Vater und dir gemacht haben, Eva. Er war das Druckmittel, damit du für sie gearbeitet hast. Und wenn diese Geschichte mit Katyas kleinem Sohn stimmt, war der Junge vielleicht wiederum das Druckmittel, damit sie deinen Vater ausgehorcht hat. Im U-Boot hat sie Uniform getragen. Das beweist, dass sie noch im Dienst von Mütterchen Russland steht.»

«Wenn das stimmt ...» Eva schüttelte den Kopf. «Ich sollte kein Urteil über sie fällen. Sie hat nur dasselbe getan wie ich, oder?»

Er sah die Traurigkeit in ihrem Gesicht und strich mit der rechten Hand über ihre Wange. «Was du getan hast, ist, soweit es mich betrifft, vergeben und vergessen. Also lass uns nicht mehr darüber reden!»

Er wollte Eva in die Arme nehmen, aber da klopfte es laut und heftig an der Tür.

«Entschuldigung, Fräulein Herden», rief Erwin Sattler. «Wissen Sie, wo Philipp ist?»

Fluchend stieg Gerber aus dem Bett, zog seine Hosen an und ging mit nacktem Oberkörper und nackten Füßen zur Tür.

Als er sie öffnete, brummte er: «Sag mal, Erwin, das Wort Nachtruhe ist dir wohl nicht geläufig.»

Sattler blickte an ihm vorbei zum Bett, in dem Eva sich rasch die Decke über den nackten Leib zog. «Nach Ruhe sieht mir das hier aber auch nicht aus. Da ist jemand im Foyer. Er will nur mit dir sprechen. Ich konnte bloß so viel aus ihm rauskriegen, dass es um ein geheimes Treffen geht.»

«Nicht schon wieder!», stöhnte Gerber auf. «Ist dieser Besucher etwa schmächtig, rot-blond und heißt Fritz?»

Sattler grinste. «Bingo! So sagt man doch in Amerika, oder?»

--

Fritz Lüttke saß in einem großen Sessel und schien sich nicht entscheiden zu können, ob er das linke Bein über das rechte oder das rechte über das linke schlagen sollte. Gerber und Sattler hoben ihn einfach hoch und führten ihn durch die Lobby hinaus auf die Straße, ohne dass er sich wehren konnte.

«Was soll denn das?»

«Hier können wir uns ungestört unterhalten», sagte Sattler.

«Das können wir drinnen auch.»

«Sicher doch.» Sattler zeigte auf das große Rundfunkgebäude auf der anderen Straßenseite, in dem auch in den Nachtstunden zahlreiche Fenster erleuchtet waren. «Aber wenn wir drinnen miteinander sprechen, können wir es auch gleich über den RIAS schicken. Außerdem ist es doch ganz gemütlich hier, regnet auch gar nicht mehr.»

«Ich wäre jetzt lieber in meinem Bett, das können Sie mir glauben», sagte Lüttke kleinlaut.

Sattler deutete mit dem Daumen auf Gerber. «Mein Kollege wäre auch lieber im Bett, wenn auch nicht unbedingt in seinem.»

«Ich soll mit Herrn Gerber sprechen und mit niemand sonst, das hat er gesagt.»

«Wer?», fragte Gerber ungeduldig.

«Der Franzose.»

«Dorst hat sich gemeldet?»

«Ja, er hat vorhin angerufen. Er will sich mit Ihnen treffen. Da, wo die Schießerei war, um drei Uhr. Das waren seine Worte.»

Sattler lachte auf. «Wie naiv ist der Mann eigentlich? Er glaubt doch nicht, dass mein Kollege sich noch einmal in die Gefahr begibt, von ihm entführt zu werden!»

Lüttke nestelte an seiner Mütze herum. «Der Franzose sagte, Herr Gerber könne so etwas einwenden. Aber ich soll Ihnen ausrichten, darum geht es nicht. Er will Ihnen etwas Wichtiges übergeben, und zwar genau in der Mitte zwischen beiden Grenzposten.»

«Klar, in der Mitte, die schön mit Scheinwerfern ausgeleuchtet ist», schnaubte Sattler. «Auch in der Nacht ist es da hell genug, um einen Mann mit einem einzigen gezielten Schuss auszuknipsen.»

«Der Franzose sagte, dass Sie auch das sagen würden.»

Sattler packte den Reporter am Kragen und schien kurz davor, ihm die Luft abzudrehen. «Jetzt hör mal zu, Männchen! Wenn dein Franzose schon vorher weiß, was wir sagen, wozu braucht er dich dann noch?»

«Sie können ihn ja auch erschießen», krächzte Lüttke.

Auf einen Wink Gerbers ließ Sattler ihn wieder los. «Was?»

«Das hat er gesagt. Sie könnten ebenso auf ihn schießen wie er auf Sie.»

«Und genau das werde ich auch tun, wenn er eine krumme Tour reitet. Richte ihm das aus!»

Lüttke blickte Sattler kopfschüttelnd an. «Ich spreche ihn nicht wieder. Ich soll nur ausrichten, dass Sie ihn um drei zwischen den Grenzposten treffen. An dem Treffpunkt sollen nur zwei Leute stehen, Herr Gerber und der Franzose.»

«Warum ruft er uns nicht einfach selbst an?», fragte Gerber. «Weshalb schickt er Sie als Boten?»

«Das weiß ich nicht. Und ganz ehrlich? Ich habe die Nase voll von Ihren seltsamen Geschichten. Das alles ist mir zwei Nummern zu heiß. Bitte lassen Sie mich in Zukunft einfach da raus!»

«Schöne Scheiße, das», maulte Sattler, als Lüttke im Strom der nächtlichen Passanten untergetaucht war. «Was will Dorst noch von uns? Uns verhöhnen wegen unserer missglückten

Aktion? Bestellt uns ausgerechnet an den Ort, an dem Fräulein Herdens Vater und der junge Vopo zurückgeblieben sind, vermutlich tot!»

«Fragen wir ihn doch einfach, wenn er uns schon treffen will.»

«Du willst wirklich dahin, Philipp?»

Gerber zwinkerte ihm zu. «Du weißt doch, ich gehe keinen nächtlichen Vergnügungen aus dem Weg.»

// KAPITEL 28 //

Kurz vor drei. Die Sektorengrenze lag still da, von Scheinwerfern und Straßenlaternen erhellt wie eine Bühne. Diesmal war Gerber bewaffnet, aber er glaubte nicht wirklich, dass ihm die Browning unter seiner Schulter etwas nutzte. Hier war er ausgestellt wie auf dem Silbertablett.

Eva hatte versucht, ihn davon abzuhalten, hatte sich an ihn geklammert, Tränen in den Augen. «Ich habe erst vor ein paar Stunden meinen Vater an dieser verfluchten Grenze gelassen. Ich will jetzt nicht auch noch dich verlieren. Bitte, Philipp, bleib hier!»

«Du weißt, dass ich zu dem Treffen gehen muss. Ich werde nicht allein sein. Sattler und die Kollegen werden mich decken.»

Jetzt standen sie, gemeinsam mit ein paar britischen Militärpolizisten, hinter ihm: der vierschrötige Erwin Sattler, der mit verkniffenem Gesicht zu dem Grenzposten auf der anderen Seite hinübersah und wirkte wie ein Stier, der am liebsten losstürmen würde. Der schlanke Werner Liepelt mit den stets wachsam hin und her huschenden Augen, denen kein Detail zu entgehen schien. Der eher stille Rudolf Senft, der seine hohe Stirn in Falten gelegt hatte, als missbillige er die ganze Aktion zutiefst. Und der junge Peter Müller, dem die Kollegen zu seinem Leidwesen den Spitznamen «Fräulein Müller» verpasst hatten. Es war Urlaubszeit, und die Personaldecke war dünn, weshalb man Müller in den Außeneinsatz nach Berlin geschickt hatte. Wenn er nicht nach der Browning unter seiner Schulter tastete, strich er nervös mit dem Zeigefinger über seinen Oberlippenbart, der ihn älter aussehen lassen sollte.

Gerber legte den Kopf in den Nacken und atmete tief durch. Trotz der Wolkendecke, die zäh über der Stadt hing, blieb es trocken. Auf der Straße schimmerten etliche Pfützen im künstlichen Licht, und die Luft war drückend feucht. Alle schwiegen. Zu den Militärwagen in seinem Rücken, deren dunkles Grün in der Nacht fast schwarz aussah, zählten auch zwei mit dem roten Kreuz im weißen Rund. Als er sich in Bewegung setzte, dachte er kurz daran, ob er bald in einer der Ambulanzen liegen würde. Er verdrängte das Bild und ersetzte es durch Eva, die er so gern wiedersehen wollte.

In der Mitte zwischen den Grenzposten blieb er stehen und konzentrierte sich nur noch auf das Hier und Jetzt. Scheinbar gelassen, steckte er sich eine Zigarette an, bevor er die Hände in den Manteltaschen versenkte. Im Licht der Scheinwerfer die beste Zielscheibe der Welt, stand er dort und wartete.

Aus dem Licht der Scheinwerfer auf der Ostseite, das Gerber blendete und ihn alles nur undeutlich erkennen ließ, löste sich ein Mann, der auch einen Trenchcoat trug. Es war Walter Dorst, der in dem grellen Licht ebenfalls die Augen zusammenkniff.

Eine Armlänge vor Gerber blieb er stehen und grinste schief. «Eigentlich müssten sie uns für die vielen schlaflosen Nächte extra bezahlen, *n'est-ce pas*?»

«Ich vermute, Sie lassen sich für Ihre Dienste gut genug bezahlen», erwiderte Gerber ohne den Unterton der Anbiederung, der in den Worten des Ex-Legionärs mitgeschwungen hatte. «Leben Herden und der Vopo noch?»

«Beide sind mausetot», sagte Dorst kalt. «Reden wir doch lieber über uns und die seltsame Situation, in der wir uns befinden.»

«Ich bin nicht für ein Schwätzchen hergekommen.»

«Wofür sonst?»

«Wenn Sie es mir nicht sagen, kann ich ja zurück ins Bett gehen. Ich wünsche Ihnen noch eine gute Nacht.» Gerber steckte die Zigarette wieder zwischen die Lippen und drehte sich um.

«Warten Sie!» Dorst breitete die Hände aus wie zur Entschuldigung. «Man wird doch noch einen Spaß machen dürfen. Ich habe etwas für Sie, Gerber.»

Dorsts Rechte fuhr in seinen Trenchcoat, und Gerbers Hand wollte nach der Browning greifen. «Keine Sorge, Kamerad. Wenn ich Sie hätte töten wollen, wäre das schon längst geschehen.» Dorst zog einen großen, braunen Umschlag hervor und überreichte ihn Gerber. «Hier drin ist ein Angebot an General Gehlen. Wenn er darauf eingeht, kriegen Sie John zurück – und einen persönlichen Bonus.»

Zögernd griff Gerber nach dem Umschlag. Der Inhalt fühlte sich nach einem Stoß Papiere an.

«Das übergeben Sie Gehlen ungeöffnet und persönlich, *compris?*»

«Ich arbeite weder für die Bundespost noch für die Org.»

Wieder setzte Dorst sein freches Grinsen auf. «Sie sind mir mittlerweile so vertraut geworden, dass ich einfach größtes Zutrauen in Ihre Verlässlichkeit habe. Und vergessen Sie den Bonus nicht, wenn Sie Ihre Aufgabe weisungsgemäß erfüllen.»

«Der wäre?»

«Kornelius Herdens Leiche. Dann kann Ihre kleine Freundin sich wenigstens gebührend von ihrem Vater verabschieden.»

«Was ist das für ein Angebot an Gehlen?», fragte Gerber.

«Ich bin nur der Bote.»

«Dann müsste ich die Frage also an den Genossen Oberst Semjonow richten.»

«Wo Sie den Oberst erwähnen, Gerber, ich soll Ihnen etwas ausrichten: Sie sollen immer an das Schafott denken.»

«Dann habe ich für Sie auch eine Botschaft zur Übermittlung.»

«Ja?»

Gerber blies dem anderen den Rauch seiner Zigarette ins Gesicht. «Camels schmecken mir besser als Papirossy.»

// KAPITEL 29 //

«Was das Wetter betrifft, hätten wir auch in Berlin bleiben können», sagte Gerber, um die Stille im Auto zu durchbrechen, aber Eva antwortete nicht. Stumm und in sich zusammengesunken saß sie auf dem Beifahrersitz von Gerbers Opel Kapitän, mit dem sie auf dem Weg vom Frankfurter Flughafen nach Bonn waren. So still war sie schon den ganzen Tag über gewesen, beim Frühstück im Hotel, auf dem Flug nach Frankfurt, und auch jetzt hatte sich nichts geändert.

Er beschloss, sie einfach in Ruhe zu lassen. Wenn er am Tag zuvor seinen Vater verloren hätte, wäre es ihm nicht anders gegangen.

Um sich abzulenken, schaltete er das Radio ein und geriet mitten in einen ausführlichen Bericht über Otto Johns Pressekonferenz am Vortag. Das wollte er jetzt nicht hören, und für Eva war es bestimmt auch nicht das Richtige. Vielleicht wäre es für sie besser gewesen, ihr in der Sowjetunion vermisster Vater wäre nie wiederaufgetaucht und sie wäre nie nach Berlin geflogen, um John dort bei seinem unglücklichen Unterfangen zur Seite zu stehen.

Noch vor dem Frühstück hatte Gerber von einer Telefonzelle aus mit Dr. Brückner telefoniert, der entschieden hatte, er solle mit dem von Dorst überreichten Umschlag zurück nach Bonn kommen. Gerber war erleichtert, dass er Berlin verlassen konnte. Der Fehlschlag, den er hier erlebt hatte, war deprimierend. Brückner hatte angeordnet, dass auch Sattler und Müller nach Bonn zurückkehren sollten. Liepelt und Senft hatte er die Aufgabe übertragen, vorläufig die Stellung in Berlin zu halten. Da John sich der Flucht in den Westen verweigert hatte, würde Brückner die beiden wohl auch bald zurückbeordern.

Gerber und Sattler waren zu einem Abschiedsbesuch ins Krankenhaus Moabit gefahren. Während es Sattler mehr zu seiner Lilly zog, hatte Gerber Kriminaloberrat Wesler aufgesucht. Obwohl er Wesler mochte, hatte er ihm so gut wie nichts über die jüngsten Entwicklungen erzählen dürfen. Da Wesler noch längere Zeit in dem Krankenhaus verbringen würde, hielt Dr. Brückner es für angeraten, ihn über die Lage im Unklaren zu lassen. Gerbers Besuch war daher sehr verkrampft ausgefallen; Gerber war allen konkreten Fragen ausgewichen und hatte sich bemüht, die Unterhaltung immer wieder auf Weslers Familie zu lenken. Sattler hatte am Krankenbett von Fräulein Wagner wohl ein paar erfreulichere Minuten verbracht, wie Gerber an seinem geradezu elysischen Lächeln erkannt hatte.

Natürlich hatte Zaunert von dem nächtlichen Treffen an der Sektorengrenze erfahren, wenn nicht durch Lüttke oder die britische Militärkommandantur, dann durch andere Quellen. Von dem mysteriösen Umschlag wusste er aber nichts, und als Gerber noch einmal zu einer kurzen Sitzung im Präsidium angetanzt war, hatte er auf Dr. Brückners Wunsch beharrlich darüber geschwiegen. Er hatte von wüsten Drohungen fabuliert, die Dorst ihm gegenüber ausgestoßen habe. Gerber solle sich bloß nicht wieder auf seinem Terrain sehen lassen und so weiter.

Zaunert hatte süffisant gelächelt. «Wie passend. Ich habe gehört, Sie fliegen heute noch nach Frankfurt.»

Gerber hatte zurückgelächelt. «Ich bin auch sehr froh, Sie nicht wiedersehen zu müssen.»

Nach dem gemeinsamen Flug von Tempelhof nach Frankfurt hatten sie sich getrennt. Sattler, der ebenfalls einen Wagen auf dem Flughafenparkplatz stehen hatte, war gemeinsam mit Müller zurückgefahren.

Der Regen wurde stärker, je näher sie Montabaur kamen. Gerber schaltete die Scheibenwischer und die Scheinwerfer an, bevor er versuchte, mit einer Hand die Camel-Packung aus seinem Jackett zu nesteln. Eva half ihm dabei und steckte zwei Zigaretten an. Ihre Lebensgeister schienen erwacht. Sie wandte sich Gerber zu und zwang ein tapferes Lächeln auf ihr Gesicht.

«Entschuldige meine Schweigsamkeit, Philipp. Der Tod meines Vaters hat alles wieder aufgewühlt, die letzten Jahre, der Krieg. Ich weiß noch heute, dass es ein Donnerstag war, als unser Haus zerbombt wurde, eigentlich ein Tag wie jeder andere. Es war um die Mittagszeit, da heulten plötzlich die Sirenen, wieder einmal. Wir haben es nicht mehr in den Schutzraum geschafft, sind deshalb in den eigenen Keller. Die Bomben fielen auf unser Haus, und der Keller wurde zum Grab. Mit mehr Glück als Verstand habe ich irgendwie überlebt und konnte mich ins Freie durchwühlen. Ich sehe mich wieder zwischen Steinen, Holzbalken und in Stücke gerissenen Möbeln knien. Ich habe mir die Hände blutig gegraben, doch meine Mutter, meine Geschwister und meine Großeltern, sie waren alle tot. Später bin ich durch die Straßen geirrt, habe Hilfe gesucht, aber überall in Hildesheim bot sich dasselbe Bild: Flammen, Rauch, Trümmer. Es roch nach verbranntem Holz, verbranntem Stoff, verbranntem Fleisch. Irgendwie wollte ich am Leben bleiben. Damals trieb mich die Hoffnung an, mein in Russland verschollener Vater könnte noch leben und käme bald zurück, damit er sich um mich kümmerte. Es musste sich doch jemand um mich kümmern. Hatte ich kein Anrecht darauf, dass jemand, irgendjemand, für mich da war?»

Das tapfere Lächeln auf Evas Gesicht war verschwunden, und die Tränen der letzten Nacht schimmerten wieder in ihren Augen. Gerber hätte sie gern in die Arme genommen und festgehalten, um ihr zu zeigen, dass er für sie da war.

«Je mehr Zeit verging, desto mehr schwand die Hoffnung auf eine Rückkehr meines Vaters», fuhr sie fort. «Ich machte einfach weiter, auch wenn mir meine Existenz sinnlos erschien. Ich bin dann ein Verhältnis mit Berthold eingegangen. Als ich von seinen Verbindungen zu den Sowjets erfuhr und hörte, dass mein Vater noch am Leben war, da habe ich Himmel und Hölle in Bewegung gesetzt, um ihn wiederzusehen. Und dann wollte ich ihn nicht wieder verlieren. Auch deshalb, Philipp, nicht nur aufgrund meiner politischen Ansichten, habe ich bei der Sache mit John mitgemacht und auch dabei, dich in die Falle zu locken. Aber, das musst du mir glauben, jede Stunde, die ich dich in Haft wusste, war ein Messerstich in mein Herz!»

«Das glaube ich dir, und ich habe dir längst verziehen. Aber das habe ich dir letzte Nacht schon gesagt. Du musst mir nichts erklären oder dich entschuldigen. Im Vergleich zu den Jahren, die dein Vater in Gefangenschaft war, sind die paar Tage, die ich im U-Boot verbracht habe, bedeutungslos. Mir tut nur unendlich leid, was gestern mit ihm geschehen ist. Ich …»

«Nicht, Philipp. Wie du schon sagtest, keiner von uns muss sich bei dem anderen entschuldigen.» Sie kurbelte das Seitenfenster ein Stück herunter und schnippte ihre Zigarettenkippe in den Regen. «Ob es mir in Bonn gelingt, nach dieser Geschichte wieder ein normales Leben zu führen?»

«War dein Leben jemals normal, Eva? Wann hast du dich zuletzt frei gefühlt?»

«Ich weiß es nicht», seufzte sie. «Ich denke, ich bin keine schlechte Journalistin. Ich würde gern weiter für den *Brennpunkt Bonn* schreiben, aber nur das, was ich wirklich schreiben möchte. Nichts, was mir aus Moskau oder Ost-Berlin diktiert wird. Ich bin nämlich trotz allem noch der Meinung, dass der Kommunismus einige Vorteile gegenüber dem westlichen System hat.»

«Das überrascht mich jetzt gar nicht. Du solltest unbedingt weiter schreiben. Alles, was ich von dir kenne, ist stilistisch brillant, wenn auch inhaltlich sehr fragwürdig.» Gerber musste grinsen, wurde aber gleich wieder ernst. «Ich bezweifle allerdings, dass der von Ost-Agenten verseuchte *Brennpunkt Bonn* der richtige Platz für dich ist. Nach meiner Einschätzung wird sich der Verfassungsschutz sehr intensiv mit dem Blatt beschäftigen und dort keinen Stein auf dem anderen lassen. Also denk lieber über einen Wechsel des Arbeitgebers nach oder über eine Karriere als freie Journalistin.»

Jetzt war es an Eva, trotz ihrer Niedergeschlagenheit ein wenig zu lächeln. «Als freie Journalistin? Ja, das könnte ich mir gut vorstellen. Die Frage ist nur, ob man davon leben kann.»

«Du bestimmt, Eva. Außerdem bin ich auch noch da, als Beamter mit festem Einkommen und Pensionsansprüchen.»

«Das klingt verlockend, Herr Kriminalhauptkommissar Gerber.»

Gerber grinste und scherte nach links aus, um einen Käfer

zu überholen, der im Schneckentempo über die Autobahn kroch.

«Wenn diese ganze Sache nur schon vorbei wäre. Die Geschichte mit dem Kuvert, das du zu Dr. Brückner bringst, die gibt mir wirklich Rätsel auf. Steckt dahinter eine neue Teufelei von Dorst?»

«Eher von Oberst Semjonow», sagte Gerber mit einem kurzen Blick auf den Rücksitz, wo die Aktentasche mit dem Umschlag lag.

«Derselbe Oberst Semjonow, der dich gemeinsam mit Katya Jerschowa verhört hat.»

«Die nächste undurchsichtige Figur in diesem Spiel.»

«Ob sie wirklich eine Nachthexe ist, eine dieser tollkühnen Pilotinnen aus dem Krieg?»

«Das könnte stimmen.»

«Vielleicht ist die Geschichte mit ihrem geraubten Kind trotzdem eine raffinierte Lüge, mit der sie meinen Vater getäuscht hat. Damit konnte sie begründen, weshalb sie ihn unbedingt nach Berlin begleiten wollte.»

«Oder die Geschichte mit ihrem kleinen Sascha ist wahr. Dann hätte sie wie du ein persönliches Motiv, sich auf die Pläne des KGB einzulassen.»

«Ich hoffe, sie ist eine Lügnerin!»

«Warum?», fragte Gerber überrascht.

«Weil sie mir sonst noch sympathisch wird. Und das möchte ich nicht bei einer Frau, die meinen Vater eindeutig hintergangen hat.»

«Jeder Schurke ist in seiner eigenen Geschichte der Held.»

«Auch wieder wahr. Apropos Schurke, glaubst du, Dorst meint es ernst? Wird er die Leiche meines Vaters herausgeben?»

«Das können wir nur hoffen.»

Eva starrte eine Weile durch das Fenster, wo immer wieder vereinzelte Häuser an ihnen vorbeizogen. «Muss ich mich von dir auch verabschieden, wenn wir Bonn erreichen?»

Er blickte kurz zur Seite und sah sie fragend an. «Wie meinst du das?»

«Man wird mich auf jeden Fall vernehmen. Da bei mir Verdunkelungsgefahr besteht, vielleicht auch Fluchtgefahr, komme ich wohl in Untersuchungshaft. Was man mit dir vorhat, weiß ich nicht. Vielleicht musst du weiter nach Bayern, wenn Brückner dich beauftragt, das Kuvert tatsächlich an Gehlen zu übergeben.»

«Das kann ich mir nur schwer vorstellen. Wenn da wichtige Dokumente drin sind, und alles deutet darauf hin, wird Brückner sie ungern der Org überlassen.»

«Na, ich habe da so ein Gefühl.»

«Was die andere Sache betrifft, Eva, ich denke, du bist in deinen eigenen vier Wänden besser aufgehoben als im Untersuchungsgefängnis. Nach allem, was du durchgemacht hast.»

«Das ist sehr lieb von dir. Ich kann mir aber nicht vorstellen, dass die bundesdeutsche Justiz das genauso sieht. Könntest du bei dem Rastplatz da vorne kurz halten?»

Er setzte den Blinker und nahm die Ausfahrt.

«Ich weiß nicht, ob es hier das gibt, was du suchst», sagte Gerber, der sich, mit Schrittgeschwindigkeit über den Schotter rollend, nach einem Toilettenhäuschen umsah.

Eva deutete auf eine Gruppe eng zusammenstehender Buchen. «Fahr da unter die Bäume, da sieht uns niemand.»

«Wenn dir das genügt», murmelte er und ließ den Opel Kapitän unter dem Blätterdach ausrollen. Von hier konnte man die anderen parkenden Fahrzeuge tatsächlich nicht mehr sehen. Und umgekehrt.

«Schauen wir mal, ob es mir genügt.»

Kaum hatte Eva das gesagt, hatte sie sich in einem Akt bewundernswerter Beweglichkeit umgedreht und auf seinen Schoß gesetzt.

«Ich weiß nicht, was mit uns wird, wenn wir erst in Bonn sind. Wie es mit uns weitergeht und ob wir uns noch sehen können. Ich will dich noch einmal spüren, jetzt!»

Sie schob ihr Kleid hoch, und Gerbers Hände strichen über ihren warmen, verlockenden Körper. Er spürte die Erregung, die ihre Nähe, der Duft ihres Parfüms und ihre Berührungen in ihm auslösten. Der unaufhörliche Regen, der aufs Autodach trommelte, umhüllte sie, und die Welt außerhalb hörte auf zu existieren.

// KAPITEL 30 //

«Wo haben Sie dieses Fräulein Herden gelassen?», fragte Dr. Ernst Brückner, als Gerber ihm in der Simrockstraße gegenübersaß.

Das Büro des Leiters der Sicherungsgruppe war geräumig und ließ nichts von der chronischen Platznot erahnen, unter der die Einheit litt. Bücherregale, Aktenschränke und an den Wänden noch Platz genug für große Fotografien von Bundeskanzler Adenauer und Innenminister Schröder.

«Ich habe sie in ihrer Wohnung in Bad Godesberg abgesetzt», sagte er wahrheitsgemäß. «Der Tod ihres Vaters ist ein großer Schock für sie gewesen. Viel Ruhe und das eigene Bett werden ihr guttun.»

Brückner war Mitte vierzig und hatte ein zumeist unbeteiligt wirkendes Bürokratengesicht. Im Dienst war Pflichterfüllung sein oberstes Gebot, aber er hatte auch eine andere Seite. Beim gemütlichen Beisammensein mit seinen Mitarbeitern taute er regelmäßig auf, schmetterte lauthals fröhliche Lieder und gab Witze zum Besten, die er nicht hätte erzählen können, hätte es in der Sicherungsgruppe auch weibliche Beamte gegeben. Das hatte ihm im Kreis von Gerbers Kollegen eine gewisse Beliebtheit verschafft, aber Gerber durfte nicht vergessen, dass ihm im Augenblick der korrekte Beamte gegenübersaß.

«Im Untersuchungsgefängnis gibt es auch Betten», erklärte

er. «Aber Sie haben vermutlich ein besonderes Interesse an ihrem Wohlergehen.»

Gerber ging über die Stichelei hinweg. «Nach dem Verlust ihres Vaters haben Stasi und KGB kein Druckmittel mehr gegen sie in der Hand. Fluchtgefahr besteht meiner Ansicht nach nicht. Ebenso die Möglichkeit, sie könne irgendwelche Beweise verschwinden lassen. Ihre Wohnung wurde längst durchsucht.»

Brückner nickte bedächtig, was Gerber als Zustimmung auffasste, und sagte: «Die Redaktionsräume des *Brennpunkt Bonn* wurden ebenfalls durchsucht und versiegelt. Dabei wurde ein Foto gefunden, das wohl Fräulein Herdens Vater zeigt, und Briefe, die er ihr aus der russischen Gefangenschaft geschrieben hat. Inwieweit sie das be- oder entlastet, muss die Staatsanwaltschaft entscheiden. Ich hoffe nur, wir können dieses rote Hetzblatt für alle Zeiten einstampfen.»

«Es gibt andere, und es wird neue geben.»

«Und Fräulein Herden wird für sie schreiben?»

«Vermutlich. Das ist ihr gutes Recht.»

Brückner winkte ab. «Jaja, geschenkt. Sie bürgen für Fräulein Herden, und das reicht mir.»

«Ich habe, bevor ich zu Ihnen kam, die Bonner Polizei gebeten, eine Wache vor ihrer Wohnung zu postieren. Wegen der Anschläge in letzter Zeit auf Dr. Neuenhahn und Frau Rüsch.»

«Ah, gut. Ich hatte mich schon gewundert, warum Sie so spät kommen.»

Ein junger Kollege, der in der Simrockstraße ähnliche Aufgaben zu erledigen hatte wie «Fräulein Müller» in der Villa Selve, brachte ihnen Kaffee. Das schwarze Gebräu war nicht besonders gut, aber Gerber begrüßte alles, was seine Lebensgeister weckte.

«Gut, dass die Belegschaft sich allmählich wieder in Bonn einfindet», sagte Brückner nach dem ersten Schluck. «Sattler und Müller sind vor einer Stunde eingetroffen, und Liepelt und Senft werde ich auch bald zurückbeordern. Da Herr Dr. John offenbar auf unbestimmte Zeit in der Zone festsitzt, gibt es keine Veranlassung mehr, sie in Berlin zu belassen.»

«Warum sind sie heute nicht mit uns geflogen?»

«Betrachten Sie es als taktische Maßnahme. Offiziell ermitteln wir noch wegen Johns Sektorenübertritt in Berlin, und solange die beiden vor Ort sind, ziehen sie die Aufmerksamkeit auf sich. Das hat Ihnen und Fräulein Herden vielleicht etwas mehr Luft verschafft. Aber in Bälde wird Kollege Wesler der einzige Mann der Sicherungsgruppe sein, der sich noch in Berlin aufhält. Übrigens, wie geht es ihm?»

«Er befindet sich auf dem Weg der Besserung, aber die Kugel hat ihn übel erwischt. Seine größte Sorge gilt allerdings der Affäre John, wie er mir heute Vormittag versichert hat. Er ist gar nicht glücklich darüber, dass er nicht auf dem Stand der Dinge ist.»

«Verständlich, aber nicht zu ändern. Was er nicht weiß, kann er nicht ausplaudern. Wenn er wieder hier ist, werde ich ihn über alles Wichtige unterrichten.»

«Sehr gut», sagte Gerber und nahm noch einen Schluck von dem schrecklichen, aber wirksamen Kaffee. «Bevor ich es vergesse, ich soll Sie von ihm grüßen.»

«Ich soll Sie auch grüßen, Gerber.»

«So, von wem?»

Brückner blickte zu Adenauers Foto. «Die Grüße kommen

aus dem Schwarzwald. Ich habe mit unserem Kurgast dort vor zwei Stunden telefoniert. Er wünscht Ihnen Glück bei Ihrer Mission.»

Gerber merkte auf. «Was für eine Mission? Ich habe meine Mission gerade abgeschlossen, und sie ist grandios gescheitert.» Er bückte sich und zog den braunen Umschlag aus seiner Aktentasche. «Das ist alles, was ich Ihnen von meiner Mission mitbringe. Und ich weiß noch nicht einmal, was es ist.»

Brückner nahm das Kuvert an sich und drehte es hin und her, als könne er dadurch erkennen, was darin war. «Dieser Fremdenlegionär, Dorst, hat wirklich keine Andeutung zum Inhalt gemacht?»

«Nicht die kleinste. Ich soll den Umschlag General Gehlen geben, das ist alles.»

«Er hat von *General* Gehlen gesprochen?»

«Ja. Ist das wichtig?»

«Vielleicht. Es bestätigt doch Ihre Annahme, dass Oberst Semjonow hinter der Sache steckt. Vielleicht ist es eine Sache zwischen zwei alten Soldaten.»

«Dahin gehen auch meine Überlegungen», bestätigte Gerber. «Wir werden mehr wissen, sobald Sie den Umschlag geöffnet haben. Geben Sie ihn der Kriminaltechnik, damit Gehlen nicht sehen kann, dass er geöffnet wurde?»

«Gehlen selbst wird den Umschlag öffnen, und wir schauen vorher nicht hinein.»

Verblüfft beugte sich Gerber vor. «Was? Wieso das?»

«Gehlen könnte es merken, und dann erfährt vielleicht Semjonow davon. Wenn wir uns an die Spielregeln halten, besteht noch eine Chance, Dr. John zurückzubekommen. Gleichzeitig ist es eine Chance für Ihre Freundin, ihren Vater anständig zu beerdigen. Deshalb werden Sie, Gerber, nach Bayern reisen und Gehlen den Umschlag überbringen.»

Brückner reichte den Umschlag an Gerber zurück.

«Das klebt ja richtig an mir», murmelte Gerber unzufrieden. «Ich war froh, das Ding endlich los zu sein. Ist das die Mission, auf die mich unser Kurgast im Schwarzwald schickt?»

Brückner lächelte dünn, ohne echte Erheiterung. «Der hat die Sache abgenickt, aber entschieden wurde es von anderer Seite.»

«Von wem?»

«Das werden Sie noch früh genug feststellen. Es ist halt alles ein bisschen geheim, wissen Sie.»

Gerber steckte den Umschlag zurück in die Aktentasche und stieß ein trockenes Lachen aus. «Bei uns ist immer alles ein bisschen geheim.»

// KAPITEL 31 //

Freitag, 13. August 1954

Vierundzwanzig Tage nach Otto Johns Verschwinden

Gerber vergewisserte sich durch einen Blick in den Rückspiegel, dass seine Verfolger noch hinter ihm waren. Fast hätte ihm etwas gefehlt, wäre der knallrote DKW verschwunden gewesen. Es blieb ihm ein Rätsel, weshalb man zur Beschattung einen so auffällig lackierten Wagen einsetzte, aber das war nicht sein Problem. Der Wagen folgte ihm, seitdem er in die Nähe von Pullach gekommen war, und er irrte sich wohl kaum, wenn er in den beiden Insassen Männer der Org vermutete. Hatten sie ihn bereits erwartet, oder begleiteten sie jeden, der sich ihrer Basis näherte?

Er musste schmunzeln, als im Radio Bing Crosby mit *The Last Mile Home* erklang. Ein scheußlich traniger Song, aber wahrscheinlich war es noch ungefähr eine Meile bis zum Camp Nikolaus. Angesichts des Namens hätte auch eines von Crosbys bekannten Weihnachtsliedern gut gepasst, aber dazu war es definitiv die falsche Jahreszeit.

Er war heute sehr früh aufgestanden und gleich aufgebrochen. Der verlockenden Idee, die Nacht bei Eva zu verbringen, hatte er mit Mühe widerstanden. Sie hatten ihren Abschied bereits gehabt, und er benötigte wirklich Schlaf. Außerdem fand er den Gedanken, mit Eva im Bett zu liegen, während vor der Tür ein Polizist Wache hielt, irgendwie seltsam. Er hatte sich dafür entschieden, mit dem Wagen nach Bayern zu fahren, weil es unkompliziert war und er auf diese Weise flexibel blieb.

Pullach lag südlich von München. 1947 hatte die Org hier Quartier bezogen, am 6. Dezember, daher der Scherzname Camp Nikolaus, der sich inzwischen eingebürgert hatte. Die Landschaft im Isartal war heimelig, was man von dem riesigen Areal, das nach einer Biegung vor Gerber auftauchte, nicht sagen konnte. Unzählige Häuser mit Walmdächern, umgeben von hohen Mauern, umzäunt von Stacheldraht, lagen unter dem bewölkten Himmel. Alles andere als unauffällig, aber gut abgeschirmt. Er hatte die Basis der Organisation Gehlen erreicht.

Nach den Hinweisschildern in Deutsch und Englisch auf ein militärisches Sperrgelände, zu dem Unbefugte keinen Zutritt hatten, bog er in eine Zufahrt ein und hielt vor einem Gittertor. Im Rückspiegel sah er, wie der rote DKW langsam an der Zufahrt vorbeirollte und dann wieder Fahrt aufnahm. Das Begleitkommando hatte seinen Zweck erfüllt. Das Gittertor wurde durch einen elektrischen Mechanismus geöffnet, und zwei Männer in der Uniform der amerikanischen Militärpolizei traten aus einem Wachhäuschen und auf den Opel Kapitän zu. Einer richtete seine Maschinenpistole auf Gerber. Der andere blieb neben der Fahrertür stehen. Gerber schaltete das Radio aus und kurbelte das Fenster herunter.

«Was wollen Sie hier?», fragte der Sergeant mit verkniffenem Gesicht in einem sehr amerikanisch gefärbten Deutsch.

Gerber setzte ein höfliches Lächeln auf. «Mein Chef, Dr.

Brückner von der Sicherungsgruppe Bonn, hat mein Eintreffen bei General Gehlen avisiert.»

«Gehlen? Ich kenne niemandem mit diesem Namen.»

«Ja, natürlich. Lassen Sie uns die Höflichkeiten doch abkürzen. Ich bin Kriminalhauptkommissar Philipp Gerber und sollte auf Ihrer Besucherliste stehen.»

Der Uniformierte streckte die Hand aus. «Papiere!»

Gerber reichte ihm seinen Dienstausweis.

Der Sergeant betrachtete den Ausweis eingehend und gab ihn an Gerber zurück. «Tragen Sie eine Waffe bei sich?»

«Eine FN Browning im Schulterholster.»

Der Uniformierte streckte erneut die Hand aus. «Die bekommen Sie zurück, wenn Sie das Camp verlassen.»

Gerber gab ihm die Waffe ohne Umschweife. Er hatte damit gerechnet, sie abgeben zu müssen. Der Sergeant brachte die Pistole in das Wachhäuschen, ging dann zur rechen Wagenseite und setzte sich auf den Beifahrersitz.

Bevor er die Autotür schloss, sagte er auf Englisch zu seinem Kameraden mit der Maschinenpistole: «Ich begleite den Mann zu Dr. Schneider.»

Das waren also die Formalitäten gewesen, und jetzt wurde er zum Herrn des Camps gebracht. Dr. Schneider war Gehlens Deckname, was so gut wie jeder wusste.

Der dritte Wachtposten, dessen Umrisse Gerber in dem Häuschen erkennen konnte, ließ das Tor ganz zur Seite gleiten, und der Mann mit der MP gab den Weg frei.

«Ein Stück geradeaus, dann an der zweiten Kreuzung rechts», sagte der Soldat auf dem Beifahrersitz.

Er lotste Gerber durch das Areal, das wie eine kleine Stadt auf ihn wirkte. Nein, falsch, es *war* eine kleine Stadt. Es gab

Dienstgebäude und Wohnhäuser, Geschäfte und eine Kfz-Werkstatt, eine Schreinerei und eine Schlosserei, ein kleines Krankenhaus und eine Feuerwache, Schule und Kindergarten, Sportanlagen und ein Schwimmbad. Eine Welt für sich. Über allem flatterten einmütig nebeneinander die bundesdeutsche Flagge und die der Vereinigten Staaten, was, ebenso wie die Präsenz der amerikanischen Militärpolizei, zeigte, dass die Org zwar auf deutschem Boden residierte, aber eine amerikanische Organisation war.

Schließlich hielten sie vor einem lang gestreckten Dienstgebäude, in dem Männer und Frauen in Zivil geschäftig umhergingen. In einem eher kleinen Büro saß Reinhard Gehlen in einem grauen Anzug an einem Schreibtisch und lächelte sogar, als er Gerber mit Handschlag begrüßte. Der Sergeant wartete vor der Tür.

Gehlen wies auf einen Stuhl. «Nehmen Sie Platz, Herr Hauptkommissar. Sie haben ja einiges erlebt seit unserem letzten Treffen. Davon müssen Sie mir bei Gelegenheit unbedingt ausführlich erzählen.»

Gerber setzte sich, schlug die Beine übereinander und fragte: «Wie spreche ich Sie richtig an, mit Herr General oder Herr Doktor?»

Gehlen grinste. «Herr Doktor oder Dr. Schneider hat sich hier so eingebürgert. Die übliche Geheimniskrämerei, aber das dürften Sie ja kennen.»

Gerber nahm an, dass die letzte Bemerkung eine Anspielung auf seine Vergangenheit beim CIC sein sollte, aber er ging nicht darauf ein. Stattdessen sagte er: «Ein schönes Gelände haben Sie hier, ziemlich autark, wie es aussieht.»

«Das ist der Grundgedanke. Arbeiten und Leben am selben

Ort, amerikanisches Sperrgebiet ohne Zugriff der deutschen Behörden. Was uns die größtmögliche Geheimhaltung ermöglicht. Keine amtliche Meldepflicht des Wohnsitzes, nicht einmal die Kinder werden bei der Einschulung registriert. Die Familien leben hier, kaufen hier ein, die Männer spielen Fußball auf dem Sportplatz, und die Frauen haben hier einen eigenen Frisiersalon. Abends gehen sie gemeinsam in unser Kino. Heute gibt es übrigens einen Hitchcock mit Montgomery Clift.»

«Und wenn die Kinder einmal groß sind, haben Sie sich Ihren ganz geheimen Geheimdienstnachwuchs herangezüchtet, von dessen Existenz niemand weiß.»

Gerber hatte mit einem spöttischen Unterton gesprochen, aber Gehlen sagte ungerührt: «Hier haben wir die optimalen Möglichkeiten, Martin Bormann sei Dank.»

«Wie bitte?»

«Sie haben richtig gehört, Herr Gerber. Wir befinden uns hier auf dem Gelände der ehemaligen Reichssiedlung Rudolf Heß, in den Dreißigerjahren als Mustersiedlung für die Parteielite der NSDAP errichtet. Bauherr war Martin Bormann, der ‹Sekretär des Führers›.» Gehlen breitete in einer entspannten Geste die Arme aus. «Wir fühlen uns hier pudelwohl.»

Fast hätte Gerber gesagt, das könne er sich denken, aber er schluckte die Bemerkung herunter und sagte nur: «Schön für Sie.»

Gehlen legte die Ellbogen auf die Schreibtischplatte, beugte sich vor und stützte das Kinn auf die ineinander verschränkten Hände. «Was führt Sie zu mir, Herr Hauptkommissar?»

Gerber nahm den braunen Umschlag aus der Aktentasche und reichte ihn Gehlen. «Post für Sie, Herr Doktor. Persönlich und ungeöffnet übergeben, wie gewünscht.»

«Was ist das?»

Gerber berichtete von dem nächtlichen Treffen mit Walter Dorst. «Dorst sagte, der Umschlag enthalte ein Angebot an Sie, Dr. Schneider. Nur wenn Sie darauf eingehen, kehrt John in den Westen zurück.»

Gerber dachte an das, was er von Colonel Anderson gehört hatte. Wenn Gehlen wirklich eifersüchtig auf Otto John war und dessen Amt gern selbst bekleidet hätte, konnte er gar kein Interesse daran haben, dass John in den Westen zurückkam. Aber das durfte Gehlen natürlich nicht zugeben, dachte Gerber und starrte auf das braune Kuvert.

Gehlen hatte seinen Blick bemerkt. «Ich öffne den Umschlag später und sehe dann, wer immer mir da eine Nachricht schicken mag. Dieser Dorst ist doch nur ein Mittelsmann.»

«Ich tippe auf den Genossen Pjotr Nikolajewitsch Semjonow.»

Der Name elektrisierte Gehlen augenscheinlich.

«Sie kennen Semjonow?» Gehlen fragte das scheinbar nebenher, aber er konnte das leichte Vibrieren seiner Stimme nicht ganz unterdrücken. Dann tat er, als erinnere er sich gerade. «Aber ja, Zaunert hat erwähnt, dass Sie dem Oberst während Ihrer Entführung begegnet sind.»

«Er hat mich im U-Boot verhört und mir eine Bekanntschaft mit dem Schafott in Aussicht gestellt.»

«Wohl in einem sehr höflichen Ton, wie ich ihn kenne.»

«Wir sprachen dabei über Goethe und Schiller.»

«Der gute alte Pjotr Semjonow, wir kennen uns noch aus dem Krieg. Berichten Sie mir bitte ganz genau von Ihrer Begegnung mit ihm.»

Nachdem Gerber das getan hatte, blieb Gehlen eine Weile

still sitzen, eine Hand auf dem Kuvert. Dann rief er den Militärpolizisten herein.

«Sergeant Kaminski, unser Gast hat nach der langen Fahrt sicher einen Riesenhunger. Begleiten Sie ihn doch in die Esshalle und anschließend zu seiner Unterkunft, damit er sich frischmachen kann.» Zu Gerber gewandt, sagte er: «Ich denke, wir sehen uns zum Abendessen. Dann wird noch jemand zu uns stoßcn.»

// KAPITEL 32 //

«Moskau. Die Sowjetunion hat den Vorschlag der österreichischen Regierung abgelehnt, auf einer Konferenz der vier Siegermächte über Erleichterungen der Besatzungsregeln in Österreich zu verhandeln. Hamburg. Die Illustrierte *Stern* hat eine Verfassungsbeschwerde angekündigt, nachdem die Ausgabe 33 beschlagnahmt worden ist. Grund für die Beschlagnahme war ein Artikel über die Affäre Otto John. Henri Nannen, Chefredakteur des *Stern*, sagte dazu …»

Nicht schon wieder Otto John! Gerber schaltete das Radio aus, schwang sich von dem schmalen Bett, zog seine Schuhe an und streifte das Jackett über. Geduscht und frisch rasiert verließ er gegen halb sieben sein Zimmer in dem Gebäude, in dem mehrere unverheiratete Mitarbeiter der Org ihre Apartments hatten. Wären sie beim Militär gewesen, hätte man es wohl als Offiziersunterkunft bezeichnet.

Er war um sieben mit Gehlen und dem geheimnisvollen Gast zum Abendessen verabredet und wollte nicht darauf warten, dass man ihn abholte. Den Weg zur Esshalle, wie sie die Kantine hier nannten, hatte er sich eingeprägt. Schon am Nachmittag hatte er einen ausgedehnten Spaziergang durch das Camp unternommen. Fotografieren war streng verboten, wie Hinweisschilder auf Deutsch und Englisch verkündeten, also hatte er sich alles möglichst genau angesehen und, als er zurück in seinem Zimmer war, in Form einer Lageskizze und erläuternder Notizen zu Papier gebracht. Vielleicht würde er nie wieder die Gelegenheit haben, durch das Hauptquartier der Org zu spazieren.

Er steckte eine Camel zwischen seine Lippen und ging ganz gemütlich, als gehöre er dazu, durch das Camp. Mütter schoben Kinderwagen durch die Straßen, Väter spielten mit ihren Söhnen Ball oder wuschen ihre Autos. Von irgendwo wehte Schlagermusik herüber, die tiefe Stimme von Bruce Low mit *So viel Wind und keine Segel.* Jetzt, in den Abendstunden, glich das Camp Nikolaus fast einer normalen Wohnsiedlung, wären nicht die Jeeps der Militärpolizei gewesen, die durch die Straßen patrouillierten.

In der Esshalle schien es abends einen normalen Restaurantbetrieb zu geben. Gerber wandte sich an einen Kellner und sagte ihm, er sei ein Gast von Dr. Schneider.

Der Mann setzte sein unbeteiligtes Kellnerlächeln auf. «Bitte, der Herr, folgen Sie mir. Dr. Schneider hat für sich und seine Gäste in einem separaten Raum decken lassen.»

In dem kleinen Speisezimmer stand ein quadratischer Tisch mit vier Stühlen, gedeckt war aber nur für drei. Noch war Gerber allein, und seine einzige Gesellschaft bestand aus Friedrich dem Großen, der auf dem Druck eines bekannten Gemäldes eine Wand schmückte und, den Degen in der einen und die Fahne in der anderen Hand, seine Truppen in die Schlacht von Zorndorf führte. Ein Sieg der Preußen über die Russen. Ob Gehlen, der ehemalige Leiter der Abteilung Fremde Heere Ost, hinter der Auswahl des Wandschmucks steckte?

«Darf ich Ihnen einen Aperitif servieren, während Sie auf die anderen Herren warten?», erkundigte sich der Keller.

«Später, wenn die anderen auch da sind», antwortete Gerber.

Der Kellner verließ den Raum, und Gerber trat ans Fenster. Er blickte hinaus zu der Feuerwache, deren Tore für die Nacht verschlossen wurden. Die kleine Siedlung, mitten in Bayern gelegen und doch außerhalb jeglichen Zugriffs seitens der deutschen Behörden, bereitete sich auf die Nacht vor. Obwohl es ihm im Camp Nikolaus sehr viel angenehmer erging, musste er an die Zeit in Hohenschönhausen denken. Auch hier kam er nur heraus, wenn andere ihn ließen. Er dachte an Eva und hoffte, dass sie die vertraute Umgebung ihrer Wohnung genoss.

Die Tür zum Speisezimmer wurde geöffnet, und zwei Männer traten ein, der eine in Zivil und der andere in Uniform. Der Mann in Zivil war Dr. Schneider alias Reinhard Gehlen, der zum Dinner einen dunklen Anzug angezogen hatte. Der andere trug eine amerikanische Uniform mit den Rangabzeichen eines Colonels. Er grinste über sein ganzes kantiges Gesicht, als er auf Gerber zuging und ihm kräftig die Hand schüttelte.

«Hallo, Phil, mein Junge! Wie du siehst, kannst du mir nicht entgehen.»

«Offenbar nicht, Sir.»

Er stand vor Hiram C. Anderson und dachte an sein Gespräch mit Dr. Brückner am Vortag. Was hatte Brückner noch gesagt? Der Kurgast im Schwarzwald habe Gerbers Mission zwar abgenickt, aber entschieden worden sei die Sache von anderer Seite. Nur eine Sache verstand er dabei nicht. Die Org wurde von der CIA bezahlt, nicht vom CIC, und bei ihrem letzten Zusammentreffen hatte sich Anderson sehr reserviert gegenüber Gehlen gegeben. Jetzt erweckten die beiden den Eindruck, sie kämen bestens miteinander aus.

«Ich musste mich ganz schön beeilen, um rechtzeitig zum Abendessen mit dir hier zu sein», fuhr Colonel Anderson in seinem freundschaftlichen Ton fort. «Deshalb bin ich geflogen. Sonderflug, Militärmaschine. Alles für dich, mein Junge.»

Der Kellner servierte auf einem kleinen Silbertablett Wodka Martini mit einer Olive im Glas.

«Wenn man den Russen etwas überlassen sollte, dann das Brennen von Wodka, davon verstehen sie wirklich etwas.» Gehlen hob sein Glas in Richtung des Alten Fritz. «Ansonsten sage ich: Möge der Iwan bald mal wieder ordentlich was auf die Mütze kriegen! Prosit, meine Herren!»

Anderson stimmte dem Gastgeber begeistert zu, nur Gerber trank den Aperitif schweigend. Er fühlte sich ein bisschen wie bei der Verschwörung zu einem neuen Krieg, und den konnte das gebeutelte Europa jetzt am wenigsten vertragen. Sie setzten sich an den Tisch, und schon kehrte der Kellner mit einer Ochsenschwanzsuppe zurück, die einen starken Beigeschmack nach Madeira hatte. Gehlens Aufforderung, von seinen Erlebnissen in Ost-Berlin zu berichten, kam Gerber nur im Telegrammstil nach. Er war nicht in der Stimmung, das alles noch einmal zu durchleben, und interessierte sich viel mehr für den Umschlag.

Erst bei der Hauptmahlzeit, einem riesigen Rumpsteak mit Kartoffelspalten und diversen Gemüsebeilagen, gelang es Gerber, das Gespräch darauf zu bringen. «Haben Sie inzwischen Ihre Post geöffnet, Herr Doktor?»

Jedes Mal, wenn Gerber zu ihrem Gastgeber «Herr Doktor» oder «Dr. Schneider» sagte, konnte sich Anderson ein Grinsen nicht verkneifen. Entgegen der im Camp geltenden Regeln nannte er Gehlen konsequent «General».

Gehlen zerkaute genüsslich ein Stück Fleisch und spülte es mit einem Schluck Rotwein herunter, bevor er sich bequemte, Gerbers Frage zu beantworten. «Ja, ich habe mir den Inhalt des Kuverts nach unserem ersten Gespräch angesehen. Es hat nicht lange gedauert, weil ich die meisten Papiere selbst besitze. Es sind, neben ein paar Instruktionen von Semjonow an mich, Kopien von Unterlagen zum Peter-Plan. In diesen Unterlagen sind allerdings entscheidende Stellen und alle Namen geschwärzt. Der gute Semjonow will mir nur zeigen, dass er die Unterlagen besitzt und jederzeit veröffentlichen kann. Ich finde das Ganze irgendwie kindisch. Kann man den alten Kram aus dem Krieg nicht endlich mal auf sich beruhen lassen?»

«Keine Ahnung, da ich nicht weiß, worum es geht», gestand Gerber freimütig. «Von diesem Peter-Plan habe ich noch nie gehört.»

«Das Ganze war ja auch streng geheim», erläuterte Gehlen, bevor er ein weiteres Stück Fleisch auf die Gabel spießte.

«Natürlich», sagte Gerber. «Was sonst?»

«Nur die Ruhe, Phil», kam es im väterlichen Ton von Anderson. «Der General wird dir gleich erklären, worum es geht.»

Kauend nickte Gehlen und zeigte mit der Gabel auf den Wandschmuck. «Da kommt der Alte Fritz wieder ins Spiel. Im Siebenjährigen Krieg stand er mit dem Rücken ziemlich zur Wand, weil er sich mit zu vielen Mächten auf einmal angelegt hatte: Sachsen, Österreich, Frankreich, Russland, das Heilige Römische Reich und diverse andere. Eine große Dummheit, die unserem sogenannten Führer vor fünfzehn Jahren keine Warnung war. Friedrich hatte aber mehr Glück als Verstand. Im Januar 1762 starb die Zarin Elisabeth, und den Thron bestieg ihr Neffe, Zar Peter III. Er verehrte Friedrich und Preußen, schloss erst Frieden und dann sogar ein Bündnis mit dem Alten Fritz.»

Um den Vortrag abzukürzen, sagte Gerber: «Ich habe Geschichte in der Schule auch sehr gemocht und kenne den ganzen Kram, aber der Begriff Peter-Plan sagt mir trotzdem nichts.»

«Das ist der Codename für ein Geheimprojekt aus den letzten Monaten des Zweiten Weltkriegs. Ein Versuch, von Deutschland das Schlimmste abzuwenden und das Land davor zu bewahren, von der Roten Armee überrollt zu werden. So ähnlich, wie es dem Alten Fritz damals durch den Friedensschluss mit Peter III. gelungen ist. Ein ziemlich tollkühner und verzweifelter Versuch allerdings, der dann auch gründlich in die Hose gegangen ist. Während Hitler immer nur vom Separatfrieden mit den Westmächten schwafelte, haben Deutschland und die Sowjetunion auf der Ebene der Nachrichtendienste versucht, zu einer Verständigung zu kommen. Eine Verständigung, die zu diesem Zeitpunkt Millionen Menschenleben hätte retten können.»

Gerber hatte davon noch nie etwas gehört, und Gehlens Worte geisterten durch seinen Kopf, ohne ein vollständiges Bild zu ergeben. «Sie sagen, auf Ebene der Nachrichtendienste habe man das versucht. Aber wer steckte dahinter, welche Personen?» Er hatte die Frage kaum ausgesprochen, als sich in seinem Gehirn die einzelnen Puzzlestücke zusammensetzten, und er gab die Antwort selbst: «Sie standen dahinter, Gehlen! Auf der deutschen Seite waren Sie es und auf sowjetischer Semjonow!»

Gehlens Geschichte und die gerade gewonnene Erkenntnis

hatten ihn so gepackt, dass er ganz vergessen hatte, Gehlen mit «Dr. Schneider» anzureden.

Der setzte ein entschuldigendes Lächeln auf und wirkte wie ein Junge, den man beim Äpfelstehlen erwischt hatte. «Es war ein Plan, der von Anfang an zum Scheitern verurteilt war und der auch niemals Hitlers Billigung gefunden hätte. Aber damals glaubten wir, irgendetwas tun zu müssen.»

«Und was ist schiefgelaufen?»

«Alles.» Gehlen wirkte bekümmert und trank noch einen Schluck Wein. «Im Sommer 44 sollten sich Trupps beider Seiten zwischen den Fronten treffen, um das weitere Vorgehen zu besprechen. Hitler und Stalin waren nicht eingeweiht. Es war zu diesem Zeitpunkt noch eine Sache zwischen Semjonow und mir. Ich war nicht vor Ort, aber nach allem, was ich gehört habe, muss irgendein Missverständnis ein Feuergefecht ausgelöst haben.»

Die unverkennbare Stimme von Colonel Anderson mischte sich ein: «Was der General damit sagen will: Die Friedensbotschafter haben sich gegenseitig über den Haufen geschossen. Das wechselseitige Vertrauen war dann wohl doch nicht so groß.»

«Und was will Semjonow jetzt genau von Ihnen, Dr. Schneider?», fragte Gerber.

«Morgen um Mitternacht soll ich mich mit einem Abgesandten Semjonows treffen und vor seinen Augen meine Originalpapiere über den Peter-Plan verbrennen. Und dieser Abgesandte wird im Gegenzug die Originalpapiere Semjonows verbrennen. Immerhin beweisen diese Unterlagen, dass Semjonow und ich bereit waren, über die Köpfe unserer Vorgesetzten und Staatsoberhäupter hinweg in Verhandlungen zu treten.

Einmal ein Verräter, immer ein Verräter. So denkt Semjonow wohl und fürchtet um seine längst überfällige Beförderung zum General, vielleicht auch um seinen Kopf. Wer andere gern aufs Schafott schickt, muss es wohl selbst fürchten.»

«Und Sie, Herr Doktor, haben Sie keine Angst davor, dass die Amerikaner und Adenauer das Vertrauen in Sie verlieren?»

«Ich habe meine Karten aufgedeckt. Die CIA weiß längst Bescheid und seit heute auch das CIC. Eine vertrauensbildende Maßnahme meinerseits.» Gehlen lächelte dünn, und sein Blick ging von Gerber zu Anderson. «Mir ist nämlich zu Ohren gekommen, dass man mir beim CIC alles Mögliche zutraut.»

Der Colonel prostete Gehlen zu. «Sie wissen doch, General, wir Geheimdienstler sind chronisch misstrauisch.»

«Gut, dann verbrennen Sie eben diese Papiere vom Peter-Plan», seufzte Gerber. «Mitternacht ist ja auch eine hübsche Zeit für ein Lagerfeuer. Aber vorher können doch Semjonow und Sie tausend Kopien davon anfertigen.»

«Das haben wir auch, aber Kopien sind eben nur das: Kopien. Sie haben nicht die Beweiskraft von Originalen. Vor unserem Essen habe ich übrigens einen Satz Kopien an Colonel Anderson übergeben, auch als vertrauensbildende Maßnahme.»

Anderson lächelte. «Und schon dafür hat sich der Flug hierher gelohnt.»

«Außerdem möchte ich, dass der Colonel bei Ihnen ein gutes Wort für mich einlegt, Herr Hauptkommissar.»

«Warum?», fragte Gerber.

«In Semjonows Instruktionen steht, dass ich nur eine weitere Person zu dem Treffen mitbringen darf, und das ist keiner meiner Männer.»

«Nein, bitte nicht!» Gerber hob abwehrend die Hände und

erntete dadurch einen irritierten Blick des Kellners, der den Raum betrat, um Eistörtchen zum Nachtisch zu servieren. Als der Mann wieder gegangen war, fuhr Gerber fort: «Mir reicht es einfach. Ich habe genügend geheime Treffen mit der anderen Seite hinter mir.»

«Eines liegt noch vor dir, Phil», sagte Anderson. «Es ist übrigens nicht nur mein Wunsch, dass du dich freiwillig für diese Aufgabe meldest, sondern auch der von Dr. Brückner.»

«Und mir würden Sie damit einen großen Gefallen erweisen», fügte Gehlen hinzu.

Gerber stieß einen gottergebenen Seufzer aus. Die Sache war also entschieden, und er war in der Pflicht. Sein Blick fiel auf den Kalender neben der Tür. Aber ja, heute war Freitag, der 13.

--

Nach dem Essen verabschiedete sich Gehlen von seinen Gästen mit der Bemerkung, er habe für den kommenden Tag noch einiges vorzubereiten. Gerber und Colonel Anderson unternahmen einen Verdauungsspaziergang durch das Camp. Sie begegneten einigen Angehörigen des amerikanischen Militärpersonals, die trotz der fortgeschrittenen Stunde zum Teil noch in Uniform waren. Sobald sie den Colonel in seiner Uniform erblickten, grüßten sie vorschriftsmäßig, und auch Anderson hob zur Erwiderung des Grußes die Hand an seine Schirmmütze.

«Ein interessantes Konstrukt, dieses Camp Nikolaus», sagte Gerber. «Deutsche, die für die Amerikaner arbeiten und von ihnen bezahlt werden, um ihnen im Kampf gegen die Sowjets zu helfen. Auf mich wirkt das ein bisschen wie ganz Westdeutschland im Westentaschenformat.»

Anderson nickte und grinste dabei. «Ein passender Vergleich, Phil. Wir zahlen dafür, dass die Krauts für uns den Kopf hinhalten.»

«Gehlens Bestrebungen zielen darauf ab, seine Organisation zum offiziellen Nachrichtendienst der Bundesrepublik zu machen. Wenn das passiert, haben die Vereinigten Staaten für das alles hier dann nicht eine Menge Geld verpulvert?»

«Im Gegenteil, die Organisation wird ihre Arbeit fortführen, und wir werden weiterhin ihre Erkenntnisse abschöpfen und davon profitieren. Aber es wird uns weniger kosten, weil die Bundesrepublik ihren eigenen Nachrichtendienst selbst finanzieren muss. Ein bisschen wird es wohl noch dauern. Gehlen hatte sich einen schnelleren Verlauf bei der Umwandlung vorgestellt, aber Otto Johns Reise in den Osten hat die Zuverlässigkeit westdeutscher Geheimdienste auf unerwartete Weise infrage gestellt. Jetzt muss Gehlen sich etwas gedulden, bis Gras über die Sache gewachsen ist, und die CIA muss noch etwas länger für seine Organisation blechen.»

«Da sind Sie wohl froh, Sir, dass Gehlens Miniaturstaat nicht aus dem CIC-Etat finanziert wird.»

Anderson machte mit der linken Hand eine Geste der Unentschlossenheit. «Aus finanzieller Sicht ja, andererseits ist Gehlen mit seiner Erfahrung ein unverzichtbares Hilfsmittel. Er hat nach dem Zusammenbruch von Hitler-Deutschland seine Männer behalten, seine Unterlagen und seine Kontakte. Und er weiß genau, was er und seine Organisation damit wert sind. Weißt du, wie er mich bei meiner Ankunft heute begrüßt hat?»

«Keine Ahnung.»

«Er sagte: ‹Willkommen beim letzten intakten Truppenteil der Großdeutschen Wehrmacht!›» Der Colonel schüttelte sich fast vor Lachen. «Wie gesagt, dein Dr. Schneider weiß, was er wert ist. Ein alter Fuchs in allem, was mit geheimdienstlichen Aktivitäten zu tun hat.»

Gerber blieb vor Anderson stehen und blickte ihm offen ins Gesicht. «Ganz so wie Sie, Colonel, hm?»

Anderson ließ seine Zigarre von einem Mundwinkel in den anderen wandern, erwiderte seinen Blick und zog die Brauen hoch, bis sie fast unter seiner Mütze verschwanden. «Ich verstehe nicht, was du damit sagen willst, Junge.»

«Ich glaube, das verstehen Sie sehr gut, Sir. Das, was ich eigentlich wissen will, kriege ich aus Ihnen einfach nicht heraus. Warum sind Sie hier, wo doch eigentlich die CIA für die Org zuständig ist? Und weshalb legen Sie so viel Wert darauf, dass ich Gehlen morgen zu diesem seltsamen Treffen begleite?»

«Du hast nicht genau zugehört, Phil. Ich habe deine Frage bereits beantwortet. Auch das CIC ist an den Erkenntnissen der Org interessiert und möchte von ihnen profitieren. Aus diesem Grund hatte ich dich bei unserem Treffen in Frankfurt gebeten, ein Auge auf Gehlen zu werfen. Inzwischen haben sich die Dinge weiterentwickelt zu einem quasi offiziellen Kontakt zwischen uns und Gehlen.»

«Was sagt die CIA dazu?»

«Sie sieht es vielleicht nicht mit Begeisterung, aber sie sieht es. Das ist mir bewusst, sonst würde ich hier nicht in voller Montur durchs Camp spazieren.» Sie setzten ihren Weg fort, und Anderson fuchtelte mit seinem Zigarrenstumpen in der Luft herum. «Dieser geheime Kontakt zwischen Gehlen und

Semjonow aus dem Krieg ist eine sehr interessante Geschichte. Möglicherweise steckt mehr dahinter, als Gehlen uns erzählt hat.»

«Glauben Sie, er will uns hinters Licht führen?»

«Er uns, oder er Semjonow, oder Semjonow ihn, oder beide sich gegenseitig. Alles scheint möglich. Jedenfalls ist es eine glückliche Fügung, dass du bei dem Treffen morgen dabei sein wirst.»

«Ich hätte gern darauf verzichtet.»

«Unser Job ist kein Wunschkonzert.» Der Colonel warf Gerber einen skeptischen Blick zu. «Ich will nicht hoffen, dass sie dich weichgeklopft haben in diesem U-Boot-Knast.»

«Keine Sorge, Sir. Ich mag es nur nicht, eine Figur in einem Spiel zu sein, dessen Regeln ich nicht einmal kenne.»

«Vielleicht lernst du sie morgen.» Anderson klopfte ihm auf die Schulter. «Darauf bin ich schon sehr gespannt.»

// KAPITEL 33 //

Samstag, 14. August 1954

Fünfundzwanzig Tage nach Otto Johns Verschwinden

Die Bäume zu beiden Seiten der Straße schoben sich ebenso schnell in die Lichtfinger der Autoscheinwerfer, wie sie auch wieder verschwanden. Hannover lag eine halbe Stunde hinter ihnen, und zum wiederholten Mal tröpfelte Regen aus dem bewölkten Nachthimmel. Seitdem sie die Autobahn verlassen hatten, fuhren sie durch dünn besiedeltes Gebiet: kaum ein kleines Dorf, mal ein einsames Gehöft, sonst nur Felder und Wälder. Gerber saß am Lenkrad seines Opel Kapitän und richtete sich nach den Anweisungen des Mannes neben ihm. Reinhard Gehlen hatte eine Umgebungskarte und ein Blatt mit der Wegbeschreibung auf dem Schoß, das wohl aus dem braunen Umschlag stammte. Im Licht der Innenbeleuchtung wirkte das Gesicht des Geheimdienstchefs angespannt, und er sagte kein überflüssiges Wort. Nur selten begegnete ihnen ein anderes Fahrzeug, und sobald es um eine Kurve bog und verschwand, schienen Gerber und Gehlen wieder die einzigen Menschen auf der Welt zu sein.

Immer wieder wanderten seine Gedanken zu Eva, und er wünschte sich, jetzt bei ihr zu sein statt in diesem gottverlassenen Nirgendwo. Er wollte sie in den Armen halten, ihre Wärme spüren und wissen, wie es ihr ging. Gestern Abend, nach dem Gespräch mit Colonel Anderson, hatte er überlegt, ob er sie anrufen sollte. Es gab im Camp Nikolaus öffentliche Fernsprecher, aber er ging fest davon aus, dass die Org jedes Gespräch aufzeichnete und abhörte. Von dem heutigen Treffen hätte er ihr ohnehin nicht erzählen dürfen, und er wollte es auch nicht, damit sie sich keine unnötigen Sorgen um ihn machte.

Gerber hatte eine unruhige Nacht in seinem Quartier verbracht, in der seine Gedanken einfach nicht zur Ruhe kommen wollten. Zum Teil war es die ungewisse Aussicht auf den heutigen Tag, die ihn wach gehalten hatte, zum Teil die Sorge darum, wie Eva ihre Erlebnisse in Berlin verarbeitete, zum Teil auch das diffuse Gefühl, im Camp Nikolaus vielleicht doch so etwas wie ein Gefangener zu sein. Nach dem Frühstück, das er gemeinsam mit Gehlen und Anderson eingenommen hatte, war der Colonel mit einer amerikanischen Militärlimousine zum Fliegerhorst Neubiberg südlich von München gebracht worden, um von dort nach Frankfurt zurückzufliegen.

«Melde dich, sobald du etwas Neues weißt, Phil», hatte er in seiner jovialen Art und mit einem letzten Schulterklopfen gesagt. «Du weißt, ich habe immer ein offenes Ohr für dich.»

Was für Außenstehende wie ein freundlicher Abschied klang, war in Wahrheit die Aufforderung zum baldigen Rapport gewesen. Im vergangenen Jahr hatte Gerber geglaubt, dass er sich von seiner Vergangenheit beim amerikanischen Militärgeheimdienst gelöst hatte. Jetzt musste er sich seinen Irrtum eingestehen. Die Uniform zog man niemals so ganz aus.

Gerber war allein von Pullach nach Hannover gefahren, Gehlen dagegen mit seinen Begleitern in mehreren Fahrzeugen.

Gerber war das ganz recht gewesen, legte er doch keinen gesteigerten Wert auf die Gesellschaft des Generals. Den Vorschlag, sich schon am frühen Nachmittag in der Niederlassung der Org in Hannover zu treffen, hatte er zurückgewiesen. Er benötigte etwas Zeit für sich und seine Vorbereitungen. Erst zum Abendessen hatte er sich mit Gehlen und ein paar Männern von der Org getroffen, die ganz nervös gewesen waren, weil sie ihren Chef bei dem nächtlichen Abenteuer nicht begleiten durften.

«Hauptkommissar Gerber wird schon gut auf mich aufpassen», hatte Gehlen zu seinen Leuten gesagt. «Schließlich hat er sich seine Sporen beim CIC verdient.»

Vor ihnen tauchte jetzt eine Kreuzung auf, an der ein großes Gehöft stand.

«Hier ist es, da ist auch das Schild», sagte Gehlen. «Wir müssen nach links.»

Er sprach von einem verwitterten Plakat des Deutschen Gewerkschaftsbundes zum 1. Mai, das niemand abgenommen hatte und das jetzt ins Licht der Scheinwerfer geraten war. Ein kleiner Junge und die Parole «Samstags gehört Vati mir» propagierten die Einführung der Fünf-Tage-Woche mit vierzig Arbeitsstunden bei vollem Lohnausgleich.

«Vierzig Stunden pro Woche, so wenig möchte ich auch mal arbeiten», ächzte Gehlen. «Das klingt ja wie Urlaub.»

Gerber fuhr nicht viel schneller als Schrittgeschwindigkeit, weil die Fahrbahn nicht länger befestigt war. Ein breiter Waldweg, mehr nicht. Der verlassen wirkende Hof hinter ihnen war das letzte Anzeichen der Zivilisation gewesen.

«Ab jetzt geht es nur noch geradeaus, bis wir zu einer großen Lichtung kommen», sagte Gehlen, bevor er die Karte zusammenfaltete und mit dem Zettel in die Ablage schob. «Ich hoffe sehr, Semjonow erlaubt sich nicht nur einen dummen Streich mit uns.»

«Vielleicht wünschen wir uns noch, dass es nur ein Scherz wäre», erwiderte Gerber.

«Was wollen Sie damit sagen?»

«Nichts weiter. Ich frage mich nur, was ich hier mache.»

«Mich begleiten, natürlich.»

«Aber warum niemand aus Ihrer Organisation? Warum gerade ich?»

«Sie stellen vielleicht Fragen», seufzte Gehlen und lehnte sich im Sitzpolster zurück, ohne dadurch entspannter zu wirken.

«Antworten wären mir lieber als Fragen.»

Die Bäume zu beiden Seiten wichen zurück, und vor ihnen öffnete sich eine große Wiese.

«Wir sind da», stellte Gehlen fest. «Ihre Waffe ist schussbereit, Gerber?»

«Ist sie. Und Ihre?»

«Ja, auch.»

Gemäß den Anweisungen, die Gehlen dem Kuvert entnommen hatte, parkte Gerber den Wagen und ließ die Scheinwerfer eingeschaltet.

Sie verließen den Wagen, und blickten sich nach allen Seiten um, konnten aber keine Menschenseele entdecken. Außer dem Ruf eines Käuzchens irgendwo in der Ferne stammte das einzige Geräusch von dem leichten Regen, und Gerber beneidete Gehlen um dessen Hut.

Gehlen hielt in einer Hand die Aktentasche mit seinen Originalunterlagen zum Peter-Plan. Die andere Hand schob er in die Manteltasche und murmelte: «Meine Güte! Ob wir hier wirklich richtig sind?»

In das leichte Prasseln des Regens mischte sich, erst kaum merklich, dann deutlicher, ein anderes Geräusch, ein schwer zu definierendes Surren.

«Hören Sie das, Gerber? Was ist das jetzt? Hört sich an wie eine ... wie eine ...»

«Nähmaschine», sagte Gerber nur.

«Ja, das klingt wie eine Nähmaschine!»

«Es klingt nicht nur so, es ist eine.»

Gehlen blickte ihn an, als sei er von allen guten Geistern verlassen. «Eine Nähmaschine, was reden Sie da?»

«Um präzise zu sein, es ist eine fliegende Nähmaschine.» Gerber streckte den rechten Arm aus und deutete in den düsteren Himmel, in dem ein schwarzer Fleck langsam Gestalt annahm. «Die Nachthexe kommt!»

«Die Nachthexe?», wiederholte Gehlen, und allmählich zeichnete sich Begreifen in seinem Gesicht ab. «Reden Sie von dieser Frau, der Russin, die Kornelius Herden nach Berlin begleitet hat?»

«Leutnant Katya Wladimirowna Jerschowa vom 46. Garde-Fliegerregiment oder vom KGB, das bleibt sich in diesem Fall gleich. Das Ding da am Himmel ist ein Polikarpow-Doppeldecker, eine Po-2, um genau zu sein. Sieht aus wie aus dem Ersten Weltkrieg, stammt aber aus den Zwanzigern und wird noch immer gebaut, soweit ich weiß. Nähmaschine wurde sie von den deutschen Landsern wegen des typischen Motorengeräusches genannt. Immerhin nähert sie sich nicht mit gedrosseltem Motor. Leutnant Jerschowa scheint also nicht vorzuhaben, uns mit Bomben zu bepflastern.»

Der dunkle Fleck am Himmel war deutlich größer geworden, die einmotorige Maschine hielt genau auf die Lichtung zu, und die Pilotin – Gerber zweifelte nicht an seiner Vermutung, die Po-2 werde von Katya Jerschowa geflogen – benutzte unzweifelhaft die Autoscheinwerfer als Anflughilfe.

«Verrückt», sagte Gehlen und sah fasziniert zu dem Doppeldecker auf. «Das glaubt mir kein Mensch.»

«Falls Sie noch die Gelegenheit haben werden, Ihre Memoiren zu schreiben.»

Die Po-2 verlor schnell an Höhe, verminderte die Geschwindigkeit und setzte holpernd am Rand der Lichtung auf, um schlingernd in Richtung des Autos zu rollen. Die Pilotin schien Mühe zu haben, das Flugzeug am Ausbrechen zu hindern. Vermutlich war der vom Regen glitschige Boden daran schuld. Nach einem Seitwärtsschwenk kam die Po-2 mit der Seite zu ihnen zum Stehen, und das Surren des Motors erstarb mit einem letzten Stottern.

Neben der Pilotin hatte das zweisitzige Flugzeug noch einen Passagier auf dem Rücksitz. Beide trugen Fliegerbrillen und lederne Fliegerhauben. Der Mann auf dem Rücksitz schob seine Brille zuerst in die Stirn, griff rasch nach einem Gegenstand und richtete ihn auf Gerber und Gehlen. Es war eine Maschinenpistole.

«Wer sich bewegt, ist tot!» Die Stimme kam Gerber bekannt vor.

Wegen der Lederhaube erkannte er das Gesicht erst in dem Augenblick, als Gehlen schon ausrief: «Haben Sie den Verstand verloren, Zaunert? Was soll das alles? Warum sind Sie nicht in Berlin, Mann?»

«Da kommen wir ja her. Und Leutnant Jerschowa wird auch wieder zurückfliegen, mit Ihnen als Passagier, Herr Doktor … oder Herr General.»

«Ich verstehe nicht», stammelte Gehlen.

«Aber ich», sagte Gerber. «Ich denke, das hier ist eine klassische Entführung, Herr Dr. Schneider. Sieht ganz so aus, als habe Ihr feiner Herr Zaunert die Fronten gewechselt. Die Fremden Heere Ost sind Ihnen nicht mehr gar so fremd, was, Zaunert?»

So unfassbar es schien: Der Mann, der sich fast einen Arm dafür ausgerissen hatte, das Verschwinden Otto Johns aufzuklären, war in Wahrheit auf der Gegenseite maßgeblich an Johns Wechsel in den Osten beteiligt. Nur um davon abzulenken, hatte er immer wieder gegen Eva Herden gehetzt und den Verdacht auf sie gelenkt.

«Herr Gerber ist schnell von Begriff», lachte Zaunert. «Da mein Platz bei der Org frei wird, sollten Sie ihn vielleicht als Ersatz einstellen. Aber das geht ja nicht, von Moskau aus wird das schwierig für Sie, Herr General.»

«Wir haben auf ganzer Linie mit Zitronen gehandelt», sagte Gerber. «Ich fürchte, wir bekommen weder einen lebendigen Otto John noch einen toten Kornelius Herden zu sehen.»

Zaunert wischte mit einer schnellen Bewegung ein paar Regentropfen aus seinem Gesicht. «Seien Sie nicht traurig, Gerber, in einer Minute sind Sie tot. Ein toter Verräter, der General Gehlen beim Übertritt in die Sowjetunion geholfen hat. Damit ist gleich das ganze BKA blamiert. Erst entpuppt sich der Präsident des Verfassungsschutzes als ein Überläufer, dann verschwindet der große Gehlen von der Org in den Osten, und das Bundeskriminalamt steckt mittendrin in dem undurchsichtigen Kuddelmuddel.» Zaunert lachte. «Ich fürchte, Adenauer kann lange darauf warten, bis die Westmächte ihm einen eigenen Auslandsnachrichtendienst zugestehen. Das diesbezügliche Vertrauen wird auf null schrumpfen. Vielleicht auch das Vertrauen in eine Wiederbewaffnung Westdeutschlands. Wer will schon eine Armee aufstellen, die von Verrätern und Überläufern unterwandert ist?»

«Ist Otto John gar nicht Ihr eigentliches Ziel gewesen?» Gerber dachte an einen Begriff, den er zuerst von Hannelore Rüsch gehört hatte. «Operation Feigenblatt, nicht wahr. Ist John das Feigenblatt, hinter dem Sie Ihr wahres Ziel Gehlen versteckt haben?»

«Sie sind gut, Gerber. Nur stehen Sie auf der falschen Seite. John in den Osten zu holen, war schon eine feine Sache. Seine Propaganda-Reden gegen Adenauer haben eine weltweite Wirkung erzielt und den Westen weit mehr getroffen, als er es zugibt. Aber John ist nur der erste Streich gewesen, viel wichtiger ist Gehlen. Wenn er im Osten ist, können die westlichen Dienste keiner Information mehr trauen, die von der Org kommt. Camp Nikolaus wird bald ein Geistercamp sein.»

«Ich verstehe Sie nicht, Zaunert.» In Gehlens Stimme lag ein Beben, das so gar nicht zu seiner sonstigen Abgeklärtheit passte. «Was treibt Sie an? Sie waren nie ein Kommunist, weder im Krieg noch später. Tun Sie das alles nur für Geld?»

«Nicht nur, obwohl die Russen einen hübschen Preis auf Sie ausgesetzt haben. Der Scheißkommunismus ist mir egal. Ich habe seit zehn Jahren eine Rechnung mit Ihnen offen, Gehlen, und heute ist Zahltag!»

Gehlen schüttelte verständnislos den Kopf. «Aber wieso?»

«Schauen Sie doch mal in Ihre lächerliche Tasche da, auf deren Besitz sich Oberst Semjonow schon sehr freut. Der Peter-Plan, der so fürchterlich in die Hose gegangen ist. Sie haben doch Ihre eigenen Leute in den Tod geschickt. Das war ein Himmelfahrtskommando, um Ihrer eigenen Eitelkeit zu schmeicheln. Gehlen, der Friedensapostel, der alles versucht, um das Vaterland vor großem Schaden zu bewahren! Wollten Sie damit in die Geschichtsbücher kommen? Erreicht haben Sie nichts, nur den Tod Ihrer Männer!»

«Jetzt verstehe ich», sagte Gehlen laut. «Es geht um Klaus. Sie wollen seinen Tod rächen. Jetzt, zehn Jahre später?»

«Ich habe nur auf die passende Gelegenheit gewartet.»

«Wer ist Klaus?», fragte Gerber.

«Hauptmann Klaus Zaunert hat den Trupp angeführt, den General Gehlen im Rahmen des Peter-Plans zur Kontaktaufnahme ausgeschickt hat. Er starb bei der Schießerei, die aus dem geplanten Treffen ein Fiasko werden ließ. Klaus war mein älterer Bruder, und sein Tod hat die ganze Familie zerstört. Meine Mutter hat seinen Tod nicht verwunden, wurde schwer krank und starb noch vor Kriegsende. Das wiederum hat meinem Vater den Rest gegeben. Er hat kaum noch ein Wort gesprochen, war wie ein Toter auf zwei Beinen, bis er 48 meiner Mutter gefolgt ist. Von Klaus' Frau und seinen kleinen Kindern ganz zu schweigen. Alles Ihre Schuld, Gehlen!»

«Ihr Bruder hat sich für dieses Unternehmen freiwillig gemeldet, Zaunert!»

Wütend stieß Zaunert die Maschinenpistole in Gehlens Richtung. Ein sowjetisches Modell mit Trommelmagazin aus dem Krieg, bei den Rotarmisten so verbreitet und beliebt, dass sie die Waffe fast zärtlich «Papascha» getauft hatten, «Papa».

«Das ist Unsinn, Gehlen, und das wissen Sie!» Zaunert schrie es fast in die Nacht. «Er war Ihnen treu ergeben und hätte alles für Sie getan. Deshalb hat er sich gemeldet. Er hat

Ihnen vertraut, blind vertraut, und Sie haben ihn für Ihre tollkühne Idee geopfert!»

«Ich konnte nicht ahnen, dass aus dem Treffen …»

«Schnauze, Gehlen!», herrsche Zaunert ihn an. «Wir bringen die Sache jetzt zu Ende.»

«Aber wie wollen Sie zurückkommen, wenn Sie Gehlen mitnehmen wollen?», fragte Gerber. «Mehr als zwei Personen passen nicht in Ihre Nähmaschine.»

Zaunert lächelte. «Ich habe ja den hübschen Opel da, den Sie nicht mehr brauchen. Für den Westen habe ich ebenso gültige Papiere wie für den Osten.»

Gerber blickte die Frau an, die auf dem vorderen Sitz der Maschine hockte. «Worin besteht eigentlich Ihr Lohn, Katya? Tun Sie es für Oberst Semjonow und den KGB? Für Geld? Oder für Ihren Sascha, falls die rührselige Geschichte stimmt, die Sie Kornelius Herden und seiner Tochter aufgetischt haben?»

«Die Geschichte stimmt», sagte die Nachthexe. «Und Sie haben recht, ich tu das hier für Sascha. Als Belohnung erhalte ich meinen Sohn zurück. Oberst Semjonow hat es mir versprochen!»

«Wird er sich daran halten, wenn Gehlen und die geheimen Unterlagen erst einmal in seinen Händen sind?»

«Ich muss darauf vertrauen.»

«Dann haben Sie Kornelius Herden also nur ausgenutzt.»

Ihre Miene verhärtete sich. «Er war ein netter Mann, mehr nicht.»

«Bevor mir noch die Tränen kommen, beenden wir die Plauderei», sagte Zaunert. «Ein letzter Wunsch, Gerber?»

«Ja. Ramponieren Sie den Sitz des schönen Flugzeugs nicht, wenn Sie General Gehlen gegen seinen Willen da hinein verfrachten, sonst wird es Zeit für den Sattler!» Die letzten Worte sprach Gerber besonders laut aus.

Auf Zaunerts Gesicht spiegelte sich Unverständnis, da klappte schon der Kofferraumdeckel des Opel Kapitän hoch, und Erwin Sattler richtete seinen massigen Oberkörper auf. Noch im Kofferraum kniend, schickte er einen Feuerstoß aus seiner Thompson-Maschinenpistole in Richtung der Po-2.

Die Kugeln rissen Zaunert nach hinten, und der Getroffene stürzte aus dem Flugzeug. Im Fallen zog er den Abzug seiner Papascha durch, aber der Feuerstoß ging in die Luft. Er blieb reglos auf der Wiese liegen.

Katya Jerschowa reagierte schnell und zog eine Pistole hervor. Zeitgleich griff Gerber nach seiner Browning.

«Lassen Sie die Waffe fallen», sagte Gerber ruhig. «Es ist doch sinnlos.»

Aber Katya kam nicht mehr dazu, sich zu entscheiden. Ein einzelner Schuss krachte. Erstaunt riss sie die Augen auf. Die Pistole fiel auf die untere Tragfläche der Po-2, rutschte herunter und fiel auf den Boden. Die Pilotin sackte zurück auf ihren Sitz, und der Kopf fiel auf ihre Brust.

Der Schütze lag bäuchlings auf dem Boden, wo er zu Beginn der Schießerei Deckung gesucht hatte, eine Pistole in beiden Händen.

«Gerade noch rechtzeitig», sagte Gehlen und rappelte sich auf.

Gerber schob die Browning zurück ins Holster und ging zu dem Flugzeug, ohne den Chef der Org zu beachten. Er wollte sich nicht bei Gehlen bedanken. Es war unnötig gewesen, auf Katya zu schießen, sonst hätte er es selbst getan.

Er stieg auf die untere Tragfläche, beugte sich über die Frau und öffnete vorsichtig ihre lederne Flugjacke. Gehlens Kugel saß in ihrer Brust, knapp oberhalb des Herzens, und der Blutfleck auf ihrem Pullover wurde schnell größer. Aber sie lebte noch. Schwach und unregelmäßig hob und senkte sich ihr Brustkorb, ihr Atem streifte seine Hand, die feucht von ihrem Blut war.

Sie hob den Kopf ein wenig und sah ihn mit flackerndem Blick an. «Ich … habe gelogen …» Ihre Stimme war leise, kaum zu verstehen, und ihren Worten folgte ein krampfartiger Hustenanfall.

Gerber stützte mit einer Hand ihren Kopf, der zur Seite rutschen wollte. «Wobei haben Sie gelogen, Katya?»

«Kornelius», brachte sie stoßweise röchelnd hervor. «Ich habe ihn geliebt. Sagen Sie ihr das …» Sie konnte nicht weitersprechen, rang wieder mit einem heftigen Husten.

«Ich werde es Eva sagen.»

Katya nickte kaum merklich und schloss die Augen. Plötzlich atmete sie noch einmal tief ein, riss die Augen auf und sagte: «Sascha!»

Dann wurde ihr Blick starr, und Gerber sah in das Gesicht einer Toten. Vorsichtig ließ er ihren Kopf zur Seite gleiten.

Er sprang von der Tragfläche auf den feuchten Boden und ging zu Sattler, der umständlich aus dem Kofferraum geklettert war und ihn fragend ansah. «Ist sie …»

«Ja», sagte Gerber rau. «Das war es für sie.»

Sattler legte die MP in den Kofferraum, streckte sich und stöhnte leise. «Ich weiß nicht, ob mein Rücken je wieder gerade wird. Warum musste ich mich seit Hannover so verbiegen? Es hätte doch gereicht, wenn ich kurz vor dem Treffpunkt in den Kofferraum geklettert wäre.»

«Wir wussten nicht, was uns hier erwartet. Der Feind hätte Beobachter in der Gegend haben können. Wenn hier einer was zu meckern hat, bin ich das. Du hast dir ganz schön Zeit gelassen mit deinem großen Auftritt. Warst du da drin eingeschlafen?»

Sattler zog eine Grimasse. «Nein, ich habe nur eurem munteren Geplauder gelauscht. Das war fast so spannend wie in meiner Kindheit, wenn meine Eltern mich zur Kaffeetafel bei Großtante Martha mitgeschleppt haben.»

Gerber lächelte ihn an. «Ich danke dir einmal mehr für die Lebensrettung in letzter Sekunde.»

Sattler lächelte zurück. «Das wird noch zur Marotte.»

Gehlen hatte sich Zaunert aus der Nähe angesehen, der unzweifelhaft tot sein musste, nachdem Sattlers Feuerstoß ihn voll erwischt hatte. Der Chef der Org kehrte mit zufriedener Miene zum Wagen zurück. «Der dreckige Verräter ist hinüber. Die beiden hat ihr verdientes Schicksal ereilt.»

«Bei Katya bin ich mir da nicht so sicher», entgegnete Gerber. «Es war absolut überflüssig, sie zu erschießen.»

Gehlen sah ihn empört an. «Sie könnten ruhig ein wenig dankbarer sein, Gerber!»

«Das sagt der Mann, der seine Leute bedenkenlos in den Tod schickt?» Gerber nahm die Hand, an der noch Katyas Blut klebte, und wischte sie an Gehlens Hemd ab. «Das ist das Blut eines Menschen, den Sie auf dem Gewissen haben, Gehlen.»

Der Chef der Org wollte etwas erwidern, besann sich aber und verbiss sich seine Worte. Doch in seinem Gesicht las Gerber, dass er sich gerade einen Feind fürs Leben gemacht hatte.

// KAPITEL 34 //

Sonntag, 15. August 1954

Sechsundzwanzig Tage nach Otto Johns Verschwinden

Sonntagnachmittag in Bad Godesberg, das klang so aufregend, wie es war. Die Friesenstraße lag unter derselben dichten Wolkendecke wie offenbar das gesamte Rheinland. Gerber hatte Sattler in Bonn abgesetzt und war dann gleich weitergefahren, um Eva zu sehen.

Nach der mitternächtlichen Schießerei im Wald hatte er keinen Schlaf mehr gefunden. Stattdessen endlose Gespräche mit der Polizei am Ort des Geschehens, mit den Kollegen vom Landeskriminalpolizeiamt am Welfenplatz in Hannover und mit Gehlens Leuten in der örtlichen Residenz der Org. Gehlen hatte seine gewohnte Überheblichkeit zurückgewonnen und die Geschehnisse als eine gelungene Aktion zur Spionageabwehr seitens der Org dargestellt. Zaunert war nach seiner Version schon länger als Überläufer enttarnt gewesen und von Gehlen persönlich in eine Falle gelockt worden. Die Hilfe des BKA hatte Gehlen demnach in Anspruch genommen, um Zaunert durch die Anwesenheit von Leuten der Org nicht zu verschrecken.

Gerber und Sattler hatten alles über sich ergehen lassen, hatten dann ein ausgiebiges Frühstück im altehrwürdigen

Hotel Luisenhof zu sich genommen und waren in Richtung Bonn aufgebrochen. Gerber war froh gewesen, als Sattler ihn für einen Teil der Fahrt am Steuer abgelöst hatte, obwohl sein Freund selbst übernächtigt war. Er hatte versucht, auf dem Beifahrersitz etwas zu schlafen, aber richtig wollte es ihm nicht gelingen. Immer wieder zerrissen Feuerstöße aus Maschinenpistolen die Nacht seiner Gedanken, und er sah in die toten Augen von Katya Jerschowa.

«Sag mal, Erwin, woran merkt man, dass man zu alt für unseren Job ist?», hatte Gerber irgendwann gefragt.

Und Sattler hatte in seiner trockenen Art geantwortet: «Wenn man solche Fragen stellt, anstatt zu schlafen. Mensch, Philipp, mach die Augen zu und denk an deine Eva, die du bald wieder in die Arme schließen kannst.»

Jetzt dachte er an Eva, als das Haus, in dem sie wohnte, in Sicht kam. Er freute sich auf sie, aber nicht auf das, was er ihr mitzuteilen hatte. Gern hätte er es ihr erspart, und doch wollte er es ihr persönlich sagen.

Vor dem Haus stand ein Käfer in ziviler Lackierung, und auf dem Fahrersitz hockte ein noch junger Mann, den er flüchtig kannte, Kriminalsekretär Dahmen von der Bonner Polizei. Gerber stellte den Opel hinter dem VW ab und wollte ans Seitenfenster des Käfers klopfen. Aber Dahmen hatte ihn bereits gesehen, öffnete die Autotür und reichte ihm die Hand.

«Guten Tag, Herr Hauptkommissar.»

Gerber erwiderte den Gruß und sagte: «Wie ich sehe, sind Sie aufmerksam. Irgendwelche besonderen Vorkommnisse?»

«Gar nichts, Godesberg am Sonntag eben.»

«Verstehe. Aber halten Sie weiterhin die Augen offen. Die Gegenseite ist immer für eine Überraschung gut.»

Dahmen deutete auf das Handsprechfunkgerät, das griffbereit auf dem Beifahrersitz lag. «Sie können sich auf mich verlassen. Sobald mir etwas verdächtig vorkommt, rufe ich Verstärkung.»

Gerber bedankte sich und klopfte ihm auf die Schulter. Eva sah auch in dem schlichten, dunklen Kleid wunderschön aus, als sie ihn an der Wohnungstür empfing, ihre Arme um ihn schlang und ihn küsste. Es war ein gutes Gefühl, und er kam sich vor wie ein Arbeiter, der nach einer langen Schicht heimkehrte. Ein Gefühl, an das er sich hätte gewöhnen können. Ein Stück Normalität, das selten war in seinem Beruf.

Eva zog ihn in die Wohnung und schloss die Tür. «Du siehst reichlich mitgenommen aus, Philipp.»

«Dann sehe ich so aus, wie ich mich fühle», sagte er und verschwieg, dass auch Eva erschöpft aussah. Die Ereignisse der vergangenen Tage, die gescheiterte Operation Calais, der Verlust ihres Vaters – das alles hatte Spuren hinterlassen.

Eva hatte nicht nur ihren Vater verloren, sie hatte auch die Lüge hinnehmen müssen, die Ost-Berlin über ihn verbreitet hatte. Danach hatte der ehemalige Panzerkommandant Kornelius Herden, der sich in Ost-Berlin wegen angeblicher Kriegsverbrechen vor Gericht verantworten sollte, in den Westen zu fliehen versucht, um seinem Prozess zu entgehen, und auf dieser Flucht an der Sektorengrenze den Volkspolizisten Rainer Pietschmann erschossen. Dieser hatte in heldenmütiger Gegenwehr den flüchtigen Herden mit in den Tod genommen.

«Möchtest du etwas essen?», fragte Eva.

«Ja, gern.»

Das Frühstück in Hannover lag schon einige Stunden zurück, und er hatte tatsächlich Appetit. Außerdem konnte er auf diese Weise das ein wenig hinauszögern, was er ihr zu sagen hatte. Während Eva Brot, Wurst und Käse auftischte und frischen Kaffee aufbrühte, machte er es sich am Wohnzimmertisch bequem, streckte die Beine aus und zündete sich eine Zigarette an.

«Gibst du mir auch eine?», fragte Eva, als sie sich zu ihm an den Tisch setzte.

Er reichte ihr eine Camel und erzählte von letzter Nacht, wobei er die Hintergründe um den gescheiterten Peter-Plan aus Geheimhaltungsgründen wegließ.

Danach war Eva, die noch auf seinem Schoß saß, eine Weile still, bis sie fragte: «Hat Katya wirklich gesagt, dass sie meinen Vater geliebt hat?»

«Das hat sie, und sie hat gewollt, dass ich es dir sage. Es waren ihre letzten Worte. Na ja, fast die letzten.»

«Wieso fast?»

«Ihr letztes Wort war Sascha.»

«Sascha», wiederholte Eva leise. «Sie hatte mit dem Jungen ihre Familie auch verloren.»

Er streichelte sanft über Evas Wange. «Das hatte sie, und ihre Hoffnung, ihn wiederzusehen, war trügerisch. Selbst wenn sie ihre Mission erfüllt hätte, hätte sie Sascha wohl nicht zu Gesicht bekommen.»

«Woher willst du das wissen?»

«Oberst Semjonow ist einer, der Versprechungen macht, nicht einer, der sie hält. Nach meiner Einschätzung sind er und Gehlen sich in diesem Punkt sehr ähnlich.»

Eva sah ihn lange an, und die Frage, die er in ihrem Blick gelesen hatte und die irgendwann hatte kommen müssen, brach sich Bahn: «Das mit den nicht gehaltenen Versprechungen betrifft wohl auch den Leichnam meines Vaters, habe ich recht?»

«Ich fürchte, ja. Auch das war eine der leeren Versprechungen.» Nach kurzem Überlegen fügte er hinzu: «Semjonow hatte die Abmachung zu keinem Zeitpunkt ernst gemeint. Auch Otto John wird kaum in den Westen zurückkehren.»

«Das habe ich mir schon gedacht.»

Eva versuchte, tapfer zu sein, aber dann kamen ihr doch die Tränen. Gerber drückte sie an sich und hielt sie fest.

--

Am späten Nachmittag waren Gerber und Sattler zu einer Dienstbesprechung in Dr. Brückners Büro geladen.

«Meine Frau ist wirklich böse mit Ihnen, dass ich noch einmal ins Büro musste, meine Herren. Wir haben Besuch zum Kaffee, und sie hat ihre berühmte Schwarzwälder Kirschtorte gebacken. Außerdem hatte ich einen Anruf von General Gehlen. Er ist nicht gerade erfreut über Ihren Einsatz in der letzten Nacht. Ohne sein Eingreifen, sagte er, wäre die ganze Aktion gründlich schiefgelaufen.»

«Ohne sein Eingreifen hätten wir vor allen Dingen nur einen Toten statt zwei», sagte Gerber gallig. «Katya Jerschowa wäre noch am Leben und stünde uns als Zeugin zur Verfügung. Das hat Gehlen erfolgreich verhindert, und man kann sich schon fragen, ob Absicht dahintersteckt.»

Brückners Miene hellte sich ein wenig auf. «Ich merke schon, Sie haben eine ganz andere Geschichte zu erzählen. Das hatte ich erwartet. Schießen Sie los.»

Gerber erzählte seine Geschichte, hin und wieder begleitet von Sattlers zustimmenden Worten, und Brückner machte sich ein paar Notizen, nickte ab und an und sah zwei- oder dreimal zu dem Foto seiner Familie, das auf dem Schreibtisch stand. Das waren wohl die Momente, in denen er mit den Gedanken zu Hause war und ein Stück Schwarzwälder Kirschtorte aß.

Als Gerber geendet hatte, rückte Brückner seinen Stuhl näher an den Schreibtisch, richtete seinen Oberkörper auf und blickte von einem zum anderen. «Jetzt habe ich zwei Versionen der Ereignisse, Gehlens offizielle und Ihre inoffizielle. Ihre gefällt mir weitaus besser und erscheint mir auch plausibler. Genau so werde ich es in den Akten vermerken. Ich denke, Gehlen lässt das alles auf sich beruhen, schon aus eigenem Interesse. Falls nicht, haben Sie meine volle Rückendeckung.»

«Gut», sagte Gerber nur und zog ein paar Papiere aus einer Tasche seines Jacketts, um sie vor Brückner auf den Tisch zu legen.

«Was ist das?»

«Eine genaue Skizze vom Camp Nikolaus mitsamt einigen Erläuterungen. Falls wir irgendwann einmal in die Lage kommen, uns dort zurechtfinden zu müssen, ohne dass Gehlen uns einen ortskundigen Führer zur Verfügung stellt.»

Der Leiter der Sicherungsgruppe betrachtete alles genau und legte es dann in eine blaue Mappe, die er in seinem Wandsafe hinter dem Bild Adenauers einschloss. Als er sich wieder zu Gerber und Sattler umdrehte, lächelte er. «Ich bin sehr zufrieden mit Ihnen beiden. Kann ich irgendetwas für Sie tun?»

«Da gäbe es etwas», sagte Gerber zögernd.

«Ja?»

«Falls morgen noch was von der Schwarzwälder Kirschtorte übrig ist, würden Kollege Sattler und ich uns über ein Stück freuen.»

«Dafür sorge ich», versprach Brückner. «Meine Frau wird über Ihren Wunsch hocherfreut sein.»

Sie verließen das Büro ihres Chefs, und Sattler maulte: «Brückner war so guter Laune, da hättest du auch zwei Stück Torte für jeden herausschlagen können.»

«Sei nicht unverschämt, Erwin, du gehst sonst noch aus dem Leim.»

// KAPITEL 35 //

Dienstag, 7. September 1954

Neunundvierzig Tage nach Otto Johns Verschwinden

Im Palais Schaumburg, dem Amtssitz des Bundeskanzlers, ging es zu wie in einem Ameisenhaufen, in den ein böswilliges Kind einen großen Stein geworfen hatte. Beamte und Bedienstete huschten aufgeregt und scheinbar ziellos hin und her, um alles zu tun, damit ihr Herr und Meister keinen Grund zur Klage fand. Konrad Adenauer war gestern aus dem Schwarzwald zurückgekehrt und hatte heute seine Amtsgeschäfte wieder aufgenommen, und alle benahmen sich, als hätte niemand mit diesem lange angekündigten und ganz normalen Vorgang gerechnet. Gerber kam sich fast dekadent vor, weil er seit Stunden auf einem recht bequemen Stuhl auf dem Gang vor Adenauers Arbeitszimmer saß und nichts anderes tat, als dem unablässigen Gewusel mit mäßigem Interesse zuzusehen. Für ihn war es in der Tat überraschend gekommen, dass man ihn heute zum Kommando Adenauer, dem Begleitschutz des Kanzlers, versetzt hatte.

«Ihre Kollegen, die den Bundeskanzler im Schwarzwald begleitet haben, wollen auch mal Urlaub machen», hatte Dr. Brückner zur Begründung gesagt. «Bei Ihnen liegt kein dringender Fall auf dem Schreibtisch, also geben Sie für ein paar Tage auf Adenauer acht.»

Er war schon einmal recht überraschend zum Kommando Adenauer versetzt worden, damals, als er noch neu bei der Sicherungsgruppe gewesen war. Der Kanzler hatte ihn näher in Augenschein nehmen wollen, bevor er ihn in gewisser Weise zu seinem Vertrauten gemacht hatte. Gab es jetzt wieder eine wichtige Aufgabe, die er für Adenauer erfüllen sollte? Falls ja, nahm sich der Kanzler jedenfalls Zeit damit.

Aber in der Ermittlungsabteilung, der er eigentlich angehörte, war derzeit in der Tat nicht viel zu tun. Die Tätigkeit der Sicherungsgruppe im Fall Otto John war nach dem Scheitern der Operation Calais so gut wie zum Erliegen gekommen, und die Kollegen Liepelt und Senft waren vor zwei Wochen aus Berlin zurückbeordert worden. John war nach ein paar weiteren Propaganda-Auftritten von der Bildfläche verschwunden. Es ging sogar das Gerücht um, die Sowjets hätten ihn zu eingehenden Vernehmungen nach Moskau geschafft. Falls es so war, brachte Gerber kaum Mitgefühl für ihn auf. John hatte seine Chance zur Flucht in den Westen gehabt und das Risiko gescheut. Punkt.

Eva hatte ihre Arbeit wieder aufgenommen, allerdings nicht beim *Brennpunkt Bonn.* Die Staatsanwaltschaft hatte das Nachrichtenmagazin auf Herz und Nieren durchleuchtet und war dabei auf gravierende Unregelmäßigkeiten bei dessen Finanzierung gestoßen. Was letztlich wohl damit zusammenhing, dass KGB und MfS mit dem *Brennpunkt* eine veritable Untergrund- und Spionageorganisation mitten in Bonn etabliert hatten. Juristische Schritte gegen die behördlichen Maßnahmen zur Schließung der Redaktion waren bisher erfolglos geblieben. Auch wenn es anders gewesen wäre, hätte Eva wohl nicht wieder für den *Brennpunkt* gearbeitet, davon war sie kuriert. Sie hatte aber beschlossen, sich selbst treu zu bleiben, und arbeitete als freie Bonn-Korrespondentin für mehrere linksgerichtete Redaktionen.

«Keine festen Arbeitszeiten mehr, Philipp, da bleibt mir mehr Zeit für uns», hatte sie ihm freudestrahlend verkündet.

Er hatte jedoch den Eindruck gewonnen, dass ihre Arbeitsbelastung eher größer geworden war. Aber für Eva mochte es gut sein und ihr helfen, über den Verlust ihres Vaters hinwegzukommen.

Ein freundlich lächelnder Mittfünfziger mit einer Aktenmappe unter dem Arm ging an Gerber vorbei und verschwand in Adenauers Arbeitszimmer. Dr. Hans Globke war Staatssekretär und als Chef des Bundeskanzleramtes einer der wichtigsten Berater Adenauers, was dem Kanzler einen ganzen Sack voller Kritik eingebracht hatte. Globke hatte als Verwaltungsjurist im Dritten Reich Karriere gemacht, unter anderem als Mitverfasser und Kommentator der Nürnberger Rassengesetze.

Gerber hatte sich schon darauf eingerichtet, den ganzen Tag auf seinem Stuhl zu warten, da kam Dr. Globke wieder auf den Gang, ließ aber die Tür zu Adenauers Büro offen und winkte ihn heran. Gerber blickte sich um, ob wirklich er gemeint war.

Durch die Gläser seiner randlosen Brille sah Globke ihn an wie ein freundlicher Onkel. «Kommen Sie nur herein, Herr Hauptkommissar. Herr Dr. Adenauer erwartet Sie.»

Gerber folgte Globke in den großen Raum, der trotz der hohen Fenster düster wirkte. Vielleicht lag es an den dunklen Teppichen, an dem dunklen Mobiliar oder an dem Ölschinken, der hinter dem Bundeskanzler an der Wand hing und eine

Flusslandschaft zeigte, über der sich die Wolken zusammendrängten.

Adenauer schraubte die Kappe auf einen Füllfederhalter, legte ihn zur Seite und klappte die Unterschriftenmappe zu, die vor ihm auf dem Schreibtisch lag. Dann erst blickte er auf und nickte Gerber zu.

«Schön, dass Se Zeit für mich haben, Herr Jerber. Jehen wir doch in die Besprechungsecke, da sitzt es sich bequemer.»

Während Gerber und Globke dem Bundeskanzler zu dem kleinen Besprechungstisch mit den Sesseln folgten, dachte Gerber daran, dass er den ganzen Tag Zeit für den Kanzler hatte. Immerhin hatte Dr. Brückner ihn dazu abkommandiert.

«Den Dr. Globke kennen Se ja schon», begann Adenauer etwas umständlich, während er eine schlanke Vase auf dem Tisch hin und her drehte, bis die einzelne Rose darin so stand, wie er es für gut befand. «Er hat jute Kontakte zu Jehlen, und der hat Globke Neuigkeiten über den Herrn John mitjeteilt. De janze Jeschichte will scheinbar kein Ende nehmen. Auch im Schwarzwald tauchte Johns Name immer wieder auf. Seien Se mal ehrlich, Jerber, wie soll man sich da erholen? Da nutzt doch die beste Frischzellenkur nichts.»

Globke räusperte sich. «Wie es aussieht, ist die Sache mit John zu einem Endpunkt gelangt, zumindest vorläufig. Ich denke, Gehlens Bericht ist diesbezüglich absolut vertrauenswürdig.»

«Das haben Se wohl recht, Globke. Auch wenn ich nicht alles glaube, was Jehlen so berichtet.» Adenauer hob mahnend den Zeigefinger in Gerbers Richtung. «Der Jeneral ist nämlich auf Sie nicht jut zu sprechen, Jerber.»

«Alles andere hätte mich auch sehr gewundert, Herr Bundeskanzler», erwiderte Gerber. «Seine Methoden unterscheiden sich doch sehr von meinen.»

Adenauer lächelte leicht und kniff die Augen zusammen. «So, haben Se da Ihre Erfahrungen mit dem Jehlen jemacht? Das scheint ja auf Jejenseitigkeit zu beruhen. Wie auch immer, Jehlens Berichte bestätigen, was schon seit einijer Zeit in Umlauf ist. Der Herr John ist jetzt bei den Russen.»

Gerber nickte. «Ich habe so etwas läuten hören.»

«Jetzt ist es Gewissheit», sagte Adenauer und blickte den Chef des Kanzleramtes an. «Globke?»

Der Angesprochene zog ein paar Papiere aus seiner Aktenmappe und blickte kurz darauf. «Ah ja, hier haben wir es. Bereits am 24. August wurde John unter dem Tarnnamen Werner Bertram mit einem Sonderflug, der für Angehörige des KGB reserviert war, von Ost-Berlin nach Moskau verbracht, Zwischenlandung in Minsk. Seine Spur verliert sich in Moskau, vermutlich in den Verhörräumen des KGB. Öffentlich gemacht wurde Johns ‹Verlegung›, wie wir es mal nennen wollen, in die Sowjetunion nicht. Offiziell hält er sich noch immer in Ost-Berlin beziehungsweise in der Ostzone auf, aber nach einem inszenierten Treffen mit Feldmarschall Paulus beim Oberbürgermeister von Dresden scheint er untergetaucht zu sein. In Moskau, wie wir jetzt wissen. Ob freiwillig oder unfreiwillig, das ist eine andere Frage.»

«In der Tat», seufzte Adenauer und wirkte plötzlich unwillig, als habe er keine Lust mehr, sich noch weiter mit der Sache zu befassen. «Vielleicht kann uns da Herr Jerber helfen, Licht in die Sache zu bringen. Se haben den John doch in Ost-Berlin jetroffen. Welchen Eindruck hatten Se von dem Mann? In welcher Verfassung war er?»

Gerber berichtete ausführlich von seinem Zusammentreffen mit Otto John und schloss: «Ich halte es für sehr gut möglich, dass er freiwillig in den Osten gegangen ist, um zu sondieren, ob er dort mit seinen politischen Vorstellungen auf Gegenliebe und auf geeignete Gesprächspartner stößt. Dann ist ihm die Sache wohl über den Kopf gewachsen, und KGB und Stasi haben ihr eigenes Spiel mit ihm getrieben. Politisch ist er völlig naiv, sonst aber ein kluger Mann. Bei unserem Gespräch hat er auf versteckte Weise sehr deutlich gemacht, dass er ein Gefangener ist.»

«Ein Gefangener seiner eigenen Dummheit», sagte Globke abschätzig.

«Warum ist der Kerl nicht jeflohen?», fragte Adenauer. «Sie wollten ihm doch aus Ost-Berlin heraushelfen, Jerber.»

«Ja, aber John hat das rundweg abgelehnt.»

Globke steckte seine Papiere wieder ein. «Sein Leben war ihm wichtiger als seine Freiheit.»

«Da bringen Sie es auf den Punkt, Herr Staatssekretär», musste Gerber ihm zustimmen, auch wenn ihm Adenauers Vertrauter nicht sonderlich sympathisch war.

«Ist gut, Globke», sagte der Bundeskanzler. «Ich habe noch ein paar private Worte mit Herrn Jerber zu wechseln.»

Globke erhob sich mitsamt seiner Aktenmappe und verabschiedete sich.

Als der Staatssekretär die Tür hinter sich geschlossen hatte, ruhte Adenauers Blick wieder auf Gerber. «Die Zeit in Ost-Berlin war nicht leicht für Sie, richtig?»

«Zum Glück waren es nur ein paar Tage, die ich im U-Boot verbracht habe.»

«Wie waren die Haftbedingungen dort? Erzählen Se mir

davon. Mich interessiert das. Ich selbst habe bei den Nazis im Jefängnis jesessen.»

Gerber kam der Aufforderung nach und schloss: «Wie ich eben schon sagte, ich war nur kurz dort, andere mussten und müssen mehr leiden, auch in der Affäre John. Nehmen Sie nur Fräulein Herden, die das alles getan hat, um ihren seit Jahren in der Sowjetunion gefangenen Vater zurückzubekommen, und dann hat man ihn vor ihren Augen erschossen.»

«Das mit den Kriegsgefangenen, die noch in Russland schmoren, ist ein Problem, das wir noch lösen müssen», sagte Adenauer gedankenverloren, bevor er sich wieder auf Gerber konzentrierte. «Se wollen andeuten, die junge Dame hat jenug durchjemacht?»

«Genau das, Herr Bundeskanzler.»

Adenauer setzte ein aufmunterndes Lächeln auf. «Dann will ich über Ihr Fräulein Herden mal mit der Staatsanwaltschaft sprechen, inoffiziell, versteht sich.»

«Versteht sich», wiederholte Gerber und war erleichtert, ein wenig zumindest.

«Haben Se noch was auf dem Herzen? Se wirken nicht janz zufrieden.»

«Nein, nichts», sagte Gerber zögernd und blickte zu der Tür, durch die Globke hinausgegangen war.

«Ach, Globke. Ja, er hat nicht viele Freunde, aber er ist der beste Mann an seinem Platz, ein Verwaltungsfachmann ersten Ranges. Wissen Se, Jerber, das Land da draußen liegt noch zu einigen Teilen in Trümmern. Die Schuld daran tragen die Nazis. Warum sollen se denn nicht dabei helfen, das alles wieder aufzubauen? Ist doch wohl ihre verdammte Pflicht und Schuldigkeit.»

«Viele sehen das anders, Herr Bundeskanzler. Diese Leute verstehen nicht, warum Sie ausgerechnet auf die Mitarbeit der alten Nazis bauen.»

«Na, weil ich keine besseren Leute habe.» Adenauer breitete in einer Geste der Hilflosigkeit die Arme aus. «Jetzt stellen Se sich mal vor, Se sind dringend auf Wasser anjewiesen, haben aber kein frisches. Würden Se dann das schmutzije, was Se haben, wegschütten?»

// EPILOG //

Montag, 12. Dezember 1955

510 Tage nach Otto Johns Verschwinden

«Werden viele Erinnerungen in dir wach?», fragte Gerber und sah Eva an, die neben ihm auf dem Beifahrersitz des Mietwagens saß. Er nahm ihre kalten Hände in seine und drückte sie fest, um Eva zu zeigen, dass sie auf ihn zählen konnte.

Adenauer hatte Wort gehalten, die Staatsanwaltschaft hatte das Verfahren gegen Eva eingestellt, und sie hatte sich als freie Journalistin in Bonn etabliert. Überwunden hatte sie den Tod des Vaters noch nicht, wie Gerber in manchen Nächten feststellte, wenn sie sehr unruhig schlief und nach ihrem Vater rief. Aber es wurde mit jedem Tag besser. In diesen Nächten war er froh, wenn er bei ihr war, sie an sich drücken und streicheln konnte, bis sie sich beruhigt hatte.

Deshalb hatte er Bedenken gehabt, mit Eva nach Berlin zu fliegen und mit ihr zur Sektorengrenze zu fahren, unweit der Stelle, wo sie ihren Vater verloren hatte. Doch sie hatte darauf bestanden. «Als freie Journalistin kann ich auch allein nach Berlin fliegen, und dann wärst du nicht bei mir, um mich zu beschützen.»

Jetzt saßen sie hier und blickten durch die Windschutzscheibe des Buick hinüber zum Brandenburger Tor, über das sich der stahlgraue Dezemberhimmel spannte. Ausgerechnet das geschichtsträchtige Tor hatte sich Otto John für seine Rückkehr in den Westen ausgesucht. Vielleicht arbeitete er schon an seinem Eintrag in den Geschichtsbüchern. Das Tor lag im Ostsektor, und skeptisch beobachtete Gerber die Volkspolizisten, die dort ihren Wachdienst versahen.

Eva bot ihm eine Overstolz an und legte nach dem ersten Zug ihre Stirn in Falten. «Ob John es diesmal wirklich versucht? Als wir ihm die Chance gegeben haben, in den Westen zurückzukehren, hat er es nicht gewagt.»

Gerber kurbelte die Seitenscheibe ein Stück herunter, um den Rauch hinauszulassen. «Seitdem ist viel passiert. Die drei Monate in der Sowjetunion, Verhöre durch den KGB in Moskau und am Schwarzen Meer, das alles dürfte nicht ohne Spuren an ihm vorbeigegangen sein.»

«Das ist lange her», gab Eva zu bedenken. «Seit einem Jahr ist er wieder in Ost-Berlin, hat eine schöne Stellung am Institut für Zeitgeschichte, eine Wohnung in einer schmucken Villa und ein Auto mit Chauffeur. Er publiziert und hält Vorträge. Was sollte er sich mehr wünschen?»

Gerber grinste sie an. «Ich hoffe, das meinst du jetzt ironisch. Er könnte sich zum Beispiel eine Rückkehr zu seiner Frau wünschen, die in London lebt, seitdem ihr Mann hinter dem Eisernen Vorhang, wie Churchill es nannte, verschwunden ist. Oder ein Dasein mit einer richtigen Aufgabe, wo er mehr ist als der Grüßonkel eines diktatorischen Systems. Vielleicht möchte er nicht ständig von Menschen umgeben sein, deren wahre Aufgabe es ist, ihn zu bewachen.»

Eva grinste zurück. «Du bewachst mich jetzt ja auch.»

«Hattest du nicht darum gebeten?»

Er nahm ihr Gesicht in seine Hände, und sie küssten sich.

«Mag sein, dass die Rückkehr in den Westen verlockend für ihn ist», sagte Eva. «Aber wird ihn das Risiko nicht wieder abschrecken, so wie damals im Presse-Club?»

«Du meinst, er könnte es sich im letzten Moment anders überlegen und Bonde-Henriksen einen Korb geben?»

«Ja, ich halte das für möglich.»

«Falls es ein Risiko für ihn gibt.»

«Was?» Eva war irritiert. «Wie meinst du das, Philipp?»

«Wir wissen dank Bonde-Henriksen über Johns Fluchtplan Bescheid. Warum sollten Stasi und KGB es nicht auch wissen? Sie überwachen John schließlich rund um die Uhr und haben ihre eigenen Quellen.»

«Falls sie es wissen, warum haben sie nicht längst etwas dagegen unternommen?»

«Damit ihr Gast endlich abhaut. Sie haben ihn propagandawirksam ausgeschlachtet, ihn in endlosen Verhören ausgequetscht, und jetzt? Er ist unzufrieden mit den Bedingungen, unter denen er lebt, tut das auch durch die eine oder andere Brüskierung kund und singt in aller Öffentlichkeit amerikanische Schlager.»

«Es wäre doch eine Schlappe für die ostdeutsche Regierung, wenn er ihrem System den Rücken zukehrt.»

«Ein bisschen, vielleicht», stimmte Gerber zu. «Aber viel mehr im Gedächtnis haften bleibt doch die Geschichte von dem westdeutschen Geheimdienstchef, der in den Osten ging. Zumal seine Rückkehr das alles noch einmal durch den Blätterwald der Presse rauschen lässt.»

«Sie könnten ihm doch einfach sagen, dass er gehen kann, wohin er will.»

Gerber zuckte mit den Schultern. «John ist in seinem tiefsten Innern ein Widerständler. Er hat Widerstand gegen die Nazis geleistet und dann gegen Adenauer. Wenn er freiwillig gehen könnte, bliebe er vielleicht schlichtweg aus Trotz im Osten.»

«Eine verrückte Idee», sagte Eva, halb in ihren Gedanken. «Aber je länger ich darüber nachdenke, desto mehr bin ich geneigt, sie als plausible Theorie in Betracht zu ziehen.»

«Zu gütig», lachte er. «Zunächst stellt sich die Frage, ob er überhaupt kommt.»

«Wir werden ja sehen, ob Bonde-Henriksen ihn im Schlepptau hat.»

Henrik Bonde-Henriksen war ein dänischer Journalist, Mitglied im Verband der West-Berliner Auslandsjournalisten, der bereits im Juni ein Interview mit John in der *Berlingske Tidende*, der ältesten dänischen Tageszeitung, veröffentlicht hatte. John hatte ihn in West-Berlin kennengelernt, am Vorabend seines Übertritts in den Ostsektor. Später hatten sie sich mehrmals im ostdeutschen Presse-Club am Bahnhof Friedrichstraße getroffen, wo John fast regelmäßig zu Mittag aß. Heute sollte ihr letztes Treffen auf Ost-Berliner Gebiet stattfinden.

Der Plan sah vor, dass John zu einem angeblichen Termin die Humboldt-Universität aufsuchen sollte. Der Vordereingang zum Universitätsgebäude auf der Straße Unter den Linden war aufgrund von Bauarbeiten gesperrt, man konnte aber unter dem Baugerüst hindurchschlüpfen. Beim Verlassen der Universität durch den Hofeingang sollte John so tun, als habe er etwas vergessen, seinen Aufpassern die Aktentasche mit seinen Unterlagen in die Hand drücken und rasch zurückgehen. Dann sollte er durch das Foyer eilen und durch den offiziell geschlossenen Haupteingang hinauslaufen, wo Bonde-

Henriksen in seinem Ford auf ihn wartete. Der Däne sollte für John sogar Wechselkleidung und andere Utensilien zur Tarnung bereithalten.

Nach Gerbers Einschätzung war dieser Plan, von John und Bonde-Henriksen im Wesentlichen selbst ausgetüftelt, nicht erfolgversprechender als der für die Operation Calais vorgesehene Ablauf. Aber vielleicht war John zum jetzigen Zeitpunkt wirklich entschlossener, weil verzweifelter. Und falls Gerbers Spekulation darüber, dass die Gegenseite von John die Nase voll hatte, zutraf, würde niemand ihn zurückhalten.

Gerber konnte nichts anderes tun, als von der Sektorengrenze aus zuzusehen. Für ihn und auch für Eva war es zu riskant geworden, den Ostsektor zu betreten. Außerdem war er nicht einmal in offizieller Mission hier. Er hatte sich ein paar Tage Urlaub genommen, um mit Eva nach Berlin zu fliegen.

Nur Erwin Sattler kannte seine Absicht, und der hatte ihm einen Vogel gezeigt. «Der John ist eine Flasche und hat sich den ganzen Schlamassel selbst zuzuschreiben. Ich an deiner Stelle würde nicht einen Gedanken daran verschwenden, ihm einen Gefallen zu tun. Wenn das schiefgeht, setzt du nicht nur deine Karriere aufs Spiel, dann stehst du auch mit einem Bein im Knast. Ach, was sage ich, mit anderthalb Beinen.»

«Dann komm mich im Knast besuchen, sooft du kannst», hatte Gerber geantwortet. «Du hast so ein aufmunterndes Wesen. Außerdem tu ich es für Eva, nicht für John.»

Gerber warf die aufgerauchte Overstolz aus dem Autofenster. Das Tageslicht wurde schwächer, und ein Blick auf die A-11 zeigte ihm, dass es bereits nach fünf war. John und sein Helfer hätten das Brandenburger Tor längst durchqueren sollen, wäre alles nach Plan verlaufen.

Knapp vor dem Buick, hinter Mauern und Autos versteckt, kauerten bewaffnete Angehörige der Berliner Polizei und sieben britische Scharfschützen in Zivil, um notfalls einzugreifen. Nach der Erfahrung mit der unrühmlich verlaufenen Operation Calais wollte man diesmal nichts dem Zufall überlassen. Sichtbar waren nur die üblichen Uniformträger, die immer hier standen und den Sektorenübergang auf westlicher Seite bewachten: britische Militärpolizisten und ein paar Zollbeamte. Gerber hoffte weiterhin, es würde ganz ohne Schießerei abgehen.

«Da sind sie!», rief Eva aufgeregt. «Sie kommen wirklich!»

Sie zeigte auf einen grünen Ford Taunus, der mit der vorgeschriebenen Geschwindigkeit von fünf Stundenkilometern in Richtung Brandenburger Tor zuckelte. Der Wagen hielt an, der Fahrer wechselte ein paar Worte mit den Vopos und wurde von ihnen durchgewunken. Scheinbar gemütlich rollte der Ford zwischen den dorischen Säulen durch das Brandenburger Tor.

Vielleicht hatten die Vopos entsprechende Anweisungen. Oder sie kontrollierten den Wagen nicht weiter, weil über dem Kennzeichen die dänische Flagge prangte und hinter der Windschutzscheibe ein großes Schild mit der fetten Aufschrift «PRESSE» zu sehen war. Auch die beiden Insassen, in ihre Wintermäntel gehüllte Brillenträger, wirkten weder gefährlich noch verschwörerisch. Der Mann auf dem Beifahrersitz, der einen wärmenden Schal trug, verstärkte den Eindruck noch dadurch, dass er an einer Pfeife sog und zu dem offenbar munteren Geplauder des Fahrers immer wieder nickte. Erst auf den zweiten Blick erkannte Gerber den Beifahrer.

«Tatsächlich, er ist es!»

Gerber drehte den Zündschlüssel herum und ließ den Motor des Buick aufheulen. Der Ford mit der dänischen Flagge hatte kaum die britischen Grenzposten passiert, da ließ Gerber den Mietwagen vorpreschen und stellte ihn auf der Fahrbahn quer, sodass Bonde-Henriksen zum abrupten Bremsen gezwungen war.

Als Gerber aus dem Buick sprang, sah er aus den Augenwinkeln, dass Eva ihm folgte. Das war gegen ihre Absprache. Sie sollte im Wagen bleiben, um für den Fall eines Feuergefechts wenigstens einigermaßen geschützt zu sein. Gerber konnte sich jetzt nicht weiter um sie kümmern, die Zeit drängte.

Er riss die Beifahrertür des Taunus auf. «Vielleicht erinnern Sie sich an mich, Dr. John.»

«Und an mich», sagte Eva, die neben ihn trat.

John nahm die Pfeife aus dem Mund und lächelte. «Aber natürlich, das nenne ich mal ein Empfangskomitee.»

«Wir sind inoffiziell hier, um Sie zu warnen», sagte Gerber. «Sie sollten besser in die Ostzone zurückkehren. Noch können Sie behaupten, Ihr Begleiter habe sich verfahren. Dann wird das alles wohl keine Konsequenzen für Sie haben, und Sie können in Freiheit bleiben.»

Würde die Gegenseite John überhaupt zurückhaben wollen? Gerber verdrängte den Gedanken sofort wieder. Eva und er waren hier, um John vor einem Fehler zu warnen. Alles Weitere musste sich finden.

Aber John schüttelte den Kopf. «Ich verstehe nicht, was Sie da reden. Ich bin gerade erst in die Freiheit zurückgekehrt.»

«Da täuschen Sie sich», versetzte Eva. «In Westdeutschland erwartet Sie ein Strafverfahren, eine Anklage wegen Landesverrats.»

«Das ist Unsinn!» John deutete mit dem Pfeifenstiel auf den Mann an seiner Seite. «Fragen Sie meinen Freund Bonde.»

Der Däne, ein Mittdreißiger mit unschuldig dreinblickendem Kindergesicht, nickte eifrig. «Ich habe mit dem Bundesjustizministerium gesprochen, mit Staatssekretär Walter Strauß. Er sagte, Dr. John habe nichts zu befürchten. Man würde ihn nur über seine Erfahrungen im Osten und über die Verhältnisse dort befragen wollen.»

«Und ich habe mit meinem Chef gesprochen, Dr. Brückner von der Sicherungsgruppe», entgegnete Gerber. «Er freut sich schon darauf, Herrn Dr. John wegen des Verdachts auf landesverräterische Betätigung festzunehmen, sobald er in Westdeutschland eintrifft.»

«Hören Sie auf Herrn Gerber!», bedrängte Eva einen sichtlich überforderten Otto John. «Wir beide meinen es gut mit Ihnen.»

John nahm die getönte Brille ab, rieb mehrmals über seine Augen und blinzelte Gerber an. «Aber warum warnen Sie mich? Sie sind doch auch bei der Sicherungsgruppe.»

«Ich bin nur hier, weil ich Fräulein Herden nicht allein nach Berlin lassen wollte. Ihr persönliches Schicksal ist mir vollkommen gleichgültig, Dr. John. Ich empfinde keine Sympathie für Sie und auch nicht für das, was Sie getan haben. Ihretwegen haben andere Menschen ihr Leben gelassen, und das sind Sie sicher nicht wert.»

«Ich habe geholfen, Sie in den Osten zu locken, trage also eine Mitschuld an Ihrem Schicksal», sagte Eva, umklammerte Gerbers Arm und blickte dabei John an. «Ich kann das nicht rückgängig machen, aber um meine Schuld wenigstens ansatzweise zu begleichen, kann ich versuchen, Sie vor einem weiteren Fehler zu bewahren. Glauben Sie uns doch, Dr. John!»

John wechselte einen kurzen Blick mit dem dänischen Journalisten und schüttelte abermals den Kopf. «Ich glaube Ihnen kein Wort. Ich werde doch jetzt, wo ich im sicheren Westen bin, keinen Rückzieher machen! Wer bezahlt Sie beide, die Stasi oder der KGB?»

Die in Deckung hockenden Sicherheitskräfte waren von Gerbers und Evas Auftritt verwirrt worden. Ein paar der Polizisten kannten Gerber, und zögernd hatten sie alles beobachtet. Jetzt wagten sich einige ins Freie und näherten sich.

«Dann willkommen im Westen, Herr Dr. John», sagte Gerber bitter und zog Eva mit sich zu dem Buick.

Er drängte sie in den Wagen, klemmte sich hinter das Lenkrad und gab die Fahrbahn frei.

Der grüne Ford setzte sich wieder in Bewegung und fuhr langsam an ihnen vorüber. Hinter den bewaffneten Sicherheitskräften wartete das offizielle Empfangskomitee, das aus einem Vertreter der Staatsanwaltschaft und Beamten des Bundesamtes für Verfassungsschutz bestand. Bonde-Henriksen fuhr rechts ran, und Otto John stieg aus.

Gerber sah im Rückspiegel, wie John zögerte. Hatten Evas und seine Worte ihn doch unsicher werden lassen? Wie auch immer, jetzt war es zu spät.

«Wir haben alles getan, was in unserer Macht stand», sagte er zu Eva und wendete den Buick.

Als sie an John und den ihn umringenden Männern vorbeifuhren, starrte Eva die kleine Gruppe an. Zweimal hatte sie vergebens versucht, ihren Fehler, John in den Ostsektor zu locken, wiedergutzumachen. Vor seinen intensiven Verhören durch den KGB hatte sie ihm zur Flucht verhelfen wollen, jetzt hatte sie ihn vor der Strafverfolgung im Westen bewahren wollen. Gerber konnte ihre Frustration fast mit den Händen greifen, aber er konnte nichts dagegen tun.

An ihnen vorbei in Richtung Brandenburger Tor fuhr ein heller Škoda, dessen Fahrer mehrmals auf die Hupe drückte, um ihre Aufmerksamkeit zu erregen. Der vierschrötige Mann am Steuer, der eine abgewetzte Lederjacke trug, kam Gerber gleich bekannt vor, aber der Groschen fiel bei ihm erst, als er den Beifahrer ansah. Der große, breitschultrige Mann grinste Gerber an und winkte ihm mit aufgesetzter Freundlichkeit zu. Dann war der Škoda auch schon an ihnen vorüber und rollte in den Ostsektor.

«Hast du ihn erkannt, Eva?», fragte Gerber, während er dem anderen Wagen im Rückspiegel hinterhersah.

«Ja, Walter Dorst.»

«Mal wieder. Ich habe es doch geahnt!»

«Was meinst du?»

«Das war garantiert kein Zufall. Er hat auf unserer Seite beobachtet, ob John auch gut im Westen ankommt.»

«Dann haben die drüben wirklich davon gewusst?»

«Natürlich haben sie das», sagte er mit einem grimmigen Lächeln. «Jetzt ist es sicher, auch wenn John und sein dänischer Freund an eine Flucht glauben mögen.»

Eva wandte den Kopf um und blickte zum ostdeutschen Grenzposten hinüber. «Und Dorst ist wieder entkommen. Er trägt die Mitschuld an Bertholds Ermordung und hat mit hoher Wahrscheinlichkeit auch Jo Ansbach auf dem Gewissen, von allem anderen ganz zu schweigen. Ganz offen bewegt er sich zwischen den Sektoren, obwohl er von der Polizei gesucht wird.»

«Hier wird er gesucht, aber ein paar Meter weiter nicht. Er kennt alle Schliche.»

Eva sah ihn zweifelnd an. «Höre ich da Bewunderung heraus?»

«Nur für seine Schlauheit, nicht für seine Taten und seine Einstellung. Dorst versteht es leider, mit der Spaltung Deutschlands in Ost und West gute Geschäfte zu machen.»

Nachdenklich blickte auch Gerber zurück zum Brandenburger Tor, Wahrzeichen eines geschundenen und geteilten Landes. Ohne die im Krieg schwer beschädigte Quadriga sah das Tor irgendwie nackt aus. Würde Berlin und damit auch das ganze Land jemals wieder zusammenwachsen?

«Also darf sich ein Mistkerl wie Dorst weiterhin seines Lebens erfreuen», seufzte Eva.

«Vorläufig ja.» Gerber setzte den Buick wieder in Bewegung, um endlich von hier wegzukommen. «Aber ich ahne, dass sich unsere Wege nicht zum letzten Mal gekreuzt haben.»

// NACHWORT DES AUTORS //

Otto John verließ West-Berlin noch am Tag seiner Rückkehr an Bord einer Linienmaschine, die ihn nach Westdeutschland brachte. Dort wurde er von Dr. Ernst Brückner, Chef der Sicherungsgruppe Bonn, in Empfang genommen. Bereits der Staatsanwalt, dem er sich in West-Berlin stellte, hatte einen Haftbefehl in der Tasche, ohne ihn John gegenüber zu eröffnen. Am 23. Dezember wurde John aufgrund eines zweiten Haftbefehls verhaftet. Ein Jahr später, am 22. Dezember 1956, wurde er vom 3. Strafsenat des Bundesgerichtshofes wegen landesverräterischer Fälschung und landesverräterischer Konspiration in besonders schwerem Fall zu vier Jahren Zuchthaus verurteilt.

Nach einer Begnadigung durch Bundespräsident Theodor Heuss, ein Bekannter Johns und Förderer von dessen Berufung zum Präsidenten des Bundesamtes für Verfassungsschutz, erfolgte am 28. Juli 1958 seine vorzeitige Entlassung aus der Haft. Die Begnadigung zu einem früheren Zeitpunkt scheiterte laut einer *Spiegel*-Meldung vom 18. Februar 1958 daran, dass «John sich nach Auskunft des Zuchthaus-Direktors als Häftling renitent gezeigt habe».

Johns Weigerung, seine Verurteilung anzuerkennen, bestimmte sein Leben für die restlichen vierzig Jahre. Er pochte darauf, das BGH-Urteil, an dem schon in der Nazi-Zeit aktive Richter beteiligt gewesen waren, sei ein Racheakt für seine Beteiligung am Widerstand gegen das Hitler-Regime, seine Arbeit für den britischen Soldatensender Calais und für seine Mitwirkung bei einem Prozess gegen Generalfeldmarschall von Manstein gewesen. Vier Anträge auf Wiederaufnahme des Verfahrens wurden abgewiesen, ein fünfter hatte sich nach Johns Tod am 26. März 1997 erledigt. Johns Schwester Erika Wolff als überlebende Verwandte hatte kein Interesse an der Fortführung des Verfahrens, scheute wohl auch die damit verbundenen Kosten. John starb als ein verurteilter Verräter und nicht als der Patriot im Ringen um demokratische Werte und die Wiedervereinigung Deutschlands, als der er sich selbst sah. Heute ist Otto John aus der öffentlichen Wahrnehmung verschwunden, damals war sein Auftauchen in Ost-Berlin eine «internationale Sensation», wie der britische Politikwissenschaftler David Childs am 31. März 1997 für den *Independent* in seinem Nachruf auf Otto John schrieb.

Seine eigene Sicht der Dinge legte Otto John 1969 in seinen Memoiren *Zweimal kam ich heim. Vom Verschwörer zum Schützer der Verfassung* dar. 2005 erschien Erik Giesekings ausführliche Dissertation *Der Fall Otto John. Entführung oder freiwilliger Übertritt in die DDR?*. Eine Aufarbeitung aus juristischer Sicht besorgte 2009 Klaus Schaefer in seiner Dissertation *Der Prozess gegen Otto John. Zugleich ein Beitrag zur Justizgeschichte der frühen Bundesrepublik Deutschland.* Die jüngste ausführliche Darstellung von Johns Leben und der Affäre um ihn in Buchform veröffentlichten Benjamin Carter Hett und Michael Wala 2019 unter dem Titel *Otto John. Patriot oder Verräter: Eine deutsche Biographie.* Eine knappe, aber faktenreiche Zusammenfassung der Affäre bietet Bernd Stöver in einem Kapitel seines

Buches *Zuflucht DDR. Spione und andere Übersiedler* (2009) unter der Überschrift *Freiwillig gekommen, unfreiwillig geblieben: Otto John.*

Johns undurchsichtiger Begleiter bei seinem Sektorenübertritt, der Arzt Dr. Wolfgang Wohlgemuth, ist die wohl schillerndste Figur in der Sache John. Ein paar Jahre Assistent von Hitlers Leibarzt Morell, danach beim legendären Sauerbruch, blieb ihm die Erfüllung seines Herzenswunsches versagt, eine leitende Stelle an der Charité einzunehmen. Nach Johns Übergang in den Osten hielt sich Wohlgemuth nicht ganz freiwillig in der DDR auf. Bei einem Kurzbesuch in West-Berlin wurde er 1958 verhaftet und in der Bundesrepublik wegen landesverräterischer Beziehungen vor Gericht gestellt, was mit einem Freispruch endete. Wieder ging er in den Osten und arbeitete bis 1975 im Zentralen Lazarett der Nationalen Volksarmee in Bad Saarow. Inzwischen im Rentenalter, kehrte er nach West-Berlin zurück, wo er an einer wissenschaftlichen Arbeit mit dem Titel *Der Lippenansatz beim Trompetenblasen* gearbeitet haben will. Dort starb er 1978, ob eines natürlichen Todes oder infolge eines Suizids, ist unterschiedlich nachzulesen. «Ein KGB-Agent weniger», sagte Otto John in der *Welt am Sonntag* vom 14. Mai 1978 über das Dahinscheiden seines einstigen Bekannten.

Reinhard Gehlen musste wegen der Affäre John länger als geplant darauf warten, bis aus der nach ihm benannten Organisation der offizielle Auslandsnachrichtendienst der Bundesrepublik Deutschland wurde. Da mit Otto John ein von den Siegermächten (hier von den Briten) protegierter westdeutscher Geheimdienstchef – scheinbar oder tatsächlich – zum Überläufer und Verräter geworden war, wollte man der Welt mit Gehlen nicht gleich wieder einen Geheimdienstchef präsentieren, der von den Siegermächten (hier von den Amerikanern) gefördert wurde. Dass die offizielle Existenz des Bundesnachrichtendienstes (BND) ausgerechnet mit dem 1. April 1956 seinen Anfang nahm, ist nicht als Scherz zu verstehen, sondern darin begründet, dass an diesem Tag das Rechnungsjahr 1956 begann. Auch unter dem neuen Namen blieb es Gehlens Organisation mit ihm an der Spitze. In den erprobten Strukturen führten die Mitarbeiter ihr Werk nahtlos fort.

Gehlens Entführung in die DDR war tatsächlich ein Plan, den die Stasi 1954/55 unter dem Decknahmen «Aktion Jäger» verfolgte. Kurz vor der Ausführung im September 1955 musste das Unternehmen auf Geheiß Moskaus aufgegeben werden, weil die Sowjets die inzwischen verstärkte wirtschaftliche Zusammenarbeit zwischen der Bundesrepublik und der UdSSR nicht gefährden wollten. Einen konzisen Überblick dazu gibt Wolfgang Bauernfeind im Nachwort seines Buches *Menschenraub im Kalten Krieg. Täter, Opfer, Hintergründe* (2016).

Die sowjetischen Pilotinnen, von den deutschen Soldaten als «Nachthexen» gefürchtet, sind von vielen Mythen umgeben. In der Sowjetunion munkelte man, durch die Verabreichung chemischer Substanzen habe man bei ihnen erreicht, dass sie in tiefster Nacht so gut sehen könnten wie am helllichten Tag. Teilweise glaubte man bei «Stalins Falken», wie sie in ihrer Heimat auch genannt werden, an übernatürliche Fähigkeiten. Nur aus Frauen bildete man das 586. Jagdfliegerregiment, das 587. Bomberregiment und das 588. Nachtbomberregiment, das später den Status als 46. Garde-Nachtbombenfliegerregiment erhielt und die am höchsten dekorierte Einheit der sowjetischen Luftwaffe war. Die Sowjetunion setzte im «Großen Vaterländischen Krieg» zahlreiche aus Frauen bestehende Kampfeinheiten ein. Sonia Mikich schätzt die Zahl der freiwilligen Rotarmistinnen in einem Beitrag, der in der Ausgabe Januar/Februar 2003 der Zeitschrift *Emma* erschienen ist, auf 800 000 bis eine Million. Zum Dank des Vaterlandes gehörte es auch, diese Soldatinnen, die sich im Krieg schlecht um ihre Kinder kümmern konnten, zu verunglimpfen und ihnen ihre Kinder vorzuenthalten.

Die Rote Kapelle, heute als Bestandteil des Widerstands gegen das Nazi-Regime ein Begriff, galt in der Nachkriegszeit für Jahrzehnte als ein von Moskau gesteuerter Spionagering. Erst um 1990 setzte ein breites Umdenken und damit ein Besinnen auf die historische Wahrheit ein. Zur Handlungszeit des Romans wurden Mitglieder der Roten Kapelle vom CIC und von der CIA gesucht, teils als Informanten über sowjetische Geheimdiensttätigkeiten, teils auch als mutmaßliche Verschwörer. In der Anlage zu einem Schreiben vom 29. Juli 1954 an Innenminister Gerhard Schröder nimmt Konrad Adenauer auf das Gerücht, Otto John sei Mitglied der Roten Kapelle gewesen, mit der aus seiner Sicht negativen Schlussfolgerung Bezug, John habe «schon, ehe er nach England ging, in kommunistischen Kreisen Verbindungen gehabt» (Adenauer, *Rhöndorfer Ausgabe – Briefe 1953–1955*).

Der Lehrter Bahnhof wurde in den Jahren 1957 bis 1959 abgerissen und der aus dem Bauschutt gewonnene Ziegelsplitt für den Wiederaufbau Berlins verwendet. Heute bildet das Gelände einen Teil der Fläche, auf dem Berlins Hauptbahnhof steht.

Die Szenen im «U-Boot» habe ich zwar auf der Grundlage

von Überlieferungen gestaltet, aber Philipp Gerbers Erlebnisse und die hier geschilderten Details entspringen meiner Fantasie, richten sich nach den Erfordernissen des Romans und können auch nicht ansatzweise das vermitteln, was die Gefangenen dort, teils jahrelang, zu erdulden hatten. Ende der 1950er-Jahre entstand nebenan ein Neubau, und ab 1961 wurde das Kellergefängnis hauptsächlich als Lagerraum genutzt. Bis 1989 wurden im Zentralen Untersuchungsgefängnis der Staatssicherheit mehr als 10 000 Menschen eingesperrt und waren psychischer und physischer Folter ausgesetzt. Über das Thema informieren Hubertus Knabe und Andreas Engwert (Hg.) in dem reich bebilderten Ausstellungskatalog *Inhaftiert in Hohenschönhausen. Zeugnisse politischer Verfolgung 1945–1989* (2015). Die Gefangenen selbst kommen zu Wort in dem Buch *Gefangen in Hohenschönhausen. Stasi-Häftlinge berichten*, 2007 herausgegeben von Hubertus Knabe unter Mitarbeit von Sandra Gollnest. Über das nicht ganz so normale Wohnviertel, in dem das Gefängnis lag, schreiben Peter Erler und Hubertus Knabe in dem Werk *Der verbotene Stadtteil. Stasi-Sperrbezirk Berlin-Hohenschönhausen* (2005). Übrigens gehörte Hohenschönhausen zur Handlungszeit des Romans tatsächlich zum Bezirk Weißensee und fiel erst 1985 dem Bezirk Lichtenberg zu.

Geheime und somit zwangsläufig den Augen der Öffentlichkeit verborgene Areale sind auch auf dem Gebiet der alten Bundesrepublik zu finden, wie die ehemalige BND-Zentrale Pullach beweist, die offiziell im Februar 2019 nach Berlin verlegt wurde. Über den langjährigen BND-Stammsitz berichten umfassend Susanne Meinl und Bodo Hechelhammer in dem Werk *Geheimobjekt Pullach. Von der NS-Mustersiedlung zur Zen-*

trale des BND (2014) und Martin Schlüter in dem Bildband *Nachts schlafen die Spione. Letzte Ansichten des BND in Pullach* mit Texten von Klaus Honnef und Niklas Maak (2014).

ZEITTAFEL

1909

Otto John wird am 19. März in Marburg geboren.

1929

Aufgewachsen in Wiesbaden, legt John am dortigen Staatlichen Realgymnasium das Abitur ab.

1934

Das Jurastudium in Frankfurt am Main schließt John mit der ersten juristischen Staatsprüfung vor dem OLG Frankfurt ab. Anschließend Beginn des Referendariats und Promotion.

1937

John tritt eine Stelle in der Rechtsabteilung der Lufthansa an. Durch seinen Vorgesetzten Klaus Bonhoeffer und dessen Bruder, den Theologen Dietrich Bonhoeffer, bekommt er Kontakt zum Widerstand gegen den Nationalsozialismus.

1944

Otto John und sein jüngerer Bruder Hans beteiligen sich an den Vorbereitungen des Anschlags auf Adolf Hitler am 20. Juli. Nach dem gescheiterten Attentat wird Hans John verhaftet und 1945 von den Nazis ermordet. Otto John gelingt es am 24. Juli 1944, sich an Bord eines Lufthansa-Flugzeugs nach Madrid abzusetzen. Später wird er mit britischer Hilfe nach Lissabon gebracht, von wo er am 3. November mit einem Flugboot der British Overseas Airways Corporation nach Großbritannien gelangt. Ab November arbeitet John für den britischen Soldatensender Calais, der in deutscher Sprache

Propaganda betreibt, indem er sich als Wehrmachtssender ausgibt. Nach dem Krieg arbeitet John bei der Betreuung und Überprüfung deutscher Kriegsgefangener in britischen Lagern, in wechselnder Funktion bei den Nürnberger Nachfolgeprozessen und als Helfer der Anklage bei dem Prozess gegen Generalfeldmarschall Erich von Manstein.

1949

In London heiratet John die aus Deutschland emigrierte Sängerin und Gesangspädagogin Lucie Manén, deren Familie freundschaftliche Beziehungen zur Familie von Bundespräsident Theodor Heuss unterhält.

1950

Otto John wird im Dezember zum kommissarischen Leiter des neu gegründeten Bundesamtes für Verfassungsschutz (BfV) in Köln berufen.

1951

John wird formell erster Präsident des BfV.

1954

Anlässlich der Feierlichkeiten zur Erinnerung an den 20. Juli 1944 weilt John in West-Berlin. Am Abend des 20. Juli verschwindet er von der Bildfläche und taucht in Ost-Berlin wieder auf. Vom 24. August bis zum 12. Dezember hält sich John in der Sowjetunion auf, wo er in Moskau und in Gagra an der Schwarzmeerküste vom KGB verhört wird. Zurück in Ost-Berlin, erhält er eine Anstellung am Deutschen Institut für Zeitgeschichte.

1955

Am 12. Dezember fährt John mithilfe des dänischen Journalisten Henrik Bonde-Henriksen über die Sektorengrenze nach West-Berlin.

1956

In der Bundesrepublik Deutschland wegen Landesverrats angeklagt, wird John am 22. Dezember zu vier Jahren Zuchthaus verurteilt.

1958

Infolge seiner Begnadigung durch Bundespräsident Theodor Heuss wird John am 28. Juli aus der Haft entlassen.

1969

Unter dem Titel *Zweimal kam ich heim* veröffentlicht John seine Memoiren.

1986

Bundespräsident Richard von Weizsäcker gewährt John im Gnadenweg einen monatlichen Unterhalt, beginnend am 1. Mai.

1997

Otto John stirbt am 26. März in Innsbruck. Das fünfte von ihm angestrengte Wiederaufnahmeverfahren, mit dem er seine Unschuld beweisen wollte, wird mangels Antragsteller eingestellt.

DANKSAGUNG

Für meinen ersten Roman um Philipp Gerber und Eva Herden, *Die Akte Adenauer*, habe ich Zuspruch von mannigfacher Seite erfahren, der mich in den Monaten getragen hat, in denen *Ein Präsident verschwindet* entstand. Ermunternde Worte aus dem Kollegenkreis kamen besonders von Peter Freund, V. S. Gerling, Derek Meister, Ivo Pala und Peter Prange.

Aus den unermüdlich in vielfältiger Weise um ein gelungenes Buch ringenden Reihen des Verlags sei stellvertretend meine Lektorin Nina Grabe genannt, der immer ansprechbaren, immer freundlichen und immer konstruktiven Schnittstelle zwischen Autor und Verlag. Sie gibt mir das Gefühl, ich sei der einzige Autor, um den sie sich kümmern muss, und ich hoffe, ich nutze das nicht aus. Na ja, wenigstens nicht zu oft.

Im Pressebereich hat sich bei Rowohlt Anne-Claire Kühne in die Bresche geworfen, Seite an Seite mit der ebenso engagiert und erfolgreich tätigen Dorle Kopetzky von der Agentur weissundblau.

Apropos Agentur. Wer heutzutage als Autor tätig ist und aus der Berufung einen Beruf machen will, ist meiner Meinung nach mit der Unterstützung einer literarischen Agentur gut beraten, deren schützende Hand so manche Unbill von einem abhalten mag, ohne dass der Autor es je erfährt. Ich habe das Glück, mit der AVA international, an deren Spitze mein Freund Roman Hocke so segensreich wirkt, eine der deutschsprachigen Vorzeigeagenturen an meiner Seite zu haben. Mein Agent Markus Michalek hat mir auch diesmal den Rücken gestärkt. Sein Kollege Ralph Gassmann ist rühriger Anwalt meiner Sache bei der Unternehmung, Buchseiten in laufende Bilder zu verwandeln.

Aus dem Freundeskreis muss ich erneut Thomas Haufschild ans Licht der Öffentlichkeit zerren, der durch seine langjährige Erfahrung im Buchbetrieb als literarischer Agent und Übersetzer ein wertvoller Ansprechpartner in großen und kleinen Dingen ist.

Henning Franke gebührt Dank für «die Sache mit dem Schild». Das betreffende Schild habe ich in diesem Roman aus bestimmten Gründen nicht verwendet, aber es ist eine gute Idee, vielleicht schon für das nächste Buch.

Mein Freund Siegfried Tesche mit seinen vielfältigen Kontakten ist immer wieder mit einem hilfreichen Hinweis zur Stelle. Und wenn sich einer mit Geheimagenten auskennt, dann er.

Zu guter Letzt genannt, aber an die erste Stelle gehörend: meine Frau Corinna, nicht nur für mein leibliches und seelisches Wohl zuständig, sondern auch immer ansprechbar, wenn ich den Rat einer erfahrenen Autorin benötige.

Ralf Langroth

Leseprobe

Ralf Langroth

Die Akte Adenauer

THRILLER

Rowohlt Taschenbuch Verlag

BONN, 1953:

Das BKA entsteht.
Das biedere Rheinland wird zum
Hitzekessel der Weltmächte.
Ein Mann gerät zwischen die Fronten.

Mitten im turbulenten Wahlkampf 1953 wird Philipp Gerber Kriminalhauptkommissar beim BKA. Seine Aufgabe: den Mord an seinem Vorgänger aufzuklären. Sein Geheimnis: Wie der Ermordete ist Gerber Agent der Amerikaner.
Gemeinsam mit der Journalistin Eva Herden kommt er dem Treiben der rechtsgerichteten «Wölfe Deutschlands» auf die Spur. Wer unterstützt die Organisation und damit den Plan, einen führenden linken Politiker zu töten? Gerbers Verdacht scheint ungeheuerlich. Da wird er von Bundeskanzler Adenauer persönlich mit der Aufgabe betraut, dessen Kontrahenten zu beschützen …

Weitere Informationen finden Sie unter www.rowohlt.de

// KAPITEL 1 //

Montag, 17. August 1953

Zwanzig Tage bis zur Wahl zum
2. Deutschen Bundestag

Der schrille Klingelton erlöste Philipp Gerber von seinem Albtraum, doch die Bilder ließen ihn noch nicht los. Während er sich mit der Disziplin des langjährigen Soldaten in seinem Bett aufsetzte, sich zur Seite drehte und die Füße auf den Boden stellte, sammelte er seine Gedanken. Der Traum war immer gleich: er und Jim in der nur vom Licht einer Taschenlampe erhellten Höhle. Gerber schüttelte heftig den Kopf und zwang sich, ins Hier und Jetzt zurückzukehren.

Die Traumbilder verblassten, verdrängt durch die frühen Sonnenstrahlen, die durch die beigen Vorhänge tasteten und sein Schlafzimmer in unwirkliches Licht tauchten. Die Zeiger des Weckers standen auf sechs Uhr zwanzig. Er schlug kräftig mit der flachen Hand auf den Ausschalter, aber das Schrillen hörte nicht auf. Dann begriff er, dass es das Telefon war. Das verfluchte Ding war erst vor kurzem in seiner Wohnung installiert worden. In Deutschland einen Telefonanschluss zu erhalten, war ein langwieriges Unterfangen, selbst für einen amerikanischen Offizier. Gerber hätte den Stecker aus der Buchse ziehen sollen, schließlich war heute sein erster dienstfreier Tag. Zu spät. Widerwillig nahm er den Hörer von der Gabel und knurrte ein unfreundliches «Hallo» in die Sprechmuschel.

«Guten Morgen, Captain Gerber, Sir», antwortete eine hohe, unangenehme Stimme. «Der Colonel möchte Sie umgehend in seinem Büro sehen.»

Ein schmales, bleiches Gesicht erschien vor seinem inneren Auge, Lieutenant William B. Snyder.

«Ich habe Urlaub, schon vergessen?», fuhr er Hiram Andersons Ordonnanz an.

«Der ist verschoben», erwiderte Snyder nüchtern.

«Da gibt es nichts zu verschieben, Lieutenant. Es ist mein Resturlaub, und danach bin ich raus. Meine Uniform wird eingemottet, sehen Sie mal in meine Personalakte!»

Für Gerber wurde es Zeit heimzukehren. Der Krieg lag lang zurück, und sein Soldatendasein erschien ihm zunehmend sinnlos. Acht Jahre lang hatte er in den entlegensten Winkeln des besiegten Deutschlands erst untergetauchte Nazis gejagt, dann Kommunisten. Immer öfter musste sich Gerber vergegenwärtigen, warum er das tat, was er tat. Seine Verlobte June, seine Eltern und seine Schwester hatten recht: Es war an der Zeit, nach Hause zu kommen.

«Bitte erscheinen Sie schnellstmöglich zum Dienst, Sir, Frühstück erhalten Sie hier.»

Ohne eine Antwort abzuwarten, legte Snyder auf, und Gerber widerstand mit Mühe der Versuchung, den Telefonhörer mit einem kräftigen Schlag gegen die Nachttischkante zu zertrümmern.

Fünfzehn Minuten und eine heiß-kalte Dusche mit anschließender Rasur später verließ er das neu errichtete, schmucklose Haus mit den Offizierswohnungen. Trotz der frühen Stunde lastete bereits eine drückende Hitze auf Frankfurt. Er bedauerte die Arbeiter auf den zahllosen Baustellen, die mit der Beseitigung der Trümmer und dem Wiederaufbau der Stadt beschäftigt waren. Bei diesen Temperaturen war die Arbeit mörderisch, aber sie musste getan werden. Fünfundsiebzig Luftangriffe hatten in vielen Stadtteilen kaum einen Stein auf dem anderen gelassen.

Eine dicke Staubwolke hüllte Gerber ein, als ein mit Trümmern beladener Lastwagen an ihm vorbeirumpelte. Er fiel nicht weiter auf, da er Zivilkleidung trug. Agenten, die man auf Schritt und Tritt anstarrte, waren nicht sonderlich effektiv.

Ein kurzes Stück mit der Straßenbahn, und er stand am Rand des großen, parkartig angelegten Geländes, das sich rund um das Farben-Building erstreckte. So nannten die Amerikaner den wuchtigen Gebäudekomplex, in dem die I. G. Farben in der Nazi-Zeit residiert hatte. Wie durch ein Wunder war das Bauwerk unversehrt geblieben. Die Amerikaner hatten es nach der Einnahme Frankfurts beschlagnahmt, und Eisenhower hatte dort sein Hauptquartier eingerichtet. Mittlerweile hatten sich diverse US-Einrichtungen hier niedergelassen, auch der Geheimdienst CIA. Das CIC und die CIA mussten zwar notgedrungen in vielen Fällen zusammenarbeiten, aber man schenkte sich nichts. Grund genug für Colonel Anderson, nicht mit den Rivalen unter ein Dach zu ziehen. Darum residierte das CIC in einem ehemaligen Geschäftshaus am Rand des Parks. Der wachhabende Sergeant am Haupteingang erkannte Gerber, brummte ihm einen knappen Gruß zu und winkte ihn durch.

Das Gebäude verfügte über einen Aufzug, aber Gerber nahm aus Gewohnheit die Treppe in den dritten Stock. Lieutenant Snyder, wie die Wachen und alle CIC-Mitglieder im Innendienst in Uniform, saß in seiner üblichen kerzengeraden Haltung im Vorzimmer des Colonels und telefonierte. Snyders kalter Blick erfasste ihn. Der Adjutant hob die linke Hand und zeigte mit dem Daumen hinter sich, auf die Durchgangstür zu Andersons Büro. Nach einem kurzen Anklopfen trat Gerber ein und schloss die Tür hinter sich, während Snyder noch immer Anweisungen ins Telefon bellte.

In dem geräumigen Büro des CIC-Befehlshabers für Westdeutschland herrschte eine deutlich gelassenere Atmosphäre. Gerber bemerkte sofort den zum Esstisch umfunktionierten Kartentisch, auf dem für zwei Personen gedeckt war. Colonel Anderson stand mit dem Rücken zu ihm und blickte aus einem der großen Fenster auf die erwachende Stadt. Auch er trug seine Uniform. Mit seinem kräftigen Körperbau, dem kantigen Gesicht und dem weißen Bürstenhaarschnitt wirkte er wie einem Kriegscomic entsprungen.

«Erstaunlich, diese Deutschen», hörte er Andersons Reibeisenstimme, ohne dass der Colonel sich zu ihm umdrehte. «Sie erinnern mich an ein Ameisenvolk, dessen Bau zerstört wurde. Ohne einen Gedanken an ihre Verluste und ihre Versäumnisse zu verschwenden, machen sie sich an den Wiederaufbau. Vielleicht sind sie die diszipliniertesten Arbeiter und die fanatischsten Soldaten der Welt. Gut, sie diesmal auf unserer Seite zu haben.»

«Diesmal?», wiederholte Gerber, obwohl er ahnte, was sein Vorgesetzter meinte.

«Wenn es wieder losgeht. Der Krieg. Die Russen stehen bereits vor der Tür, und es wird nicht mehr lange dauern, bis sie sie eintreten. Dann wird es gut sein, die fleißigen Ameisen da draußen auf unserer Seite zu haben. Besser, die übriggebliebenen Krauts beißen ins Gras als noch mehr von unseren Jungs.»

Ein schwerer Seufzer und ein Blick zu einem großen, goldgerahmten Foto auf seinem Schreibtisch. Es zeigte Anderson mit seinen beiden Kindern, James und June. Vater und Sohn trugen Uniform, und June blickte bewundernd zu ihnen auf. Ein Bild aus glücklichen Tagen.

«Dann sind die Deutschen für uns nichts als Schachfiguren?», vergewisserte sich Gerber. «Bauern, dazu bestimmt, sie im Spiel um den Sieg zu opfern?»

«Die Geschichte und die Geographie haben sie dazu ausersehen. Und die Deutschen haben es sich selbst eingebrockt. Einen Krieg anzufangen, den man verlieren muss, ist eine sehr dumme Idee.»

«Es war Hitler, der den Krieg angezettelt hat.»

«Und wer hat Hitler an die Macht gebracht? Wer saß in den Panzern, hinter den Maschinengewehren und in den Sturzkampfbombern?» Der Colonel atmete tief durch, und seine Stimme war jetzt weicher. «Was sollen wir machen, Phil? Die Lage ist, wie sie ist. Wir müssen unseren Einfluss auf die Deutschen nutzen, um sie an unserer Seite zu halten. Dazu brauche ich deine Hilfe. Du und mein Jim, ihr habt es schon einmal getan.»

«Wovon sprechen Sie, Sir?»

«45, als ihr Adenauer aus seinem Keller zurück in die Öffentlichkeit gezerrt habt. Einen besseren Verbündeten hätten wir uns nicht wünschen können. Der Kanzler bringt die Deutschen ganz auf unsere Linie, und unsere Aufgabe ist es, ihn dabei nach Kräften zu unterstützen.» Er deutete auf den gedeckten Tisch. «Aber setzen wir uns doch und frühstücken in Ruhe. Vor uns liegt ein langer, arbeitsreicher Tag.»

Es gab Instantkaffee, dazu Orangensaft, Toast, Rührei, Speck und Würstchen. Gerber langte zu, sein Magen war leer. Dennoch aß er ohne Appetit. Zu viele Fragen stürmten auf ihn ein. Aber er kannte Andersons Grundsatz: erst essen, dann reden.

Gerber betrachtete das Gemälde der Schlacht bei Yorktown, das über dem Tisch hing, als sähe er es zum ersten Mal. Es zeigte die Amerikaner bei der Erstürmung der britischen Schanzen, und blanke Bajonette stießen auf die britischen Grenadiere ein. Man nannte diese letzte große Auseinandersetzung des amerikanischen Unabhängigkeitskriegs auch die deutsche Schlacht, weil auf beiden Seiten viele Deutsche gekämpft hatten. Deutsche, die ihr Leben für Amerika gaben – gefiel dem Colonel das Gemälde deshalb so sehr?

«Es tut mir leid, dass ich dich ausgerechnet heute mit diesem Sonderauftrag überfalle, Phil.» Anderson hielt die Kaffeetasse in beiden Händen und sah ihn über deren Rand hinweg an. «June kommt heute Nachmittag an, nicht wahr?»

«Ja, mit Pan Am», seufzte Gerber. «Ich habe ihr versprochen, sie vom Flughafen abzuholen.»

«Snyder wird jemanden schicken, der das übernimmt. Und ich fürchte, mein Junge, unsere June wird auch ohne dich in die Staaten zurückkehren müssen. Das hier könnte etwas länger dauern.»

Salamitaktik, dachte Gerber bei dieser Eröffnung. Was immer der Colonel mit ihm vorhatte, es schien tatsächlich eine größere Sache zu sein. June würde das gar nicht freuen. Sie wollte mit ihm ein paar Tage in Deutschland verbringen, auch um ihren Vater wiederzusehen. Dann wollten sie gemeinsam in die Staaten fliegen, wo Gerber bereits eine Stelle als Juradozent in Harvard angenommen hatte. Der Colonel hatte, so vermutete er, ein wenig an den Strippen gezogen. June studierte dort Jura, und Anderson unterstützte die Universität mit großzügigen Spenden. Das beträchtliche Vermögen seiner Frau, die bei Junes Geburt gestorben war, versetzte ihn dazu in die Lage. Am Ende der Geschichte stand selbstredend eine Hochzeit: Mr. und Mrs. Philipp Gerber. Aber jetzt schien alles auf der Kippe zu stehen. Er beschloss, dass er keine Lust auf Andersons Salamitaktik hatte.

«Schießen Sie schon los, Sir! Was ist passiert?»

«Komm, ich zeig es dir.» Gerber folgte Anderson und nahm an dessen Schreibtisch Platz. Der Colonel schob ihm eine Personalakte vom Bundeskriminalamt zu. Ein noch ganz junger Verein, erst vor zwei Jahren gegründet, mit Sitz in Wiesbaden, der einmal so etwas wie das deutsche FBI werden sollte. Auf der Akte stand der Name Heinz Buchmann. Der Name sagte Gerber nichts. Das Foto auf der ersten Seite zeigte ein hartes, ausdrucksstarkes Gesicht mit einem ausgeprägten Kinn.

«Was ist mit dem Mann?», fragte er.

«Er ist tot. Kam vor drei Tagen mit seinem Wagen von der Straße ab und hat sich das Genick gebrochen. Ein geplatzter Reifen.»

«Also ein Unfall.»

«Leider nein. Man hat ein Gewehrprojektil in der Nähe der Unfallstelle gefunden. Wahrscheinlich hat das Geschoss den Reifen getroffen, und ab ging es den Berghang hinunter.»

«Was für einen Berghang?»

«Im Siebengebirge, nahe Bonn.»

«Was hatte er dort zu tun?»

«Buchmann gehörte zu einer Unterabteilung des BKA, der Sicherungsgruppe Bonn. Die SG Bonn wurde auf Adenauers besondere Weisung aufgestellt. Sie beschützt hochrangige Politiker und führt Ermittlungen in staatsgefährdenden Angelegenheiten durch. Buchmann gehörte der Ermittlungsabteilung an.»

«In welcher Angelegenheit hat er zuletzt ermittelt?»

Der Colonel rieb mit einer Hand seinen Nacken und zog die Mundwinkel nach unten. «Das ist das Problem: Ich weiß es nicht. Er konnte seinen letzten Bericht an mich nicht mehr absenden.»

«Er war eigentlich einer von uns?»

«Sagen wir, er hat mit uns kooperiert. Du weißt doch, wie es ist: Wir halten gern alle Fäden in der Hand. Die Regierung Adenauer deckt uns übrigens in diesem Punkt.»

«Gemeinsam gegen die Roten.»

«Du hast es erfasst, Phil. Ich denke, du wirst einen würdigen Nachfolger für Heinz Buchmann abgeben.»

«Moment, ich stamme zwar aus Deutschland, aber ich bin amerikanischer Staatsbürger.»

«Nicht länger.» Anderson nahm etwas aus einer Schublade und legte es vor Gerber auf den Tisch. «Dein druckfrischer Personalausweis. Du musst nur noch unterschreiben. Übermorgen trittst du den Dienst bei der Sicherungsgruppe Bonn an. Als Special Agent des CIC mit Juraabschluss bringst du die besten Voraussetzungen mit. Ich hatte vorhin ein langes Telefonat mit Lehr, er sieht das genauso.»

«Mit dem Innenminister? Ich bin beeindruckt.»

«Aber glücklich siehst du nicht aus.»

«Was ist mit June und mit meiner Familie? Sie denken doch, ich bin bald zurück in den Staaten.»

Anderson bedachte ihn jetzt mit einem fast flehenden Blick. «Ich weiß, ich verlange viel von dir, Phil. Aber ich muss wissen, wer Buchmann getötet hat und warum. Steckt etwas Politisches dahinter? Die Bundestagswahlen sind nächsten Monat, und Adenauers CDU hält sich nur mit diversen Koalitionspartnern an der Macht. Eine Verschiebung des Machtgefüges könnte die amerikanischen Interessen empfindlich stören. Eine SPD-geführte Regierung würde als Erstes die Marktwirtschaft abschaffen. Dann hätten wir Verhältnisse wie im Osten. Ein Albtraum. Dir kann ich hundertprozentig vertrauen. Willst du mir helfen, Phil?»

Gerber sah das Familienfoto auf dem Schreibtisch an, und sein Blick heftete sich auf den jungen Mann in Uniform. Jim war nicht mehr da, und er hatte es sich zur Lebensaufgabe gemacht, ihn bestmöglich zu ersetzen.

«Natürlich helfe ich Ihnen, Sir. Das habe ich doch immer getan.»

Sofort strahlte Anderson über das ganze Gesicht. «Ich wusste, auf dich ist Verlass. Gut, dann wartet eine Menge Arbeit auf dich. Aktenstudium, damit du weißt, mit wem du es beim BKA zu tun hast. Du wirst übrigens den Dienstrang von Buchmann übernehmen, Kriminalhauptkommissar. Deinen Dienstausweis lässt Lehr gerade ausstellen.»

«Dann fange ich mal hiermit an.»

Gerber griff nach einem Füllfederhalter und unterschrieb den Personalausweis.

Anderson strahlte noch immer. «Jetzt bist du, nach zwanzig Jahren, wieder ein richtiger Deutscher.»

Ende der Leseprobe